U0110597

古典文獻研究輯刊

六　編

潘美月・杜潔祥　主編

第6冊

王質《詩總聞》研究

陳昀昀　著

《春秋公羊傳》稱謂例釋

成　玲　著

國家圖書館出版品預行編目資料

王質《詩總聞》研究　陳昀昀著／《春秋公羊傳》稱謂例釋　成玲著 — 初版 — 台北縣永和市：花木蘭文化出版社，2008〔民97〕

目 2+98 面 + 目 4+128 面；19×26 公分

（古典文獻研究輯刊　六編；第 6 冊）

ISBN：978-986-6657-04-7（精裝）

1. 詩經　2. 公羊傳　3. 研究考訂

831.18　　97000879

ISBN 978-986-6657-04-7

古典文獻研究輯刊

六　編　第 六 冊　　ISBN：978-986-6657-04-7

王質《詩總聞》研究
《春秋公羊傳》稱謂例釋

作　　者　陳昀昀／成玲

主　　編　潘美月　杜潔祥

企劃出版　北京大學文化資源研究中心

出　　版　花木蘭文化出版社

發 行 所　花木蘭文化出版社

發 行 人　高小娟

聯絡地址　台北縣永和市中正路五九五號七樓之三

電話：02-2923-1455 ／傳真：02-2923-1452

電子信箱　sut81518@ms59.hinet.net

初　　版　2008 年 3 月

定　　價　六編 30 冊（精裝）新台幣 46,500 元

作者簡介

陳昀昀，東海大學中國文學研究所碩士班畢業，著有《王質詩總聞研究》、《實用應用文》(合著)；〈王質詩總聞簡介〉、〈王質詩總聞探微（一）（二）〉、〈民間文學的奇葩——台語褒歌初探〉等。
曾任教於台南家專共同科、台南女子技術學院通識教育中心，兼任出版組組長；現任教於台南科技大學通識教育中心，教授「本國語文」、「文學欣賞」、「飲食與文學」、「旅行文學」；「旅行文學」課程規劃獲選為「教育部顧問室九十六年度第一學期優質通識教育課程」。

提　　要

王質有關《詩經》的著述，雖僅有《詩總聞》一書，卻是畢生精力貫注之作。其說《詩》廢序，不循舊傳，別出新裁，懸解頗多，在「詩經學」上的地位與影響，可比肩朱子，但因書較晚付梓，而在朱子學鼎盛的籠罩下，長期沉寂。余獲讀此書，慨念前賢學問湮沒，有感於此，而有本文的撰寫。

本論文七章，大要分為生平、著述及論學三類。讀其書，不可不知其人，故先之以作者生平。由於有關資料很少，且多抄襲《宋史》本傳，對其言行略作記載，無法詳探其生平世系，僅能撰此簡單傳略。

研討先儒學術，必先考其著作，故次之以《詩總聞》撰著經過與體例的探討。

論學則先就《詩總聞》本身，探討王質「詩經學」的詳細內容；再從宋代經學風氣對其廢序的影響、與《朱傳》的異同比較等，作多方面的探研，歸結出「因人情求意」與「以賦體直解」兩點特色。

最後，透過對王質《詩總聞》的整體性研究，嘗試評定其學術價值，並給予在「詩經學」史上應有的地位。

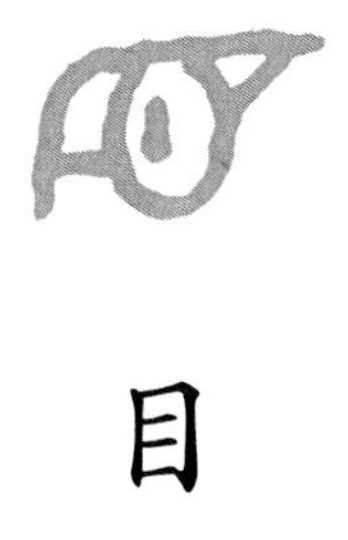

目次

第一章　王質傳略

王質，字景文，號雪山，先世鄆州人（今山東省東平縣），後徙興國（今湖北省），爲文常自署「東平」、「泰山」或「汶陽」〔註 1〕，蓋著其舊望。生於南宋高宗紹興五年（1135）〔註 2〕。早年游太學，與九江王阮齊名；與張孝祥父子游，亦深見器重。二十七年（1157），二十三歲，時孝祥爲中書舍人，將薦質舉制科，會去，不果。三十年（1160），二十六歲，登進士第；樞密使葉義問薦試館職，不就。明年，金人南侵，御史中丞汪澈宣諭荊、襄；又明年，樞密使張浚都督江、淮，皆先後辟置幕府。孝宗隆興二年（1164），三十歲，丞相湯思退薦領學宮，入爲太學正。時朝廷屢易相，國論未定，質上〈論和戰守疏〉〔註 3〕，詞旨剴切，頗當事理，然忌者謂質好異論，遂罷去。乾道八年（1173），三十八歲，會虞允文宣撫川、陝，辟與偕行。一日，令草檄契丹文，質援毫立就，辭氣激壯，允文執其手曰：「景文天才也。」後丞相梁克家處以敕令所刪定官；陳俊卿更引爲樞密院編修官。孝宗揀擇諫官，會允文當國，薦質鯁亮不回，且文學推重於時，可以右正言；然中貴人多畏憚質，欲罷去，遂讒沮之〔註4〕，出爲荊南府通判；改吉州。質皆不行。遂絕意祿仕，請奉祠，

〔註 1〕《四庫提要》謂「(質) 集中每自稱『東平』或『汶陽』，不忘本也。」據《雪山集》與《紹陶錄》統計，除王阮〈雪山集序〉稱質爲「東平王君景文」外，質自署「東平」者僅見於〈興國軍大冶縣學記〉，自署「汶陽」者達六次之多，即〈汪參政生祠堂記〉、〈平政堂記〉、〈暎帶亭銘序〉、〈文石贊〉各一見，〈樞密宣撫相公樂府序〉兩見。而《紹陶錄》中均自署「泰山」，詳見〈栗里譜〉、〈華陽譜〉、〈書唐濟民事〉、〈書鹿伯可事〉四文。

〔註 2〕詳見鄭騫〈宋人生卒年考示例（下）〉，載於《幼獅學誌》第六卷第二期，頁 46～47。

〔註 3〕見《雪山集》卷一，頁 1。

〔註 4〕周密《齊東野語》卷十一——「王沈趨張説」條云：「張説之爲承旨也，朝士多趨之。王質景文、沈瀛子壽始俱在學校有聲，既而俱立朝，物譽亦歸之，相與言：『吾儕當以詣説爲戒。』眾皆聞其説而壯之。已而質潛往説所，甫入客位，而瀛已先在焉，相視愕然。明日喧傳，清議鄙之，久皆不安而去。」但據《宋史》本傳所載，質非

居湖州東林山。淳熙十五年（1188）卒〔註 5〕，享年五十四歲。

質博通經史，尤篤志經學，嘗謂「文章之根本，皆在六經，非惟義理也，而其機杼物采，規模制度，無不具備者也。」〔註 6〕《宋史》卷三九五王質本傳云：「曾著論五十篇，詳言歷代君臣治亂，時人譽爲朴論。」今覈文集，僅存〈漢高帝論〉、〈漢文帝論〉、〈梁末帝論〉、〈周世宗論〉四篇而已。王阮亦稱「聽景文論古，如讀酈道元《水經》，名川支川貫穿周匝，無有間斷，……咳唾皆成珠璣。」〔註 7〕質歷高、孝兩朝，凡所奏聞，皆爲正心誠意，修齊治平之道。文章氣節見重於世，惜因耿直忤時，阨於權貴，仕途多舛。退居鄉里，守郡者亦其學校舊怨，中以流言，幸孝宗明察，疑佳士不當有此，遂得以不辯自直。著有《詩總聞》二十卷、《紹陶錄》二卷〔註 8〕、《雲山集》十六卷，並傳於世。

附勢求進者，故《四庫提要》稱此殆張說等懼質彈劾，反造蜚語，史傳所謂「陰沮之」者，正指此歟，周密又不察而誤載。

〔註 5〕詳見《宋史》卷三九五，頁 12056。

〔註 6〕見《雪山集》卷五，頁 43〈于湖集序〉。

〔註 7〕見《雪山集》卷前王阮序。

〔註 8〕宋陳思編《兩宋名賢小集》時，摘錄《紹陶錄》中山水友諸辭，分爲五卷，改題《林泉結契》別行。

第二章　《詩總聞》的撰著與體例

第一節　撰　著

《詩經》是群經之一，所以《詩經》研究，和當代的經學風氣有著密切的關係。

宋初，治《詩經》者大都遵循唐賢舊軌，注疏不出《毛詩正義》的籠罩，直到北宋仁宗慶曆年間〔註 1〕，學者解《詩》競出新義。歐陽修《詩本義》，對於毛、鄭之失，多有批評，宋人說《詩》，不復墨守舊義，歐公實有以啓之。故《四庫提要》云：

……至宋而新義日增，舊說幾廢，推源所始，蓋發於修。〔註 2〕

與歐陽修同輩的劉敞，著有《七經小傳》，王應麟《困學紀聞》云：

自漢儒至於慶曆，談經者守故訓而不鑿，《七經小傳》出，而稍尚新奇矣！〔註 3〕

陳振孫《直齋書錄解題》亦云：

前世經學大抵祖述注疏，其以已意言經，著書行世，自敞倡之。〔註 4〕

稍後王安石《三經新義》出，本於劉敞《七經小傳》〔註 5〕，亦不墨守注疏而自創新義。與此同時的關洛諸子（張載、二程），也主張不憑注疏，而以心得與會通大義的態度來說詩，並疑小序有後人羼入之文。〔註 6〕。至蘇轍《詩集傳》，始盡去

〔註 1〕見王應麟《困學紀聞》卷八——「經說」引陸游語。
〔註 2〕見《四庫提要》卷十五，頁 11，經類（一）「《毛詩本議》十六卷」條。
〔註 3〕同註 1。
〔註 4〕見陳振孫《直齋書錄解題》卷三，頁 77。
〔註 5〕見晁公武《郡齋讀書志》卷一（下），頁 82，經解類「《七經小傳》五卷」條。
〔註 6〕見《二程集、程氏遺書》卷六，又見卷十八。《張子全書》卷四，頁 92——「經學

添附，僅傍首句說《詩》，這也是對小序採取闕疑的首次具體行動。

南渡初季，鄭樵著《詩辨妄》，詆序爲村野妄人「將史傳揀去并看謚，卻附會作小序美刺」〔註 7〕，主張删除詩序，攻擊毛、鄭，不遺餘力。朱子出，用本文以求本義之法，證明鄭樵是對的，故作《詩序辨說》與《詩集傳》評擊小序。稍後王質撰《詩總聞》則逕去詩序，直探經文本身，「以意逆志，自成一家之言」（陳日強《詩總聞》跋語）。從此，「學者已知《詩》之不專於毛、鄭矣！」〔註 8〕

由此可知，王質反序，不盡從毛鄭舊說，是受到前輩的影響，「譬如山下之泉，其初出也，壅塞底滯而端亦微見矣。漸而清通，沛如江河，後因於先而廓之，而水之源流矣，亦有其時也。」〔註 9〕

王質又因感慨古音不傳，不可復考，而有「十聞」之作，其〈與周樞密益公書〉云：

> 且如談詩，自知音始，世之知音者少，而古聲不復傳于世。……既不可復考，姑且正音、正訓、正章、正句、正字、正物、正用、正跡、正事、正人，而爲十正。〔註 10〕

王質解《詩》，是先平心靜氣地熟玩各篇經文，再依文解辭，依辭求意，然後即其文意之罅，探求詩人本義，或博涉載籍，以求其實。自稱「研精覃思幾三十年」（《詩總聞》自序語），始成此書。其述撰作經過云：

> 丁丑（高宗紹興二十七年，1157）入吳，見謝君士燮，及此，謝曰：「無多談人情是也。」予忽有所省。丙戌（孝宗乾道二年，1166）入蜀，見陳君彥深，及此，陳曰：「江南人則可，吾關西人不若此。」予益有所省。庚寅（乾道六年，1170）再入蜀，至梁，見楊君左車，商州游子也。因詢商山之事，偶及四老之蹟，楊曰：「俟子與採芝同心，則商山風土草木自見，何問我爲？」予大有所省。又十八年（即淳熙十五年，1188），自度可書，乃書。（《詩總聞》自序語）

可見撰著《詩總聞》是王質一生學力貫注所在。

但此書完稿後，卻「其家櫝藏，且五十年，未有發揮之者」（陳日強跋語），直到韓國正攝守富川，慨念前輩著述不可湮沒，乃從質孫宗旦求此書，於理宗淳祐三

理窟」。

〔註 7〕見黎靖德編《朱子語類》卷八〇引鄭漁仲語。

〔註 8〕見《朱文公文集》卷七六，頁 1398──「《呂氏家塾讀詩記》後序」。

〔註 9〕引自朱彝尊《經義考》卷一六〇，元虞集「題鄭浹漈《詩辨妄》」語。

〔註 10〕見《雪山集》卷八，頁 100～101。

年（1243）始爲之鋟版。明代未見專刻，僅見澹生堂〔註11〕及謝在杭鈔本〔註12〕，降而至清，才較廣流傳。見存的版本有：

1. 武英殿聚珍本——原書現藏故宮博物院。光緒二十一年（1895）廣雅書局曾依原式重刊，臺灣大學、政治大學及中央研究院史語所均有藏本。
2. 文淵閣四庫全書本——原書現藏故宮博物院，臺灣商務印書館曾據以影印。
3. 摛藻堂四庫全書薈要本——原書現藏故宮博物院，臺灣商務印書館曾據以影印，尚未發行。
4. 經苑本——重梓武英殿聚珍本，復經王簡校訂，臺灣大學及中央研究院史語所均有藏本。
5. 湖北先正遺書本——重梓武英殿聚珍本，政治大學及中央研究院史語所均有藏本。
6. 叢書集成本——重梓經苑本。
7. 舊鈔本——缺卷十九、二十，現藏中央圖書館。
8. 鈔本——現藏中央圖書館。
9. 日本鈔本——現藏日本靜嘉堂文庫。

《詩總聞》見於著錄，當以《文獻通考》和《直齋書錄解題》爲最早，皆標「三卷」，但據陳日強跋，全書共二十卷，《宋史・藝文志》及私家藏書志皆作二十卷，見存諸本亦如之。至於「三卷」本卷帙之分，今既不傳，難究其詳。

第二節　體　例

《詩總聞》的體裁於眾多有關《詩經》研究的著作中，最爲特殊，全書體例可分爲三：

一、全書去序，但錄經文，每篇分章說其大義。目錄如下

卷一：周南、召南。
卷二：邶風。
卷三：鄘風、衛風。
卷四：王風、鄭風。
卷五：齊風、魏風。
卷六：唐風、秦風。
卷七：陳風、檜風、曹風。
卷八：豳風。
卷九：小雅〈鹿鳴〉至〈魚麗〉。
卷十：小雅〈南有嘉魚〉至〈吉日〉。

〔註11〕見張鈞衡《適園藏書志》卷一，頁26。
〔註12〕見周亮工《書影》卷八。

卷十一：小雅〈鴻雁〉至〈無羊〉。
卷十二：小雅〈節南山〉至〈巷伯〉。
卷十三：小雅〈古風〉至〈信南山〉。
卷十四：小雅〈甫田〉至〈賓之初筵〉。
卷十五：小雅〈魚藻〉至〈何草不黃〉。
卷十六：大雅〈文王〉至〈文王有聲〉。
卷十七：大雅〈生民〉至〈板〉。
卷十八：小雅〈蕩〉至〈召旻〉。
卷十九：周頌。
卷二十：魯頌、商頌。

二、除諸篇各說大義外，復以「十聞」分論，即

聞音：論音韻。
聞訓：論字義。
聞章：論分段。
聞句：論句讀。
聞字：論字畫。
聞物：論鳥獸草木。
聞用：論器物。
聞跡：論在處、山川、土壤、州縣、鄉落之類。
聞事：論事類。
聞人：論人姓號。

間或斷之以「總聞」。

三、又有「聞南」、「聞風」、「聞雅」、「聞頌」，分置〈周南・關睢〉、〈邶風・柏舟〉、〈小雅・鹿鳴〉、〈周頌・清廟〉四詩之前

聞南：論南，樂歌名也。作樂所以有貴于南，取純陽也。
聞風：論風，樂歌名也。往往南聲簡于風聲，故存者南少而風多也。
聞雅：論雅，樂歌名也。雅非告神之詩，特詠事之詩也。
聞頌：論武樂六成，及三頌諸篇斷句取義于五行之說等。

王質雖立十聞之例以論《詩》，但解《詩》時有一例不能盡者，則用兼聞之例，例如：

〈卷耳〉聞音曰：「觥，姑黃切。以兕角爲酒器曰兕觥。」（卷一，頁8）是聞音兼聞用之例。

〈摽有梅〉聞音曰：「三，疏簪切。古文三皆作參，參與叄同，省文作三。」（卷一，頁23）。

又〈小星〉聞音曰：「昴，力求切。古昴皆作留。」（卷一，頁24）是聞音兼聞字之例。

〈汝墳〉聞音曰：「肄，當作肆，郎計切。《說文》：『附著也。賤也。』〔註13〕枚，離幹而上出者，可以枚數；隸，附幹而下生者，故賤如僕隸也。肄，勞也。無謂。」（卷一，頁14）是聞音兼聞字、聞訓之例。

〈出其東門〉聞音曰：「且，叢租切，存也。」（卷四，頁24）是聞

〔註13〕今本《說文》無「賤也」二字。

音兼聞訓之例。

〈北風〉聞訓曰：「涼，風色薄也；喈，風聲緩也。大率風作雪者也，雪成則風稍止。雨作去聲。」（卷二，頁 22）是聞訓兼聞音之例。

又依其體例，斷句如有異於前人者，當出「聞章」或「聞句」，但〈式微〉、〈七月〉、〈杕杜〉、〈我將〉、〈豐年〉、〈小毖〉、〈閟宮〉諸詩，別無文字說明，僅於文中標識。而〈大東〉、〈北山〉、〈大明〉、〈桑柔〉、〈江漢〉諸詩，既無文字說明，文中亦無標識。

凡此於例似欠分明，而考其所以，或爲便於行文之故，或有脫文致使之。例如王簡校經苑本《詩總聞》時，謂〈卷耳〉聞音「以兕角」以下九字上，當有「聞用曰」三字。又謂「〈北山〉舊爲六章，王氏改爲五章，後當有聞章，而傳本失之。」

總之，《詩總聞》的體例，的確不純。

第三章　《詩總聞》論六義與二南研究

第一節　論六義

風、雅、頌、賦、比、興六者，《周禮》稱爲「六詩」，云：

> 教六詩：曰風、曰賦、曰比、曰興、曰雅、曰頌。〔註1〕

詩序因之，稱之爲「六義」，云：

> 故《詩》有六義焉：一曰風、二曰賦、三曰比、四曰興、五曰雅、六曰頌。上以風化下，下以風刺上，主文而譎諫，言之者無罪，聞之者足以戒，故曰風。……是以一國之事，繫一人之本，謂之風。言天下之事，形四方之風，謂之雅。雅者，正也。言王政所由廢興也。……頌者，美盛德之形容，以其成功告於神明者也。

但《周禮》對六詩未加解釋，詩序也只對風、雅、頌三者略有說明，其餘三者的界說則全部闕如。因此，後儒的詮釋，往往不同，或以爲俱是《詩經》的作法，如程顥〔註2〕；或以爲風、雅、頌是《詩經》的體裁，而賦、比、興是《詩經》的作法，如孔穎達〔註3〕、朱子〔註4〕；或以爲六者原來都是樂歌的名稱，如朱自清〔註5〕、戴君仁〔註6〕。

王質認爲風、雅、頌、賦、比、興六者，全是《詩經》的體裁（卷二，頁1），

〔註 1〕見《周禮》卷二三，頁11〈春官、太師職〉。

〔註 2〕見《二程語錄》卷二二，頁32。

〔註 3〕見《毛詩正義》卷一。

〔註 4〕見朱鑑編《詩傳遺說》卷三引錄。

〔註 5〕見《詩言志辨》。

〔註 6〕見〈賦比興的我見〉，載《梅園論學續集》，頁160～165。

而且《周禮》既稱「太師教六詩」，則賦、比、興應當別有詩篇。但此說並非始自王質，乃源於《鄭志》答張逸之問：

> 《鄭志》云：「張逸問：『何詩近於比、賦、興？』答曰：『比、賦、興，吳札觀《詩》已不歌也。孔子錄《詩》已合風、雅、頌中，難復摘別，篇中義多興。』」〔註 7〕

張逸有此一問，當是懷疑賦、比、興別有篇卷。《鄭志》之答，似已否定賦、比、興別有篇卷之說；但又云「吳札觀《詩》已不歌也。」，則又不能不令人生疑。王質因而有賦、比、興三詩皆亡之說，其云：

> 《禮》：「風、賦、比、興、雅、頌，六詩。」當是賦、比、興三詩皆亡，風、雅、頌三詩獨存。（卷二，頁 1）

章炳麟也曾據此而論，以爲古有賦、比、興三詩，因不可歌而爲孔子所刪〔註 8〕。

王質此說顯然是受了《周禮》「六詩」的影響，但據〈瞽矇職〉所載「掌九德、六詩之歌，以役太師」，〔註 9〕知其所掌的「六詩之歌」，應該都是歌辭〔註 10〕。因此，太師職掌中的「六詩」，也應當全是指作好的詩歌而言〔註 11〕，所以，《周禮》的「六詩」，可能是說「詩有六種歌唱的方式」〔註 12〕，由於在練習時應用，故說「教六詩」，並非指稱六種詩歌的體裁。竊以爲王質此說是誤解《周禮》「六詩」之義而來，而且「有判斷而無理由」〔註 13〕，難以令人信服，近人黃振民曾列下面三項理由，說明王質此說不足取：

1. 由詩的亡佚本身來看，齊、魯、韓三家詩，雖早已亡佚，仍可由古書中尋得殘篇斷句，如果賦、比、興的確與風、雅、頌同屬《詩經》的體裁，即使亡佚了，也不可能片語無存。〔註 14〕
2. 由詩序的解說來看，詩序僅對風、雅、頌三者加以解釋，面對於賦、比、興三者獨無說明，足以證明賦、比、興並非與風、雅、頌並立，而是存在風、雅、頌之內的。〔註 15〕

〔註 7〕見《毛詩正義》卷一引。
〔註 8〕見〈六詩說〉，載於《章氏叢書》「檢論第三」。
〔註 9〕見《周禮》卷二三，頁 13〈春官、瞽矇職〉。
〔註 10〕同註 6。
〔註 11〕同註 6。
〔註 12〕同註 6。
〔註 13〕見高葆光〈詩風南雅頌正詁〉附註 1，載於《詩經新評價》，頁 249～269。
〔註 14〕見黃振民〈詩風、雅、頌、賦、比、興六義考釋（上）〉，載於《中華文化復興月刊》第六卷第七期，頁 39～49。
〔註 15〕同註 14。

3. 自周秦以來，凡言《詩》者，或曰風、雅、頌〔註16〕，或曰雅、頌〔註17〕，從未有言及賦、比、興者，亦足以證明賦、比、興三者絕非《詩經》的體裁。〔註18〕

綜上觀之，黃氏所論，固已有理。王質所言，亦非確論，但已對《孔疏》六義與六詩無別，賦、比、興即在風、雅、頌中，非別有篇卷的傳統說法提出異見〔註19〕，對朱自清，戴君仁等啓示不小。事實上，詩序的「六義」雖是采自《周禮》的「六詩」而來，由於太師和瞽矇職都是典樂之官，所重在樂，不在詩歌文藝上或政教上的價值，詩序的作者則較偏重於政教上的價值，所以，詩序雖襲用「六詩」之名，目爲「六義」，在性質上卻有所不同，《周禮》言「六詩」，是以聲爲用，詩序改爲「六義」，則是以義爲用〔註20〕。今《詩經》雖僅存風、雅、頌，而無賦、比、興，且《毛傳》言興者頗多，但非六詩中「賦、比、興」的「興」。

王質也認爲六詩中的「興」，非即六義中的「興義」。在此附帶論及王質對興義的看法，其言云：

△覩物興感。（卷一，頁12）

△詩人未有未見而強起興者。（卷一，頁15）

△詩人觸物興情。（卷一，頁26）

△觸境興懷。（卷二，頁13）

△詩人觸物吐情。（卷八，頁16）

△詩人觸景生情。（卷十，頁2）

△覩物起興。（卷十，頁7）

△此詩（指〈四月〉）每章皆有見而感。（卷十三，頁5～7）

認爲詩人取興，必當時有所觸動。此種「觸物起情」的說法，與蘇轍之說有相同之處，蘇氏云：

> 夫興之爲言，猶曰其意云爾；意有所觸乎當時，時已去而不可知，故其類可意推而不可以言解。「殷其靁，在南山之陽」，此非有所取乎雷也，

〔註16〕如《周禮·太師》、《禮記·樂記》、《荀子·儒效》論詩，都是風、雅、頌三類並舉。

〔註17〕如《論語·子罕篇》「子曰：『吾自衛返魯，然後樂正，雅、頌各得其所。』」

〔註18〕同註14。

〔註19〕自《孔疏》云：「太師上文未有『詩』字，不得徑云六義，故言六詩，自各爲文，其實一也。」主張六義與六詩無別。後賈公彥作《周禮疏》，贊同《孔疏》之說，云：「按《詩》上下惟有風、雅、頌，是《詩》之名也。但就三者之中有比、賦、興，故總謂之六詩也。」從此，《孔疏》六義與六詩無別，賦、比、興即在風、雅、頌中，非別有篇卷之說，成了六義的正統詮釋。

〔註20〕見朱自清《詩言志辨》，頁77。

蓋必當時之所見而有動乎其意，……此其所以爲興也。〔註21〕

二人所論，都強調「觸物」兩字是興義的關鍵所在，蓋有所見、有所聞，觸物動情而成詩。因此，王質認爲詩中的鳥獸草木有記時的功效，也常據以推測詩的作者，這也是與蘇轍「觸動爲興」之說的差異所在。

第二節　論二南

《詩經》的內容分爲風、雅、頌三類，漢、唐諸儒向無異說，都認爲風包括周南、召南。惟自宋程大昌《詩論》〔註22〕倡「南、雅、頌爲樂詩，十三國皆不入樂爲徒歌」〔註23〕，及王質《詩總聞》謂「南，樂歌名」（卷一，頁1）之議後，顧炎武〔註24〕、崔述〔註25〕、梁啓超〔註26〕等全認爲「南」是一種獨立的詩體，甚至應當在風、雅、頌之外，別立「南」爲一體。從此，二南仍當列在國風，抑當從風詩中獨立，成爲世儒紛爭的問題。

追本溯源，此說實始自蘇轍解〈小雅、鼓鐘〉「以雅以南，以籥不僭」的「雅」爲二雅，「南」爲二南〔註27〕。南與雅對舉，頗有「南」是種獨立詩體的傾向。影響所及，而後程大昌亦云：

〈鼓鐘〉之詩曰：「以雅以南，以籥不僭」，季札觀樂有「舞象箾南籥」者，詳而推之，南籥，二南之籥也。箾，雅也；象箾，頌之〈維清〉也。其在當時親見古樂者，凡舉雅、頌，率參以南。其後〈文王世子〉又有所謂「胥鼓南」者，則南之爲樂古矣。〔註28〕

又云：

蓋南、雅、頌，樂名也，若今之樂曲之在某宮者也，南有周、召，頌有周、魯、商，本其所得而還以繫其國土也。〔註29〕

王質也佐以《禮記‧文王世子》及《左傳》云：

南，樂歌名也。見《詩》「以雅以南」；見《禮》「胥鼓南」；鄭氏以爲

〔註21〕見蘇轍《詩集傳》卷一，頁22～23。
〔註22〕程大昌《詩論》，朱彝尊《經義考》題爲《詩議》，《江南通志》題作《毛詩辨正》。
〔註23〕見《詩論》——「詩論一」。
〔註24〕見《日知錄》卷三——「四詩」。
〔註25〕見《讀風偶識》卷一，頁5。
〔註26〕見〈釋「四詩」名義〉，載於《小說月報》第七卷號外。
〔註27〕見蘇轍《詩集傳》卷十二，頁4。
〔註28〕見《詩論》——「詩論二」。
〔註29〕同註28。

西南夷之樂，又以爲南夷之樂。見《春秋傳》「舞象箾南籥」，杜氏以爲文王之樂。其說不倫；大要樂名也。（卷一，頁1）

又云：

《禮》「舜作五絃之琴以歌南風，夔始制樂以賞諸侯」，南即《詩》之南也，風即《詩》之風也。舜始見之於琴，而夔始播之於樂。後世誤認其意，遂以爲盛夏之南風。今所傳〈南風〉之歌，岦主於此。（卷一，頁1）

認爲舜歌南風的「南」即《詩經》之南，「風」即《詩經》之風。南與風對舉，也以「南」爲一種獨立詩體，《詩總聞》分爲南、風、雅、頌四部分，可爲例證。

至於二南，舊說周爲岐周故地，自文王徙都於豐，以其地爲周公旦、召公奭的采邑；南，言周、召之化行於南國，如詩序云：

〈關雎〉、〈麟趾〉之化，王者之風，故繫之周公。南言化自北而南也。〈鵲巢〉、〈騶虞〉之德，諸侯之風也，先王之所以教，故繫之召公。周南、召南，正始之道，王化之基。

鄭玄《詩譜》云：

周召者，〈禹貢〉雍州岐山之陽，地名。……文王受命作邑於豐，乃分岐邦周召之地爲周公旦、加公奭之采地，……其得聖人之化者，謂之周南；得賢人之化者，謂之召南，言二公之德教，自岐而行於南國也。〔註30〕

朱子《詩集傳》因之，亦云：

文王……分岐周故地，以爲周公旦、召公奭之采邑。且使周公爲政於國中，而召公宣布於諸侯，於是德化大成於內，而南方諸侯之國，江、沱、汝、漢之間，莫不從化。……蓋其得之國中者，雜以南國之詩而謂之周南，言自天子之國而被於諸侯，不但國中而已。其得之於南國者，則直謂之召南，言自方伯之國被於南方，而不敢以繫於天子也。〔註31〕

但教化是無形的，其流行不易以區域畫分，故此說難以令人盡服，尤其「南化」之說，亦頗拘執。〈大雅・緜〉篇：「虞芮質厥成，文王蹶厥生。」〈皇矣〉篇：「以篤于周祜，以對于天下。」可見文王之化，自西徂東，無思不服，並非僅限於自北而南。據傅斯年的考證：南非南化之義，而是指南方之國；周南即周王朝所直轄的南方之國；召南即召穆公虎所統轄的南方之國〔註32〕。

又據《儀禮・鄉飲酒禮》、〈燕禮〉所載的作樂程序，都是於工歌間歌笙奏之後，

〔註30〕見《毛詩正義》卷前引錄。

〔註31〕見朱子《詩集傳》卷一，頁1～2。

〔註32〕見《詩經講義稿》——〈周頌說〉。

終以「合樂」。合樂所歌的是周南的〈關雎〉、〈葛覃〉、〈卷耳〉和召南的〈鵲巢〉、〈采蘩〉、〈采蘋〉。《論語》也說：「〈關雎〉之亂，洋洋乎盈耳哉！」凡曲終所歌者，稱之爲「亂」，《楚辭》及古辭多有之，故梁啓超推測「南也許是一種合唱的音樂，到樂終時才唱。」〔註33〕此說理論雖未詳細闡證，但較南化之說其病爲少。

大體上，「南」是方域之名，但也是一種樂名，二南諸詩采自周南、召南之地，其聲爲南調。若以詩的樂調而言，二南誠當別出於國風之外，獨立成一體；然就詩的地緣而論，二南諸詩一如鄭詩采自鄭地，其樂調則爲鄭聲，而且《左傳》隱公三年說：「風有〈采蘩〉、〈采蘋〉」，列召南於國風。《史記、孔子世家》也說：「〈關雎〉之亂，以爲風始，亦以周南爲國風，故胡承拱、魏源等極力反對二南獨立。胡辰拱云：

> 至二南之南，猶十五國之國也，目其地而言也。當時所采詩或得於南國，周、召不足以盡之，故不言國而言南也。〔註34〕

魏源亦云：

> 《周禮》太師教國子以六詩，有風、雅、頌，而無南，《左傳》「風有〈采蘩〉、〈采蘋〉」，其詩實在召南，則二南同爲國風明矣。〔註35〕

因此，我們說二南本是風詩，又風本是樂曲的通名〔註36〕，所謂國風，就是指各國的樂曲，故二南仍當列在國風，無庸別立門戶。

對於二南是否獨立的問題，王質云：

> 南，樂歌名也。（卷一，頁1）
>
> 風，樂歌名也……言風不及南，當是風也、南也，其聲同律，故舜樂先南次風，同被之于琴，其聲無爽也。季子獨稱南不稱風，凡及風者止稱國；至雅則稱雅，頌則稱頌，惟魏、齊因辭及風，亦非指名稱風。蓋南、風同類。舉南則風在中也。……風、南，一也，往往南聲簡于風聲，故存者南少而風多也。（卷二，頁1）

似乎只主張南與風同爲樂歌名，其聲同律，其體同類，無須別立於國風之外，惟南

〔註33〕同註26。

〔註34〕見《毛詩後箋》卷一，頁5。

〔註35〕見《詩古微》卷三，頁6。

〔註36〕《大雅・崧高》：「吉甫作誦，其詩孔碩，其風肆好。」《傳》、《箋》不得其解，惟《朱傳》訓「風」爲「聲」、「其風」即指〈崧高〉詩的曲調。《左傳》成公九年：「樂操土風。」土風就是本土的樂調；又襄公十八年：「吾驟歌北風，又歌南風，南風不競，多死聲。」北風就是北方的曲調，南風就是南方的曲樂。《山海經・大荒西經》：「大子長琴……始作樂風。」《海內經》：「鼓延是始爲鐘，爲樂風。」樂風即指樂曲。由上述例證看來，風本是樂曲的通名。

聲較風聲為簡，故存者南少而風多。

至於為何之名為「南」，王質認為：

> 南，大夏也，正午也。故字作午，亦作丙，亦作丁。南之取名以此，《禮》王夏、肆夏、昭夏、納夏、章夏、齊夏、祴夏、驁夏，凡九。……諸夏皆南聲也。……此亦作樂所以有貴于南，取純陽也。(卷一，頁 2～3)

王質此說，雖好似附會，但古人確有貴陽貴明的觀念〔註 37〕，故高葆光認為「也許因為周人陶復陶穴，地處苦寒，對於純陽懷有神秘而又需要的感覺，也可能和埃及人崇拜太陽類似。南的命名，與此或有關係。」〔註 38〕但在沒有得到更充分的證據以前，我們不敢也不可武斷，何以「南」名之為南的原因，誠如梁啟超所云：「音樂之何以得名，本來許多是無從考據的。」〔註 39〕

〔註 37〕見高葆光〈詩風南雅頌正詁〉，載於《詩經新評價》，頁 249～269。

〔註 38〕同註 37。

〔註 39〕同註 26。

第四章　《詩總聞》「十聞」重要內容研究

書中「十聞」所論，若依性質加以歸納，摘其要點，可分為音韻、訓詁、章句、異文四方面。本章將就此四者，試為探討如下。

第一節　對《詩經》音韻的看法

王質在〈與周樞密益公書〉中〔註1〕，曾言及「談詩自知音始」，對「世之知音者少，而古聲不復傳于世」，深以為歎，故作此書首列「聞音」，例亦最多，除書從〈采綠〉、〈黍苗〉、〈行葦〉、〈清廟〉、〈時邁〉、〈執競〉、〈思文〉七篇，因諸本缺頁，難究其詳外，其餘有聞音的共二百七十六篇，比率約十二分之一強，僅二十二篇沒有聞音。〔註2〕

聞音以反切為主。同時，為有助於「吟咏諷誦」（聞音凡例語），音讀往往不避重覆，王質對於音韻的重視，由此可知。

王質認為：凡古音無有不叶，只是時代久隔，古音漸轉漸遠，後人難以盡考。而且古詩縱橫，委曲多叶，故論詩「但得叶韻已足」（卷十九，頁10）。所謂「叶韻」，就是更改今音，以叶古韻。王質為使叶韻順讀，常將原本不同韻的字，改讀成同韻字。例如〈關雎〉四音「參差荇菜，左右采之。窈窕淑女，琴瑟友之。」「采」祭部字，「友」幽部字，王質注「采」為「此禮切」，今讀「ㄑㄧˇ」；注「友」為「羽軌切」，今讀「ㄧˇ」。如此一來，「采」與「友」都成了之部字。又如〈葛覃〉首章「葛

〔註1〕見《雪山集》卷八，頁100～101

〔註2〕即〈樛木〉、〈桃夭〉、〈采蘩〉、〈騶虞〉、〈式微〉、〈芄蘭〉、〈伯兮〉、〈褰裳〉、〈東方之日〉、〈椒聊〉、〈無衣〉、〈衡門〉、〈隰有萇楚〉、〈伐柯〉、〈九罭〉、〈湛露〉、〈菁菁者莪〉、〈六月〉、〈祈父〉、〈維清〉、〈小毖〉、〈閟宮〉。

之覃兮，施于中谷，維葉萋萋。黃鳥于飛，集于灌木，其鳴喈喈。」「喈」字通常讀如「皆」，爲叶上面的「萋」字，王質注爲「居西切」，讀如「ㄐㄧ」，即將原屬脂部的「喈」，改讀成與「萋」同的支部字。

此外，更有因叶韻而改動文字的，例如〈女曰雞鳴〉末章「知子之來之，雜佩以贈之。知子之順之，雜佩以問之。知子之好之，雜佩以報之。」

> 聞音曰：「好，許厚切。順叶問，好叶報，惟來、贈不叶。贈當作『貽』字轉，不然則以『之』爲韻。（卷四，頁 16）

至於或將同一字在一首詩中，分別標註成相差很遠的不同韻讀的現象，王質則無。

叶韻是宋儒治《詩》的特色之一。王質叶韻則多採吳棫《韻補》之說，例如〈關雎〉二、三章「求之不得，寤寐思服。悠哉悠哉，轉轉反側。　參差荇菜，左右采之。窈窕淑女，君子好逑。」

> 聞音曰：「吳氏『服，蒲北切。……采，此禮切。友，羽軌切。今服，房六切，時十有六無用此切；友，云九切，詩十有一亦無用此切者。今從吳氏。』（卷一，頁 4～5）

〈葛屨〉二章以下「要之襋之，好人服之。好人提提，宛然左辟。佩其象揥，維是褊心，是以爲刺。」

> 聞音曰：「服，滿北切。辟，吳氏『毗義切』，叶揥、刺，今連上叶襋、服。刺，七賜切。當讀與砌相近，如雌爲妻、此爲泚，今俗讀吡，吳氏良是。」（卷五，頁 12）

王質雖多採吳棫之說，但非全依之，有不妥，亦加駁正。例如〈候人〉首章「彼候人兮，何戈與祋。彼其之子，三百赤芾。」

> 聞音曰：「祋，都外切。芾，甫味切。芾，韠也。《集韻》亦作「市」、作「韍」、作「芾」，皆分物切。去韻亦有「芾，小也」、「芾，草木也」，皆博蓋切。雖當從分物切而祋《說文》引詩「何戈與祋」；鄭氏雖引詩「何戈與祋」，以祋爲綴；《集韻》皆都外切。芾，當用去韻，世用此多叶，分律蓋用黻、茇，吳氏所疑亦似過也。」（卷七，頁 16）

〈斯干〉四章「上完下簟，乃安斯寢。」

> 聞音曰：「簟，子禁切，今人猶有此聲。吳氏前二章皆用引韻，此一章不用。「未詳」，蓋未察此也。（卷十一，頁 11）

〈裳裳者華〉末章「左之左之，君子宜之。右之右之，君子有之。維其有之，是以似之。」

聞音曰：「左，七何切，今南人猶有此音，吳氏以爲未詳。吳氏考古音甚詳，而采方音稍略也。」（卷十四，頁 9）

〈絲衣〉「絲衣其紑，載弁俅俅。自堂徂基，自羊徂牛。鼐鼎及鼒。……」

聞音曰：「吳氏以牛爲魚奇切，叶鼒，津之切。不若以牛附上，以鼒附下，自叶。」（卷十九，頁 24）

叶韻說的隨韻改讀，雖可恢復古代韻文的和諧韻律，卻是缺乏依據的。因爲改讀之後，是否眞合古韻，値得懷疑。宋儒的叶韻，只是根據上下文句的韻脚加以推求，並非從上古音的分部中求證而得的，即使讀起來和諧，也是缺乏語音學的根據。所以焦竑在《筆乘》中說：「如此則東亦可以音西，南亦可以音北，上亦可以音下，前亦可以音後，凡字皆無正呼，凡詩皆無正字矣。」〔註 3〕王力《古漢語通論》也認爲：「在朗誦古代的詩歌韻文時，前人那種改讀韻脚的辦法（即叶韻），不是科學的，也是不必要的，我們完全可以按照現代普通話的讀音來朗讀。」〔註 4〕

王質也強調談詩韻「不可盡拘古而廢今」（卷五，頁 1），故聞音所論，兼顧及今音、方音。例如〈露蕭〉首章「既見君子，我心寫兮。」

聞音曰：「寫，賞羽切。諺云：『書三寫，魚成魯，帝成虎。』今北人猶有此音。」（卷十，頁 5～6）

〈無羊〉三章「三十維物。」

聞音曰：「物，微律切。今猶有此音。」（卷十一，頁 13）

〈雨無正〉二章「三事大夫，莫肯夙夜。」

聞音曰：「夜，弋灼切。今北人猶有此聲。」（卷十二，頁 14）

〈北山〉二章「大夫不均，我從事獨賢。」末章「或出入風議。」

聞音曰：「賢，下珍切。今東人猶有此音。……

議，魚羈切。今西人猶有此音。佛書思議讀作宜，大率西音多然。」（卷十三，頁 8）

故王質聞音所論，亦有勝於前人之說者，例如〈新臺〉二章「新臺有洒，河水浼浼。」

王質云：「洒，先典切（音ㄒㄧㄢˇ）。浼，美辨切（音ㄇㄧㄢˇ）。」

案：洒，《釋文》云：「七罪反（音ㄘㄨㄟˇ），《韓詩》作漼，音同。」段玉裁《詩經小學》云：「（漼）必首章『新臺有泚』之異文，漼與泚同部，

〔註 3〕見《焦氏筆乘》卷三，頁 10——「古詩無叶音」。

〔註 4〕見《古漢語通論》，頁 145。

與洒、浼不同部。……陸德明誤屬之二章。」〔註5〕據段氏所校，知《釋文》音讀乃由「漼」字而致誤。又浼，《釋文》云：「每罪反（音ㄇㄟˇ）。核以上下韻，知《釋文》所標不合。江有誥《詩經韻讀》則標「洒」音「蘚」，「浼」音「免」〔註6〕，皆本諸王質。

第二節　對《詩經》字句的訓解

自歐陽修《詩本義》始與毛、鄭立異後，宋儒治《詩》，不但對毛、鄭舊說有所懷疑，更各逞才辯，肆己意，紛立新解，一時蔚爲風氣，其盛況可自朱熹〈呂氏家塾讀詩後序〉窺知。朱熹：

> 至於本朝劉侍讀（敞）、歐陽公（修）、王丞相（安石）、蘇黃門（轍）、河南程氏（頤）、橫渠張氏（載），始用己意，有所發明。雖其淺深得失，有不能同，然自是之後，三百五篇之微辭奧義，乃可得而尋繹，蓋不待講於齊、魯、韓氏之傳，而學者已知《詩》之不專於毛、鄭矣！〔註7〕

王質解詩，除自創新義外，亦間採前人的詩說精義，茲取《詩總聞》有關字句訓解者，分（一）與前人之說相同者，（二）自創新義者兩方面，詳爲探討，期能對王質解《詩》有更進一步的認識。

（一）與前人之說相同

（1）與《毛傳》同者

篇　目	經　文	毛　傳	詩　總　聞
采　蘩	被之僮僮 被之祁祁	△僮僮——竦敬也。 △祁祁——舒遲也。	△僮僮——竦敬也。 △祁祁——舒遲也。
日　月	日居月諸	△日乎月乎。	△居——諸皆辭也。齊魯之間語助也。
泉　水	飲餞于禰 出宿于干 飲餞于言 思須與漕	△禰——地名。 須——衛邑也。 干、言——所適國郊也。	△干、言——恐皆是地名。 禰、須——亦皆地名。
新　臺	河水瀰瀰	△瀰瀰——盛也。	△瀰——盛也。
君子偕老	其之展也	△《禮》有展衣，以丹縠爲衣。	△展——展衣也。
定之方中	定之方中	△定——營室也。	△定——營室也。

〔註5〕見《詩經小學》卷一，頁11。
〔註6〕見《詩經韻讀》卷一，頁13
〔註7〕見《朱文公文集》卷七六，頁1398——「《呂氏家塾讀詩記》後序」。

河　廣	一葦杭之 曾不容刀	△杭——渡也。 △小船曰刀	△杭——航也 △刀——舠也。
丰	子之丰兮	△丰——豐滿也。 （《箋》云：「有親迎我者，面貌丰丰然豐滿，善人也。」）	△丰——親迎者之貌。
候　人	彼候人兮	△道路送賓客者。	△候人——道路之官。
常　棣	和樂且孺	△孺——屬也。	△孺——屬也。
天　保	神之弔矣	△弔——至也。	△弔——至也。
采　薇	維常之華	△常——常棣也。	△常即常棣也。
出　車	赫赫南仲 未見君子	△南仲——文王之屬。 △君子——斥南仲。	△南仲——文王之屬。 △君子——謂南仲也。
南有嘉魚	南有嘉魚	△江漢之間，魚所產也。	△江漢之間，有魚爲嘉魚。
黃　鳥	不肯我穀	△穀——善也。	△穀——善也。
節南山	赫赫師尹 維周之氐	△師——大師，周之三公也。 尹——尹氏。 △氐——本也。	△師——官；尹——氏也。 △氐——柢也，爲國之根。
小　宛	宛彼鳴鳩	△宛——小貌。	△宛——小也。
無將大車	維塵雝兮	△雝——蔽也。	△雝——壅也。（《釋文》雝作壅。）
小　明	日月方奧	△奧——煖也。	△奧——煖也。
楚　茨	言抽其棘	△抽——除也。	△抽——拔也，除也。
甫　田	自古有年 如坻如京	△有年——豐年。 △京——高丘也。	△有年——豐年。 △京——附地而隆陂陁也。
鴛　鴦	畢之羅之	△畢掩而羅之。	△畢——盡也。
白　華	卬烘于煁	△煁——烓竈也。	△煁——烓也，今行竈。
苕之華	牂羊墳首	△牂羊——牝羊也。	△牂羊——牝羊也。
文　王	陳錫哉周	△能敷恩惠之施。	△陳錫——猶敷錫也。
大　明	摯仲氏任	△摯——國；任——姓；仲——中女也。	△摯——國也。 仲女曰任氏。
棫　樸	芃芃棫樸	△棫——白桵也。	△棫——白桵也。
文王有聲	遹駿有聲	△遹——述；駿——大。	△遹——述也。駿——大也。
生　民	誕彌厥月 鳥覆翼之 以歸肇祀	△彌——終也。 △大鳥來，一翼覆之，一翼藉之。 △肇——始也。始歸而郊祭也。	△彌月——受胎盈月也。 △覆——擁也。言以翼而擁之。 △肇祀——郊祭也。
假　樂	宜君宜王	△宜君王天下也。	△君——君國也。王——王天下。
公　劉	夾其皇澗 遡其過澗	△皇——澗名也。 過——澗名也。	△皇澗、過澗——皆是澗名也。
江　漢	肇敏戎公	△戎——大也。	△戎——大也。
閔予小子	於乎皇考 念茲皇祖	△君考——武王。 君祖——文王。	△皇考——武王也。 皇祖——文王也。

（2）與《鄭箋》同者

篇目	經文	鄭箋	詩總聞
終風	願言則嚏	△今俗人嚏，云人道我。	△嚏——鼻也。俗言爲人暗及，則鼻發此聲。
擊鼓	爰居爰處	△不還謂死也、傷也、病也。	△居——死者也。死歸塚壙，謂之居。處——傷者也。傷留在處，謂之處。
簡兮	簡兮簡兮	△簡——擇也。	△簡——擇也。
出其東門	匪我思且	△匪我思且——猶匪我思存也。	△且——存也。
著	尙之以瓊華乎而	△尙——猶飾也。	△尙——飾也。
東門之枌	穀旦于差	△差——擇也。	△差——擇也。選善日而擇所適之地。
蜉蝣	於我歸說	△說——猶舍息也。	△說——猶舍息也。
常棣	鄂不韡韡	△承華者曰鄂。	△鄂——蒂也。
節南山	以空王訩	△言以窮極王之政，所以致多訟之本意。	△言盡爲王道其致訟之故。
小宛	哀我塡寡	△可哀哉！我窮盡寡財之人。	△當是家窮財薄如此，故曰塡寡。
北山	嘉我未老 鮮我方將	△嘉、鮮——皆善也。	△嘉、鮮——皆美之辭。今人猶呼少壯爲鮮健。
甫田	如坻如京	△坻——水中高地。	△坻——從水而起洲渚也。
大田	彼有不穫穉 此有不斂穧	△言作物齊熟，力皆不足，而不穫、不斂。	△不穫——不及穫者也。不斂——不及斂者也。

（3）與王肅之說同者

篇目	經文	王肅	詩總聞
鵲巢	百兩御之	△御，《釋文》引王肅「魚據反」，云「侍也」。	△王氏音馭，侍也。侍意更多，今從王氏。

（4）與孫毓之說同者

篇目	經文	孫毓	詩總聞
甫田	歲取十千	△案：見《孔疏》引孫毓言，內容與下同，故省略。	△孔氏：凡詩之作，非如記事之書，必詳度量之數，〈甫田〉言歲取十千，亦猶〈頌〉之「萬億及秭」，舉成數耳，計其所在大田皆有十千之數，以見天下皆豐，此說甚通。

（5）與劉敞之說同者

篇目	經文	劉敞	詩總聞
甘棠	蔽芾甘棠	△蔽芾——盛貌。	△蔽芾——陰貌，不必言小。

（6）與王安石之說同者

篇目	經文	王安石	詩總聞
旄丘	流離之子	△胡承拱《毛詩後箋》云：「宋人自王介甫（安石）後，俱以漂散解流離。」	△古隴頭歌：「隴頭流水，流離山下，含吾一身，飄然在野。」與此流離同意，鄭氏言鳥名，恐非。

（7）與蘇轍之說同者

篇目	經文	蘇轍	詩總聞
樛木	福履綏之	△木下曲曰樛。木以樛，故葛藟得纍之而上，后妃以逮下，故眾妾得敍進於君子，室家既和，故其君子無所憂患而能安履其福。	△履——足所依也。福隨步而有，故曰福履。以履爲祿，苟與福相類，恐非。
柏舟	不可選也	△選——簡擇也。	△在位皆同類，威儀如此，不可擇而告之也。
式微	胡爲乎中露 胡爲乎泥中	△中露、泥中——言其暴露而無覆藉之者也。	△中露、泥中——言行役冒犯之苦，語法如此，未必是地名也。
旄丘	充耳不聞	△言如塞耳而無聞。	△流離破服如此，而親族如不聞也。
定之方中	樹之榛栗 椅桐梓漆 爰伐琴瑟	△種此六木於宮者，曰後可以伐琴瑟也。種木者求用於十年之後，其不求近功，凡類此。	△古人舉事常儲後利，不責近效，此六木雖良而難長。蘇氏所謂「栽種成陰十年後，倉皇求買萬金無。」
大叔于田	叔在藪 火烈具舉	△用火宵田也。	△用火所以發獸也，如今野燒。
丰	衣錦褧衣	△錦衣——庶人嫁者之服也。	△褧——絺也，枲屬也。言以枲爲錦，當是士庶之家也。
候人	彼其之子 三百赤芾 不遂其媾	△赤芾蔥珩，大夫以上。 △爲婚媾有未達也。	△之子——朝廷之官也。 △願不成其婚，欲其判也。
十月之交	天命不徹	△徹——通也。	△徹——通也。言其命不通也。
小旻	國雖靡止	△止——定也。	△靡止——言流落也。
甫田	以齊我明 如茨如梁	△明——潔也。 △茨——言其多也。	△明——潔也。 △茨——布地而生，蒺藜也。（案：亦喻其多之意也。）
漸漸之石	不皇朝矣	△不暇使之朝也。	△不皇——猶不遑也。古字通用，不暇朝而見王。
大明	造舟爲梁	△造舟爲梁，浮梁也。	△造舟爲梁，今浮橋也。
烈文	無封靡于爾邦	△無封以專利，無靡以專利。	△無封——無專封也。 靡于爾邦，勿私己國也。
載見	載見辟王	△辟王——成王也。	△辟王——成王也。

(8)與范處義之說同者

篇目	經文	范處義	詩總聞
駟驖	載獫歇驕	△歇驕——非犬名也。以車載犬，所以歇其驕逸。	△獫，長喙之犬固然，而歇驕短喙，可疑。此類多從犬，二字皆無從犬者。大率漢儒之學喜分耦為辭，有長喙必有短喙，恐從意而生。歇——息也。驕——懶也。言犬用力多，犬讒息，則懶無壯氣也。

(9)與鄭樵之說同者

篇目	經文	鄭樵	詩總聞
何彼襛矣	平王之孫 齊侯之子	△平王——即平王宜臼。 齊侯——即齊襄公。	△平王——周平王也。平王之孫——桓王之女也。 齊侯之子——謂釐公之子也。

(10)與呂祖謙之說同者

篇目	經文	呂祖謙	詩總聞
南有嘉魚	甘瓠纍之	△瓠有甘有苦，甘瓠則可食者也。	△甘瓠——甜瓠也。皆堪侑酒。

(11)與陳傅良之說同者

篇目	經文	陳傅良	詩總聞
考槃		△槃——器名。	△考槃——器也。周有壽盤，類此。

(12)與朱子之說同者

篇目	經文	朱子	詩總聞
關雎	左右流之	△流——順水流而取之也。	△流如本意，水東西南北皆為流，言取之無方也。
式微	式微式微	△式——發語辭。	△式微——發語辭。
北風	既亟只且	△只且——語助辭。	△只、且——皆嘆詞。
君子陽陽	其樂只且	△只且——語助聲。	△只且——嘆辭。
皇皇者華	周爰咨諏	△周——徧也。	△周——徧也。不必以為忠信。
巷伯	楊園之道	△楊園——下地也。	△楊園——郊野之地，墳塚所在。
谷風	習習谷風	△谷風——東風。	△谷風——春風也。
小明	念彼共人	△共人——僚友之處者也。	△共人——在朝之相知者。
甫田	乃求萬斯箱	△箱——車箱也。	△箱運之。
瞻彼	君子至此	△君子——指天子。	△君子——指宣王。
洛矣			
生民	先生如達	△先生——首生也。	△先生——長子也。
韓奕	出宿于屠	△屠——或曰即杜也。	△屠——當作杜，謂杜鄠也。

那	庸鼓有斁	△庸——鏞，通。	△庸或作鏞，古字亦通用。
殷　武	苞有三蘖	△苞——本也。蘖——旁生萌蘖也。言一本生三蘖也，本則夏桀，蘖則韋也、顧也、昆吾也，皆桀之黨。	△朱氏：苞——夏桀也。蘖——韋也、顧也、昆吾也。甚善。

（二）自創新義者

篇　目	經　文	詩　總　聞	備　註
葛　覃	葛之覃兮 爲絺爲綌	△時人以講葛覃爲葛藤，雖戲語，亦切中。 △毛氏舊說精者爲絺，麤者爲綌，恐不然。當是稀者爲絺，密候爲綌。	△聞一多：「覃爲蕈之省，蕈即藤聲之轉，葛之覃即葛之藤。」〔註8〕
螽　斯	螽斯羽	△毛氏「蚣蝑也。」《說文》「蝗也。」《爾雅》「醜奮也。」無斯字，此斯字在下，〈七月〉斯字在上，恐是辭。	△嚴粲：「此斯助詞，猶鸒斯、鹿斯也。」〔註9〕 △姚際恒：「螽斯之斯，語詞；猶『底斯』、『鸒斯』也。」〔註10〕
兔　罝	肅肅兔罝	△陸氏作菟，又作兔，今皆用兔。於菟，虎也。	△聞一多：「(兔罝）之詩，字作菟，或兔，而義實無虎也。」〔註11〕
麟之趾	振振公子	△公子——生公室而出爲人婦者也。古謂女爲子。	
野有死麕	有女懷春 吉士誘之	△女至春而思有所歸，吉士以禮通情而思有所耦，人道之常。或以懷春爲淫，誘爲詭，若爾，安得爲吉士？	△胡承拱：「大抵泥於六朝、唐人春閨、春怨之詩，遂覺懷春非美名。」〔註12〕
柏　舟	寤辟有摽	△辟——開也。摽——附也。開其襟而拊心也，今人憤悶者猶然。	
燕　燕	仲氏任只	△仲氏——次女也。任——氏也，其女所嫁之家也。 △任——當是薛國也。	△魏源：「『仲氏任只』猶〈大明〉『摯仲氏任』，自是任姓之女。」〔註13〕
終　風	終風且暴	△終風——末風也。風至末則衰，猶能爲暴，況當盛時，可謂大異。	
凱　風	吹彼棘心	△棘心——棘芽也。	△屈萬里：「心，蓋謂嫩葉之始生者，如蓮心之比。」〔註14〕
北　門	出自北門	△北門——所從去國之道。 △各隨所方之門爲所適之道，不必言背明向陰，偶而向北。	

〔註8〕見〈詩經新義〉——「葛誕」，載於《古典新義》，頁111。
〔註9〕見《詩緝》卷一，頁2。
〔註10〕見《詩經通論》卷一，頁23。
〔註11〕見〈詩經通義〉——「兎罝」，載於《古典新義》，頁115～119。
〔註12〕見《毛詩後箋》卷二，頁43。
〔註13〕見《詩古微》卷八，頁6。
〔註14〕見《詩經詮釋》，頁56。

北　風	北風其涼 北風其喈 莫赤匪狐 莫黑匪烏	△涼——風色薄也。喈——風聲緩也。大率風作雪者也，雪成則風稍止。 △狐、烏，皆野行所見。	
新　臺	新臺有泚 新臺有洒 河水浼浼	△新臺——當是地名。 △洒——淨也。 △浼浼——濁也。	
氓	氓之蚩蚩 抱布貿絲	△蚩蚩——毛氏「敦厚也」；許氏「虫也」；丁氏「癡也」。下文行迹似非敦厚，亦非癡愚所為，當從虫，山中人亦謂蝱為蚩。 △抱布謂抱衾。	△案：《說文》「蚩——蚩虫也。」段注謂有虫名蚩，假借為氓之蚩蚩。
竹　竿	籊籊竹竿 駕言出遊	△籊籊——釣竿聲也。 △不必車言駕，舟亦得言駕，今猶謂之駕船。	
芄　蘭	芄蘭之支	△言童子之狀如蘭薄弱也。	
有　狐	有狐綏綏 之子無裳	△綏綏——安行貌。 △之子——婦人也。	△馬瑞辰：「綏綏——舒行貌。」〔註15〕
君子陽陽	君子陽陽 君子陶陶 右招我由房 右招我由敖	△陽陽——酒色也。 △陶陶——酒意也。 △房、敖——皆地名。當是招其妻從房、從敖而往也。	
兔　爰	有兔爰爰	△兔——兔絲也，亦作菟絲。爰——延引也。	
羔　裘	羔裘晏兮	△晏——晚也。	
東門之墠	有踐室家	△踐不必言淺——欲其履此地也。	
子　矜	青青子矜 挑兮達兮	△青矜——野服。 △挑、達——不安貌。	
還	並驅從兩肩兮	△並驅，不必同行。東西相遇亦曰並。並言旁也。	
猗　嗟	猗嗟名兮	△名——譽其才之辭，不必「目上為名」，止作名譽之名，文勢為佳。	
十畝之間	桑者閑閑兮 桑者泄泄兮	△閑——空也。言桑葉稀也。 △泄——漏也。言桑蔭薄也。	
椒　聊	椒聊之實	△聊——姑也。	
東門之枌	越以鬷邁	△鬷——釜屬。言越境攜釜而行也。	
東門之楊	明星煌煌 明星哲哲	△言飲酒無度。 △可見其飲酒達旦也。	

〔註15〕見《毛詩傳箋通釋》卷六，頁23。

墓　門	墓門有棘	△左氏「鄭有墓門」，城門也。古人樸，城門之外有塚，即曰墓門，此恐亦是城名。	△馬瑞辰謂《左傳》「陳之墓門」，即陳之城門。〔註16〕
月　出	（全文）	△舒——謂徵舒也。佼人——謂夏姬也。可見僚、懰、燎皆是姬妍美貌；窈、糾、優、受、夭、紹皆徵舒繚繞貌；悄、慅、慘皆徵舒憂悒貌也。	
株　林	胡爲乎株林	△毛氏「株林——夏氏邑也。」此特以意推之，朝食甚近，當是林巒蔽密之所。	△馬瑞辰：「株爲邑名，林則野之別稱。」〔註17〕
素　冠	棘人欒欒兮 勞心博博兮	△欒欒——旋轉不安貌。 △博博——鬱結不舒貌。	
隰有萇楚	夭之沃夭	△夭——治也。沃——澤也。	
蜉　蝣	蜉蝣掘閱	△掘閱——挑撥貌。《管子》曰：「掘閱得玉。」恐當時常談如此。	
鳲　鳩	淑人君子	△女見物變，覺年長，所以傷悲，人常情也。	△胡承拱：「春日之難留，故《傳》曰：『春女悲。』」〔註18〕
東　山	酒埽穹窒	△穹窒——炕也。	
破　斧	四國是皇 四國是吪 四國是遒	△皇——張也。 △吪——動也。 △遒——聚也。	
南有嘉魚	烝然罩罩 烝然汕汕	△罩——魚回斡水聲也，非籠。汕——魚乘上水貌，非樔。二者皆取魚水之聲貌，未必器也。	△馬瑞辰：「罩罩、汕汕——蓋皆眾魚游水之貌。」〔註19〕
菁菁者莪	載沈載浮	△當是乘航經歷洛渭之水，魚或沈或浮，皆其所見者也。	
斯　干	秩秩斯干	△干——幹也。	
無　羊	其耳濕濕 矜矜兢兢 不騫不崩	△恐是當時降阿飲水，皆爲水所沾。 △羊畏聳貌。 △牛堅重貌。	
雨無正	淪胥以鋪	△淪胥——水回復貌。	
小　旻	民雖靡膴	△靡膴——薄惡也。	
小　宛	有懷二人	△恐是見幽王、褒后而思宣王、宣后。	
巧　言	曰父曰母	△父當是幽王，母當是褒后。	
谷　風	維風及頹	△頹——雨圯山也，亦雨也。	

〔註16〕見《毛詩傳箋通釋》卷十三，頁8。
〔註17〕見《毛詩傳箋通釋》卷十三，頁15。
〔註18〕見《毛詩後箋》卷十五，頁10。
〔註19〕見《毛詩傳箋通釋》卷一八，頁1。

漸漸之石	有豕白蹢	△豕——江豚也。此物出則雨。……言西北之人不諳東南，見豚出于江，則懷憂也。	
皇　矣	監觀四方 維此二國	△二國恐是崇、密。 四國恐是郘、豳、岐、豐。	
生　民	牛羊腓字之	△腓——肥也。言字之而肥也。	
蕩	雖無老成人	△老成人，常談如此，不必指名。	
桑　柔	甡甡其鹿	△甡甡——鹿精采貌。	
臣　工	奄觀銍艾	△奄——忽也。 △銍——穫禾短鐮，非穫，从金可見。	△馬瑞辰：「《方言》『奄——遽也。陳潁之間曰奄遽者，疾速之意。』奄爲久，又爲遽，義以相反而相成。」〔註20〕
豐　年	亦有高廩	△所食之餘，藏之于廩，以待他年，故曰亦有。《集韻》「亦——又也。」語勢作「又」爲當。	△馬瑞辰：「訓大爲非。」〔註21〕
雝	假哉皇考 綏予孝子 亦右文母	△皇考即烈考，皆謂武王也。 △孝子——成王也。 △文母——武王之配也，成王母也。	
小　毖	肇允彼桃蟲	△桃蟲——桃蠹蟲也。	
閟　宮	閟宮有侐	△閟宮——私祭之公所。	
玄　鳥	百祿是何	△言何止百祿也。	

綜上以觀，《詩總聞》的訓詁特色有三：

甲、諧聲偏旁分析法：認爲形聲字的聲符也是語義所寄，凡字從某聲，便得某義。例如釋〈葛覃〉的「絺」、「綌」二字。

乙、改字解經：由於《詩經》的時代湮遠，王質主張解詩，若就文字可通，則不更易，必不得已，則當委曲周遮（卷三，頁 12），故《詩總聞》中此例頗多，凡「某當作某者」皆是。有關此留待本章第三節「對詩經章句的改訂」再詳細論述。

丙、以今語釋古語：這是訓詁的主要任務之一，王質解詩亦兼顧古今語言的差異，例如：「蝃蝀，今馬影」（卷三，頁 8）之類。

而且王質解《詩》，新義勝於舊解者頗多，例如：

（1）〈兔罝〉

毛、鄭解「兎罝」爲「兎罟」。王質云：「陸氏（指《釋文》）做菟，又作兔，今皆作兔。如菟，虎也。言取虎之具不一……未見用罝者。」（卷一，頁 11）案：

〔註20〕見《毛詩傳箋通釋》卷二九，頁 4。
〔註21〕見《毛詩傳箋通釋》卷二九，頁 8。

王質解「兎」爲「虎」，實發千年未發之覆，卻泥於當時捕虎未見用罝者而自棄不用。後聞一多申述其說，謂《左傳》宣公四年云：「楚人謂虎於菟」，字亦作䖘若虠。《方言》云：「虎，江淮、南楚之間……或謂之於䖘。」《廣雅、釋獸》亦云：「於䖘，虎也。」於菟或省稱菟。《方言》郭注云：「今江南山夷呼虎爲䖘，即菟字。蓋於爲發聲之詞，於菟省稱菟，猶於越省稱越也。」稱虎爲菟，即爲荊楚的方音，而二南之地適當楚境，〈兎罝〉之詩，字作菟或兎，而義實爲虎，非不可能。又罝亦得爲捕虎之具，《漢書・揚雄傳》〈長楊賦序〉云：「張羅網罝罘捕熊羆豪猪虎豹狖玃狐兎麋鹿。」《孔叢子・連叢篇》載〈諫格虎賦〉亦云：「見虎自來，乃往尋從。張罘網、羅刀鋒，……。」皆謂以罝捕虎〔註 22〕。可爲質說佐證。

（2）〈燕燕〉

《傳》訓「仲氏任只」爲「仲，戴嬀字也。任，大也。」王質云：「仲氏，次女也。任氏也。其女所嫁之家也。」（卷二，頁 4）後魏源亦據〈大明〉「摯仲氏任」，證明「仲氏任只」自是任姓之女。〔註 23〕案：魏氏所論蓋是，聞一多譽爲「發千載未發之覆〔註 24〕」，但此說王質早啓其端，魏源所論只是質說的餘緒而已。

（3）〈新臺〉

「新臺有洒」，《傳》訓「洒」爲「高峻」，蓋謂峻的假借字。王質改訓爲「淨也」（卷二，頁 22）。案：《說文》云：「洒，滌也。」《孟子》梁惠王曰：「願比死者一洒之。」正是此意，故當從質說爲是。

（4）〈有狐〉

「有狐綏綏」，《傳》訓「綏綏」爲「匹行貌。」王質改訓爲「安行貌。」（卷三，頁 23）案：《廣雅》「綏，舒也。綏通作夊。」王應麟《詩考》引《齊詩》綏綏作夊。《玉篇》「夊作綏，行遲貌。」引詩「雄狐夊夊」。馬瑞辰亦云：「綏綏爲舒行貌，詩蓋以狐之舒徐自得，與無室家者之失所耳。」〔註 25〕足證王資改訓爲是。

（5）〈株林〉

《傳》訓「株林」爲「夏氏邑也。」王質不以爲然，云：「毛氏『株林，夏氏邑也。』此特以意推之，朝食甚近也，當是林巒蔽密之所，所謂謀于野者也。」（卷七，頁 9）馬瑞辰亦云：「株爲邑名，林則野之別稱。劉昭《續郡國志》曰：『陳有株邑，

〔註 22〕同註 11。
〔註 23〕同註 13。
〔註 24〕見〈詩經通義〉——「燕燕」，載於《古典新義》，頁 165。
〔註 25〕同註 15。

蓋朱襄之地。』《路史》『朱襄氏都于朱。』注『朱或作株』是株爲邑名，故二章『朝食于株』，得單言株也。」〔註26〕足證王質改訓爲是。

（6）〈南有嘉魚〉

「烝然罩罩」，《傳》訓「罩罩，篧也。」「烝然汕汕」，《傳》訓「汕汕，樔也。」王質云：「罩，魚回斡水聲也，非籠。汕，魚乘上水貌，非。二者皆取魚水之聲貌，未必器也。」案：馬瑞辰云：「罩罩、汕汕皆疊字形容詞，不得訓爲捕魚器。……罩罩、汕汕，蓋皆眾魚游水之貌。」〔註27〕亦可證王質所疑爲是。

此外，如〈北門〉釋「北門」云：「各隨所方之門爲所適之道，不必言背明向陰，偶而向北。」（卷二，頁 20）釋〈竹竿〉「駕言出遊」云：「不必車言駕，舟亦得言駕，今猶謂之駕船。」（卷三，頁 20）釋〈東門之墠〉「有踐室家」云：「踐不必言淺，欲其履此地也。」（卷四，頁 21）釋〈七月〉「十月穫稻」云：「穫，當作濩。浸米爲醪也。」（卷八，頁 12）釋〈角弓〉「如食宜饇，如酌孔取」云：「食量所饇而酌量所取，則不傷。不量飢飽而食，不忖多寡而酌，亦不顧其後也。言有後患也。」（卷十五，頁 4）釋〈瞻卬〉五章「天何以刺？何神不富？舍爾介狄，維予胥忌。不弔不祥，威儀不類。人之云亡，邦國殄瘁。」質云：「天何以災異而責王？神何以不富盛而厚王？則天神之意可知。……此（案：指夷狄）則不問而惟我相忌，其爲害不在我而在彼也，怨之辭也。災則不弔，不畏天者也；威儀則不善，不愧人者也。有賢人相助，猶或庶幾。又云亡，則必殄瘁矣。亦怨之辭也。」（卷十八，頁 31）等皆甚契詩義。這也是《詩總聞》說詩精義之所在。

第三節　對《詩經》章句的改訂

（一）闕文質疑

王質治《詩》，徐顧及音韻、名物訓詁外，亦留心文章辭氣，於是發現有闕文之疑。例如：

（1）〈行露〉王質云：

> 首章或上、下、中間，或兩句、三句，必有所闕，不爾，亦必闕一句，蓋文勢未能入雀鼠之辭。（卷一，頁 21）

〈行露〉首章「厭浥行露，豈不夙夜，謂行多露。」二章突言「誰謂雀無角，……。」

〔註26〕同註 17。

〔註27〕同註 19。

三章又言「誰謂鼠無牙，……。」且後兩章皆言「室家獄訟」之事。王柏也說：「〈行露〉首章與二章意全不貫，句法體格亦異，每窃疑之。」〔註28〕並稽諸《列女傳》，認爲「厭浥行露」以下十二字，乃漢儒竄入〔註29〕。胡辰拱則不以爲然，認爲王質之疑，「由不知首章『謂』字與下『誰謂』緊相呼應也。」〔註30〕但細審全詩，首章與下二章語脈不屬，顯有闕佚，而且首章的「謂」字與下「誰謂」並不一律，亦非相呼應。故俞平伯亦主「或本是一詩中而有闕文，以致前後相睽。」〔註31〕

（2）〈君子偕老〉王質云：

此詩雖句讀不倫，頗似有軼或誤。（卷三，頁3）

此詩歷代學者都主分三章：一章七句，一章九句，一章八句，別無異說。王質據其句讀不倫，疑有軼誤。窃以爲王質或欲整齊文體而生此疑，但尋繹全詩，並無語意缺漏，或語氣不貫之弊，王質此說實不足取。

（3）〈無羊〉王質云：

第二句「矜矜兢兢」下恐少「爾牛來思」一句。羊小畜，「矜矜兢兢」羊畏聳貌，牛大畜，「不騫不崩」牛堅重貌，明「兢兢」下「不騫」上，少「爾牛」一句。（卷十一，頁13）

又云：

此詩每章稱爾必雙擧牛羊，而此章（指其所分的第四章）獨闕牛，文勢似不具。（卷十一，頁14）

此詩舊分「四章、章八句」。首章牛羊並提，以下則人畜雜寫，大抵二章偏於寫牛〔註32〕，三章偏於寫羊，由於羊性和善，故以「矜矜兢兢」狀其溫謹，以「不騫不崩」謂其不散亂〔註33〕，全篇描寫牧事物態，錯落得妙，鮮動入神。王質出於主觀，改分五章，並疑有闕文。窃以爲王質因不明「三十維物」的「物」，乃雜色牛之稱，致生此疑，故其說實難成立。

由上得知，文勢貫暢及文體整齊與否，是王質疑有闕文的先決條件，但對於〈小雅、沔水〉：

沔彼流水，朝宗于海。鴥彼飛隼，載飛載止。嗟我兄弟，邦人諸友。

〔註28〕見《詩疑》卷一，頁1。

〔註29〕同註28。

〔註30〕見《毛詩後箋》卷二，頁23。

〔註31〕見〈葺芷繚衡室讀詩札記〉，載於《古史辨》第三冊，頁453～504。

〔註32〕王國維謂雜色牛曰物。其《戩壽堂殷墟書契考釋》云：「『三十維物』與『三百維群』、『九十其犉』句法正同，謂雜色牛三十也。」

〔註33〕見屈萬里《詩經註釋》，頁345。

莫肯亂念。誰無父母！　沔彼流水，其流湯湯。鴥彼飛隼，載飛載揚。念彼不蹟，載起載行。心之憂矣，不可弭忘。　鴥彼飛隼，率彼中陵。民之訛言，寧莫之懲。我友敬矣，讒言其興。

陳傅良或疑末章脫前兩句〔註34〕，王質卻不以爲然，云：

陳氏「闕『沔彼流水』云云八字」，亦精考者，然不必如此。前二章見隼止沔水之旁，後一章見隼止中陵之上，當是中陵與沔水異塗各道，所見不必相同。（卷十一，頁4）

此篇末章有闕文，豐坊甚至僞造「沔彼流水，東灌于瀛」二句以足之〔註35〕，而王質反不起疑，令人費解。

（二）錯簡考訂

宋儒治《詩》，考訂錯簡者，王質首開其先。茲論述如下：

（1）〈無羊〉此詩舊分四章，王質改分爲五章，並謂有錯簡當改正，王質云：

第五句（案：指其所分之第三章）「爾牲則具」當移入第七句「以薪以蒸」之下。以薪蒸之葉爲牛羊雌雄之食也。（卷十一，頁13）

尋繹舊說，其二、三章兩言「爾牧來思」，一言暑雨飲食之盡心，一言薪蒸牝牡之得宜〔註36〕，因而牛羊眾多，足敷祭祀之用，牧人之稱職可以窺知。舊說可通，實毋須改變章句，移動經文。

（2）〈文王有聲〉王質也謂此篇有錯簡，認爲「王后烝哉」二章歌頌文王，而「皇王烝哉」二章歌頌武王，王質云：

此詩言「四方攸同」者二，前文王之詩曰「四方攸同」，又曰「王后維翰」，如木有幹，尚可沿而登也；後武王之詩亦曰「四方攸同」，又曰「皇王維辟」，如屋有壁，不可沿而升也，文王氣象可見。翰，幹也；辟猶壁也；通用。（卷十六，頁23～24）

因此以爲「皇王烝哉」二章當移至「武王烝哉」二章之後云：

舊移〈武成〉次第，而〈武成〉一篇遂整，今移〈文王有聲〉次第，而〈文王有聲〉一詩亦頗明。以「皇王」二章置在末章之後，不用勞心訓釋，用力差次，而周家始末之跡昭然可見也。（卷十六，頁25）

〈文王有聲〉一詩，舊說已指「皇王」爲武王（唐如孔穎達《毛詩正義》，宋如蘇轍

〔註34〕見朱子《詩集傳》卷十，頁17。

〔註35〕見夏炘《詩章句考》，頁4引。

〔註36〕見吳闓生《詩義會通》，頁153引顧廣譽曰：「兩言『爾牧來思』，一暑雨飲食之盡心，一薪蒸牝之得宜，而牧人之稱職盡是矣。」

《詩集傳》)，經文亦不難通，王質「特欲其文體整齊」〔註37〕，謂是錯簡，殊不可必。

（三）章句改移

讀書必須分辨章句，古今同理。六經章句之學，大講於漢，然其「離經辨志」，不盡一同。例如〈關雎〉，毛公分三章，鄭玄析爲五章；〈北山〉，毛、鄭作六章，朱子因之，劉敞併爲五章；〈載馳〉，毛、鄭作五章，呂祖謙因之，蘇轍則據《春秋傳》叔孫豹賦《詩》，併二、三章，而朱子從之。其他或疑某章脫句〔註38〕，或責某家誤分〔註39〕，眾說紛紜，不可殫述。

王質於《詩經》章句，也頗有論述，覈觀其說，有繼承前人者，也有出於獨見者。茲以《毛傳》爲據，表列王質分章與其前代諸家異同的比較如下：

（1）繼承前人者

〈關雎〉　《毛傳》分三章：一章四句，二章章八句。
　　　　　《鄭箋》改分五章章四句。王質從之。

〈簡兮〉　《毛傳》分三章章六句。
　　　　　《朱傳》改分四章：三章章四句，一章六句。王質從之。

〈九罭〉　《毛傳》分四章：一章四句，三章章三句。
　　　　　蘇轍《詩集傳》改分四章章三句。王質從之。

〈伐木〉　《毛傳》分六章章六句。
　　　　　《孔疏》改分三章章十二句。王質從之。

〈北山〉　《毛傳》分六章：三章章六句，三章章四句。
　　　　　《七經小傳》改分五章章六句。王質從之。

其中〈伐木〉一詩，最堪注意。因爲此詩《毛傳》、《鄭箋》都分六章，每章六句，惟劉敞認爲應分爲「三章、章十二句」，云：

> 〈伐木〉：三章、章十二句。每一章首輒云「伐木」，凡三云「伐木」，故知當三章也。今《毛氏詩》斷六句爲一章，蓋誤矣。〔註40〕

後代學者多從其說，實則並非始於劉氏。陳啓源曾指出《孔疏》早已啓先端，《毛詩稽古編》云：

> 《傳》、《箋》下疏語，統釋一章者，例置每章之末。此詩若從毛，當六句一疏，分爲六條，今乃總十二句爲一疏，作三次申述，又小敘下疏指

〔註37〕見葉國良〈宋人疑經改經考〉，頁95。

〔註38〕如〈汚水〉，《朱傳》云：「疑當作三章章八句，卒章脫前兩句耳。」

〔註39〕如《詩經傳說彙纂》卷十七引廣輔《詩童子問》責毛氏誤分〈思齊〉章句。

〔註40〕見《七經小傳》卷上，頁12。

「伐木許許，釃酒有藇」爲二章上二句，「伐木于阪、釃酒有衍」爲卒章上二句，又指「諸父」、「諸舅」爲二章，「兄弟無遠」爲卒章，是此詩「三章，章十二句」，《孔疏》已如此，不始於劉氏也。〔註41〕

覈觀今存諸本《孔疏》，其篇末皆題爲「六章，章六句」，但文中僅分三疏而已，阮元《十三經校勘記》云：

案：序下標止云「〈伐木〉六章，章六句」。《正義》又云「燕故舊即二章、卒章上二句是也；燕朋友即二章『諸父』、『諸舅』，卒章『兄弟無遠』是也」，與標起止不合。當是《正義》本自作「三章、章十二句」；經注本作「六章、章六句」者，其誤始於唐石經也，合併經注，《正義》時，又誤改標起止耳。

夏炘《詩章句考》亦云：

孔所見本實三章也，其篇末所題「六章、章六句」，或後人傳刻之誤。〔註42〕

至於後人分〈伐木〉爲「三章、章十二句」，何以都云「從劉氏」，則如陳啓源所云：

《孔疏》釋詩專尊毛、鄭，何此詩分章忽有異同，又不明言其故？劉氏欲改毛章句，當援《孔疏》爲說，而竟以己意斷之，朱（案：指《朱傳》）、呂（案：指《呂氏家塾讀詩記》）亦止云從劉，俱若未見《孔疏》者，此皆不可解。〔註43〕

（2）出於創見者

〈騶虞〉　《毛傳》分二章章三句。

聞句云：「舊一章三句，今爲四句，語意尤長。」（卷一，頁27）

〈邶、谷風〉　《毛傳》分六章章八句。

聞章云：「舊六章，今爲十二章。」（卷二，頁15）

〈式微〉　《毛傳》分二章章四句。

王質改標爲二章章五句。（卷二，頁15～16）

〈緇衣〉　《毛傳》分三章章四句。

聞句云：「『敝予又』止，『還予授』止。舊四句，今爲六句。」（卷四，頁10）

〔註41〕見《毛詩稽古編》卷十六，頁10。

〔註42〕見《詩章句考》，頁3～4。

〔註43〕見《毛詩稽古編》卷十六，頁10～11。

〈葛屨〉　《毛傳》分二章：一章六句，一章五句。
聞章云：「舊二章，今為三章。」（卷五，頁 12）
〈陟岵〉　《毛傳》分三章章六句。
聞句云：「嗟，斷句，文勢當然，語意更切。」（卷五，頁 16）
〈七月〉　《毛傳》分八章章十一句。
王質改分十章：六章章十一句，二章章六句，二章章五句。（卷八，頁 1～5）
〈杕杜〉　《毛傳》分四章章七句。
王質改分五章：三章章七句，一章四句，一章三句。（卷九，頁 22）
〈魚麗〉　《毛傳》分六章：三章章四句，三章章二句。
聞章云：「舊六章，今為四章，文勢恐然。」（卷九，頁 23）
〈六月〉　《毛傳》分六章章八句。
聞章云：「舊六章，今為四章。」（卷十，頁 10）
〈鶴鳴〉　《毛傳》分二章章九句。
聞章曰：「舊二章，今為四章。」（卷十一，頁 5）
〈無羊〉　《毛傳》分四章章八句。
聞章云：「舊四章，今為五章。」（卷十一，頁 13）
〈十月之交〉　《毛傳》分八章章八句。
聞句云：「我不敢效我友自逸，舊一句，今分為二句。」（卷十二，頁 11）
〈大東〉　《毛傳》分七章章八句。
王質亦分七章，但差移舊句，即四章章八句，一章十二句，二章章六句。（卷十三，頁 12～15）
〈大明〉　《毛傳》分八章：四章章六句，四章章八句。
王質亦分八章，但差移舊句，即五章章六句，二章章八句，一章十句。（卷十六，頁 4～5）
〈泂酌〉　《毛傳》分三章章五句。
總聞云：「泂，一字單起，尤佳。」（卷十七，頁 13）
〈桑柔〉　《毛傳》分十六章：八章章八句，八章章六句。
王質改分十三章：九章章八句，二章章十句，一章六句，一章十四句。（卷十八，頁 8～12）
〈江漢〉　《毛傳》分六章章八句。

王質亦分六章，但差移舊句，即四章章八句，一章六句，一章十句。（卷十八，頁 24～27）

〈清廟〉　《毛傳》分一章八句。

「聞頌三」云：「〈清廟〉『無射于人』叶『對越在天』，則斯一字爲句。」（卷十九，頁 3～4）

〈維清〉　《毛傳》分一章五句。

「聞頌三」云：「〈維清〉『緝熙』、『肇禋』皆兩字爲句。」（卷十九，頁 4）

〈我將〉　《毛傳》分一章十句。

王質改分一章十一句。（卷十九，頁 8）

〈豐年〉　《毛傳》分一章七句。

王質改分一章九句。

〈小毖〉　《毛傳》分一章八句。

王質改分一章九句。（卷十九，頁 21）

〈閟宮〉　《毛傳》分八章：二章章十七句，一章十二句，一章三十八句，二章章八句，二章章十句。

王質改分十三章：一章七句，五章章十句，二章章十一句，四章章八句，一章九句。（卷二十，頁 7～12）

〈那〉　《毛傳》分一章二十二句。

聞章云：「舊一章，今爲四章。」（卷二十，頁 14）

〈烈祖〉　《毛傳》分一章二十二句。

聞章云：「舊一章，今爲五章。」（卷二十，頁 15）

〈玄鳥〉　《毛傳》分一章二十二句。

聞章云：「舊一章，今分四章。」（卷二十，頁 16）

從王質斷以己意，改移章句諸詩中，不難察覺，王質似乎特別重視語氣的表現。例如：

〈騶虞〉　此詩歷來學者都標斷爲「二章、章三句」；王質認爲「于嗟乎」一句，「騶虞」一句，語氣尤長，故改爲「二章、章四句」（卷一，頁 26）。案：「于嗟乎」乃嘆美「騶虞」之辭，別斷爲一句，不但更能突顯讚嘆之意，亦能彌補《朱傳》一詩中兩變其音之弊〔註 44〕，即首章葭、豝爲韻，二章蓬、豵爲韻，末兩句乎、虞叶

〔註 44〕如〈騶虞〉，《朱傳》在首章「虞」字下注「叶音牙」，旨在與上面的「葭」、「豝」叶韻。第二章「虞」字下注「叶五紅反」，讀如「ㄏㄨㄥˇ」，旨在與上面的「蓬」、「豵」

韻。其後，夏炘〔註45〕、方玉潤〔註46〕均主此說。

〈陟岵〉　係描寫行役思念父母之詩。人子行役，登高思親，乃人之常情，但詩人不從正面著筆，反由對面設想，以己之思親，推知親之思己。雖曰設爲親念己之言，實深寓己念親之心於其中。毛、鄭以下都以「父曰嗟予子行役」、「母曰嗟予季行役」、「兄曰嗟予弟行役」爲斷，王質認爲「嗟，斷句，文勢當然，語意尤切。」（卷五，頁 16）案：「嗟」字讀斷，語氣確實較顯，「父曰」、「母曰」、「兄曰」，雖是遙作摹擬，卻直如親聞，更多慨傷。

以上所述，也是王質較勝於前人之例，但也有不如舊說者，例如：

〈巷伯〉　毛、鄭分七章：四章章四句，一章五句，一章八句，一章六句。歷來學者都無異議，王質爲求叶韻，遂移易經文而成：四章章四句，一章八句，一章六句，一章五句，王質云：

> 移第六章「彼譖人者，誰適與謀，取彼譖人」三句入第五章，移第七章「楊園之道」一句入第六章，韻叶且意多。（卷十二，頁 30）

叶韻說的隨文改讀，由於缺乏音韻上的理論依據，實無意義可言，早爲學者所詬病，況王質全憑主觀，移易經文，改變〈巷伯〉章句，以曲就己意，更不足以取。

附表：

類別			篇名
前有所承	从《鄭箋》者		〈關雎〉。
	从《孔疏》者		〈伐木〉。
	从劉　敞者		〈北山〉。
	从蘇　轍者		〈九罭〉。
	从《朱傳》者		〈簡兮〉。
出於己意	有文字說明者	聞句	〈騶虞〉、〈緇衣〉、〈陟岵〉、〈十月之交〉。
		聞章	〈邶、谷風〉、〈葛屨〉、〈魚麗〉、〈六月〉、〈鶴鳴〉、〈無羊〉、〈那〉、〈烈祖〉、〈玄鳥〉。
		聞頌	〈清廟〉、〈維清〉。
		總聞	〈泂酌〉。
	無文字說明者		〈式微〉、〈七月〉、〈杕杜〉、〈大東〉、〈大明〉、〈桑柔〉、〈江漢〉、〈我將〉、〈豐年〉、〈小毖〉、〈閟宮〉。

叶韻。

〔註45〕見《詩章句考》，頁 1。

〔註46〕見《詩經原始》卷二，頁 29。

（四）改字解經

鄭玄箋《詩》，始出一己之意，破字以易毛義，雖前代學者曾予辯證，以為改經之風行於天下，將便後世學者無可讀之書。但王質解《詩》，仍頗多改經就說之例，試論述如下：

〈汝墳〉：「**伐其條肄。**」

質云：「肄當作隸。《說文》：『附著也。賤也。』枚，離幹而上出者，可以枚數。隸，附幹而下生者，故賤如僕隸也。肄，勞也。無謂。」（卷一，頁 14）

案：《傳》云：「斬而復生曰肄。」諸家亦謂「枝幹斬而復生者為肄」，舊說可通，實無須如此費解。

〈羔羊〉：「**委蛇委蛇。**」

質云：「委當作蜲，水精也。蛇，蠖也。其行皆紆曲。」（卷一，頁 22）

案：除《韓詩》作「逶」外，無作「蜲」者。《箋》解「委蛇」為「委曲自得之貌。」馬瑞辰《毛詩傳箋通釋》亦云：「本人行衺曲之貌，因而蛇行紆曲亦謂之委蛇。」質說非是。

〈邶、柏舟〉：「**我心匪鑒。**」

質云：「鑒當作藍，實可菹，與下匪石、匪席同意。」（卷二，頁 2）

案：《韓詩》引作「鑑」。《釋文》作「監」，云「本又作鑒。」鑒、監乃古今文之異，而鑒、鑑實為異體字。王質臆說難從。

〈二子乘舟〉：「**二子乘舟。**」

質云：「二當作之。」（卷二，頁 24）

案：竊疑王質為解此詩乃「女乘舟渡河而歸人，其徒餞送」之作，而改「二」字為「之」字。

〈將仲子〉：「**畏我父母。**」

質云：「『畏我父母』恐是『畏諸父母』，或『畏我諸母』，必有一誤。」（卷四，頁 11）

案：王質從序說解此詩，雖鄭莊公伐共叔段之事，詳見《左傳》隱公元年，但詩序特以詩中有「父母」、「兄弟」、「仲子」等字，直謂為「刺莊公」之作。細繹詩文，以此詩言鄭事多有不合，實乃女子人求愛，而以父母、諸兄及人言為可畏，為此婉轉之辭以謝男子，王質「畏我父母」一語的改訂，實屬多餘。

〈女曰雞鳴〉：「**雜佩以贈之。**」

質云：「順叶問，好叶報，惟來、贈不叶，贈當作貽字轉。不然則以之爲韻，詩多如此。」（卷四，頁 16）

案：胡承拱《毛詩後箋》云：「改贈爲貽，始於雪山《總聞》，蓋疑二字形近致誤。」戴震《毛鄭詩考正》亦云：「以韻改爲貽，蓋字形轉寫之譌。」段玉裁《詩經小學》云：「此來、贈爲韻，古合韻之一也。不當改爲貽。」仍當作「贈」是。三人所論甚是，可證質說不足取。

〈墓門〉：「**誰昔然矣。**」

質云：「誰當作維。」（卷七，頁 6）

案：《傳》云：「昔，久也。」《箋》云：「誰昔，昔也。」馬瑞辰云：「《傳》、《箋》義本相承，朱子《集傳》云：『誰昔，猶言疇昔。』其說是也。疇，誰一聲之轉。《爾雅》『疇，誰也。』……疇轉爲誰，皆語詞，故《箋》以誰昔爲昔也。」仍以《傳》說爲長，王質臆說不足取。

〈七月〉：「**十月穫稻，為此春酒。**」

質云：「穫當作濩，浸米爲醪也。」（卷八，頁 3）

案：馬瑞辰云：「春酒承上穫稻，自謂以稻爲之耳。蓋酒以稻爲之者爲上。」實同王質之說。

〈雨無正〉：「**鼠思泣血。**」

質云：「鼠當作癙，病也。〈正月〉「癙、病」同。《集韻》通作鼠。」（卷十二，頁 4）

案：陳奐云：「〈正月傳〉：『鼠、病也。』思、病也。」〈正月〉「鼠」，〈釋詁〉作「癙」，云「癙、病也。」李富孫云：「从疒，俗字。」

〈常武〉：「**以修我戎。**」

質云：「戎，吳作戍。〈常棣〉「烝也無戎。」亦作戍，然〈常棣〉不必，此爲戍可用。」（卷十八，頁 29）

案：《鄭箋》云：「使之整齊六軍之眾，治其兵甲之事。」是戎作「兵事」解，且戎無亦作戍之例，實無須改字。

〈召旻〉：「**如彼棲苴。**」

質云：「苴當作苩，車前草也。遇旱而草亦如此，禾其可知。」（卷十八，頁 33）

案：《眾經音義》作相。《楚辭、九章》：「草苴比而不芳。」王逸注云：「生曰草，枯曰苴。」馬瑞辰《毛詩傳箋通釋》云：「水中浮草謂之苴。而《傳》云：「水中浮草。」亦謂枯草之浮於水中者耳。」實無須特指爲何草。（卷

十八，頁 35）

又「胡不自替，職兄斯引。」（卷十八，頁 35）

質云：「替亦作朁，當作朁，以似而轉。……引當作弘，亦以似而轉。……朁、弘相叶。兩章皆稱「職兄斯弘，作引無謂。」

案：王質欲求叶韻，改替爲朁，不足取。

至於「職兄斯引」，陳奐《詩毛氏傳疏》上章作「胡不自朁，職兄斯引。」下章作「薄斯害矣，職兄斯弘。」雖無文字說明，實與質說相同。

〈桓〉：「皇以間之。」

質云：「間作閒，古字多用此。日當作月，可與天相叶。」（卷十九，頁 25）

案：《毛詩》本作閒，無異文。且間、閒同字異形，無庸區分。

第四節　對《詩經》異文的考釋

《詩經》之有異文，由來已久，治詩者常感莫知所從。王質解詩，見文義有未安，則據群書所徵引，或依上下文義而改正，對於辭義的貫通，不無帮助。觀其所校，或以形誤，或以聲誤，非小學淵深者不能爲之。

爲便於行文，採錄諸家之說，僅於首見詳標作者姓名及書名，以後則僅書作者姓名。至於討論順序，則依《詩經》篇次。

〈漢廣〉：「不可休息。」

質云：「息當作思。叶韻皆在上，休叶求，廣叶泳，夫又何疑。陸氏言此『以意改』，此風自昔有之，承誤襲吪，以盲聾爲長厚，然易俶載作熾菑可以發笑，反俯首呿口從之，所謂貟膺虛的，彼竟莫知其如何也。」（卷一，頁 14）

案：《韓詩》作「不可休思。」《孔疏》云：「《詩》之大體，韻在辭上，疑休、求二字爲韻，二字俱作思。」陳喬樅《詩經四家異文考》云：「《箋》云：『故人不得就而止息。』思字因此而誤也。」戴震《毛鄭詩考正》亦云：「思或作息者，轉寫之譌。……，休、求、泳、方各爲韻，思皆句未辭助。」以作「思」者爲是。

〈汝墳〉：「遵彼汝墳。」

質云：「《爾雅》：「汝有濆。」此爲長大防之說，可置。若爾，墳當作濆。」（卷一，頁 14）

案：《爾雅》：「汝爲濆。」郭注引詩「遵彼汝濆」以證。但《釋文》云：「眾《爾雅》本皆作『汝爲涓。』」陳喬樅《魯詩考》據此，以「濆」爲譌字。段玉裁則據《說文》：「涓，小流也。」《爾雅》：「汝爲涓。詩曰：『敦彼淮濆。』」以爲此詩，仍當從《毛傳》「大防」之訓，作「墳」爲正。可證質說非是。

又「惄如調飢。」

質云：「調或作輖。輖，重載也。可從。」（卷一，頁 14）

案：《釋文》：「調本又作輖。」〈蜀石經〉作「輖飢」，與《釋文》同。陳喬樅云：「輖，重也。非本義。」段玉裁云：「《傳》：『調，朝也。』言詩假借調字爲朝字。」

〈甘棠〉：「召伯所說。」

質云：「說或爲稅，止也。詩稅意多通用說字。」（卷一，頁 20）

案：〈釋詁注〉、《文選、曹植應詔詩注》並引作「稅」。〈釋詁〉云：「稅，舍也。」《毛傳》訓同。〈士昏禮注〉云：「今文說作稅。」是說、稅，古今字。

〈靜女〉：「愛而不見。」

質云：「愛而不見，《方言注》以愛爲薆，正引此詩，言掩翳也，亦有理，然不必如此，愛而不見之意亦深。」（卷二，頁 22）

案：《魯詩》正作「薆」字。陳奐云：「《說文》：『僾，彷彿也。』引詩作僾。《說文》竹部：『篓，蔽不見也。』篓與僾同。今詩作愛者，古文假借字。〈烝民傳〉曰：『愛，隱也。』此承上文城隅立言，愛而者，隱蔽不見之謂。」段玉裁、馬瑞辰說此並同。王質解爲愛而不見之意，較爲直捷，可存參。

〈新臺〉：「籧篨不殄。」

質云：「鄭氏殄作腆，不必。胡不早殄也。惡辭也。」（卷二，頁 23）

案：《鄭箋》云：「殄當作腆。腆，善也。」《孔疏》云：「腆與殄，古今字之異。《儀禮注》云：『腆，古文字作殄。』」實無須區分，足證質說爲是。

〈河廣〉：「曾不容刀。」（卷二，頁 22）

質云：「刀，舠也。古字或從簡，後字漸增正。」

案：《釋文》云：「刀字書作舠。」《說文》作鯛。《御覽》引作舠，然今《說文》無鯛字。嚴粲云：「刀、舠古字。」李富孫《詩經異文釋》亦云：「毛作刀，古字。假借舠、鯛，皆後人滋益之字。」

〈丘中有麻〉：「**將其來施施。**」

質云：「古施字作頉，伺候之辭。」（卷四，頁 9）

案：《說文繫傳》云：「頉，伺候也。詩曰：『彼留子嗟，將其來施施。』當作此頉字。」但《顏氏家訓．音證篇》云：「河北《毛詩》，皆曰『施施』；江南舊本，悉單為施，按以次章『將其來食』，應止一施字。」臧琳《經義雜記》、阮元《校勘記》、陳奐《詩毛氏傳疏》都主張單一施字為是。王先謙亦云：「單言施者，《晉語注》：『施，施德也。』施謂贈我以物，第三章「貽我佩玖」可為證。舊訓施施為難進或舒行之貌，及王質改為「頉」，訓「伺候」，皆不足取。

〈清人〉：「**左旋右抽。**」

質云：「本搯，借用作抽。搯亦抽也。」（卷四，頁 13）

案：《釋文》作抽。《說文》作搯，訓「抽刃以習擊刺也。」《傳》訓「抽矢以射」；《箋》云：「抽刃」，則與搯為抽兵刃之義同，故陳喬樅云：「《說文》與《毛傳》字異訓同。」亦足證王質所論為是。

〈山有扶蘇〉：「**隰有游龍。**」

質云：「龍當為蘢省文。」（卷四，頁 18）

案：《釋草疏》引作游蘢，《御覽》引同。《毛傳》：「龍，紅草也。」〈釋草〉云：「紅蘢。」李富孫云：「从艸當為後加增。」陳喬樅亦云：「龍即蘢之渻假。」質說不誤。

〈野有蔓草〉：「**零露漙兮。**」

質云：「薄或作霶，不必後用作團亦得。所謂前有白露暗滿，菊花團團包裹也，言露多也。此漙亦是此意。」（卷四，頁 25）

案：顏師古《匡謬正俗》云：「詩古本有水旁作專字，亦有單作專者，後輒改之為團字，讀作團圓之團。」《字林》作「霶」，訓「露貌」。陳喬樅云：「此字本作霶。」質說為是。

〈載驅〉：「**齊子豈弟。**」

質云：「豈弟，樂易也。在詩皆為美稱，故鄭氏疑之，以豈為闓，以弟為圛，言開明猶發夕也，以為《古文尚書》以弟為圛，今考皆無。樂易猶彷徉，與下文相應，不必強改。」（卷五，頁 9）

案：陳喬樅《魯詩遺說考》云：「疑《魯詩》文當為『齊子愷圛』，故鄭據以改毛，又引《古文尚書》弟為圛者，以證《毛詩》豈弟即《魯詩》之闓圛。」李富孫云：「陸氏《毛詩釋文》云：『豈，開改反，樂也。弟如字，或音待易反。』是毛氏古文但作豈弟。」誠如王質所云，不必強改。

〈駟驖〉：「四馬既閑。」

質云：「駟馬，四馬同。恐四當從馬，通用亦可。」（卷六，頁 16）

案：陳奐《詩毛氏傳疏》云：「駟當作四。四馬曰駟。若下一字為馬名（案：指驖字。）則上一字作四，不作駟。」

〈宛丘〉：「子之湯兮。」

質云：「湯當作蕩，字轉亦可通用。」（卷七，頁 1）

案：《毛詩》作湯，《傳》云：「湯，蕩也。」陳奐云：「湯，古文假借字。」《釋文》云：「湯，他郎反；舊他浪反。」以韻讀之，當從舊音。高亨《詩經今注》訓湯為搖擺，形容舞姿，於義尤切。

〈東門之枌〉：「穀旦于差。」

質云：「穀或作楮木也。言男女指樹為誌，有穀者，所聚之地，所行之途也。如此，則旦作且，當從徐氏。」（卷七，頁 3）

案：《釋文》云：「旦本亦作且。」李富孫云：「且與旦以字形相似而異，當從毛義為長。」

〈墓門〉：「歌以訊之。」

質云：「訊當作誶；之當作止。誶止見《手鑑》，正引此詩。」（卷七，頁 6）

案：《廣韻》引詩作誶止。洪興《楚詞補注》同。段玉裁云：「誶，訊義別，誶為譌作訊。」戴震云：「止譌作之。」

〈澤陂〉：「有蒲與蕑。」

質云：「鄭氏以蕑作蓮，恐是三章皆同類同時之物。蕑，蘭也。生陸生春皆不同。」（卷七，頁 10）

案：《鄭箋》云：「蕑當作蓮。」《釋草疏》引詩作蓮，並云：「荷者其莖，蓮者其實，菡者其華，三章連咏一物，不應次章別據他草。」段玉裁不以為然，云：「《鄭箋》欲改蕑為蓮，說詩稍泥，意在三章一律，蓮與荷、菡萏皆屬夫渠，詩人不必然也。」

〈常棣〉：「外禦其務。」

質云：「《集韻》：「侮、務通用。傷也；慢也。」左氏作侮，可從。然丁氏似附會務、侮，恐難通。」（卷九，頁 12）

案：《左傳》僖公四年、《御覽》並引作侮。《爾雅》：「務，侮也。」段玉裁云：「言務爲侮字之假借。」

〈無將大車〉：「祇自疷兮。」

質云：「疷當作痻。《集韻》與瘖同，皆病也。吳氏以字書民、氏多互用，蓋經唐諱，從民皆改從氏，後有復者，有不復者，且如緡、緍一也，而有兩從錉、緡一也。亦有延秦諱改正月，遂以仄爲平，至今不改，況唐三百年又重之，以五代之唐，江南之唐，習熟不全改易。」（卷十三，頁8～9）

案：《釋文》作疷。〈唐石經〉、《讀詩記》、《毛詩集解》、《詩傳通釋》皆作疷。宋劉彝謂當作痻，音民。李富孫云：「按《釋文》不避世字民字，則本作疷，非避民作疷。〈釋詁〉曰：『痻，病也。俗本从氐，誤。』韻書無此字，是唐初誤作疷也。」

〈漸漸之石〉：「漸漸之石。」

質云：「《集韻》漸、嶃、嶄皆同，不必作嶃。」（卷十五，頁13）

案：《釋文》云；「漸亦作嶃。」《御覽》同。《說文繫傳》作暫。《毛傳》云：「漸漸，山石高峻。」《廣韻》：「嶃，山高峻貌。」李富孫云：「字當从山，今从水，假字，暫俗體。」

〈苕之華〉：「牂羊墳首。」

質云：「墳當作羵，字轉恐亦通用。」（卷十五，頁14）

案：《白帖》九十六引詩作羵，與《易林》、《御覽》同。陳喬樅云：「《毛詩》羵作墳，古文假借。」

〈瞻卬〉；「女覆說之。」

質云：「說，王氏引此詩作脫。」（卷十八，頁32）

案：王充〈潛夫論．述赦篇〉引詩作脫，陳喬樅云：「說、脫，古今字之異。」

〈有瞽〉：「喤喤厥聲。」

質云：「《說文》引詩「鐘鼓鍠鍠」，或從音。〈執競〉作鍠，此亦當作喤。以喤爲小兒聲，引詩「其泣喤喤」，此與鐘鼓之聲不類，然亦通用。」（卷十九，頁13）

案：《毛詩》作喤。《說文》、《風俗通》皆作鍠。馬瑞辰云：「喤者，鍠之假借。」

〈駉〉：「駉駉牡馬。」

質云：「戰馬用牡，不用牝，惡亂而難整也。此當是習戰待敵，或改作牧。」（卷二十，頁2）

案：《釋文》：「牡本亦作牧。」《文選》、《藝文釋聚》引詩皆作牧。〈唐石經〉初刻作牡，後改刻牧。惟《初學記》、《御覽》引作牡。馬瑞辰云：「《正義》云：『所牧養之良馬』，正釋經之牧馬。……牧與牡本一聲之轉，其字同出明母，故本或作牧、或作牡。」段玉裁亦據《孔疏》，云：「經文作牧爲是。」

第五章　《詩總聞》說詩研究

論及王質《詩總聞》與詩序的關係，《四庫提要》所言最爲簡直：

南宋之初，廢詩序者三家：鄭樵、朱子及質也。〔註 1〕

陳日強跋，說王質刪除詩序實與朱子同，但《四庫提要》不以爲然，認爲所言有假朱子以重質之嫌。本章擬於《詩總聞》廢序的內容，及與《朱傳廢序的異同比較，加以探討。

第一節　對詩序的態度

「疑經」、「改經」是宋代經學的最大特色〔註 2〕。宋儒對於《詩經》的疑議，著重在詩序部分，或疑其作者，或疑其所序的事實，辨論頗爲不少。

雖《後漢書、儒林傳》明載衛宏作詩序，但唐以前的學者，因尊《毛詩》，連帶地尊詩序，大都相信詩序是子夏作的，如鄭玄《詩譜序》、王肅《家語注》、《隋書．經籍志》等皆然。至唐代，韓愈卻說「子夏不序《詩》」〔註 3〕，成伯璵也主張「子

〔註 1〕見《四庫提要》卷十五，頁 18。

〔註 2〕宋初，經學大都遵循前人舊教，注疏不出唐人《正義》，朝廷取士亦依傍古注舊疏，無取新奇特異，如北宋眞宗景德二年，王旦任試官，題爲「當仁不讓於師」，不取賈邊解「師」爲「眾」的新說。然至仁宋慶曆年間，學者解經競出新義，視注疏如土苴。吳曾《能改齋漫錄》云：「國史云：慶曆以前，學者尚文辭，多守章句注疏之學，至劉原父爲《七經小傳》，始異諸儒之說，王荊公修《經義》，蓋本於原父云。」王應麟《困學紀聞》亦引陸游云：「唐及國初，學者不敢議孔安國、鄭康成，況聖人乎？自慶曆後，諸儒發明經旨，非前人所及。然排〈繫辭〉、毀《周禮》，疑《孟子》，譏《書》之〈胤征〉、〈顧命〉，黜《詩》之序，學者不難於議經，況傳、注乎？」影響所及，宋儒治經打破傳統墨規，對傳、箋、疏的傳統權威展開批判與革新，除解經不守舊注，多抒新義外，也往往致疑於經書的作者與成書年代，甚至有以爲經文編次不當，應該刪改補益的。因此，「疑經」、「改經」成了宋代經學的最大特色。

〔註 3〕見楊愼《升菴經說》卷四——「詩小序」引錄。

夏惟裁成初句，以下出於毛公」〔註 4〕，二人所論，雖未必眞確，實已開宋儒懷疑子夏序詩的先河。宋儒或疑詩序出於詩人自製〔註 5〕；或以爲出於國史舊文〔註 6〕；或以爲出於孔子所題〔註 7〕；或以爲《毛傳》初行尚未有序，其後門人互相傳授，各記師說而成〔註 8〕等。

宋儒除懷疑子夏序《詩》之說不足採信外，也往往致疑於詩序所敘事實的眞確性，如歐陽修云：

> 太姒，賢妃，又有內助之功爾，而言詩者過爲稱述，遂以〈關雎〉王化之本，以爲文王之興自太似始，故於眾篇所述德化之盛，皆云后妃之化所致，至於天下太平，麟與騶虞之瑞，亦以爲后妃德化之成功，故曰：「〈麟趾〉，〈關雎〉之應；〈騶虞〉，〈鵲巢〉之應也。」何其過論歟！夫王者之興，豈專由女德？〔註 9〕

朱子亦云：

> 小序大無義理，皆是後人杜撰，先後增益湊合成，多就《詩》中採摭言語，更不能發明《詩》之大旨，才見有「漢之廣矣」句，便以爲德廣所及。……〈行葦〉之序，但見「牛羊勿踐」，便謂「親睦九族」。……隨文生義，無復倫理。〈卷耳〉之序，以「求賢審官、知臣下之勤勞」爲后妃之志，事固不倫矣。況《詩》中所謂「嗟我懷人」，以言親暱太甚，寧后妃所得施於使臣者哉！〔註 10〕

都認爲詩序所言，或攀緣傅會，或寄託杜撰，與詩人本義、詩歌旨趣，大相背離，如不擺脫詩序的束縛，本義難得其解。

王質認爲詩序是後人傅會《左傳》，敷衍而成的，嘗云：

> 作序似在左氏之後，其說皆附合左氏爲之，而不省其不倫也。(卷三，頁 5)

並據《左傳》推論詩序的時代，云：

> 左氏之文不及周以上裕而純，過于秦以下肆而駁，氣象皆古而有純駁也。惟左氏似裕而蹙迫之象，似純而有雕鐫之迹，非周以上之文也；似肆

〔註 4〕見《毛詩指說》——「解說第二」。
〔註 5〕見朱彝尊《經義考》卷九十引錄。
〔註 6〕見朱子輯《二程語錄》卷十一——「問詩如何學」。
〔註 7〕見《四庫提要》卷十五，頁 2——「詩類一」引錄。
〔註 8〕同註 5。
〔註 9〕見《詩本義》卷十四——「時世論」。
〔註 10〕見黎靖德編《朱子語類》卷八〇。

而有謹嚴之法，似駮而有娟美之風，非秦以下之文也。恐是生于戰國之時，而不染戰國之習，強爲力以變俗者也。左氏共知其非左丘明，孔門弟子之文，《論語》可見，因載于此。故以大序爲子夏，孔門亦不如此，殆西漢以下，東漢以前，其駮又甚也。（卷九，頁8）

既然詩序約是兩漢間，後人傅會《左傳》而成的，對其所序事實的眞確性，王質自然也感懷疑，如於〈行露〉、〈野有死麕〉，王質責序云：

文王之化，何厚薄于男、女？貞女不受陵于暴男，固爲美談；暴男敢肆陵于貞女，抑何暴耶？此與序〈行露〉之詩，皆所不曉。（卷一，頁26）

又責〈卷耳〉序云：

至於求賢審官，以臣下之勤勞，有進賢之志，傅爲美談，可以太息也。（卷一，頁16）

案：據王禮卿〈詩序辨〉一文徵引，自〈尚書〉以迄漢人詞賦，與詩序義同的，有七十三條之多。〔註11〕爲詩序辯護的，都以爲詩序與史事相證，事實明白，足可證詩序出於聖人之手，決非後人之作〔註12〕。但鄭樵云：

諸風皆有指言當代之某君者，唯魏、檜二風，無一篇指言某君者。以此二家《史記》世家、年表、列傳不見所說，故二風無指言也。〔註13〕

若詩序之出果在諸書之前，則不應諸書所言者，詩序亦言之，諸書所不言者，詩序亦缺之。詩序與《左傳》諸書相合之處，正是詩序鈔襲剽竊他書、強合經文的證據〔註14〕。《朱子語類》亦引鄭漁仲（樵）云：

《詩》小序只是後人將史、傳、揀去并看謚，卻附會作小序美刺。〔註15〕

可見，詩序之出約在《左傳》、《國語》諸書流傳以後，是漢儒雜採經傳，附合經文而成的〔註16〕。王質所論甚是，故其解《詩》，全然去序，一概不據，直就經文本身以探討詩義。雖王質對詩序的看法，是部分因襲前人，而非創見，但其反序的精神與勇氣，卻不容忽視，反而更值得注意。

〔註11〕見黎明出版社《詩經論文集》，頁423～446。

〔註12〕如范處義以爲〈詩序〉與《春秋》相合，可以證其爲聖人之作，而不知〈十月之交〉一詩，〈序〉以爲刺幽王，鄭玄早已啓疑，以爲當作「厲王」。詳見朱彝尊《經義考》卷九九引錄。

〔註13〕見鄭振鐸〈讀毛詩序〉引錄，載於1927年《小說月報》——「中國文學研究專號」。

〔註14〕同註13。

〔註15〕同註10。

〔註16〕同註13。

至於詩序的作者，王質並無特別的看法。其實此一問題，至今仍缺乏有力的證據可以解決。

第二節　廢序說與《朱傳》的比較

論者咸以為王質是廢序說詩者之一，陳日強跋稱其刪除詩序實與朱子同，茲採錄詩序、《朱傳》及《詩總聞》所論，列製成表，對王質廢序的內容作進一步的探討。

篇目	詩序	詩總聞	詩集傳
關雎	△后妃之德也。〈關雎〉得淑女以配君子，憂在進賢，不淫其色，哀窈窕，思賢才，而無傷善之心。	△處貴適水，采荇治葅品，供祭祀。	△竊謂此序庶幾得之。 △周之文王生有聖德，又得聖女姒氏以為之配，宮中之人於其始至，見其有幽閒貞靜之德，故作是詩。
葛覃	△后妃之本也。后妃在父母家，則志在於女功之事，躬儉節用，服澣濯之衣，尊敬師傅，則可以歸安父母，化天下以婦道也。	△處貴適谷采葛，隨時變，趣婦功，其勤苦如此，而人情歸寧，當有所整飾，乃簡樸如此，可想見古風也。	△序首尾皆是，但「在父母家」一句為未安。 △蓋后妃既成絺綌而賦其事。
卷耳	△后妃之志也。又當輔佐君子求賢審官，知臣下之勤勞，內有進賢之志，而無險陂私謁之心，朝夕思念，至於憂勤也。	△嬪御祝史之屬，將歸寧而有懷，故勞苦之使各安其位，以待其歸。 △處貴歸寧，簡薄如此。	△首句得之，餘皆傅會。 △后妃以君子不在而思念之，故賦此詩。
樛木	△后妃逮下也，言能逮下而無嫉妒之心。	△木曲易引蔓，人卑易引福。	△从序。
螽斯	△后妃子孫眾多也，言若螽斯不妬忌，則子孫眾多。	△此斯字在下，〈七月〉斯字在上，恐是語助辭。 △又說蚣蝑育子八十一，叶九九之數，亦待智者，不敢信亦不敢不信也。	△言后妃不妬忌而子孫眾多，故眾妾以螽斯之群處和集而子孫眾多比之。序以不妒忌歸之螽斯，誤矣。
桃夭	△后妃之所致也。不妒忌，則男女以正，婚姻以時，國無鰥民也。	△古者王制定民志，以仲春會男女，非時有禁，是時庶物各隨形氣聲意相合，惟虎交以仲冬于類為異，至漢昏姻已久不拘此。	△序首句非是，餘皆得之。 △詩人因所見起興，歎女子之賢，必有以宜其室家。
兔罝	△后妃之化也。〈關雎〉之化行，則莫不好德，賢人眾多也。	△當文王之時，江漢雖定，然淮夷未甚盡服，當是此地有覩物興感者。	△序首句非是，餘皆得之。 △化行俗美，賢才眾多，雖罝兔之野人，而其才之可用猶如此，故詩人因其所事以起興而美之。

芣　苢	△后妃之美也。和平則婦人樂有子矣。	△蓋婦人及時采藥，以爲療疾之儲。初茁，亦可啖。	△从序。
漢　廣	△德廣所及也。文王之道被於南國，美化行乎江漢之城，無思犯禮，求而不可得也。	△當是相傳江漢故事，以爲美談。	△以篇內有「漢之廣矣」，序者謬誤，乃以「德廣所及」爲言。詩僅言見江漢出游之女端莊靜一，終不可求，則敬之深矣。
汝　墳	△道化行也。文王之化行乎汝墳之國，婦人能閔其君子，猶勉之以正也。	△此徵役渡河趣都者，人情所不欲，其妻勉以君民之分，父母之情。	△汝旁之國亦先被文王之化者，故婦人喜其君子行役歸來，因記其未歸之時，思望之情如此。
麟之趾	△〈關雎〉之應也。〈關雎〉之化行，則天下無犯非禮，雖衰世之公子，皆信厚如麟趾之時也。	△當是此時見此物，故發爲辭。 △詩言婦人而能懷慈心，非聖人何以化之？	△文王后妃德修於身，而子孫宗族皆化於善，故詩人以麟之趾興公之子。
鵲　巢	△夫人之德也。國君積行累功以致爵位，夫人起家而居有之，德如鳲鳩，乃可以配焉。	△營家，男子之事；守家，婦人之事。……至于求賢審官，以臣下之勤勞，有進賢之志，傳爲美談，可以太息也。	△南國諸侯被文王之化，能正心修身以齊其家，其女子亦被后妃之化，而有專靜純一之德，故嫁於諸侯，而其家人美之。
采　蘩	△夫人不失職也。夫人可以奉祭祀，則不失職矣。	△言任公事，畢則繼之私樂。	△从序。
草　蟲	△大夫妻能以禮自防也。	△與夫相別，不得共處如蟲得時得地，各有喜躍之狀。	△南國被文王之化，諸侯大夫行役在外，其妻獨居，感時物之變，而思君子如此。未見以禮自防之意。
采　蘋	△大夫妻能循法度也。能循法度，則可以承先祖，共祭祀。	△言卑者任勞。	△从序。
甘　棠	△美召伯也。召伯之教，明於南國。	△不必聽訟甘棠之下，當是出行偶爾憩息，覩景懷人，後世遂指爲佳所。	△从序。
行　露	△召伯聽訟也。衰亂之俗微，貞信之教興，強暴之男不能侵陵貞女也。	△婚姻不相諧而有爭，故著其辭。 △暴男侵貞女，辭世容或有之，而召公之分壤，被美教，成雅俗，不應如此。女固可尙，男爲何人，豈文王之化獨及女而不及男耶？	△从序。
羔　羊	△〈鵲巢〉之功致也。召南之國被文王之化，在位皆節儉正直，德如羔羊也。	△婦人奉君子以朴素之衣，亦必責君子以朴素之行。	△此序得之，但「德如羔羊」一句爲衍說耳。

殷其靁	△勸以義也。召南之大夫遠行從政，不遑寧處，其室家能閔其勤勞，勸以義也。	△君子出行當是雷收聲，之後聞雷發聲，則覺氣變候移，念君子之歸也。	△南國被文王之化，婦人以其君子行役在外而思念之，故作此詩。無勸以義之意。
摽有梅	△男女及時也。召南之國被文王之化，男女得以及時也。	△當是婦人無依者，亟欲及時。失時，則又經期也。	△南國被文王之化，女子知以貞信自守，懼其嫁不及時，而有強暴之辱也。
小　星	△專及下也。夫人無妒忌之行，惠及賤妾，進御於君，知其命有貴賤，能盡其心矣。	△在公，言公事，非賤妾進御之辭。當是婦人送君子以夜而行事。	△从序。
江有汜	△美媵也。勤而無怨，嫡能悔過也。文王之時，江漢之間，有嫡不以其媵備數，媵遇勞而無怨，嫡亦自悔也。	△婦人在女家必有久相諳者，適夫家必有願相從者，而嫁者違之，故在家之女役有望不悅之心。	△是時汜水之旁，媵有待年於國，而嫡不與之偕行，其後嫡被后妃夫人之化，乃能自悔而迎之，故媵見江水有汜而起興。未見勤勞無怨之意。
野有死麕	△惡無禮也。天下大亂，強暴相陵，遂成淫風，被文王之化，雖當亂世，猶惡無禮也。	△女至春而思有所歸，吉士以禮通情而思有所耦，人道之常。 △文王之化何厚薄于男女？貞女不受陵于暴男，固為美也。暴男敢肆陵于貞女，抑何暴耶？此與序〈行露〉之詩皆所不曉。	△南國被文王之化，女子有貞潔自守，不為強暴所污者。所謂無禮者，言淫亂之非禮也，不謂無聘幣之禮也。
何彼襛矣	△美王姬也。雖則王姬，亦下嫁於諸侯，車服不繫其夫，下王后一等，猶執婦道以成肅雝之德也。	△齊與周為昏之詩。	△王姬下嫁於諸侯，車服之盛如此，而不敢挾貴以驕其夫家，故見其車者，知其能敬且和，以執婦道，故作是詩美之。
騶　虞	△〈鵲巢〉之化行，人倫既正，朝廷既治，天下純被文王之化，則庶類蕃殖，蒐田以時，仁如騶虞，則王道成也。	△此為春田者也。	△从序。
柏　舟	△衛頃公之時，仁人不遇，小人在側。	△不遇非所當憂，蓋憂時也。	△婦人不得於其夫，故以柏舟自比。
綠　衣	△衛莊姜傷己也。妾上僭夫人失位，而作詩也。	△言衣服漸闕，恩愛弛也。其為婦人之辭無疑，但其人未可知。	△此無所考，姑從序說。
燕　燕	△衛莊姜送歸妾也。	△衛國君送女弟適薛國也。	△从序。
日　月	△衛莊姜遭州吁之難，傷己不見答於先君，以至窮困之詩也。	△當是在位者為人所間，君忘故情，己失故處。	△从序。

終　風	△衛莊姜傷己，遭州吁之暴，見傷慢而不能正也。	△君子見天災如此，而憂深至于不寐。	△此詩有夫婦之情，無母子之意。莊公爲人狂蕩暴疾，莊姜不忍斥言，故以「終風且暴」爲比。
擊　鼓	△怨州吁也。衛州吁用兵暴亂，使公孫文仲將，而平陳與宋，國人怨其勇而無禮也。	△同序。	△从序。
凱　風	△美孝子也。衛之淫風流行，雖有七子之母，猶不能安其室，故美七子能盡其孝道，以慰母心而成其志爾。	△子憐其母，故責妻，又責己也。	△此乃七子自責之辭，非美七子之作。
雄　雉	△刺衛宣公也。淫亂不恤國事，軍旅數起，大夫久役，男女怨曠，國人怨之而作是詩。	△蓋婦人發辭，此必有求于行役者而不遂，故獨使遠役，其妻所以有怨辭，但仍相勸爲善之意。	△君子行役于外，婦人思之，此乃自遺阻隔也。
匏有苦葉	△刺衛宣公與夫人並爲淫亂。	△女甚賢，而父母急欲遣嫁，非女意也。	△此刺淫亂之詩，未見其爲刺宣公、夫人之作。
谷　風	△刺夫婦失道也。衛人化其上，淫於新昏，而棄其舊室，夫婦離絕，國俗傷敗焉。	△此非絕也，特以勞役之事苦之，當是夫厭薄婦，以此爲祟，婦承夫命，出有所勞，登途而値風雨，觸境興懷。	△婦人爲夫所棄，故作此詩以敍其悲怨之情。
式　微	△黎侯寓于衛，其臣勸以歸也。	△言黎侯行李薄，旅況悴。中露、泥中，言行役冒犯之苦，未必是地名也。	△此無所考，姑從序說。
旄　丘	△責衛伯也。狄人迫逐黎侯，黎侯寓于衛，衛不能修方伯連率之職，黎之臣子以責於衛。	△當是卑者責尊者也。宗族有故，尊者當任之，而以叔伯爲衛臣，聖人必不以此無理之事存之，何以勵爲親戚，且爲臣子者也？	△序見詩有「伯兮」二字，以爲責衛伯之詞，誤矣。
簡　兮	△刺不用賢也。衛之賢者仕於伶官，皆可以承事王者也。	△以武士爲伶人，可見武備之弛，賢者在位，濁亂必不至此。	△賢者不得志而仕於伶官，有輕世肆志之心，其言如此，若自譽，實自嘲也。
泉　水	△衛女思歸也。嫁於諸侯，父母終，思歸寧而不得，故作是詩以自見也。	△不見父母終之意。此當是衛女適他國，而他國女復適衛，交相爲婚姻，送別之辭，故下傳意歷問其親也。	△从序。
北　門	△刺仕不得志也。言衛之忠臣不得其志爾。	△當是出而幹職事，歸而遭阻間，故有怨辭。	△从序。
北　風	△刺虐也。衛國並爲威虐，百姓不親，莫不相攜持而去焉。	△當是離本邦去他國，又不安而歸也。	△國家危難將至，欲與其相好之人去而避之。

靜　女	△刺時也。衛君無道，夫人無德。	△當是其夫出外爲役，婦人思而候之。	△此淫奔期會之詩也。
新　臺	△刺衛宣公也。納伋之妻，作新臺于河上而要之，國人惡之而作是詩也。	△當是新臺之人娶妻不如始言，故下有不悅之辭。	△从序。
二子乘舟	△思伋壽也。衛宣公之二子爭相爲死，國人傷而思之，作是詩也。	△女乘舟渡河而歸人，其徒餞送者也。	△从序。
柏　舟	△共姜自誓也。衛世子共伯蚤死，其妻守義，父母欲奪而嫁之，誓而弗許，故作是詩以絕。	△母欲女歸人，而女願事母，不欲去家，其母不以爲然，極亟道其眞心，以死自誓。	△从序。
牆有茨	△衛人刺其上也。公子頑通乎君母，國人疾之，而不可道也。	△此必有內外交亂而難言者，所以勿埽、勿襄、勿束，言交亂之人其意欲除，除之正中其計也。	△从序。
君子偕老	△刺衛夫人也。夫人淫亂，失事君子之道，故陳人君之德，服飾之盛，宜與君子偕老也。	△同序。	△从序。
桑　中	△衛之公室淫亂，男女相奔，至于世族在位，相竊妻妾，期於幽遠，政散民流而不可止。	△當是國君微行，以采茹爲辭，約諸女之中意者，期之某所，要之某所。	△此乃淫奔者所自作，序首句誤，其下云魂者得之。
鶉之奔奔	△衛人以爲宣姜鶉鵲之不若也，故以爲刺。	△此是女御之憤辭。當是國君以此人而尊諸嬪御之上，故有不平之辭。	△从序。
定之方中	△美衛文公也。衛爲狄所滅，東徙渡河，野處漕邑，齊桓公攘戎狄而封之，文公徙居楚丘，始建城市而營宮室，得其時制，百姓說之，國家殷富焉。	△同序。	△从序。
蝃　蝀	△止奔也。衛文公能以道化其民，淫奔之恥，國人不齒也。	△男家無信失約故踰期，女家不知命，雖踰期必欲成禮。	△此刺淫之詩也。
相　鼠	△刺無禮也。衛文公能正其群臣，而刺在位承先君之化無禮儀也。	△當是在上而遇下無狀，故有不樂之心。	△刺無禮儀，然未見爲文公之詩。
于　旄	△美好善也。衛文公臣子多好善，賢者樂告以善道也。	△當是國君出野親迎，其禮如此，受迎者他時將何贊助以爲報也。 △此詩氣象似是文公。	△衛大夫乘此車馬，建此旄旌以見賢者，彼所見之賢者，將何以答其禮。

載　馳	△許穆夫人作也。閔其宗國顛覆，自傷不能救也。衛懿公爲狄人所滅，國人分散，露於漕邑，許穆夫人閔衛之亡傷，許之小力不能救，思歸唁其兄，又義不得，故賦是詩也。	△同序。	△从序。
淇　奧	△美武公之德也。有文章、又能聽其規諫，以禮自防，故能入相于周，美而作是詩也。	△美詩，但所美者未可知。	△衛人美衛武公之德。
考　槃	△刺莊公也。不能繼先公之業，使賢者退而窮處。	△當是國君之賢女與鄰邦爲配耦，道不同，志不合而遺棄，携承槃而在幽壤。	△美賢者窮處而能自得其樂之詩。
碩　人	△閔莊姜也。莊公惑於嬖妾，使驕上僭，莊姜賢而不答，終以無子，國人閔而憂之。	△遭君所棄，思歸齊，而不安于衛也。	△从序。
氓	△刺時也。宣公之時，禮義消亡，淫風大行，男女無別，遂相奔誘，華落色衰復相棄背，或乃因而自悔喪其妃耦，故序其事以風焉。美反正，刺淫泆也。	△女歸人而不相諧之詩。	△此淫婦爲人所棄而自敍其事，以道其悔也。
竹　竿	△衛女思歸也。適異國而不見答，思而能以禮者也。	△去家歸人，而思父母兄弟。	△从序。但詩中未見不見答之意。
芄　蘭	△刺惠公也。驕而無禮，大夫刺之。	△此貴家飾童子，而不知其不可勝也。	△此詩不可考，當闕。
河　廣	△宋襄公母歸於衛，思而不止，故作是詩也。	△此衛人而僑衛地者欲歸，必有嫌而不可歸。	△从序。
伯　兮	△刺時也，言君子行役，爲王前驅，過時而不反焉。	△當是其夫從王伐鄭，久役不歸，婦人思之之辭。	△从序。
有　狐	△刺時也。衛之男女失時，喪其妃耦焉。古者國有凶荒則殺禮而多昏，會男女之無夫家者，所以育人民也。	△之子，婦人也。至無裳、無帶、無服，民窮可見。	△國亂民散，喪其妃耦，有寡婦者見鰥夫而欲嫁之。
木　瓜	△美齊桓公也。衛國有狄人之敗，出處於漕，齊桓公救而封之，遺之車馬器服焉。衛人思之，欲厚報之，而作是詩也。	△我所得皆實用，所報皆虛美，以此推之，不足以報也。	△从序。但疑亦男女相贈答之辭。

黍　離	△閔宗周也。周大夫行役至於宗周，過故宗廟，宮室盡爲禾黍，閔周室之顛覆、彷徨不忍去，而作是詩也。	△當是東周懷忠抱義之士，來陳秦庭以奉今主，歸舊都是意。	△从序。
君子行役	△刺平王也。君子行役無期度，大夫思其危難以風焉。	△當是在郊之民以役適遠，而其妻子于日暮之時，約雞歸棲，呼牛羊來下，故興懷也。	△此國人行役而室家念之之辭。
君子陽陽	△閔周也。君子遭亂相招爲祿仕，全身遠害而已。	△當是招其妻從房、從敖而往來。此言不安其所，既去則樂陽陽。	△此疑亦前篇婦人所作。蓋其夫既歸，不以行役爲勞，而安於貧賤以自樂也。
揚之水	△刺平王也。不撫其民而遠屯戍于母家，周人怨思焉。	△當是役夫遠戍，而恨其家薪芻之不充，憫其妻貧苦獨處，願與之同戍而有所不可，則計月以數歸期。	△从序。
中谷有蓷	△閔周也。夫婦日以衰薄，凶年飢饉，室家相棄爾。	△旱歲，夫婦相攜相別。	△从序。
兔　爰	△閔周也。桓王失信，諸侯背叛，構怨連禍，王歸傷敗，君子不樂其生焉。	△言幼時尚未有征役，長時役多則何堪，不如死也。	△周室衰微，諸侯背叛，君子不樂其生而作此詩。
葛　藟	△王族刺平王也。周室道衰，棄其九族焉。	△感葛藟而思身世。當是爲不友之兄弟所隔，而不得安處也，或棄而與他人，或出而繼旁族。與本宗絕所生。	△世衰民散，有去其鄉里家族而流離失所者，作此詩以自嘆。
采　葛	△懼讒也。	△當是同志在野之人，獨適而不與俱，故有此辭。	△蓋淫奔之詩。
大　車	△刺周大夫也。禮義陵遲，男女淫奔，故陳古以刺今大夫不能聽男女之訟焉。	△婦人見貴人聲勢被服之盛，私心慕之，此必微時深有相涉，盛時不敢復論，似有望意，以其相忘也。	△非刺大夫之詩，乃淫奔者畏大夫之詩。
丘中有麻	△思賢也。莊王不明，賢人放逐，國人思之而作是詩也。	△當是避難之人爲在野之家所匿，以佩玖報之。	△此亦淫奔者之辭。
緇　衣	△美武公也。父子並爲周司徒，善於其職，國人宜之，故美其職，國人宜之，故美其德，以明有國善善之功焉。	△當是在外入爲卿士，在都者相與爲禮，惟恐其禮不周也。	△从序。
將仲子	△刺莊公也。不勝其母以害其弟，弟叔失道而公弗制，祭仲諫而公弗聽，小不忍以致大亂焉。	△同序。	△此淫奔者之辭。

叔于田	△刺莊公也。叔處于京，繕甲治兵，以出于田，國人說而歸之。	△仁、好、武三者，人之所歸，太叔段何以當之？當是其徒夸爲之辭。	△从序。 △或疑此亦民間男女相說之辭也。
大叔于田	△刺莊公也。叔多才而好勇，不義而得眾也。	△同序。	△从序。
清　人	△刺文公也。高克好利而不顧其君，文公惡而欲遠之不能，使高克將兵而禦敵于竟，陳其師旅，翺翔河上，久而不召，眾散而歸，高克奔陳，公子素惡高克進之不以禮，文公退之不以道，危國亡師之本，故作是詩也。	△當是軍士有戰心，而或抑之，不能有所逞。	△从序。
羔　裘	△刺朝也。言古之君子以風其朝焉。	△美衣羔裘者之詞，但不知其所指。	△蓋美其大夫之詞，但不知其所指矣。
遵大路	△思君子也。莊公失道，君子去之，國人思望焉。	△當是同志相善有不安而他之者，以故、以好攬之大路，非以他譴而避。	△淫婦爲人所棄，故於其去也，　其祛而留之。此亦淫亂之詩。
女曰雞鳴	△刺不說德也。陳古義以刺今不說德而好色也。	△當是君子與朋友有約，夫婦相警以曉，恐失期也。	△此詩人述賢夫婦相警戒之詞。未見陳古刺今之意。
有女同車	△刺忽也。鄭人刺忽之不昏于齊，太子忽嘗有功于齊，齊侯請妻之，齊女賢而不取，卒以無大國之助，至于見逐，故國人刺之。	△似是與婦成昏，而非憚耦辭昏者。	△此疑亦淫奔之辭。
山有扶蘇	△刺忽也。所美非然。	△當是媒妁姑以美相欺，相見乃不如所言，怨怒之辭也。	△淫女戲其所私者之詞。
蘀　兮	△刺忽也。君弱臣彊，不倡而和也。	△當是有乘微弱而謀傾奪者，有識有情，動念而力不能獨辦，故有求于爲倡者。	△此淫女之詞。
狡　童	△刺忽也。不能與賢人圖事，權臣擅命也。	△所謂狡童，當有他人，非謂忽也。	△此淫女見絕而戲其人之詞。
褰　裳	△思見正也。狂童恣行，國人思大國之正已也。	△當是鄭人不安狂童，欲脫身遠害，而外境有相知者以情屬之，相知又似不領其情，故辭若甚急而有切責之意。	△淫女語其所私之詞。
丰	△刺亂也。昏姻之道缺，陽倡而陰不和，男行而女不隨。	△當是時已至男來迎，而主婚者卒有異謀，不克成禮，後有悔者也。	△婦人所期之男子已俟乎巷，而婦人以有異志不從，既則悔之而作是詩。
東　門	△刺亂也。男女有不待禮而相奔者也。	△尋詩不見奔狀，蓋謀昏而未諧也。	△此男女相思而不得見之詞。

風　雨	△思君子也。亂世則思君子不改其度焉。	△婦人思夫之詞。	△淫女之言。
子　衿	△刺學校廢也。亂世則學校不修焉。	△當是相思而有欲見之意，望其來而不肯至者也。	△此亦淫奔之詩。
揚之水	△閔無臣也。君子閔忽之無忠臣良士，終以死亡而作是詩。	△當是兄弟止二人，無他昆，爲人所間而不協者。	△此男女要結之詞。
出其東門	△閔亂也。公子五爭，兵革不息，男女相棄，民人思保其室家焉。	△雖遊女如雲之盛，皆非所思，惟縞衣而綦巾，茹藘者，可與通歡，知其無所主者也。	△人見淫奔之女而作此詩。此乃惡淫奔者之詞。
野有蔓草	△思遇時也。君之澤不下流，民窮於兵革，男女失時，思不期而會焉。	△當是深夜之時，男女偶相遇者也。	△男女相遇於野田草露之間，故賦其所在以起興。
溱　洧	△刺亂也。兵革不息，男女相棄，淫風大行，莫之能救焉。	△此詩氣象頗似晚春聚會遊觀之時。	△此詩淫奔者自敍之詞。
雞　鳴	△思賢妃也。哀公荒淫怠慢，故陳賢妃貞女夙夜警戒相成之道焉。	△可見賢妃警戒之意。	△美賢妃心存警戒之意。但哀公未有所考。
還	△刺荒也。哀公好田獵，從禽獸而無厭，國人化之，遂成風俗習於田獵謂之賢，閑於馳逐謂之好焉。	△當是輕儇驕恣之人，非嘉士也。	△獵者交錯於道路，且以便捷輕利相稱譽，但哀公未有所考。
著	△刺時也。時不親迎也。	△當是貴勢耑事，服飾稍虧禮文，故女子有望辭。	△从序。
東方之日	△刺衰也。君臣失道，男女淫奔，不能以禮化也。	△此男女竊合同邁之日時。	△此男女淫奔者所自作。
東方未明	△刺無節也。朝廷興居無節，號令不時，挈壺氏不能掌其職焉。	△此必醉亂之中，偶有徵召之命，而以非時召臣。	△此詩人刺其君興居無節，號令不時。
南　山	△刺襄公也。鳥獸之行淫乎其妹，大夫遇是惡作詩而去之。	△同序。	△从序。
甫　田	△大夫刺襄公也。無禮義而求大功，不修德而求諸侯，志大心勞，所以求者非其道也。	△此老臣事幼君之辭。 △此人似是襄公。	△言無田甫田，無思遠人，以戒時人厭小而務大，忽近而圖遠，將徒勞而無功也。未見爲襄公之詩。
盧　令	△刺荒也。襄公好田獵畢弋而不修民事，百姓苦之，故陳古以風焉。	△言縱犬獵獸之人也。此當是旁觀而爲之夸譽者也。	△此詩大意與〈還〉略同。
敝　笱	△刺文姜也。齊人惡魯桓公微弱，不能防閑文姜，使至淫亂，爲二國患焉。	△同序。	△从序。

載　驅	△齊人刺襄公也。無禮義故盛其車服，疾驅於通道大都與文姜淫，播其惡於萬民焉。	△同序。	△从序。
猗　嗟	△刺魯莊公也。齊人傷魯莊公有威儀技藝，然而不能以禮防閑其母，失子之道，人以爲齊侯之子焉。	△同序。	△从序。
葛　屨	△刺褊也。魏地陿隘，其民機巧趨利，其君儉嗇褊急而無德以將之。	△言婚姻太速，其意欲早使夫力婦功以濟其家，不虛度也。此所以爲褊而可刺也。	△以葛屨屨霜起興，刺其使女縫裳，又使治其要襋而遂服之。此詩疑即縫裳之女所作。
汾沮洳	△刺儉也。其君儉以能勤，刺不得禮也。	△賦丰美之容而躬窮賤之役，當是固障山澤，奪凡民所資也。	△此亦刺儉不中禮之詩，然未必爲其君而作。
園有桃	△刺時也。大夫憂其君，國小而迫，而儉以嗇，不能用其民而無德教，日以侵削，故作是詩也。	△士大夫、朋友相與會集游適者也，但其憂不知何事。	△詩人憂其國小而無政，故作是詩。
陟　岵	△孝子行役，思念父母也。國迫而數侵削，役乎大國，父母兄弟離散而作是詩也。	△同序。	△从序。
十畝之間	△刺時也。言其國削小，民無所居焉。	△當是人多桑少，爲權力所障固采摘，故民他求以育蠶爾。	△政亂國危，賢者不樂仕於朝，而思與其友歸於農圃。
代　檀	△刺貪也。在位貪鄙，無功而受祿，君子不得進仕爾。	△覩河之清，感君子之潔。	△此詩專美君子不素餐。
碩　鼠	△刺重斂也。國人刺其君重斂，蠶食於民，不修其政，貪而畏人，若大鼠也。	△此必爲吏臨民者，習熟至於三年，爾不相顧，我亦不想戀。即以鼠斥君。	△民困於貪殘之政，故託言大鼠害己而去之也。
蟋　蟀	△刺晉僖公也。儉不中禮，故作是詩以閔之，欲其及時以禮自娛樂也。此晉也，而謂之唐，本其風俗憂深思遠儉而用禮，乃有堯之遺風焉。	△此感時傷生者，士大夫之相警戒也。	△詩僅言唐俗憂深而思遠也。
山有樞	△刺晉昭公也。不能修道以正其國，有財不能用，有鐘鼓不能自樂，有朝廷不能洒埽，政荒民散，將以危亡，四鄰謀取其國家而不知，國人作詩以刺之。	△勸友人何不爲樂以度日。	△此詩蓋以答前篇之辭而解其憂。

揚之水	△刺晉昭公也。昭公分國以封沃，沃盛彊，昭公微弱，國人將叛而歸沃焉。	△詩明言沃，故引曲沃之事實之，他于詩未顯者，依其辭繹之，意不敢指其事，或者附合太過。	△从序。
椒　聊	△刺晉昭公也。君子見沃之盛彊，能修其政，知其蕃衍盛大，子孫將有晉國焉。	△此當是士大夫之賢妻有令譽者，以爲姑言其美，碩大己無與倫。	△此詩未見其必爲沃而作。
綢　繆	△刺晉亂也。國亂則婚姻不得其時焉。	△男子易爲計，婦人將如之何？此必旁觀者爲辭，非抉摘其陰私，蓋有所憐。	△此但爲婚姻者相得而喜之詞。
杕　杜	△刺時也。君不能親其宗族骨肉離散，獨居而無兄弟，將爲沃所并爾。	△此獨行野樹之人可憐。語意可悲，當是旁觀而興憐。	△此乃無兄弟而自歎之詞。
羔　裘	△刺時也。晉人刺其在位，不恤其民也。	△此朋友切責之辭。	△此詩不知所謂，不敢強解。
鴇　羽	△刺時也。昭公之大辭五世，君子下從征役，不得養其父母，而作是詩也。	△同序。	△民從征役不得養其母而作是詩。
無　衣	△美晉武公也。武公始并晉國，其大夫爲之請命乎天子之使，而作是詩也。	△此必晉之任國事，挾機事之人。	△此詩蓋述其請命之意。
有杕之杜	△刺晉武公也。武公寡特，兼其宗族，而不求賢以自輔焉。	△好賢，然冀其自至誠難。	△此人好賢而恐不足以致之，故言此。
葛　生	△刺晉獻公也。好攻戰則國人多喪矣。	△此君子出役而不歸，婦人獨處而興哀。 △此詩傷存悼沒最哀。	△婦人思其夫久從征役而不歸之作。
采　苓	△刺晉獻公也。獻公好聽讒焉。	△尋詩恐專是申生之事。	△此刺聽讒之詩。
車　鄰	△美秦仲也。秦仲始大有車馬，禮樂侍御之好焉。	△秦求謀臣策士而共畫此事也。	△是美詩，但未見其必爲秦仲之詩。
駟　驖	△美襄公也。始命，有田狩之事，園囿之樂焉。	△西人田狩之事，園囿之樂，蓋其常俗，不必始命方有。	△此亦前篇之意。
小　戎	△美襄公也。備具兵甲以討西戎，西戎方彊而征伐不休，國人則矜其車甲，婦人能閔其君子焉。	△尋詩皆無趣戰迹，不然則是戎嚴爲備也。	△襄公率國人往征西戎，國人則矜其車甲，婦人能閔其君子焉。
蒹　葭	△刺襄公也。未能用周禮，無以固其國焉。	△所謂伊人講聞而未見，躊躇而忽見，故發此辭。	△此有所愛慕而不得近之詩。
終　南	△戒襄公也。能取周地，始爲諸侯，受顯服，大夫美之，故作是詩以戒勸之。	△戒勸之辭。	△此秦人美其君之詞，亦〈車鄰〉、〈駟驖〉之意。

黃　鳥	△哀三良也，國人刺穆公以人從死，而作是詩也。	△尋詩止見三人從穆公之迹，不見穆公收三人之狀。	△从序。
晨　風	△刺康公也。忘穆公之業，始棄其賢臣焉。	△常是有舊勞，以間見棄而遂相忘者也。	△此婦人念其君子之詞。
無　衣	△刺用兵也。秦人刺其君好攻戰，亟用兵，而不與民同欲焉。	△此與晉〈無衣〉同意。	△言王興師，將修我戈矛而與子同仇，其懽愛之心，足以相死。
渭　陽	△康公念母也。康公之母，晉獻公之女。文公遭麗姬之難，未反而秦姬卒穆公納文公，康公時爲太子，贈送文公于渭之陽，念母之不見也，我見舅氏如母存焉，及其即位，思而作是詩也。	△同序。	△从序。
權　輿	△刺康公也。忘先君之舊臣與賢者，有始而無終也。	△前人所舉過絕，而後人所舉不繼，無怪人情興彼此，感始末。	△从序。
宛　丘	△刺幽公也。淫荒昏亂，游蕩無度焉。	△此士大夫之辭。然幽公之事無見，徒以惡謚，故歸以大過。	△國人見此人常遊蕩於宛丘之上，故敍其事以刺之。
東門之枌	△疾亂也。幽公淫荒，風化之所行，男女棄其舊業，亟會於道路，歌舞於市井爾。	△徘徊東門之下，期待所歡者。此詩多及期會之地。	△此男女聚會歌舞而賦其事，以相樂也。
衡　門	△誘僖公也。愿而無立志，故作是詩以誘掖其君也。	△當是或勸賢者設人爵，賢者設辭導情以酬之。	△此隱居自樂而無求者之詞。
東門之池	△刺時也。疾其君之淫昏，而思賢女以配君子也。	△當是與〈衡門〉同懷共處之人，其意皆同。	△此亦男女會遇之詞。
東門之楊	△刺時也。昏姻失時，男女多違，親迎女猶有不至者也。	△言飲酒無度之作。	△此亦男女期會而有負約不至者，故因所見以起興也。
墓　門	△刺陳佗也。陳佗無良傅，以至於不義，惡加於萬民焉。	△同序。	△此刺不良之人。
防有鵲巢	△憂讒賊也。宣公多信讒，君子憂懼焉。	△言何人欺上聽以害賢者，使我懷憂不安也。	△此男女之有私而憂，或閒之之詞。
月　出	△刺好色也。在位不好德而說美色焉。	△當是靈公、孔寧、儀行父與夏姬宣淫至夜，徵舒不安。	△此亦男女相悅而相念之辭。
株　林	△刺靈公也。淫乎夏姬，驅馳而往，朝夕不休息焉。	△蓋有與徵舒適野通謀者，知人有覺而詭言之。	△从序。

澤　陂	△刺時也。言靈公君臣淫於其國，男女相說，憂思感傷焉。	△同序。	△此詩大旨與〈月出〉相類。
羔　裘	△大夫以道去其君也。國小而迫，君不用道，好潔其衣服，逍遙游燕而不能自強於政治，故作是詩也。	△憂君子之詩。	△从序。
素　冠	△刺不能三年也。	△當是在位之賢宅憂而國事無人任之，所以急欲挽出也。	△从序。
隰有萇楚	△疾恣也。國人疾其君之淫恣，而思無情慾者也。	△以無知、無家、無室爲樂，言不若無此則無他憂，有此必可憂也。	△政煩賦重，人不堪其苦，歎其不如草木之無知無憂。
匪　風	△思周道也。國小政亂，憂及禍難，而思周道焉。	△當是關中之人爲山東之客者，其知友送歸，以此寄懷輸情。	△周室衰微，賢人憂歎而作此詩。
蜉　蝣	△刺奢也。昭公國小迫，無法以自守，好奢而任小人，將無所依焉。	△此君子憐小人而欲安其餘生也。	△此蓋以時人有玩細娛而忘遠慮者，故以蜉蝣爲比而刺之。
候　人	△刺近小人也。共公遠君子，而好近小人焉。	△當是小人盛服以迎婦者，國人不願成其婚，欲其判也。	△此刺其君遠君子而近小人之詞。
鳲　鳩	△刺不壹也。在位無君子，用心之不壹也。	△夫婦相得之詩。	△詩人美君子之用心平均專一。
下　泉	△思治也。曹人疾共公侵刻，下民不得其所，憂而思明王賢伯也。	△不遇君子憂念周京之詩。	△王室陵夷而小國困弊，故以寒泉下流，苞稂見傷爲比而興感。
七　月	△陳王業也。周公遭變故，陳后稷先公風化之所由，致王素之艱難也。	△此田野農民酬酢往復之辭也。	△周公以成王未知稼穡之艱難，故陳后稷，公劉風化之所由以教之。
鴟　鴞	△周公救亂也。成王未知周公之志，公乃爲詩以遺王，名之曰〈鴟鴞〉焉。	△同序。	△从序。
東　山	△周公東征也。周公東征三年而歸勞歸士，大夫美之，故作是詩也。	△此其夫來歸，與其妻相見，敍相別之狀，導相見之情也。	△此周公勞歸士之詞，非大夫美之而作也。
破　斧	△美周公也。周大夫以惡四國焉。	△哀周公之危。	△從軍之士以前篇周公勞已之勤，故言此以答其意。
伐　柯	△美周公也。周大夫刺朝廷之不知也。	△此詩當是諸史百執事之徒所作，願爲媒者也。	△東人喜周公之至，而願其留之詞。
九　罭	△美周公也。周大夫刺朝廷之不知也。	△國人愛周公而未孚成王，故欲且留再宿，以觀變。	△同〈伐柯〉。

狼　跋	△美周公也。周公攝政，遠則四國流言，近則王不知，周大夫美其不失其聖也。	△此必迎周公之使者行道所見也。	△从序。
鹿　鳴	△燕群臣嘉賓也。既飲食之，又實幣帛筐篚，以將其厚意，然後忠臣嘉賓得盡其心矣。	△當是園囿之間，與臣之高尊者燕樂。	△从序。
四　牡	△勞使臣之來也。有功而見知則說矣。	△以養父母告君，欲休官歸家也。	△从序。
皇皇者華	△君遣使臣也。送之以禮樂，言遠而有光華也。	△序以〈皇皇者華〉爲遣使臣，失之。	△序首句爲是。
常　棣	△燕兄弟也。閔管蔡之失道，故作常棣焉。	△同序。	△此燕兄弟之樂歌。
伐　木	△燕朋友故舊也。自天子至於庶人，未有不須友以成者，親親以睦友賢，不棄不遺故舊，則民德歸厚矣。	△此燕異姓，與〈常棣〉同姓不同。	△从序。
天　保	△下報上也。君能下下以成其政，臣能歸美以報其上焉。	△大率皆藉天神爲辭。	△人君以〈鹿鳴〉以下五詩燕其臣，臣受賜者歌此詩，以答其君。
采　薇	△遣戍役也。文王之時，西有昆夷之患，北有玁狁之難，以天子之命命將帥遣戍役以守衛中國，故歌〈采薇〉以遣之，〈出車〉以勞還，〈杕杜〉以勸歸也。	△當是將佐述離家、還家之狀，	△此遣戍役之詩，然未必爲文王之詩也。
出　車	△勞還率也。	△此亦將佐敘離家、還家三狀。	△从序。
杕　杜	△勞還役也。	△此當是師徒之室家所敍。	△从序。
魚　麗	△美萬物盛多能備禮也。文武以〈天保〉以上治內，〈采薇〉以下治外，始於憂勤，終於逸樂，故美萬物盛多，可以告於神明矣。	△著萬物盛多。大率西北人重魚，東南人重獸，各以少爲貴也。	△此燕饗通用之樂歌。
南有嘉魚	△樂與賢也。太平之君至誠，樂與賢者共之也。	△與〈鹿鳴〉同。魚、鶴之屬，皆燕賓侑酒者也。	△此亦燕饗通用之樂歌。
南山有臺	△樂得賢也。得賢，則能爲邦家立太平之基矣。	△詩人觸景生情，大率占國占家皆當以氣象觀之。	△此亦燕饗通用之樂歌。
蓼　蕭	△澤及四海也。	△當是諸侯見王者，燕飲至夜分，露零見于蕭也。	△諸侯朝于天子，天子與之燕以示慈惠，故歌此詩。
湛　露	△天子燕諸侯也。	△君臣夜飲，非醉不歸。	△从序。

彤弓	△天子錫有功諸侯也。	△諸侯賜弓矢，然後得耑征伐，此詩當是太公，或是其倫。	△此天子燕有功諸侯，而錫以弓矢之樂歌也。
菁菁者莪	△樂育材也。君子能長育人材，則天下喜樂之矣。	△諸侯喜見王者，凡經歷覽皆樂事賞心也。	△此亦燕飲賓客之詩。
六月	△宣王北伐也。	△同序。	△从序。
采芑	△宣王南征也。	△同序。	△从序。
車攻	△宣王復古也。宣王能內修政事，外攘夷狄，復文武之竟土，修車馬、備器械，復會諸侯於東都，因田獵而選車徒馬。		△从序。
吉日	△美宣王田也。能慎微接下，無不自盡以奉其上焉。	△田獵之詩也。	△此美宣王田獵之詩也。
鴻雁	△美宣王也。萬民離散，不安其居，而能勞來還定安集之，至于矜寡，無不得其所焉。	△此士大夫將王命而定民所者也。	△流民以鴻雁哀鳴自比而作此歌也。
庭燎	△美宣王也，因以箴之。	△恐是殿廷之間、宮掖之內，執事者相與問答之辭。	△王將起視朝，不安於寢，而問夜之早晚。
沔水	△規宣王也。	△見順流之水，自適之禽而嘆其不如是。此或為其友愬讒者。	△此憂亂之詩。
鶴鳴	△誨宣王也。	△言賢者退處自樂也。	△此必陳善納誨之詞也。
祈父	△刺宣王也。	△此士卒怨將帥之辭也。	△軍士怨於久役，故呼祈父而告之。
白駒	△大夫刺宣王也。	△此亦在野之賢者，尙與世相通，欲求道義為師友，而所欲挽著又長往而不返者也。	△言賢者去之而不可留之作。
黃鳥	△刺宣王也。	△此離散之餘，去本邦而寓他土者也，借黃鳥為辭。	△民適異國而不得其所，故作此詩託為呼。
我行其野	△刺宣王也。	△此以貪欲棄舊婚，而以富欲求新匹者也。	△民適異國，依其婚姻而不見恤，故作此詩。
斯干	△宣王考室也。	△此士大夫卜地作室者也。以為王者，無見。	△此築室既成，而燕飲以落之，因歌其事。
無羊	△宣王考牧也。	△此士夫檢校產畜，料理生業者也。	△此詩言牧事有成而牛羊眾多也。
節南山	△家父刺幽王也。	△此未必刺幽王也。	△此詩家父所作，刺王用尹氏以致亂。
正月	△大夫刺幽王也。	△當是賢者避患去國，其道所懷與所遇、所見者。	△此亦大夫所作憂時之詩。

十月之交	△大夫刺幽王也。	△賢者憂時之作。	△憂時之作。
雨無正	△大夫刺幽王也。雨自上下者也，眾多如雨，而非所以爲政也。	△傷群臣離散，匡國無人之詩也。	△此饑饉之後，群臣離散，其不去者作詩以責去者。
小　旻	△大夫刺幽王也。	△當是圖事者，君子之言不用，小人之言是從，故君子爲憂。	△大夫以王惑於邪謀，不能斷以從善而作此詩。
小　宛	△大夫刺幽王也。	△當是見後嗣不肖而思其先，恐是見幽王、褒后，而思宣王、宣后。	△此大夫遭時之亂，而兄弟相戒以免禍之詩。
小　弁	△刺幽王也。太子之傳作焉。	△尋詩蓋士大夫在下位者被讒懼罪，有感而發之詞。	△此詩明白爲放子之作無疑，但未見其必爲宜臼及太子之傳所作。
巧　言	△刺幽王也。大夫傷於讒，故作是詩也。	△當是以讒獲罪于父母，此辭似是平王也。	△从序。
何人斯	△蘇公刺暴公也。暴公爲卿士而譖蘇公焉，故蘇公作是詩以絕之。	△當是朝臣與太子相連者，既陷太子，將及其徒，所以憂疑也。	△詩中只有暴字，而無公字及蘇公字，序說於詩無明文可考，未敢信其必然。
巷　伯	△刺幽王也。寺人傷於讒，故作是詩也。	△尋詩當爲寺人所讒而被刑。	△从序。
谷　風	△刺幽王也。天下俗薄，朋友道絕焉。	△此必同經患亂，而他時稍達，棄恩忘舊者也。	△从序。
蓼　莪	△刺幽王也。民人勞苦，孝子不得終養爾。	△當是不遇之窮士，居南山之下，遇苦寒之辰，銜哀抱貧，嘆惋之辭也。	△从序。
大　東	△刺亂也。東國困於役而傷於財，譚大夫作是詩以告。	△當是士大夫會集之間，有見道路平直貴賤往來，動念興哀，思往日而傷今日也。	△从序。
四　月	△大夫刺幽王也。在位貪殘，下國構禍，怨亂並興焉。	△此必其祖在位有勞，而後爲有力者所不容，故出征經年有餘，尋詩可見。	△此亦遭亂而自傷之詩。
北　山	△大夫刺幽王也。役使不均，已勞於從事而不得養其父母焉。	△言行役不均之作。	△大夫行役而作此詩。
無將大車	△大夫悔將小人也。	△賢者不居高位，言世能如此，莫若自願爲安。	△此亦行役勞苦而憂思者之作。
小　明	△大夫悔仕於亂世也。	△不堪在外之惡境，故思在朝之相知。	△大夫西征至歲莫而未得歸，呼天而訴之。
鼓　鐘	△刺幽王也。	△當是淮夷前此既服，至此又騷，將帥經理者合樂臨戎，以此夸耀下國而懾服夷心。	△此詩之義未詳。王氏曰：「幽王鼓鐘淮水之上，爲流連之樂，久而忘返，聞者憂傷而思古之君子。」

楚　茨	△刺幽王也。政煩賦重，田萊多荒，饑饉降喪，民卒流亡，祭祀不饗，故君子思古焉。	△此蒸嘗之祭也。	△此詩述卿有田祿者，力於農事以奉其宗廟之祭。
信南山	△刺幽王也。不能修成王之業，疆理天下以奉禹功，故君子思古焉。	△此薦薪之祭也。	△此詩大指與〈楚茨〉略同，此即其篇首四句之意也。
甫　田	△刺幽王也。君子傷今而思古焉。	△此詩不知何以見思古而傷今。	△此述公卿有田祿者，力於農事以奉方社田之祭。
大　田	△刺幽王也。言矜寡不能自存焉。	△此蜡祭也。大率此詩言收之事爲多，似是索饗。	△此詩爲農夫之詞，以頌美其上，若以答前篇之意。
瞻彼洛矣	△刺幽王也。思古明王能爵命諸侯，賞善罰惡焉。	△此宣王會諸侯於東都，諸侯美之之詩。	△此天子會諸侯於東都以講武事，而諸侯美天子之詩。
裳裳者華	△刺幽王也。古之仕者世祿，小人在位則讒諂並進，棄賢者之類，絕功臣之世焉。	△感常棣而思賢者。	△此天子美諸侯之辭，蓋以答〈瞻彼洛矣〉也。
桑　扈	△刺幽王也。君臣上下動無禮文焉。	△當是諸侯來朝而歸國，餞送之際，美戒兼存。	△頌禱之詞也。
鴛　鴦	△刺幽王也。思古明王交於萬物有道，自奉養有節焉。	△似是諸侯答君之辭。	△亦頌禱之詞也。
頍　弁	△諸公刺幽王也。暴戾無親，不能宴樂同姓，親睦九族，孤危將亡，故作是詩也。	△當是王者親戚平時憂戚，至是燕飲之際，其情稍通也。	△此未燕兄弟親戚之詩。
車　舝	△大夫刺幽王也。褒姒嫉妒無道，並進讒巧敗國，德澤不加於民，周人思得賢女以配君子，故作是詩也。	△此士大夫欲得賢女以自慰也。	△此燕樂其新昏之詩。
青　蠅	△大夫刺幽王也。	△當是爲讒有端而未成，然不可不預慮也。	△从序。
賓之初筵	△衛武公刺時也。幽王荒廢，媟近小人，飲酒無度，天下化之，君臣上下沈湎淫泆，武公既入而作是詩也。	△當是戒於燕飲中飲酒，以免出醜之詩。	△衛武公飲酒悔過而作此詩。
魚　藻	△刺幽王也。言萬物失其性，王居鎬京將不能以自樂，故君子思古之武王焉。	△當是朝廷以魚侑酒，以豈爲樂，而勸王者之飲，喜功成治定也。	△此天子燕諸侯，而諸侯美天子之詩也。
采　菽	△刺幽王也。侮慢諸侯，諸侯來朝，不能錫命以禮數，徵會之而無信義，君子見微而思古焉。	△當是諸侯來朝人君致禮，都人登山臨水觀之。	△此天子所以答〈魚藻〉也。

角　弓	△父兄刺幽王也。不親九族而好讒，骨肉相怨，故作是詩也。	△尋詩皆勸君子慮後患也。	△从序。
菀　柳	△刺幽王也。暴虐無親而刑罰不中，諸侯皆不欲朝，言王者之不可朝事也。	△此當危疑自寬以待者也。	△从序。
都人士	△周人刺衣服無常也。古者長民衣服不貳，從容有常，以齊其民，則民德歸壹，傷今不復見古人也。	△當是都人之賢士君子，賢女相爲夫婦而去都，都人思之者，此似餞送之辭。	△亂離之後，人不見昔日都邑之盛，人物儀容之美，而作此詩以嘆惜之。
采　綠	△刺怨曠也。幽王之時多怨曠者也。	△缺頁。	△婦人思其君子之詞。
黍　苗	△刺幽王也。不能膏潤天下，卿士不能行召伯之職焉。	△缺頁。	△此宣王美召穆公之詩，非刺幽王也。
隰　桑	△刺幽王也。小人在位，君子在野，思見君子盡心以事之。	△思賢而不得之詞。	△此喜見君子之詩。
白　華	△周人刺幽王也。幽王取申女以爲后，又得褒姒而黜申后，故下國化之，以妾爲妻，以孽代宗，而王弗能治，周人爲之作是詩也。	△當是在朝有賢者，在野亦有賢者，惜不能相會以爲謀，而徒勞思悵望。	△从序。
緜　蠻	△微臣刺亂也。大臣不用仁心，遺忘微賤，不肯飲食教載之，故作是詩也。	△當是重臣出行，而下士冗役告勞者也。	△此微賤勞苦而思有所託者，爲鳥言以自比也。
瓠　葉	△大夫刺幽王也。上棄禮而不能行，雖有牲牢　饔不肯用也，故思古之人不以微薄廢禮焉。	△當是在野君子相見爲禮者。	△此亦燕飲之詩。
漸漸之石	△下國刺幽王也。戎狄叛之，荊舒不至，乃命將率東征，役久病於外，故作是詩也。	△久役，不堪其勞。	△从序。
苕之華	△大夫閔時也。幽王之時，西戎東夷交侵中國歸旅並起，因之以饑饉，君子閔周室之將亡，傷已逢之，故作是詩也。	△見苕華而感世態漸就凋，不復勞也。	△从序。
何草不黃	△下國刺幽王也。西夷交侵中國，背叛用兵，視民如禽獸，君子憂之故作是詩也。	△征役不息，而我常挽車在道，孤之不如，甚哀之辭也。	△从序。

文　王	△文王受命作周也。	△作此詩者，大率以曉商人。文王肇興，商人雖久猶疑，未純乎周，凡此皆曉之辭。	△周公追述文王之德，明周家所以受命而代商者皆由於此，以戒成王。
大　明	△文王有明德，故天復命武王也。	△言人心已去，天命將改而歸于周，亦皆曉之辭。	△此亦周公戒成王之詩。
緜	△文王之與本由大王也。	△同序。	△此亦周公戒成王之詩。
棫　樸	△文王能官人也。	△此詩當是文王在位之時，頌禱，期勉文王之詞。	△此亦詠歌文王之德。
旱　麓	△受祖也，周之先祖，世修后稷公劉之業，大王王季申以百福干祿焉。	△皆以山林禽魚草木卜氣象也。	△此亦歌詠文王之德。
思　齊	△文王所以聖也。	△因太姒而感文王也，故歷道其美。	△此亦歌詠文王之德而推本之言。
皇　矣	△美周也。天監代殷莫若周，周世世修德莫若文王。	△此止謂造周主事之人，大伯與王季作引辭，無與于王業也。	△此詩敍大王、大伯、王季之德，以及文王伐密、伐崇之事也。
靈　臺	△民始附也。文王受命，而民樂其有靈德以及鳥獸昆蟲焉。	△此規模制度不若〈緜〉，蓋大勢已定，然後及游觀會集會所。	△文王工作靈臺之時，民之歸周也久矣，非至此而始附也。
下　武	△繼文也。武王有聖德，復受天命能昭先人之功焉。	△詳言周之累世。	△從序。
文王有聲	△繼伐也。武王能廣文王之聲，卒其伐功也。	△此詩所述皆太王、王季之大事。	△此詩言文王遷豐，武王遷鎬之事。
生　民	△尊祖也。后稷生於姜嫄，文武之功起於后稷，故推以配天焉。	△此詩推言周本所從來。	△从序。
行　葦	△忠厚也。周家忠厚仁及草木，故能內睦九族，外尊事黃耇養老乞言，以成其福祿。		△疑此祭畢而燕父兄耆者之詩。
既　醉	△太平也。醉酒飽德，人有士君子之行焉。	△此畢祀飲福也。	△此父兄所以答〈行葦〉之詩。
鳧　鷖	△守成也。太平之君能持盈守成，神祇考安樂之也。	△此必出都城至涇水游觀之間，燕飲之際所見者也。	△此祭之明日，繹而家尸之樂。
假　樂	△嘉成王也。	△此詩皆媚上之辭。	△疑此即公尸之所以答〈鳧鷖〉者也。
公　劉	△召康公戒成王也。成王將涖政，戒以民事，美公劉之厚於民，而獻是詩也。	△詠公劉之事。	△詠公劉之事，但未有以見其爲康公之作。
泂　酌	△召康公戒成王也。言皇天親有德饗有道也。	△言務爲省儉，不爲繁侈。尋詩似是公劉草創之時。	△从序。

卷　阿	△召康公戒成王也。言求賢用吉士也。	△此詩當歸文王，或述文王之事于成王之時，以相諷勸。	△从序。
民　勞	△召穆公刺厲王也。	△諫王無以小人而害我，亦防小人爲後患也。	△乃同列相戒之辭，未必專爲刺王而廢。
板	△凡伯刺厲王也。	△此老而練與少而假者之辭也。斯人其愛君憂國者。	△意與前篇相類，但責之益深切耳。
蕩	△召穆公傷周室大壞也。厲王無道，天下蕩蕩無綱紀文章，故作是詩也。	△文王斥商王之辭也。	△詩人知厲王將亡，故爲此詩託於文王，所以嗟嘆殷紂者。
抑	△衛武公刺厲王，亦以自警也。	△此哲人勸戒其君之詞。	△衛武公作此詩以自警。
桑　柔	△芮伯刺厲王也。	△作此詩者當是或行或居山野之中。	△从序。
雲　漢	△仍叔美宣王也。宣王承厲王之烈，內有撥亂之志，遇烖而懼，側身修行欲銷去之，天下喜於王化復行百姓見憂，故作是詩也。	△尋詩皆是王辭。	△从序。
崧　高	△尹吉甫美宣王也。天下復平，能建國，親諸侯，褒賞申伯焉。	△言申伯封謝，尹吉甫作誦以贈之辭。	△宣王之舅申伯，出封于謝，而尹吉甫作詩以送之。非專爲美宣王而作也。
烝　民	△尹吉甫美宣王也。任賢使能周室中興焉。	△當是東方有大變故，山甫自上卿出將命。	△宣王命樊侯仲山甫築城于齊，而尹吉甫作詩以送之。
韓　奕	△尹吉甫美宣王也。能錫命諸侯。	△言韓侯覲京都，受封之詞。	△韓侯初立來朝，始受王命而歸，詩人作此以送之。
江　漢	△尹吉甫美宣王也。能興衰撥亂，命名召公平淮夷。	△此宣王淮夷之詩，亦當是採當時册命及彝器時語而成此詩。	△宣王命召穆公平淮南之夷，詩人美之。
常　武	△召穆公美宣王也。有常德以立武事，因以爲戒然。	△此與〈江漢〉均爲淮夷之詩，然〈江漢〉差易〈常武〉若用力過多，設辭過周。	△宣王自將以除淮夷之亂，並惠此南國，詩人作此以美之。
瞻　卬	△凡伯刺幽王大壞也。	△此憂時之作。	△此刺幽王嬖褒姒，任奄人以致亂之詩。
召　旻	△凡伯刺幽王大壞也。旻，閔也。閔天下無如召公之臣也。	△此憂君之詞，言昔多君子，今多小人也。	△此刺幽王任小人，以致饑饉侵削之詩也。
清　廟	△祀文王也。周公既成洛邑，朝諸侯率以祀文王焉。	△祭文王之詩。	△从序。
維天之命	△太平告文王也。	△此亦祭文王之詩。	△此亦祭文王之詩，然未見有告太平之意。

維　清	△奏象舞也。	△此亦祭文王之詩。	△此亦祭文王之詩，但未見奏象舞之意。
烈　文	△成王即政，諸侯助祭也。	△此君戒臣之辭。	△此祭於宗廟而獻助祭諸侯之樂歌，詩中未見即政之意。
天　作	△祀先王、先公也。	△周家之興自岐，〈緜〉詩可見。	△此祭大王之詩。
昊天有成命	△郊祀天地也。	△此祭成王之詩。	△此爲祀成王之詩。
我　將	△祀文王於明堂也。	△此祭文王之詩。	△此宗祀文王於明堂，以配上帝之樂歌。
時　邁	△巡守祭告柴望也。		△此巡守而朝會祭告之樂歌也。
執　競	△祀武王也。		△此祭武王、成王、康王之詩。
思　文	△后稷配天也。		△从序。
臣　工	△諸侯助祭遣於廟也。	△此恐是藉田之禮。	△此戒農官之詩。
噫　嘻	△春夏祈穀於上帝也。	△與〈臣工〉同，但〈臣工〉君接臣，〈噫嘻〉下接上。	△此亦戒農官之詞。
振　鷺	△二王之後來助祭也。	△不必以客遂衍意爲二王之後，賓亦客也，何不以〈鹿鳴〉、〈彤弓〉比此詩，恐止是群臣。	△从序。
豐　年	△秋冬報也。	△此祀先祖之詩。	△此秋冬報，賽田事之樂歌，蓋祀田祖，先農方社之屬也。
有　瞽	△始作樂而合乎祖也。	△同序。	△始作樂而合乎祖之詩。
潛	△季冬薦魚，春獻鮪也。	△周起自漆沮，言取此地之魚以祀先祖。	△季春薦鮪于寢廟，此其樂歌也。
雝	△禘太祖也。	△此成王祭武王之詩。	△此王武王文王之詩。
載　見	△諸侯始見乎武王廟也。	△諸侯來朝成王，又從成王而享武王也。	△此諸侯助祭於武王廟之詩。
有客	△微子來見祖廟也。	△當是佐武王克商之功臣，既助成淫威，自當受夷福也。	△从序。
武	△奏大武也。	△同序。	△周公象武王之功，而爲大武之樂。
閔予小子	△嗣王朝於廟也。	△此禱祖考之詩，思武王而又念文王也。	△成王免喪，始朝于先王之廟，而作此詩也。

訪　落	△嗣王謀於廟也。	△此禱祖考之詩也。	△成王既朝于廟，因作此詩，以道延訪群臣之意。
敬　之	△群臣進戒嗣王也。	△此禱天之詩也。	△成王受群臣之戒而述其言。
小　毖	△嗣王求助也。	△同序。	△此亦〈訪落〉之意。
載　芟	△春藉田而祈社稷也。		△辭意與〈豐年〉相似。
良　耜	△秋報社稷也。		△未見有祈報之意。
絲　衣	△繹賓尸也。高子曰：「靈星之尸也。」	△將祭，言往復檢校也。	△此亦祭而飲酒之詩。
酌	△告成大武也。言能酌先祖之道，以養天下也。		△此亦頌武王之詩。
桓	△講武類禡也。桓，武志也。	△此歸馬放牛之後也。	△此亦頌武王之功。
賚	△大封於廟也。賚，予也。言所以錫予善人也。	△文王以勤造始，我亦當以勤受成。	△此頌文武之功，而言其大封功臣之意。
般	△巡守而祀四岳河海也。		△从序。
駉	△頌僖公也。僖公能遵伯禽之法，儉以足用，寬以愛民，務農重穀，牧于坰野，魯人尊之，於是季孫行父請命於周，而史克作是頌。	△此當是習戰待敵。	△此詩言僖公牧馬之盛，由其立心之遠，故美之。然未見務農重穀之意。
有　駜	△頌僖公君臣之有道也。	△此燕飲而頌禱之辭也。	△此燕飲而頌禱之辭也。
泮　水	△頌僖公能修泮宮也。	△大率主意皆定東南之事。	△此亦燕飲落成之詩，不爲頌其能修也。
閟　宮	△頌僖公能復周公之宇也。	△此祭於閟宮，頌禱僖公之詞也。	△時蓋修之，故詩人歌咏其事，以爲頌禱之詞，而推本后稷之生，下及于僖公。
那	△祀成湯也。微子至于戴公，其間禮樂廢壞，有正考甫者得商頌十二篇於周之太師，以〈那〉爲首。	△此祭成湯之詩。	△此祀成湯之樂也。
烈　祖	△祀中宗也。	△此祀成湯之詩也。	△此亦祀成湯之詩。
玄　鳥	△祀高宗也。	△此高宗之子孫祀成湯者也。	△此亦祭宗廟之樂，而追敘商人之所由生，以及其有天下之初也。
長　發	△大禘也。	△此亦祀成湯之詩也。	△此祫祭之詩也。
殷　武	△祀高宗也。	△此祀高宗之詩也。	△从序。

就上表觀之：王資解詩，大序、小序一概不據，直探經文本身，「以意逆志，自成一家之言」（陳日強跋語），除〈定之方中〉、〈載馳〉、〈黍離〉、〈敝笱〉、〈載

驅〉、〈猗嗟〉、〈墓門〉、〈月出〉、〈株林〉、〈鴟鴞〉、〈常棣〉、〈六月〉、〈采芑〉、〈有瞽〉、〈小毖〉等數篇與序說相同外，其餘多爲自創的新義，其中解〈燕燕〉、〈小星〉、〈新臺〉、〈河廣〉、〈大車〉、〈鄭・揚之水〉、〈葛屨〉、〈山有樞〉等諸篇，均較舊說爲勝。

而朱子解詩雖掊擊小序，由於遵從大序，仍不免爲詩序所束縛，故《詩集傳》中「從序十之五，又有外示不從而陰合之者，又有意實不然之而終不能出其範圍者十之二、三。」〔註17〕其餘則多採歐陽修《詩本義》之說〔註18〕，而獨創新說者，僅〈邶・柏舟〉、〈采葛〉、〈有女同車〉、〈山有扶蘇〉、〈褰裳〉、〈子矜〉等數篇，除〈柏舟〉外，其餘又均指爲淫詩。

所以，王質《詩總聞》與朱子《詩集傳》僅廢序的立場相同，爲說則各異。陳日強跋作於淳祐三年，是時朱子之學方盛，故陳跋所稱，恐眞有「挾朱子以重質」之嫌〔註19〕，但王質毅然自用，別出新裁，其堅銳之氣，卻實較朱子爲倍。

第三節　「淫詩」問題的探討

「淫詩」問題，是宋儒對漢學的一大反動，但淫詩的觀念爲非始自宋儒，而是始於詩序，例如下表：

篇　名	詩　　序	篇　名	詩　　序
邶谷風	刺夫婦失道也。……淫於新昏。	溱　洧	刺亂也。……淫風大行。
桑　中	刺奔也。……公室淫亂。	東方之日	刺衰也。……男女淫奔。
氓	刺時也。……刺淫佚也。	澤　陂	刺時也。……淫於其國。

只是詩序的作者，爲建立系統的詩教系統，解詩不惜牽合附會，尤其是有關男女情詩，每每以刺詩加以掩飾，以求符合教化的傳統，以「無邪」的意義。如此一來，雖《詩經》反映的歷史、社會背景較爲廣大，但與詩意不大相切，甚至誤導詩旨，成爲後人說詩的一大障礙。

宋儒由於懷疑詩序，主張廢序說、以人情求之，在解詩上無疑是種解放，所以詩旨判斷，時出高見，或更符合詩人本義，但也擴大了「淫詩」範圍。例如《朱傳》所

〔註17〕見姚際恆《詩經通論》卷前「《詩經》論旨」。又案：姚氏此語數見於《通論》中。
〔註18〕見裴普賢《歐陽修詩本義研究》，頁97。
〔註19〕見《四庫提要》——「《詩總聞》二十卷」條。

列的「淫詩」，自〈靜女〉以下共三十篇〔註20〕，後來其三傳弟子王柏更增淫詩的數目至三十一篇〔註21〕。王質對於「淫詩」的判定也有貢獻，只是篇不不及前二者多。茲將王質與朱子、王柏所定的淫詩，列製對照表，其中有關朱子、王柏部分省略其說，僅以符號「ｖ」標識；王質部份則據《詩總聞》所論，備收其說。表如下：

篇　名	朱子	王柏	詩　　總　　聞
野有死麕		ｖ	
靜　女	ｖ	ｖ	
桑　中	ｖ	ｖ	△當是國君微行，以采茹爲辭，約諸女中意者，期之某所，要之某所，雖爲勢力所逼而親黨爲榮，故送者無他辭。
氓	ｖ	ｖ	
有　狐	ｖ	ｖ	
木　瓜	ｖ		
采　葛	ｖ		
大　車	ｖ	ｖ	△婦人見貴人聲勢被服之盛，私心慕心。此必微時深有相涉，盛時敢復論，似有望意，以其相忘也。
丘中有麻	ｖ	ｖ	
將仲子	ｖ	ｖ	
叔于田	ｖ		
遵大路	ｖ	ｖ	
有女同車	ｖ	ｖ	
山有扶蘇	ｖ	ｖ	
蘀　兮	ｖ	ｖ	
狡　童	ｖ	ｖ	
褰　裳	ｖ	ｖ	
丰	ｖ	ｖ	
東門之墠	ｖ	ｖ	
風　雨	ｖ	ｖ	

〔註20〕見蔣勵材〈國風「淫詩公案」述評〉，載於《東方雜誌》復刊第十卷第十一～十二期。

〔註21〕王柏《詩疑》前文云：「不過三十有二篇。」而後目衹列三十一篇，故以三十一篇爲據。

子　衿	v	v	
揚之水	v		
野有蔓草	v	v	△當是深夜之時，男女偶相遇者也。
溱　洧	v	v	△此詩頗似晚春聚會遊觀之時。
東方之日	v	v	△此男女竊合同邁之日時也。
綢　繆		v	△「今夕何夕」，難逢忽遇之意。然男子則易爲計，婦人將如之何？此必旁觀者爲辭，非抉摘其陰私，蓋有所憐也。
葛　生		v	
晨　風		v	
東門之枌	v	v	△徘徊東門樹下，待所期婦人也。此詩多及期會之地。
東門之池	v	v	
東門之楊	v	v	
防有鵲巢	v	v	
月　出	v	v	△當是靈公、孔寧、儀行父與夏姬宣淫至夜，徵舒不無所慙，內擾不安。
株　林		v	△蓋有與徵舒適野通謀者，知人有覺詭言之。夏南，徵舒也。孔氏「婦人夫死從子」，故以夏南言之。
澤　陂	v	v	△有美一人，恐是洩治。每章必舉二物，殆是孔寧、儀行父。

王質指明或暗示爲淫詩者有十篇，其中〈桑中〉、〈野有蔓草〉、〈溱洧〉三篇，據程元敏教授的考證，在宋以前就已被確指爲淫詩〔註22〕。至於〈東門之枌〉，歐陽修《詩本義》曾詳釋詩意，云：

> 陳俗男女喜淫風，而詩人斥其尤者。子仲之子常婆娑於國中樹下以相誘說，因道其相誘之語，當以善旦期於南國之原野。而其婦女亦不務績麻，而婆娑於市中。其下文又述其相約以往，而悅慕其容色，贈物以爲好之意。蓋男女淫奔，多在國之郊野。所謂「南方之原」者，猶「東門之墠」也。〔註23〕

所以，以淫風解〈東門之枌〉，當首推歐陽修，並非始自王質〔註24〕。

〈月出〉、〈株林〉、〈澤陂〉三篇，王質則據《左傳》而解，以爲是靈公、孔寧、

〔註22〕見程元敏〈國風私情詩宋人說討原〉，載於《中外文學》第四卷第二期，頁72～96。
〔註23〕見《詩本義》卷五，頁1。
〔註24〕程元敏〈國風私情宋人說討原〉認爲〈東門之枌〉，王質始以淫風解之。

儀行父與夏姬宣淫之事。〈株林〉詠靈公淫乎夏姬，《左傳》可徵，但〈月出〉、「澤陂」二詩，似乎祇是「男女相悅而相念之辭」〔註25〕，質說則略嫌附會太過。

〈東方之日〉，朱子《詩序辨說》謂是男女淫奔者所作，屈萬里說這是情歌之類，「按首章言東方之日而來就，次章言東方之月而行去，是晝來而夜去也；此於情理上似有未安。蓋詩以趁韻之故，往往與事實有出入，讀者不以辭害意可也。」〔註26〕王質解「東方之日」、「東方之月」爲男女同邁窃合之日時，似乎正犯以辭害意之病。

〈大車〉，《朱傳》謂此篇爲「周衰大夫猶能以刑政治其私邑者，故淫奔者畏而歌之如此。」〔註27〕王柏《詩疑》亦以末章有自誓之辭，而指斥「婦人革面未革心」〔註28〕。然以王質《詩總聞》說：「（首章）婦人見貴人勢聲被服之盛，私心慕心，此必微時深有相涉，盛時不敢復論，似有望意，以其相忘也。（二、三章）生異室，死同穴，言此生永不可同也，俟其死則從之也。」（卷四，頁8）較近情理。

至於〈綢繆〉，魏、唐無淫詩，宋儒多持此論。相傳唐爲帝堯始都之地，《朱傳》稱其域「有堯之遺風」〔註29〕；嚴粲亦謂「猶有先代之風化焉」〔註30〕，但王質認爲「此唐之爲唐，本無他義也。序者見季之語『其有陶唐之遺民乎？』由此衍意而不細考其詩也。」（卷六，頁2）故不拘舊義，斷然以爲淫。考各家於篇中「見此邂逅」多未加深究，獨張栻疑婚姻不得稱「邂逅」〔註31〕，豈《詩總聞》本此而論？但〈綢繆〉很明顯地不是淫詩，而王質卻判斷錯了。

尋繹詩文，束薪與下束芻、束楚，皆爲興起婚姻者，胡辰拱云：「《詩》中言娶妻者，每以析薪起興，如〈齊・南山〉、〈小雅・車舝〉及〈綢繆〉之束薪，豳風之伐柯皆是。」〔註32〕又〈野有死麕〉胡氏《後箋》云：「窃意古者于昏禮或本有薪芻之饌。蓋芻以秣馬，薪以供炬。《士昏禮》：『從車二乘，執燭前馬。』注云：『使徒役執炬火居前炤道。』樓攻媿（名鑰，宋人）〈答楊敬仲論詩解〉云：『古者如麻骨、樺皮、松明之類，可以照者皆謂之燭。』是則以薪供炬，事或然歟？」〔註33〕至於「邂逅」，《傳》云：「邂逅不期而會，適其時願。」陳奐云：「隱八年《穀梁傳》

〔註25〕見朱子《詩集傳》卷七，頁6～8。
〔註26〕見屈萬里《詩經註釋》，頁168。
〔註27〕見朱子《詩集傳》卷四，頁10。
〔註28〕見《詩疑》卷一，頁4。
〔註29〕見朱子《詩集傳》卷六，頁1。
〔註30〕見嚴粲《詩緝》卷十，頁1。
〔註31〕見《詩經傳說彙纂》卷七，頁9引唐汝諤言引述。
〔註32〕見《毛詩後箋》卷一，頁41。
〔註33〕見《毛詩後箋》卷二，頁44。

云：『不期而會曰遇。』是不期而會謂之遇，非不期而遇謂之邂逅也……〈綢繆傳〉云：『邂逅，解說也。』解說猶悅懌，亦是適我願之意。」〔註 34〕高本漢也說比較唐風〈綢繆〉的一、二、三章，一曰「見此良人」，一曰「見此邂逅」，一曰「見此粲者」，足證「邂逅」當訓爲快樂之意，故如朱子《詩序辨說》所云：「此但爲婚姻者相得而喜之詞」〔註 35〕，不必以「淫詩」解之。

考《詩總聞》所標舉的淫詩，可知王質解淫詩，大體是依詩句的敷陳直敍做爲標準，以此種判斷立場來看淫詩，大致沒錯，因爲國風諸詩，多出於里巷歌謠，是男女相與歌詠，各言其情之作。但也容易爲文字所蔽，但如〈野有死麕〉是男女相悅之作，王質卻爲「吉士」之「吉」所蔽，云：「或以懷春爲淫，誘爲詭，爾爾，安得爲吉士？吉士所求必貞女，下所謂如玉也。」（卷一，頁 25）又如〈靜女〉也是男女相悅之作，王質爲「靜女」之「靜」所蔽，云：「或以愛尋隈窃合，此安得爲靜女？」（卷二，頁 22）可見王質對淫詩的理解，仍有時不夠精審，因而導致偏差，未能完全地徹底擺脫傳統舊說。

〔註 34〕見《詩毛氏傳疏》卷七，頁 19。
〔註 35〕見《詩經註釋》頁 250——「注釋 242」。

第六章　《詩總聞》解詩的特色

《詩總聞》去序說《詩》，於詩旨探討，時有創見。綜觀其研求詩人本義的方法有兩大特點，即（一）因人情求意，（二）以賦體直解。茲就此二點，討論如下：

第一節　因人情求意

王質解詩不從詩序為說，而依孟子說詩之法。即「不以文害辭，不以辭害志，以意逆志。」〔註1〕王質在《詩總聞》凡例中，就屢次提到「以意細推自見」（凡例語聞音）、「以意細推自出」（凡例語聞用）。陳日強跋也稱其「以意逆志，自成一家」，所以王質解詩，要皆平心靜氣、熟玩各篇經文，再依文解辭，依辭求意，然後即其文意之罅，探求詩人本義。

至於如何「以意逆志」地去推求詩人本義，而不致以文害辭，或以辭害志，王質是以人情物理作為說詩的準則。其言云：

大率論古當以人情推之。（卷二，頁15）

故解〈野有死麕〉「有女懷春，吉士誘之」云：

女至春而思有所歸，吉士以禮通情而思有所耦；人道之常。（卷一，頁25）

解〈中谷有蓷〉云：

嘗見旱歲道塗，夫婦相携相別，有不忍之情，于男女亦然。此事自古有之。（卷四，頁5）

解〈葛屨〉云：

言婚嫁太速，其意欲早使夫力婦功以濟其家，不虛度也，此所以為褊而可刺也。今河東風俗如此，人家無有閒食者，雖幼兒稚女亦隨力有職。

〔註 1〕見《孟子．萬章篇上》。

（卷五，頁 12）

解〈椒聊〉云：

西北婦人大率以厚重爲美，東南婦人以輕盈爲美，故美女多歸燕、趙，此稱「碩大」者，蓋其風俗也。（卷六，頁 5）

解〈素冠〉云：

喪制，人之變，所惡見而諱言者也。今欲「同歸」、「如一」，而「如一」尤不美，非人情也。（卷七，頁 12）

解〈沔水〉云：

屈氏「步徙倚而遙思，怊惝怳而永懷，意荒蕩而流蕩，心愁悽而轉悲」，言不循法度之人而反以我爲此流，故懷憂如此。鄭氏以「起」、「行」爲「妄興師出兵」，事實既不然，人情亦不爾，若此，詩人之情喪也。（卷十一，頁 3）

《詩經》雖是民國紀元前 2500～3000 左右的作品〔註 2〕，古今雖異，人情不遠，故求詩義者，以人情物理推之，雖不中，亦當不遠。王質也憑人情物理來辨別毛、鄭、詩序之非。

如辨〈二子乘之〉之非，云：

舊說以爲伋、壽爭相爲死之事。尋詩乘舟汎水，有相思不忍別之意。伋、壽之變，死者一君二長子二公子，大亂者二世，交爭者三國，而廢立者二天王，豈所謂「不遐有害」者？然伋、壽之死，亦非人情，似好奇者爲辭。（卷二，頁 24）

辨〈兔爰〉兔緩雉急之非，云：

舊說兔爰緩意，雉離急意，又以緩有所聽從也，急有所躁蹙也；後多祖之，以爲物有幸有不幸。人情無緩兔急雉之理，兔至輕捷，亦無縱容之意，雉至卑飛，亦無躁蹙之意。今以兔爲兔絲，不惟有本，而人情物態不甚抵牾，可以粗通也。（卷四，頁 6）

辨〈風雨〉非亂世思君子不改其度之作，云：

婦于夫多稱君子，當是秋時將旦而聞雞，此婦人之情所難處者也，方有所思而遽見，故有興悅愈疾之辭。（卷四，頁 22）

又辨〈溱洧〉「贈以芍藥」之非，云：

舊說「椒，滋陽者也，故女贈男以椒；芍藥，滋血者也，故男贈女以

〔註 2〕見《詩經詮釋》——「敍論」。

芍藥。」雖不害爲過用意，然揆以人情，未必如此。相遇相謔之祭，正世俗所謂奔路者也，安得更有所擇？（卷四，頁 26）

詩義的推求須合情理，方不失詩人本義，否則即生「以文害辭，以辭害志」之弊。王質解詩揆以人情，參以物理，處處以人情爲準則，故其解詩的方法，可歸結爲「因人情求意」。

《詩經》是發于眾情，出於眾辭的作品，王質雖明知談詩不可拘定律，但因執著於「困人情求意」，以致解〈隰有萇楚〉云：

此以無室家爲樂爾，當是風俗有異，故人情亦殊也。（卷七，頁 13）

案：此乃傷時之詩，意謂生逢衰世，而羨幼童之無知，且無室家之累。雖古今人情不遠，但各地民風有別，也未可全以爲據。《詩總聞》自序，嘗言謝士爕、陳彥深二人曾針對「以人情說詩」，提出異議。王質雖言「有所省」，但仍堅持不渝。

第二節 以賦體直解

《詩經》雖簡古，卻能曲盡人事。說《詩》者實毋須懸揣過深，或刻意作解。王質云；

說詩當即辭求事，即事求意，不必縱橫曼衍。若爾，將何時而窮一？……，遺本旨而生他辭，……，此談經之大病也。（卷一，頁 7～8）

故其解《詩》主張平易通達，大都改「興」爲「賦」（賦者，敷陳其事而直言之也）。茲採錄《毛傳》、《朱傳》所標的興詩，與《詩總聞》所論，列製比較表，以見王質解詩之異。

篇　目	毛　傳	朱　傳	詩　總　聞
關　雎	關關雎鳩 在河之洲	全興也	△周南以有法之禽起興。
葛　覃	葛之覃兮 施于中谷 維葉萋萋	全賦也	△當是采葛之時所見。
卷　耳	采采卷耳 不盈頃筐	全賦也	△方將歸寧，采卷耳以備道路早暮之用。
樛　木	南有樛木 葛藟纍之	全興也	△木曲易引蔓，人卑引福。
桃　夭	桃之夭夭 灼灼其華	全興也	△詩舉物多花而後實，實而後葉，亦以豐約別深淺。不惟記時，亦句法當爾。
兔　罝		全興也	△當是此地有靚物興感者，尋詩可見。

漢　廣	南有喬木 不可休息 漢有游女 不可求思	全興而比也	△當是相傳江漢故事以爲美談。
麟之趾	麟之趾 振振公子	全興也	△當是此時見此物，故發爲辭，詩人未有無見而強起興者。
鵲　巢	維鵲有巢 維鳩居之	全興也	△當是詩人偶見鵲有空巢而鳩來居，後人附會必欲以爲常。
草　蟲	喓喓草蟲 趯趯阜螽	全賦也	△己與夫相別，不得共處如蟲得地、得時，各有喜躍之狀也。
行　露	厭浥行露 豈不夙夜 謂行多露	1 賦 2、3 興	△露，仲春始成，婚姻之時也。
摽有梅	摽有梅 其實七兮	全賦也	△古仲春會男女，仲春爲正時，季春爲末時，仲夏爲過時，……梅實初存者十之七，其次所存者十之三，至取以筐筥則甚熟，否則是委地盡也。其在春夏之交，故其辭愈進愈急也。
小　星		全興也	△指星言入夜也。
江有汜	江有汜	全興也	△當是循江或航江所歸之路也。
野有死麕		1、2 興 3 賦	△女至春而思有所歸，吉士以禮通情而思有所耦，人道之常。
何彼襛矣	何彼襛矣 唐棣之花	全興也	△唐棣，郁李，與桃李其開花皆中春，……詩人所見正春盛花發，王姬去魯之齊之時。 △又王姬當以奇花喻，不當以他花比，見甚博，意甚嘉，而詩人偶觸物興情，初非有所差擇也。
柏　舟	汎彼柏舟 亦汎其流	1、5 比 2、3、4 賦	△不遇非所當憂，蓋憂時也。
綠　衣	綠兮衣兮 綠衣黃裏	全比也	△直謂衣服也。
燕　燕		1、2、3 興 4 賦	△當是國君送女弟適他國，在此時也。故即燕取興也。
終　風	終風且暴 顧我則笑	全比也	△風至末則衰，猶能爲暴，況當盛時，可謂大異也。天災如此。
凱　風	凱風自南 吹彼棘心	2、3、4 興 1 比	△當是賤者之家，毋采棘心以爲食。
雄　雉	雄雉于飛 泄泄其羽	1、2 興 3、4 比	△季冬節爲雉始雊，今飛鳴如此。當是春深，婦人感節氣則生欲心，所謂有女懷春也。

匏有苦葉	匏有苦葉 濟有深涉	1、2、4 比 3 賦	△男女之家當隔濟而居，故通媒及成昏皆以度水爲辭也。
谷　風	習習谷風 以陰以雨	4、6 興 1、3 比 5 賦 2 賦而比也	△登途而值風雨，觸境興懷。
旄　丘	旄丘之葛兮 何誕之節兮	1 興 2、3、4 賦	△葛，野葛也。深春乃生，此當是此時。
簡　兮		4 興 1、2、3 賦	△詩人有所指也，其人當在西之山野，故云山榛、隰苓。
泉　水	皆彼泉水 亦流于淇	1 興 2、3、4 賦	△其地必相近，皆與淇相接者也。
北　門	出自北門 憂心殷殷	1 比 2、3 賦	△各隨所方之門爲所適之道，不必言背明向陰，偶而向北。
北　風	北風其涼 雨雪其雱	全比也	△孤、烏皆野所見。
新　臺		3 興 1、2 賦	△當是此地之人娶妻不如始言，故下有不悅之辭，本求燕婉，乃得惡疾者，爲可恨也。
柏　舟	汎彼柏舟 在彼中河	全興也	△柏舟在中河，欲濟河也，當是送女歸人之舟。
牆有茨	牆有茨 不可埽也	全興也	△茨，蒺藜也，可以杜隔踰越。此必有內外交亂而難言者，所以勿埽，勿襄、勿束，言交亂之人其意欲除，除之，正中其計也。
鶉之奔奔		全興也	△鶉，今鵪鶉；鵲，今鴟鵲，方春求接之時，當是國君以此人而尊諸嬪御之上，故有不平之辭。
相　鼠		全興也	△當是在上而遇下無狀，故有不樂生之心，非詛人速死也。
淇　奧	瞻彼淇奧 綠竹猗猗	全興也	△言淇水奧綠竹之下有人如此，一物不足以盡，又再三假物稱之，前後稱如凡十，而獨竹不言如者，以竹爲主，竹即人也。
氓		3 比而興 6 賦而興 1、2、3 賦 4 比也	△此皆婦人歷數之辭也。
竹　竿	籊籊竹竿 以釣于淇	全賦也	△今人寓物適意，泛舟垂綸亦其常情，前人多見于吟詠之間。
芄　蘭	芄蘭之支	全興也	△言童子之狀如芄蘭薄弱也。
有　狐	有狐綏綏 在彼淇梁	全比也	△野狐多穴古樹深塚，今與水相附，知非野狐。渡水防此者以物蔽影，今無衣裳，此物可施毒也。
黍　離		全賦而興也	△當是東周懷忠抱義之士來陳秦庭，以奉今主，歸舊都爲意。
揚之水	揚之水 不流束薪	全興也	△揚水能流物，而不能爲我流束薪、束楚、束蒲以濟我家也。

中否有蓷	中有有蓷 暵其乾矣	全興也	△蓷，益毋草也，可作螢面之藥，婦人所珍而山野甚易致，夫婦既無食，不能相有而相捨，指此物以寄意也。端午採良佳，其乾當在夏時。
兔　爰	有兔爰爰 雉離于羅	全比也	△菟草之中置羅、置罦、置罿，雉墮其中也。
葛　藟	緜緜葛藟 在河之滸	全興也	△此人當是居河之湄者也，感葛藟而思身世。
采　葛	彼采葛兮 一日不見 如三月兮	全賦也	△草木可采，當是春夏之時。 △當是同志在野之人，獨適而不與俱，故有此辭。
山有扶蘇	山有扶蘇 隰有荷華	全興也	△此婦人適夫家，經歷山隰所見。
蘀　兮	蘀兮蘀兮 風其吹女	全興也	△落葉當是秋時。 △蘀已槁，風又加其勢，可見親族當力相扶持，尊者爲倡而卑者相和，庶幾能免此。
風　雨	風雨淒淒 雞鳴喈喈	全賦也	△當是秋時將旦而聞雞，此婦人之情所難處者也，方有所思而遽見，故有興悅愈疾之辭。
揚之水		全興也	△束楚、束薪，亦與〈周、揚之水〉同。吾家之薪烝非水所流而與之，惟兄弟輸筋力然後可致也。 △當是兄弟止二人，無他昆，爲人所間而不協者。
野有蔓草	野有蔓草 零露漙兮	全賦而興也	△當是深夜之時，男女偶相遇者也。
溱　洧		全賦而興也	△此詩氣象頗似晚春聚會遊觀之時。
東方之日	東方之日兮 彼姝者子 在我室兮	全興也	△此男女窃合同邁之日時也。
南　山	南山崔崔 雄狐綏綏	3、4興 1、2比	△當是士大夫之在田野者作此，故以南山、野狐起辭。其中麻、畝、薪、斧皆田野之物，此必士大夫所居在南山而近魯道所見者也。
甫　田	無田甫田 維莠驕驕	全比也	△田大則人功雖周，故多莠；人遠則國力難及，故多勞也。
敝　笱	敝笱在梁 其魚魴鰥	全比也	△敝苟在梁，則魚之恣適可知，齊姜之狀如此，
葛　屨		1興 2賦	△葛屨忽已履霜，言時易遷，夏忽冬也。女手忽己縫裳，言人易長，小忽大也。當嫁之時也。
汾如沮		全興也	△水際采草爲人菹，采木爲蠶飼，此窮賤之事也。賦丰風之容而躬窮賤之役，殊不似貴族，訝之辭也。

園有桃	園有桃 其實之殽	全興也	△采桃實以爲殽，采棘實以爲食，士大夫朋友相與會集游適者也。
山有樞	山有樞	全興也	△山木其茂幾時，其凋有日，所謂此樹婆娑，無復生意，何不爲樂以度日。
揚之水	揚之水 白石鑿鑿	全比也	△水有石則急，此涑水之狀也。
椒　聊	椒聊之實 蕃衍盈升	全興而比也	△大率山林之物，深遠者愈芬，花草之屬皆然。此當是士大夫之賢妻有令譽者，以爲姑言其美，碩大己無與倫，碩大己不勝厚，若盡言之，又不止此。
綢　繆	綢繆束薪 三星在天	全興也	△三星，心星也。當是戌亥間，此時採薪必有所規也。
杕　杜	有杕之杜 其葉湑湑	全興也	△此獨行野樹之間可憐，……林莽如此之盛，不無驚傷，而獨行何也？
鴇　羽	肅肅鴇羽 集于苞栩	全比也	△集則有群，苞則有食，今稷黍不種，父母不能養，爲人而不如鴇，有感興悲。
有杕之杜	有杕之杜 生于道左	全比也	△此當是山林之君子。杕杜生道左、道周而未嘗剪除，是無招來之跡及於山林也。
葛　生	葛生蒙楚 蘞蔓于野	1、2 興 3、4、5 賦	△此君子出役而不歸，婦人獨處而興哀也。……葛蒙楚，蘞蔓野，想像其所沒之地也。
采　苓	采苓采苓 首陽之顛	全比也	△尋詩恐專是申生之事。
車　鄰	阪有漆 隰有栗	2、3 興 1 賦	△言土地饒衺如此，豈可虛度此生也。
蒹　葭	蒹葭蒼蒼 白露爲霜	全賦也	△蒹葭、霜露，記時。
終　南	終南何有 有條有梅	全興也	△今終南所生有條有梅。
黃　鳥	交交黃鳥 止于棘	全興也	△黃鳥，倉庚也，及夏則鳴，及秋則止。三良之殉，考《春秋》正在夏也。
晨　風	鴥彼晨風 鬱彼北林	全興也	△此賢人居北林者也。
無　衣	豈曰無衣 與子同袍	全賦也	△此與天子之使所言者也。
東門之池	東門之池 可以漚麻	全興也	△漚麻、漚紵可緝爲野服；漚菅可緝爲野具，皆女事也。言窮妻能同趣野作野工，自見其爲淑姬也。
東門之楊	東門之楊 其葉牂牂	全興也	△楊，黃楊木也。葉盛，春深之時。

墓　門	墓門有棘 斧以斯之	全興也	△墓門之草木樵斧而無人禁之，鴞集而無人逐之，言凋落荒蕪也。
防有鵲巢	防有鵲巢 邛有旨苕	全興也	△言木上水中之禽，丘上之草各適其性，何人欺上聽以害賢者，使我懷憂不安也。
月　出	月出皎兮	全興也	△當是靈公、孔寧、儀行父與夏姬宣淫至夜，徵舒不無所慚，內擾不安，病行父似君之言。
澤　陂	彼澤之陂 有蒲與荷	全興也	△每章必舉二物，初章蒲、荷，次章蒲、蓮，三章蒲、菡萏，殆是孔寧、儀行父，所謂二子者也。
隰有萇楚	隰有萇楚 猗儺其枝	全賦也	△萇楚，羊桃也。雖卑瑣亦可啖，何必珍奇也。婦但求淑不必求艷。
匪　風		3 興 1、2 賦	△當是在途乘車而遇風有感者也。
蜉　蝣	蜉蝣之羽 衣裳楚楚	全比也	△言蜉蝣之整其羽，似小人之治其衣裳，疾之辭也。
候　人		1、2、3 興 4 比	△鵜、梁、南山皆候人迎送之路所見者也，旁觀必有不平之心，故有不堪之辭。
鳲　鳩	鳲鳩在桑 其子七兮	全興也	△鳲鳩之子可數，同在桑未離巢也。在梅、在棘、在榛則其子長成而分飛他樹矣，此春夏之交，當是淑人君子成昏之時也。
下　泉	冽彼下泉 浸彼苞稂	全比而興也	△此必當時濤水泛溢，人情不安也。
鴟　鴞	鴟鴞鴟鴞 既取我子 無毀我室	全比也	△鴟鴞謂管蔡也；子謂伯禽也；室謂成周也。當是周公在東，伯禽在西，父子絕隔有不相保之勢。
東　山		1、2、3 賦 4 賦而興也	△倉庚，黃栗留也，又春時也，見此春鳥，追思乘馬親迎結縭相合之時。
九　罭	九罭之魚 鱒魴	1、2、3 興 4 賦	△皆周公歸途所見之物也。
狼　跋	狼跋其胡 載疐其尾	全興也	△狼進則跋其胡，退則疐其尾，此與周公異意之人所露之狀也。
鹿　鳴	呦呦鹿鳴 食野之苹	全興也	△當是園囿之間，與臣之高尊者燕樂，即所見起興。
四　牡		3、4 興 1、2、5 賦	△行役當在春時。
皇皇者華		1 興 2、3、4、5 賦	△征夫皆有靡及之心，則爲使者惟恐不及，可見上忠勤，則下奮勵也。 △序者以〈皇皇者華〉爲遣使臣，失之。

常　棣	常棣之花 鄂不韡韡	1、3興 其餘賦也	△當是春時見此花而感同氣也。 △脊令首低尾昂，首尾相應也。亦當是有見興感，兄弟急難，相應當如此也。
伐　木	伐木丁丁 鳥鳥嚶嚶	全興也	△嚶音纓，柔細也。毛氏「驚懼」，鄭氏「相切直」皆恐非，大率鄭氏附合求友舊說，嚶音鶯，遂以爲鶯相承出谷求友爲鶯事，如此誤衍甚多。
采　薇		1、2、3、4興 5、6賦	△常即常棣也，止是物記時，如前章「采薇」，非專喻將帥車馬服飾也。詩屢稱「常棣之花」似皆有所興也，大率詩人因物起興，非接于所見，興無由生。
杕　杜	有杕之杜 有晥其實	全賦也	△此當是師徒之室家所敍。
魚　麗		1、2、3、4興 5、6賦	△大率西北人重魚，東南人重獸，各以少爲貴也。
南有嘉魚	南有樛木 甘瓠纍之	全興也	△甘瓠，甜瓠也。……皆美堪侑酒。
南山有臺	南山有臺 北山有萊	全興也	△春夏之交，草木繁茂，詩人觸景生情。
蓼　蕭	蓼彼蕭兮 零露湑兮	全興也	△當是諸侯見王者、燕飲至夜分、露零見于蕭也。
湛　露	湛湛露斯 匪陽不晞	全興也	△草豐桐實，當是春夏之時，又露三月始成，清明節是。八月始變，白露節是，此詩以露爲辭，其爲春夏審也。 △取況但覩物起興也。
菁菁者莪	菁菁者莪 在彼中阿	1、2、3興 4比	△當是諸侯朝王者，經歷中阿、中沚、中陵，菁、莪其所見者也。
采　芑	薄言采芑 于彼新田	1、2、3興 4賦	△皆賦也。
鴻　雁	于此菑畝 鴻雁于飛 肅肅其羽	1、2興 3比	△西北鴻雁來正月節，此詩當是春來，鴻雁初歸，新棲未定，舊迹已湮，故曰「哀鳴嗷嗷」。
沔　水	沔彼流水 朝宗于海	全興也	△見順流之水，自適之禽，而自嘆其不如是。
鶴　鳴	鶴鳴于九皋 聲聞于野	全比也	△澤玩鶴，水玩魚，言賢者退處自樂也。
黃　鳥	黃鳥黃鳥 無集于穀 無啄我粟	全比也	△此離散之餘，去本邦而寓他土者也，借黃鳥爲辭，無集我穀，無啄我粟，留爲歸資，復見舊族也。
斯　干	秩秩斯干 幽幽南山	全賦也	△言門戶氣象。

節南山	節彼南山 維石巖巖	1、2 興 其餘賦也	
正　月		4、7 興 9、20、11 比 其餘賦也	△當是賢者避患去國，其道所懷與所遇、所見也。
小　宛	宛彼鳴鳩 翰飛戾天	1、3、4、5 興 2、6 賦	△鳩，深春則新雛能飛。宛，小也，雛之新也。菽初茁可菹，當是春時作此。 △又見春令、桑扈興感。
小　弁	弁彼鷽斯 歸飛提提	1、2、3、4、5、6 興 7 賦而興 8 賦而比	△此詩每章皆因物有感。
巧　言		1、2、3、6 賦 4 興而比 5 興也。	△柔木，讒人之狀也。
巷　伯	萋兮斐兮 成是貝錦	7 興 1、2 比 其餘賦也	△貝文瀾斑似錦而非錦，箕星排比似箕而非箕，言初無是事強造成也。
谷　風	習習谷風 維風及雨	1、2 興 3 比	△谷風，春風也，正草木發舒之時。當是其人得時逞志如草之繁，如木之茂。
蓼　莪	蓼蓼者莪 匪莪伊蒿	5、6 興 4 賦 1、2、3 比	△非莪即蒿，非莪即蔚，目前唯有此物，更無他見。父母生我本欲增光門戶，今乃索居田野如此。
大　東	有饛簋飧 有捄棘匕	1、3 興 其餘賦也	△當是士大夫會集之間，有見道路平直貴賤往來，動念興哀，思往日而傷今日也。
四　月		5 賦 其餘興也	△此詩每章皆有見而感。
無將大車		全興	△賢者不厭居高位，居高位則任重事，世態若此，高位不可居，重事不可任，莫若自顧爲安。
瞻彼洛矣	瞻彼洛矣 維水泱泱	全賦也	△此必宣王會諸侯東都之時也。
裳裳者華	裳裳者華 其葉湑兮	1、2、3 興 4 賦	△感常棣而思賢者。
桑　扈	交交桑扈 有鶯其羽	1、2 興 3、4 賦	△春深鳥飛，願君子樂此景，以受其福。
鴛　鴦	鴛鴦于火 畢之羅之	全興也	△張羅者既盡，則鴛鴦可以無慮。所以每章歸福于其君，謝之辭也。
頍　弁	有頍者弁 實維伊何	全賦而興又比也	

車　舝	間關車之舝兮 思變季女逝兮	2、4、5 興 1、3 賦	△見野雉、茂林有感。
青　蠅	營營青蠅 止于樊	2、3 興 1 比	△當是爲讒有端而未成也，止于樊、棘、榛之間，未至于嗜膚，然不可不預慮也。
魚　藻		全興也	△當是朝廷以魚侑酒，以豈爲樂，而勸王者之飲，喜功成治定也。
采　菽	采菽采菽 筐之筥之	1、2、4、5 興 3 賦	△當是諸侯來朝，人君致禮，都人登山臨水觀之。 △采菽者登山采菽爲食而觀者也；枝者既飽依樹而立而觀者也；楊舟或汎或維，追逐而觀者也。
角　弓	騂騂角弓 翩其反矣	1 興 2、3、4 賦 5、6、7、8 比	△弓向外則弦上，而矢發反則無用，俗謂之反張病，有此狀者難療。
菀　柳	有菀者柳 不尚息焉	3 興 1、2 比	△柳菀當是夏時。
采　綠	終朝采綠 不盈一匊	全賦也	△缺頁。
黍　苗	芃芃黍苗 陰雨膏之	1 興 其餘賦也	△缺頁。
隰　桑	隰桑有阿 其葉有難	1、2、3 興 4 賦	△君子所居有隰、有桑，是在野也。
白　華	白華菅兮 白茅束兮	全比也	△此詩所引山野氣象爲多，……皆山廬野宅所見、所有者也。
緜　蠻	緜蠻黃鳥 止于丘阿	全比也	△黃鳥當是春時，春多雨，丘多泥，此適遠所宜告勞也。
苕之華	苕之華 芸其黃矣	1、2 比 3 賦	△見苕華而感世態漸就凋，不復勞也。
何草不黃		1、2、4 興 3 賦	△與〈苕之華〉相似，然苕花漸謝，春夏時也，草色漸槁，秋冬時也，當是所歷之時不同。
緜	緜緜瓜瓞 民之初生 自土沮漆	1 比 其餘賦也	△后稷封邰不窋鞠，公劉四世而始居漆沮之間，皆以農事爲務。
棫　樸	芃芃棫樸 薪之槱之	1、3、4、5 興 2 賦	△棫，白桵也。樸，槲樕也。皆良木，謂燔柴也。
旱　麓		1、2、3、5、6 興 4 賦	△此言榛楛，中言鳶魚，後言柞棫，又言葛藟，皆以山林禽魚草木卜氣象也。
文王有聲		8 興 其餘賦也	△蓋謂豐人灌溉田畝而生芑禾，言其富也。

行　葦		1 興 2、3、4 賦	△缺頁。
鳧　鷖		全興也	△此必出都城至涇水游觀之間，燕飲之際所見者也。
泂　酌		全興也	△言務爲省儉，不爲繁侈也，君子如此，可以爲民父母。
卷　阿	有卷者阿 飄風自南	7、8 興 9 比 其餘賦也	△卷阿，君子隱地也。南風，君子時也。卷阿之中，南風之際，草木茂盛，風氣清美而隱居也。君子來陳其所言也，既游且歌，喜之辭也。
抑		9 興 其餘賦也	△荏染柔木，言緡之絲，譬喻也。
桑　柔	菀彼桑柔 其下侯旬 將采其劉 瘼此下民	9、12、13 興 1 比 其餘賦也	△桑柔初茁而未盛也，止可維旬，過旬則捋採稀疏，言不久也。言民甚病，不可以支歲月。 △9、12、13 皆賦也。
振　鷺	振鷺于飛 于彼西雝 我客戾止 亦有斯容	賦也	△不必以客遂衍意爲二王之後，賓亦客也，何不以〈鹿鳴〉、〈彤弓〉比此詩，恐止是群臣。
有　駜		全興也	△振鷺、下鷺，將宿晚之候也，言舞正歡之時也……振鷺、飛鷺，將起曉之候也，言歸已闌之時也。
泮　水		8 興 4、5、6、7 賦 1、2、3 賦其事以起興也	△桑黮，春夏時，與芹、藻、茆相應。

由上表可見，「以賦體直解」是王質解《詩》的最大特色。〔註 3〕

王質解所謂的男女情詩，尤尚平易。如前引〈鄭風・揚之水〉，朱子取《禮經》之義，謂「兄弟」爲「婚姻之稱」，曲解此篇爲男女私情之詩。〔註 4〕王質則據「終鮮兄弟」一句直解即是，以爲「當是兄弟止二人，無他昆，爲人所間而不協者，此蓋兄辭。」（卷四，頁 24）又如解〈東門之枌〉云：

> 子仲，子之仲也。之子，又仲之子也。必指一人而其姓氏無考。徘徊東門樹下，待所期婦人也。（卷七，頁 2）
>
> 此詩多及期會之地草木如枌、如栩、如麻、如荍、如椒。（卷七，頁 3）

以賦體解《詩》，雖較舊說直捷，但也容易流於望文生義，例如〈終風〉，王質云；

〔註 3〕楊師承祖授《詩經》課，每發此義，今用其說。

〔註 4〕見朱子《詩集傳》卷四，頁 76。

終風，末風也。風至末則衰，猶能爲暴，況當盛時，可謂大異也。(卷二，頁7)

案:「終風且暴」，終，猶既也，時間副詞；且，等列連詞。凡《詩》言「終……且……」者，皆是「既……且……」之義，故「終風且暴」，言既風且暴也〔註5〕。質說非是。

又如〈月出〉，王質據次篇〈株林〉序「刺靈公也。淫乎夏姬。驅馳而往，朝夕不休息焉」，直解〈月出〉「佼人僚兮，舒窈糾兮」之「舒，謂徵舒也；佼人，謂夏姬也」(卷七，頁 8)，以爲「當是靈公、孔寧、儀行父與夏姬宣淫至夜，徵舒不無所懟，內擾不安，病行父似君之言。」(卷七，頁 8) 案：陳靈公通夏姬事見《左傳》宣公九年。夏姬，鄭穆公之女，陳大夫御叔之妻，夏徵舒之母。然揆以詩義，〈月出〉實亦男女相悅而相念之詞〔註6〕，爲男子月下相思之作。佼，好也。佼人謂美人也。僚，好貌。舒，發聲字，「舒窈糾兮」言窈糾也。窈糾，猶窈窕也〔註7〕，與「僚」字皆是形容美人之詞。王質所言，非但流於緣詞生訓，望文生義之弊，而且傅會太過，不足以取。

〔註 5〕見王引之《詩義述聞》卷五——「毛詩上」。
〔註 6〕見朱子《詩集傳》卷七，頁 6。
〔註 7〕見《毛詩傳箋通釋》卷十三，頁 12。

第七章　結　論

自從《毛詩正義》頒行，毛、鄭之說在「詩經學」界儼然定於一尊，不僅說《詩》者莫敢議毛、鄭，雖老師宿儒亦謹守小序。至宋，歐陽修《詩本義》出，尊序而議序，敬毛、鄭而論毛、鄭後，學者解《詩》競出新義，詩序舊說的傳統便遭受到攻擊。其後蘇轍《詩集傳》盡去添附，僅傍首句爲說。南宋初，鄭樵《詩辨妄》力詆詩序爲村野妄人之作，不足採信。朱子後從鄭樵之說，主張直據詩文探求詩義，所作《詩集傳》及《詩序辨說》對小序抨擊頗多。王質撰《詩總聞》則盡去序，直就詩文，參以人情，揆以物理，以賦體直解。可見王質的廢序，不盡從毛、鄭舊說，是受到前輩學者的影響。

但宋儒治《詩》大都偏重篇章大義。王質《詩總聞》除逐篇說解大義外，復有聞音、聞物、聞訓、聞句、聞章等十聞，對於名物訓詁、章句、音韻、異文多有論述，並對《詩經》的句法、字法時有說明。而且在諸多有關《詩經》研究的著作中，《詩總聞》的體裁最爲特殊，堪稱前所未有。

《四庫提要》謂南宋初，能廢詩序者有鄭樵、朱子及王質三人，以鄭、朱之說最著，質說不及鄭、朱顯。今考其書，王質認爲詩序是兩漢間人傅會《左傳》敷衍而成的說法，跟鄭樵「《詩》小序只是後人將史、傳揀去并看謚，卻附會作詩序美刺」的說法相同〔註1〕，朱子亦從鄭樵之說，以爲詩序出於山東學究數人之手湊合而成〔註2〕；但王質對於詩序的態度，卻與鄭、朱二人有所不同。鄭、朱是刻意改小序，最爲後世所非；而且朱子因不辨大序、小序立場的一貫，仍然接受大序詩教的說法，所以雖抨擊小序，但解釋詩旨往往有比詩序更穿鑿附會的。例如〈關雎〉，詩序只說是「后妃之德」，朱子則明言「蓋指文王之妃大姒」，「君子則

〔註 1〕見黎靖德編《朱子語錄》卷八〇引。

〔註 2〕同註1。

指文王也」〔註3〕。〈卷耳〉詩序說「后妃之德」，朱子加以解釋，認為「后妃以君子不在而思念之」〔註4〕，所懷之人「蓋指文王也」〔註5〕。召南諸篇，詩序說是諸侯夫人之德，朱子則以「南國諸侯被文王之化」〔註6〕為解說大旨，顯然比詩序更強調詩教的意義，更與他反對詩序傅會人事的說法相悖，難怪姚際恆抨擊他「陽違序而陰從之，而終不出其範圍。」〔註7〕

王質則一空序說，故更能擺脫詩序傳統的束縛，雖詩旨解說也有與序相同者，但與其「廢序」的立場並不牴觸。因為詩序並非全出穿鑿附會，若合理有據，仍當採納，若是牽強無理，便須批評。王質在《詩總聞》中論詩序之失者屢見，例如〈鵲巢〉、〈行露〉、〈野有死麕〉、〈桑中〉、〈宛丘〉、〈振鷺〉等，因未字字詆序，故攻之者亦較少。但由於以賦體直解（即依詩句的敷陳直敘作為標準），有時難免望文生義，然其別出新裁，毅然自用，堅銳之氣實較鄭、朱尤勇，故章句解釋（詳見第四章第二節）、詩旨探討（詳見第二章第二節）殊多新義。《詩總聞》的價值於此可見。

總之，鄭、朱與王質廢序的立場雖相同，說《詩》則門徑則互殊。詩序自歐陽修疑之，朱子辨之，王質去之，故「悉去序以言《詩》」，當首推王質《詩總聞》。〔註8〕

至於二南，自從蘇轍《詩集傳》解〈小雅、鼓鐘〉「以雅以南，以籥不僭」的「南」為二南，「雅」為二雅，程大昌、王質繼之倡議「南」為樂歌名後，二南仍當列在國風，抑當從風詩中獨立，則成了世儒紛爭最厲害的問題。王質《詩總聞》雖以聞南、聞風、聞雅、聞頌，將全書二十卷分為四部分，但並無二南當別立於國風之外的主張，故後儒主張二南獨立之說，實難歸濫觴之責於王質。

就王質論興義，二南與蘇轍相同，及有關章句解釋同於《詩集傳》者達十八條之多來看，蘇轍《詩集傳》對王質《詩總聞》的影響不小。

雖無直接或明顯的證據顯示，王質對王柏有影響，但竊疑王質解〈鄭、揚之水〉據「終鮮兄弟」直解、解〈綢繆〉為淫詩、懷疑〈行露〉有闕文、詩篇有錯簡及改移詩篇章句等，對王柏而言，若非所見闇同，則可能有間接的影響。近時程元敏教授更斷言，王質《詩總聞》對王柏「詩經學」的影響，不在鄭、朱之下。

〔註3〕見朱子《詩集傳》卷一，頁3。
〔註4〕見朱子《詩集傳》卷一，頁7。
〔註5〕同註4。
〔註6〕見朱子《詩集傳》卷一，頁16。
〔註7〕見《詩經通論》——「自序」。
〔註8〕雖鄭樵、朱子與王質並稱廢序三大家，但據諸家散引，《詩辨妄》似未逐篇探究詩義；而朱子仍遵循大序詩教的說法，故能去序說《詩》者，仍以王質首當之。

〔註 9〕

《詩總聞》實王質一生學力貫注所在，但書成，卻無人發揮。《四庫提要》稱以其廢序，故書不甚行於世。但細究其原由，可能是較晚付梓，而書行，又值朱子學方盛，在朱子學耀目的光彩下，終難伸展，不盡是廢序使致。

清時，學者治《詩》漸漸回復到漢儒訓詁的老路子上，大都尊《毛傳》而爲之爬梳闡講。但主《毛傳》而功力最深的胡辰拱，對於《詩總聞》卻引述頗多，或贊同其說，或辨正其非，可見《詩總聞》確有其長，究不可沒。

自民國以來，學者解《詩》采王質之說者愈來愈多，例如聞一多、陳延傑、屈萬里、楊師承祖等說《詩》的專著中，即頗多采用。經過長期的沈寂，其在「詩經學」上的地位，又重新得到應有的重視。雖然也不免有穿鑿附會之處，終是瑕不掩瑜。

〔註 9〕見《王柏之生平與學術（下）》頁 805。

主要參考書目

一、王質專題之屬

1. 《詩總聞》，王質，武英殿聚珍本，文淵閣四庫全書本，摛藻堂四庫全書薈要本，經苑本，湖北先正遺書本，叢書集成本，中央圖書館藏舊鈔本，中央圖書館藏鈔本，日本靜嘉堂文庫藏鈔本。
2. 《雪山集》，王質，文淵閣四庫全書本。
3. 《紹陶錄》，王質，商務四庫珍本九集。

二、詩經專著之屬

1. 《毛詩正義》，毛公傳，鄭玄箋，陸德明音義，孔穎達疏（附阮元校勘記），中華書局。
2. 《毛詩指說》，成伯璵，通志堂經解本。
3. 《詩本義》，歐陽修，文淵閣四庫全書本。
4. 《詩集傳》，蘇轍，文淵閣四庫全書本。
5. 《詩論》，程大昌，叢書集成本。
6. 《詩辨妄》，鄭樵，顧頡剛輯點本。
7. 《非詩辨妄》，周孚，叢書集成本。
8. 《詩集傳》，朱熹，學生書局影印本。
9. 《詩序辨說》，朱熹，文淵閣四庫全書本。
10. 《呂氏家塾讀詩記》，呂祖謙，叢書集成本。
11. 《詩緝》，嚴粲，復性書院刊本。
12. 《詩疑》，王柏，通志堂經解本。
13. 《讀毛詩》（收入《黃氏日鈔》），黃震，商務四庫珍本初集。
14. 《詩本音》，嚴炎武，皇清經解本。

15. 《詩經韻讀》，江有誥，廣文書局影印本。
16. 《毛詩稽古編》，陳啓源，皇清經解本。
17. 《詩經通義》，朱鶴齡，商務四庫珍本十一集。
18. 《毛鄭詩考正》，戴震，皇清經解本。
19. 《詩經小學》，段玉裁，皇清經解本。
20. 《詩經異文釋》，李富孫，皇清經解續編本。
21. 《欽定詩經傳說彙纂》，王鴻緒等奉敕撰，維新書局。
22. 《詩經通論》，姚際恒，廣文書局影印本。
23. 《讀風偶識》，崔述，叢書集成本。
24. 《毛詩考證》，莊述祖，皇清經解續編本。
25. 《三家詩遺說考》，陳壽祺撰、陳喬樅增輯，皇清經解續編本。
26. 《毛詩後箋》，胡承拱，皇清經解續編本。
27. 《三家義集疏》，王先謙，世界書局。
28. 《詩毛氏傳疏》，陳奐，學生書局。
29. 《詩古微》，魏源，皇清經解續編本。
30. 《詩經原始》，方玉潤，藝文印書館影印本。
31. 《讀詩劄記》（收入《景紫堂全書》），夏炘，藝文印書館。
32. 《詩章句考》（收入《景紫堂全書》），夏炘，同上。
33. 《詩經通論》，皮錫瑞，世界書局影印本。
34. 《詩經學》，胡樸安，商務人人文庫。
35. 《雙劍誃詩經新證》，于省吾，鼎文書局。
36. 《三百篇演論》，蔣善國，商務人人文章。
37. 《詩序解》，陳延傑，開明書店。
38. 《詩經講義稿》（收入《傅斯年全集》），傅斯年，聯經出版社。
39. 《詩經新義》（收入《古典新義》），聞一多，九思出版社。
40. 《詩經通義》（收入《古典新義》），聞一多，九思出版社。
41. 《風詩類鈔》（收入《詩選與校箋》），聞一多，九思出版社。
42. 《詩言志辨》，朱自清，開明書店。
43. 《詩經詮釋》，屈萬里，聯經出版社。
44. 《詩經今論》，何定生，商務人人文章。
45. 《詩經研究》，白川靜著、杜正勝譯，幼獅出版社。
46. 《詩經註釋》，高本漢著、董同龢譯，中華書局。
47. 《詩經今注》，高亨，漢京出版社。

48. 《詩經新評價》，高葆光，中央書局發行。
49. 《詩經通釋》，王靜芝，輔仁大學出版。
50. 《詩國風籀略》，江舉謙，東海大學出版。
51. 《詩經韻譜》，江舉謙，東海大學出版。
52. 《詩經講義甲稿》，楊師承祖，影印稿本。
53. 《詩經研讀指導》，裴普賢，東大圖書公司。
54. 《詩經研究論集》，熊公哲等著，黎明出版社。
55. 《詩經名著評介》，趙制陽，學生書局。
56. 《詩經評釋》，朱守亮，學生書局。
57. 《詩經研究論集》，林慶彰，學生書局。

三、群經之屬

1. 《十三經注疏》，藝文印書館。
2. 《七經小傳》，劉敞，商務四部叢刊初編。
3. 《六經奧論》，鄭樵，通志堂經解本。
4. 《經義述聞》，王引之，皇清經解本。
5. 《群經平議》，俞樾，皇清經解續編本。

四、史籍目錄通論之屬

1. 《宋史》，托托等撰，鼎文書局。
2. 《郡齋讀書志》，晁公武，商務人人文庫。
3. 《直齋書錄解題》，陳振孫，商務人人文庫。
4. 《文獻通考》，馬端臨，商務萬有文庫。
5. 《經義考》，朱彝尊，中華書局。
6. 《四庫全書總目提要》，紀昀等奉敕撰，藝文印書館。
7. 《經學歷史》，皮錫瑞，漢京出版社。
8. 《古史辨》，顧頡剛編，不詳。
9. 《中國經學史》，馬宗霍，商務印書館。
10. 《經學源流考》，甘鵬雲，維新書局。
11. 《四庫全書總目提要辨正》，俞嘉錫，藝文印書館。
12. 《歷代名人年里碑傳總表》，姜亮夫編，商務印書館。
13. 《宋元理學家著述生卒年表》，麥仲貴，香港新亞研究所。
14. 《宋人生卒年考示例》，鄭騫，華世出版社。

五、子集之屬

1. 《二程集》，程顥、程頤，商務人人文庫。
2. 《朱子語類》，黎靖德編，正中書局。
3. 《能改齋漫錄》，吳曾，商務人人文庫。
4. 《困學紀聞》，王應麟，中華書局。
5. 《焦氏筆乘》，焦竑，粵雅堂叢書本。
6. 《宋元學案》，黃宗羲撰、全祖望補，世界書局。
7. 《書傭論學集》，屈萬里，開明書局。
8. 《梅園論學集》，戴君仁，藝文印書館。
9. 《中國文學論集》，徐復觀，學生書局。
10. 《王柏之生平與學術》，程元敏，學海出版社。
11. 《歐陽修之經史學》，何澤恒，台大文史叢刊。
12. 《歐陽修的生平與學術》，蔡世明，文史哲出版社。
13. 《歐陽修詩本義研究》，裴普賢，東大圖書公司。

六、索引之屬

1. 《毛詩引得》，洪業等編，哈佛燕京學社。
2. 《宋人傳記資料索引》，昌彼得等編，鼎文書局。

七、期刊論文之屬

1. 〈周南召南解〉，程發軔等撰，《孔孟月刊》第八卷第四期，頁21～32。
2. 〈釋「四詩」名義〉，梁啓超，《小說月報》第七卷號外。
3. 〈二南引論〉，陳紹棠，收入《錢穆文集》頁333～352。
4. 〈兩宋之反對詩序運動及其影響〉，程元敏，《中山學術文化集刊》第二期，頁1～18。
5. 〈朱子所定國風言情諸詩研述〉，程元敏，《孔孟學報》第二六期，頁153～164。
6. 〈國風私情詩宋人說討原〉，程元敏，《中外文學》第四卷第二期，頁72～96。
7. 〈詩經國風淫詩公案述評〉，蔣勵材，《東方雜誌》復刊號第十卷第十一期，頁71～78、第十二期，頁70～76。
8. 〈朱熹的詩經學〉，賴炎元，《中國學術年刊》第二期，頁43～62。
9. 〈宋人疑經改經考〉，葉國良，台大66年碩士論文。
10. 〈朱熹詩集傳「淫詩」說之研究〉，王春謀，政大68年碩士論文。
11. 〈詩風、雅、頌、賦、比、興六義考釋〉，黃振民，《中華文化復興月刊》第六卷第七期，頁39～49、第六卷第八期，頁47～57。

《春秋公羊傳》稱謂例釋

成玲　著

作者簡介

成 玲 國立臺灣師範大學國文博士。碩士班從周師一田習春秋學，著有《春秋公羊傳稱謂釋例》；博士班從陳師伯元習聲韻學，著有《姚文田生平及其古音學研究》一書。現任職於國立臺北大學中國文學系，授有語言學、聲韻學、訓詁學、經學概論等課程。

提　要

孔子據魯史舊文修作《春秋》一經，寓以褒貶損諱之筆、是非善惡之論，其中尤重於辨名理物，故《莊子‧天下篇》云：「《春秋》以道名分。」是篇論文以《公羊傳》所闡釋的稱謂例為研究主題，各依周室、諸侯、女子、公卿大夫等身份為經，以其見書於史策之事件為緯，比類合觀，參酌《公羊傳》釋義之說，可起事同辭異之端，互發經文筆削之蘊義。

諸侯稱謂例，以《公羊傳》七等爵例，並論諸侯朝覲會盟之事，昭示君臣上下倫秩，若犯王命專權自是者，或貶稱子或貶稱州國等名，皆所以觀《春秋》尊王一統之大義。

女子稱謂例，見諸史書之事類，以婚喪大禮為正，非此二者，經文多於稱謂變文筆削，以暢《春秋》謹名正份之義。

君室公族及大夫稱謂，禮樂征伐自大夫陪臣出，由非議大夫稱謂之筆，可知孔子藉《春秋》以存親親、尊尊宗法倫理之序。

目次

第一章　緒　論

孔子以褒貶損諱之筆，是非善惡之論，據魯史舊文而修作《春秋》。全書一萬八千餘言，記二百四十年之行事，旨在撥亂世反之正。然文約辭簡，其事或有不備，義容有未詳者也，故一經遂衍而有左氏、公羊氏、穀梁氏、鄒氏、夾氏五傳。鄒氏無師，夾氏未有書，今存三傳，皆所以疏通其義焉。

夫傳，所以解經釋義者也。三傳皆爲《春秋》入門之鑰，各有勝處，必合觀三傳，察其事實，辨其文例，明其義理，而後夫子之義，斯可得矣。其中闡釋《春秋》之微言大義，探乎孔子本心者，《公羊傳》多得之。宋胡安國《春秋傳》序云：「左氏敘事見本末，公羊、穀梁詞辨而義精。學經以傳爲按，則當閱左傳；玩詞以義爲主，則當習公穀。」范寧《穀梁傳集解》序亦曰：「公羊辯而裁。」是知公羊之長在以義解經，闡發義理之精微也。三傳各有師承家說，釋經之觀點容有互異，茲爲避其瑣雜，故以《公羊傳》爲論述之主。

昔研讀《春秋》經傳者，以傳解經，其義不失；然讀傳之要，首在明例，例明則綱領可挈，若網在綱，有條而不紊，經之義例具在斯矣。是以春秋三傳釋例之作，誠爲解經釋傳之功臣也，如晉杜預作《春秋釋例》，裨益於《左氏傳》；清許桂林撰《穀梁釋例》，亦《穀梁》之功臣也。惜乎《公羊傳》似未有釋例之專著，其義例每散見於傳中，而無特著體式以著義焉，亟待檢索彙整、疏理紬繹，然後乃能得之。周師一田嘗撰〈公羊摘例〉一文，摘其重者大者，凡得七例。因不揣淺陋，擇其稱謂一例，廣蒐《公羊》有關稱謂書例之言辭，分別述之，期以例明義，因義釋經，而得以略窺《春秋》堂奧也。

綜觀《公羊傳》稱謂諸例，每於事類相同者，著以稱謂之異辭，如經書諸侯之「出奔」，或書名，或略之；夫人之薨文，或稱「夫人」，或略之；公室諸子之親，或稱「公子」，或略之；大夫之臣，或稱氏配名，或略稱人。凡此筆削所繫之例，《公羊》或言稱字人示褒，或謂去氏族以示貶，皆足起事同異辭之端，互發經文之蘊義，不可不比觀，不可不深察者矣。

本文之作，內容以《公羊傳》釋稱謂之例爲限，序分諸侯章、女子章、君室公族及大夫章，各按其稱謂名號之異，條分縷舉，以利論述。

諸侯稱謂章，文分三節，第一節論諸侯生稱爵名，其中容有稱國、稱人、稱子等異辭，則分類言之。第二節釋諸侯生而稱名之義，各依事類，依附《公羊傳》義以論述之，冀得《春秋》筆削之旨。第三節略論諸侯卒葬之稱，卒書名，葬則以「公」稱之等。

女子稱謂章，文分三節，第一節論王室女子之稱。第二節論魯夫人之稱，生稱「夫人某氏」，葬則言「小君」且配謚名爲稱。其中有變例異辭者，俱依《公羊》之說論之。第三節論魯室內女之稱，或衹稱姓字，或冠夫國之名，或殊稱「子」字，各緣其事類，釋以異稱之故。

君室公族及大夫稱謂章，文分三節。第一節論王室諸子及公卿大夫之稱，公卿大夫命數階級不同，名號亦別，此或《春秋》所存古制。第二節論魯室公族及大夫之稱，諸子因血緣之親疏，各有專稱名之。第三節論外諸侯公室及大夫之稱。

至若周天子之稱，且有「王」、「天王」、「天子」之異。據公羊成公八年傳云：「其稱天子者何？元年春王正月，正也，其餘皆通矣。」所謂「其餘皆通」，其義或言王、天王、天子，三名實相通也，不過臨文隨稱，無辨經之義存焉。因內容惟此數例，尙不足成一章節，且因天子身份尊貴，乃天下之主，亦不宜併入爲一方之長諸侯章內討論之，遂於此作一說明，以免疏漏之失也。

《春秋》一經，體大思精，誠乃「聖人之極致，治世之要務也。」(《公羊解詁》何休序)。惟其辭隱義晦，欲窺聖人之意，非涵泳其間，悠游既久，無以致之。本文研究所得，實不及《公羊傳》要義之一二，然苦於時間之匆促，及個人才學之疏淺，暫以公羊稱謂例爲限，至若進一步之研究，當俟來日。

論文寫作期間，渥蒙周師一田鞭策教誨，舉凡文辭之潤飾，經義之諟正，裁成良多，莫敢或忘。惟愚才質鈍魯，思慮不周，文辭粗陋，罣漏譌誤，自必難免，尙祈博雅君子，不吝指正，匡所未逮，是所至盼焉。

第二章　諸侯稱謂例

王國維《殷周制度論》嘗云：

> 中國政治與文化之變革，莫劇於殷周之際。……周人制度之大異於商者，一曰立子立嫡之制，由是而生宗法及喪服之制，幷由是而有封建子弟之制，君天下、臣諸侯之制。二曰廟數之制，三曰同姓不婚之制，此數者皆周之所以綱紀天下，其旨則在納上下於道德，而合天子諸侯卿大夫庶民以成一道德之團體。

周代所以綱紀天下，納萬民於同一道德團體之下者，誠如王氏之言也。然由中國古代氏族社會進演至封建社會，亦攸關乎宗法體系之健全、姓氏二分之辨析。觀乎周代姓氏之辨，已臻嚴備矣；氏以別貴賤〔註1〕，男子稱氏，女子稱姓，已爲周之通制；且知「若夫保姓受氏，以守宗祊，世不絕祀，無國無之，祿之大者也」之理〔註2〕。固血緣之親疏遠邇，貴賤之尊卑等差，誠周代行宗法封建之重者也；其後族類繁衍日趨龐雜，建國立家者益增矣。使不重姓分氏，則無以收尊王、敬祖、統宗、收族之效，而周爲天下共主之形勢，亦恐無法建立，由知姓氏之辨，是亦周代封建政治組織之基。

周之封建子弟者，同姓諸侯國也；若前代帝王之後、功勳大臣者，則異姓諸侯國也，天下即由周室與此同姓、異姓受封之國組合而成，以藩屛周室焉。諸侯國除向天子有朝覲聘問之禮外，侯國間之聘問往來亦屬常制也，爲利交際往來區辨之易，諸侯國君乃各冠其私有之國名，以與其他同姓、異姓諸侯相區辨，此一名號亦即諸侯國之政治徽幟，亦爲該國君之氏名〔註3〕，劉師培「氏族原始論」云：

〔註 1〕鄭樵，《通志・氏族略》序云：「氏所以別貴賤，貴者有氏，賤者有名無氏，今南方諸蠻，此道猶存，古之諸侯詛辭，多曰墜命亡氏，踣其國家，以明亡氏則與奪爵失國同，可知其爲賤也。」

〔註 2〕語見左氏襄公二十四年傳引穆叔之言。

〔註 3〕見方炫琛撰〈周代姓氏二分及其起源試探〉第一章。

古代之所謂部落者，不稱國，而稱氏。古《孝經緯》有言『古之所謂氏者，氏即國也』，吾即此語而推闡之，知古帝所標之氏，指國言，非指號言。《左傳》曰『胙之土而命之氏』，此氏字最古之義。是古時之氏，大抵從土得名，無土則無氏矣。

是知天子所命諸侯之「氏」，指諸侯國名也；而國君之氏即爲國名。殆因「西周春秋之封建時代，君卿大夫之國與家爲人群社會組成之基本單位，而國爲國君所私有，國君代表其國從事政治活動，以其私有之國名爲稱而有其氏，亦猶卿大夫之家，爲卿大夫所私有，卿大夫代表其家從事政治活動，以其私有之家名爲稱而有其氏也。國君之氏與國名相同，乃彼時政治社會制度所造成者也。」〔註4〕

周代姓氏名號既爲天子諸侯強支固本之資，且各爲其政治權力之表徵，因觀《春秋》經文所見諸侯各冠其私有之國名爲稱者，誠周制之展現也，然經文中諸侯稱謂不惟此例，本章擬列其稱謂諸類，以辨其義。

第一節　諸侯生不稱名

《春秋》雖據魯史而作，然魯史於諸侯列國之史事，蓋援赴告之文而錄之，是以其中容有史法與經義之別也。史法者，史官所以循例記事之法，有常例而未必寓有深義；經義者，孔子修葺董理筆削之法，寄有褒諱貶之義者也。就諸侯稱謂觀之，公羊隱公五年傳：

王者之後稱公，其餘大國稱侯，小國稱伯子男。

謂諸侯蒞會與盟、舉師征討，事須致書《春秋》者，因貴其地位崇高，每以冠其私有國名、配其爵稱之方式錄之，如宋公、齊侯、鄭伯之類，此蓋史官書法也。

公羊襄公二十七年傳：「春秋賢者不名」，諸侯雖未必皆賢，然其貴爲一國之君，禮應尊之，不以名生稱也。觀乎《春秋》於列國諸侯之稱，惟卒葬稱名，是生不稱名，乃爲正例，此制禮文亦可徵焉，《禮記・曲禮》云：「諸侯不生名」，其故孔穎達詳述之：

諸侯不生名者，諸侯南面之尊，名者質賤之稱，諸侯相見祇可稱爵，不可稱名。

蓋周人以諱事神，君之名終將諱之，是「君父之名，固非臣子之斥」〔註5〕，必有所隱諱而不得生稱也。由知凡諸侯有生而以名見稱者，當屬特例，蓋即孔子託事寓

〔註4〕同註3。
〔註5〕見左氏桓公六年傳：「周人以諱事神。」杜預注文。

義之筆也。誠諸侯以國名配爵稱爲史官書法之正例，然孔子於諸侯稱謂筆削之例，尙有稱州國之名者，有變爵稱「人」者，有特稱「子」者，不一而足，皆足以闡幽顯微，暢義宏道也。爰依其稱謂異辭之類，條述如后，藉窺聖人述經之大要焉。

壹、稱州、國

△莊公十年經：「秋九月，荊敗蔡師于莘，以蔡侯獻舞歸。」

△莊公二十三年經：「（夏）荊人來聘。」

△僖公元年經：「（秋七月）楚人伐鄭。」

△定公四年經：「（冬十有一）庚辰，吳入楚。」

公羊莊公十年傳：

荊者何？州名也。州不若國，國不若氏，氏不若人，人不若名，名不若字，字不若子

按州、國、氏、人、名、字、子，此何休《文諡例》所謂「七等」者也〔註6〕。《公羊傳》所書七等稱謂之通例，以國配爵之稱最尊，如鄭伯、晉侯之類，而稱州名者最卑，如楚國而稱荊，荊爲州名，稱州不若稱國者尊也。楚之所以稱荊者，殆春秋視楚爲夷狄之邦故也。明內外之辨，嚴夷夏之防，誠春秋之要也，公羊成十五年傳「春秋內其國而外諸夏，內諸夏而外夷狄」是其義也。

今觀經文所書楚、吳二國之稱，迥異於諸侯國者，知其目爲夷狄故也。《公羊傳》之內外華夷觀，非就地域偏遠而言，實依禮儀文化之道德水準言之，如楚國居處之地，自入春秋未見徙易，而其稱謂卻有「荊」、「荊人」、「楚人」、「楚子」之異，是《春秋》華夷之別，乃就文化立說也。若《左傳》所言「戎狄豺狼，不可厭也」（閔公元年傳）、「非我族類、其心必異」（成公四年），依血緣、族類之異而歧視之，則不免偏頗矣。爰依《公羊傳》釋文以證一二：

公羊莊公二十三年傳「荊人來聘」：

荊何以稱人？始能聘也。

按莊公十年經「荊敗蔡師于莘」、十四年經「荊入蔡」、十六年經「荊伐鄭」、俱稱州名「荊」，目爲夷狄之所居處地，防夷狄而外之爾。至莊公二十三年書「荊人來聘」，殊稱人者，因其始能例諸夏修聘禮，故進之也。何休云：

因其始來聘，明夷狄能慕王化，修聘禮，受正朔者，當進之，故使稱人也。稱人當繫國，而繫荊者，許夷狄者，不一而足。

〔註6〕何休《春秋文諡例》，見馬國翰《玉函山房輯佚書》，其云：「七等者，州、國、氏、人、名、字、子是也。」

何氏亦謂「荊人」之稱終不若「楚人」之尊。其後因楚能慕化而與中國交，乃進夷狄若諸夏之親，故楚自魯僖公之後，不復稱「荊」、「荊人」，知已進之也。

至若「吳」稱國者，公羊定公四年傳：

> 吳何以不稱子，反夷狄也。其反夷狄奈何？君舍于君室，大夫舍于大夫室，蓋妻楚王之母也。

按吳與中國交涉甚晚，直至成公七年經始書「吳伐郯」爲初見之文。吳君之初見書國名，是目爲夷狄也；使其能向慕中原禮儀，能憂中國，則進而稱「子」，如定公四年經書「蔡侯以吳子及楚人戰于伯莒」，吳君稱「吳子」是也。然定公四年經文二書吳國之稱謂，一稱吳子，一稱國名者，因其侵入楚宮而淫亂無道，非中原諸夏之行誼，遂反目之爲夷狄，奪其爵而貶稱「吳」也。綜觀夷狄諸邦稱謂之異，知春秋華夷之辨，實係於禮儀文化、道德仁義之價値標準也。使夷狄有向慕之心，且與諸夏合同禮義，春秋無有不進之者也。使其向慕之心不備，又不能貫徹仁義道德，與中國合交者，即貶退爲夷狄，不與其交中國也。若秦晉殽之戰，秦伯夷狄之行，公羊斥之，即所以貶之也。

公羊僖公三十三年云：

> 其謂之秦何？夷狄之也。曷爲夷狄之？秦伯將襲鄭，百里子與蹇叔子諫曰『千里而襲人，未有不亡者也。』秦伯怒曰『若爾之年者，宰上之木拱矣，爾曷知。』師出。……弦高者，鄭商也，遇之殽，矯以鄭伯之命而犒師焉，或曰往矣，或曰反矣。然而晉人與姜戎要之殽而擊之，匹馬隻輪無反者。

其意謂秦穆公不聽二臣子之諫言，率意任行，無故而襲人之國，其行有虧，故稱國以夷狄之。是由經書楚、吳、楚稱謂之異名，《公羊傳》進退夷狄之道，可得其義焉。

貳、稱種族名

△莊公三十年經：「（冬）齊人伐山戎。」

△宣公三年經：「楚子伐賁渾戎。」

△文公四年經：「（夏）狄侵齊。」

△宣公三年經：「秋，赤狄侵齊。」

△宣公八年經：「（夏六月）晉師白狄伐秦。」

綜觀《春秋》列國之稱，其中有以「種族名」爲稱，如曰「戎」（公羊莊公二十四年傳）、曰「山戎」（公羊莊公三十年經）、曰「賁渾戎」（公羊宣公三年經）、曰「姜戎」（公羊僖公三十三年經）、曰「伊雒戎」（公羊文公八年經）；蠻夷之狄，且有曰「長狄」（公羊文十一年傳）、曰「赤狄」（公羊宣公三年經）、曰「白狄」（公羊襄公十八年經）。凡此諸類，固因其族類血緣，與華夏相去甚遠；若其禮儀道德之文化水準，則遠較華夏之邦鄙陋而不備也。今雖力彊而逼侵中原侯國，《春秋》仍以種族名謂之，病夷狄之侵滅中國，而不許進也，如公羊僖公四年傳云：

　　夷狄也而亟病中國，南夷與北狄交，中國不絕若線。

是知蠻夷之族不能向慕中原禮儀文化，而罔顧禮義，交相侵凌諸夏侯國者，則終春秋之世不許進之，且必力斥之，以嚴夷夏之防，以固華夏之本，使夷狄之侵終不得逞焉。比觀其以種族名特見稱者，《春秋》嚴別內外、攘夷之義實深切著明矣。

參、稱「人」

△桓公十五年經：「邾婁人、牟人、葛人來朝。」

△莊公四年經：「冬，公及齊人狩于郜。」

△莊公三十年經：「（冬），齊人伐山戎。」

△僖公二十七年經：「（冬）楚人、陳侯、鄭伯、許男圍宋。」

△僖公三十一年經：「（冬）楚人使宜申來獻捷。」

△僖公三十三年經：「夏，四月辛巳，晉人及姜戎敗秦于殽。」

△襄公五年經：「（秋）公會晉侯、宋公、陳侯、衛侯、鄭伯、曹伯、莒子、邾婁子、滕子、薛伯、齊世子光、吳人、鄫人于戚。」

諸侯不書其爵而以「人」稱之者；或因有夷狄之行而見貶也；或因有所諱隱而變文者。《公羊傳》隨文著義，遇事而發，試逐條彙解，以窺其要。

　　桓公十五年經：「邾婁人、牟人、葛人來朝。」《公羊傳》云：

　　皆何以稱人？夷狄之也。

按經文既稱「來朝」，應爲當國之君，如桓公二年經「滕子來朝」，諸侯有相朝之禮是也。經書邾婁人、牟人、葛人者，《公羊傳》以爲「夷狄之也」，然三國之君因何故夷狄之，傳文過簡，不易確知所以夷狄之義，至如何休所言：

　　桓公行惡，而三人俱朝事之，三人爲衆，衆足責，故夷狄之。

意謂三君因來朝魯之惡君，故夷狄之，然桓公之時諸侯來朝者不一，皆不曾夷狄之，是何氏之說未必然也〔註7〕。三國之君來朝而稱人夷狄之者，其故或緣于附庸小國，

〔註7〕何休之說除證諸經文，知其未必盡然。又其與董仲舒《春秋繁露・王道篇》所言亦相殊異，其云：「夷狄邾婁人、牟人、葛人，爲其天王崩而朝聘也，此其誅也。」若如董氏之說，則襄公元年九月書「天王崩」，但同月又書「邾婁子來朝」，冬有衛侯使公孫剽來朝」、「晉侯使荀罃來聘」何以不復夷狄之？是何、董二說均未洽傳義也。

未足列於華夏之邦，且庶方小侯禮義文化未備，故雖來朝，仍目爲夷狄而稱曰人也。《禮記・曲禮》云：

庶方小侯，入天子之國曰某人。

又張應昌《春秋屬辭辨例編》曰：

附庸之君，特見則名，蔑之盟是也。眾見書人，郳、牟、葛來朝是也。蓋專見則名，眾見則人，以別於有爵者。

竹添光鴻《會箋》亦云：

大夫不稱朝，三國蓋皆其君也，僻陋之國，有賤略之義。………令聯書三國，故合而稱人。

是《公羊傳》釋國君稱人夷狄之者，誠緣于附庸小國之故也。

莊公四年經：「公及齊人狩于郜。」《公羊傳》云：

公曷爲與微者狩？齊侯也。齊侯則其稱人何？諱與讎狩也。前此者有事矣，後此者有事矣，則曷爲獨於此焉譏？於讎者將壹譏而已，故擇其重者而譏焉。莫重乎其與讎狩也。於讎者則曷爲將壹譏而已？讎者無時焉可與通，通則爲大譏，不可勝譏，故將壹譏而已，其餘從同同。

其意以爲齊侯殊稱齊人，因諱莊公與讎者共狩故也。傳文且詳道獨於「狩于郜」一事見譏之故，蓋擇其重者而譏也。知君父之讎不共載天，凡爲人子、爲人臣者，皆有復讎之義，亦當有復讎之道，齊侯而稱「齊人」，使若齊國人民者，固已示貶矣，誠如何休所言：

稱人者，使若微者，不沒公言齊人者，公可以見齊微者，至於魯人，皆當復讎，義不可以見齊侯也。

魯桓公爲齊侯所殺，父讎未報，怨恨未釋，莊公焉能與讎者共狩，故諱而稱齊人，使若莊公與微者行狩，則其與讎仇相通之罪亦著矣。

莊公三十年經「齊人伐山戎」，《公羊傳》云：

此齊侯也，其稱人何？貶，曷爲貶？子司馬子曰：『蓋以操之爲已蹙。』

所以知齊人爲齊侯者，以莊公三十一年經書「齊侯來獻戎捷」知之矣。然齊侯見貶而稱齊人者，其故子司馬子以爲齊桓公迫殺太甚，清凌曙《公羊問答》並言之：

蓋戰迫之而甚痛，其意言齊侯殺傷過多，甚可痛蹙，是齊桓之兵急躁之也。

按齊桓公用兵於山戎，其事未詳，而子司馬子及凌曙所謂齊桓殺傷過多，操兵甚急者，或借征伐山戎一事，而總論齊桓勞師遠伐之實也，其事詳見《國語・齊語》：

即位數年，東南多有淫亂者，萊、莒、徐夷、吳、越，一戰帥服三十一國。遂南征伐楚，濟汝，踰方城，望汶山，使貢絲於周而反。荊州諸侯莫敢不來服。遂北伐山戎，刜令支，斬孤竹而南歸。海濱諸侯莫敢不來服。與諸侯飾牲爲載，以約誓于上下庶神，與諸侯戮力同心。西征攘白狄之地，至於西河，方舟設泭，乘桴濟河，至于石枕。懸車束馬，踰太行與辟耳之谿拘夏，西服流沙、西吳。南城於周，反胙于絳，嶽濱諸侯莫敢不來服。

綜觀齊桓公之攘夷狄、救中國諸事，固有匡周室、憂中國之心，然綏服四方之道，仍不以用兵爲上，使能務脩文德，柔服遠人，夫如是則不傷一兵一卒，而四方諸邦近悅遠來矣，故《公羊傳》雖多讚美齊桓尊王攘夷之功，仍於莊公三十年傳文貶之者，蓋借伐山戎一事，以正聖人脩德治世之意也。

僖公二十一年經：「楚人使宜申來獻。」《公羊傳》云：

此楚子也，其稱人何？貶。曷爲貶？爲執宋公貶。曷爲爲執宋公貶？宋公與楚子期以乘車之會，公子目夷諫曰：『楚，夷國也，彊而無義，請君以兵車之會往。』宋公曰：『不可，吾與之約以乘車之會，自我爲之，自我墮之，曰不可。』終以乘車之會往，楚人果伏兵車，執宋公以伐宋。

是楚子以詐諼執宋襄公，爲行不義，《公羊傳》貶斥，且終僖公之篇貶焉，如僖公二十七年經「楚人、陳侯、蔡侯、鄭伯、許男圍宋。」《公羊傳》復申貶斥之意：

此楚子也，其稱人何？貶。曷爲貶？爲執宋公貶，故終僖之篇貶也。

楚以夷狄之邦入處華夏，許其進之，稱子爵已足矣。然終不脫夷狄之俗，竟以詐諼入侵諸夏之國，復淪爲夷狄之行，故經文書曰楚人，從夷狄之辭罪貶之。

僖公三十三年經：「晉人及姜戎敗秦于殽。」《公羊傳》云：

或曰襄公親之。襄公親之，則其稱人何？貶。曷爲貶？君在乎殯而用師，危不得葬也。

謂秦晉殽之戰，襄公親征，皆背喪用兵，以墨衰絰從戎，故貶而稱人也。按晉文公於僖公三十二年冬見卒，翌年其嗣君襄公即率師出征，背殯用兵，親親之情喪矣。似夷狄無親之行，故貶而斥稱「人」，惡不仁（何休語）也。

襄公五年經：「公會晉侯……齊世子光、吳人、鄫人于戚。」《公羊傳》云：

吳何以稱人？吳鄫人云：則不辭。

綜觀吳入《春秋》與會諸侯之文，稱「吳」者例之常也，如：

△成公十五年經：「冬，十有一月，叔孫僑如會晉士燮、齊高無咎、宋華元、衛孫林父、鄭公子、邾婁人、會吳于鐘離。」

△襄公五年經：「（夏）仲孫蔑、衛孫林父會吳于善道。」

即或偶然書爵，則必有殊故而變其文例也，凡二見：

△定公四年經：「冬，十有一月庚午，蔡侯以吳子及楚人戰于伯莒。」

《公羊傳》云：

吳何以稱子？夷狄也而憂中國。

△哀公十三年經：「(夏) 公會晉侯及吳子于黃池。」

《公羊傳》云：

吳何以稱子？吳主會也。

循觀吳國與會諸夏之稱謂文例，則襄公五年會于戚，而殊稱「吳人」者，尤屬非常。公羊遂發傳釋吳何以稱人之故，誠如傳文所言，若謂「吳鄫人」則不辭矣，故使吳亦相隨稱人，以順文辭也。

肆、稱「字」

△隱公元年經：「(春) 三月，公子邾婁儀父盟于眛。」

春秋諸侯稱字者，惟邾婁儀父一例〔註8〕，《公羊傳》云：

儀父者何？邾婁之君也。何以名？字也。曷爲稱字？褒之也。曷爲褒之？爲其與公盟也。與公盟者眾矣，曷爲獨褒乎此？因其可褒而褒之，此其爲可褒奈何？漸進也。

庶方小國入中原與諸夏相親，多以書名見稱，春秋附庸之君如倪黎來（莊公五年）者，直稱其名是也。若邾婁君之書字者，清顧炎武《日知錄》云：「附庸之君，無爵可稱，若直書其名，又非所以待鄰國之君也，故字子。」〔註9〕蓋邾婁國境固魯之近鄰〔註10〕，禮當親之而不呼其名也。而《公羊傳》則以爲邾婁儀父能與隱公盟，有漸進與善之心，故因其可褒而稱字褒之也。然隱公之篇，與公盟者眾矣，如隱公

〔註8〕邾儀父一稱向來爭議頗多，或以「儀父」爲名，如方苞《春秋直解》云：「春秋從無書字之法。」又謂「意克爲儀父之子。」以邾子克與邾儀父爲二人；又如顧棟高《春秋大事表》「春秋無書字之法論」下曰：「方氏之言得之矣，且邾儀父與介葛盧、郳黎來均爲附庸，則不宜有差別，今以儀父爲字，而以葛盧與黎來爲名可乎？」然春秋固多書名，亦絕非無書字者，方炫琛《左傳人物名號研究》第一二二六邾子克條下列舉《左傳》人物中名克字儀者，如「左桓公十八周王子克，同傳又稱子儀，左僖二十五楚鬭克、同傳又稱子儀，皆名克字儀，則邾子名克字儀，實合古人名字相應之常軌，故邾儀父即邾子克，名克字儀，無可疑也。稱儀父者，《穀梁傳》云：『儀、字，父猶傅也，男子之美稱也。』可證儀爲其字，父則美稱。」其言蓋如是矣。

〔註9〕見顧炎武《日知錄》，卷四，邾儀父條。

〔註10〕邾婁之地，據杜預注云：「魯國鄒縣」約今山東鄒縣，與魯誠爲鄰近之邦也。

二年經書「公及戎盟于唐」、隱公八年經書「公及莒人盟于包來。」獨於邾君稱字褒之者，春秋託始以見義也〔註11〕。孔廣森《公羊通義》言簡義賅，其說誠然：

春秋內魯，與內接著，託始于此，隱公之賢讓，邾婁之君能親賢慕義，講信修睦，於法當褒也。

邾儀父能親賢慕義，講信修睦，春秋許其進之，固稱字以褒之。

伍、稱「子」

△僖公九年經：「夏，公會宰周公、齊侯、宋子、衛侯、鄭伯、許男、曹伯于葵丘。」

△宣公十五年經：「六月癸卯，晉師滅赤狄潞氏，以潞子嬰兒歸。」

△定公四年經：「冬，十有一月庚午，蔡侯以吳子及楚人戰於伯莒。」

諸侯稱爵為尊，此公羊、何休七等稱謂之例也，公羊隱公五年傳云：

王者之後稱公，其餘大國稱侯，小國稱伯子男。

知諸侯之爵稱有公、侯、伯、子、男五名焉，各依其始封之稱而有定名焉。綜觀春秋諸侯爵稱諸例，經文但依爵稱書之，經久而不改，使前後異稱者，或有殊故也。

宋以殷商之後尊稱「公」，然僖公九年經文書以「宋子」，降等稱之者，蓋例「君薨稱子某」之辭也（公羊莊公三十二年傳）。案宋公禦說於僖公九年春三月卒，緣臣民之心，不可一日無君，其子乃即君位矣；復以一年之中，不可有二君號，故踰年始以君稱之，此禮制之常也。今宋公卒後，同年夏，新承位之君有不得已而於先君未葬之前，必須參與列國盟會，本應從未葬之辭「子某」稱之，然其不稱「子某」，而略稱「子」者，何休云：「出會諸侯，非尸柩之前，故不名。」固知宋公生而特稱「宋子」者，從喪之稱也，其與定公四年經書「三月，公會劉子、晉侯……陳子、鄭伯……于召陵。」陳侯殊稱陳子一例也。

宣公十五年經：「晉師滅赤狄潞氏，以潞子嬰兒歸。」潞氏潞子前後書法有異者，《公羊傳》云：

潞何以稱子？潞子之為善也躬，足以亡爾。雖然，君子不可不記也，離于夷狄而未能合于中國。晉師伐之，中國不救，狄人不有，是以亡也。

意謂潞子雖赤狄內附諸夏，故稱以「子」爵，許其進慕華夏也，何休云：

疾夷狄之俗而去離之，故稱子。

〔註11〕《公羊傳》於隱公之篇屢發託始之義，如公羊隱公二年傳：「（無駭率師入極）……疾始滅也。始滅昉於此乎，前此則曷為始乎？託始焉爾。曷為託始焉爾？《春秋》之始也。」又如公羊隱公二年傳：「（紀履緰來逆女）……譏始不親迎也。」

因知赤狄潞氏所以能進稱「子」者，以其去離夷狄之俗，欲歸中國之義。雖然，終不免亡國，君子記之，蓋爲夷狄若僅有慕化之心，未能眞正與中國合同禮教、相親比者，則進不得爲華夏，故猶繫之以赤狄也，何休曰：

未能與中國合同禮義，相親比也，故猶繫赤狄。

若《公羊傳》云：「晉師伐之，中國不救，狄人不有，是以亡也。」者，蓋因潞氏離于夷狄，又未能合于中國，進不得爲華夏，退亦不爲赤狄所容，終致於亡國。然「君子閔傷進之，明不當絕」（何休注），故稱「子」，已許其慕化諸夏；復稱「氏」者，明不當絕滅其國，還當復其潞氏，以爲國矣。觀乎潞氏之進不得爲華夏，退又不類夷狄，不免陷於兩難之間，潞氏下場，足爲夷狄不能貫徹仁義道德者之殷鑒也〔註 12〕。

定公四年經：「蔡侯以吳子楚人戰于伯莒。」吳稱「吳子」，《公羊傳》云：

吳何以稱子，夷狄也而憂中國。

公羊以吳爲夷狄，蓋因其入書春秋甚晚，多以國名稱之，且其向慕禮儀文化不足，故目之爲夷狄也。今吳能憂中國，伐楚以解蔡圍〔註 13〕，許進之而稱子爵。故知夷狄之邦，倘能向慕中原禮儀，提昇文化水準、脩守道德仁義之心，雖爲蠻夷玁狁之邦，春秋莫不許之，進而冠以最尊之爵稱也。

第二節　諸侯生稱名

揆諸《春秋》經文，觀乎諸侯行於諸夏之稱謂，上各冠以國名，下各冠以爵稱，以明尊卑之等，此諸侯稱謂之通例也。至於生不名、卒始名者，亦《春秋》之常例也。然生而稱名，則屬變例。變例必有其故，或因辨二君之名、或爲闡幽顯微之筆。三傳於此每或注意，而公羊尤有所見。惟公羊於經義史法雖有辨析，其傳例綱領則不明，「設能義、法離析，或則經、史分述，或則合而論義，於春秋體用之探索，斯可得其本源焉」〔註 14〕。故公羊發例釋之，或謂失地之君、或謂以庶奪正、或特有

〔註 12〕語見李新霖《春秋公羊傳要義》，第二章「華夷觀」。

〔註 13〕其事詳見公羊定公四年傳：「其憂中國奈何？伍子胥誅乎楚，挾弓而去楚，以干闔廬。闔廬曰：『士之甚，勇之甚，將爲之興師而復讎于楚。』伍子胥復曰：『諸侯不爲匹夫興師，且臣聞之，事君猶事父也。虧君之義，復父之讎，臣不爲也。』於是止。蔡昭公朝乎楚，有美裘焉，囊瓦求之，昭公不與，爲是拘昭公於南郢，數年然後歸之。於是歸焉，用事於河，曰：『天下諸侯，苟有能伐楚者，寡人請爲之前列。』楚人聞之怒，爲是興師，使囊瓦將而伐蔡。蔡請救于吳，伍子胥復曰：『蔡非有罪也，楚人爲無道，君如有憂中國之心，則若時可矣。』於是興師而救蔡。

〔註 14〕語見周師一田撰〈穀梁會盟例釋〉一文，收入《高仲華先生八秩榮慶論文集》，民國77年。

貶絕，或以微國故，皆所以闡諸侯稱名示貶之旨〔註15〕。然其所釋義例，能否洽於春秋之初衷，則猶待辨析原委，以論其是非。

壹、君奔例

一、君奔書名

△桓公十五年經：「（夏）五月，鄭伯突出奔蔡。」

△桓公十六年經：「（冬）十有一月，衛侯朔出奔齊。」

△襄公十四年經：「（夏四月）己未，衛侯衎出奔齊。」〔註16〕

△昭公三年經：「（冬）北燕伯款出奔齊。」

△昭公二十一年經：「冬，蔡侯朱出奔楚。」

△昭公二十三年經：「秋七月，莒子庚輿來奔。」

△哀公十年經：「春王二月，邾子益來奔。」

夫君者，國之元，發言動作，萬物之樞機。樞機之發，榮辱之端也。故爲人君者，謹本詳始，敬小愼微〔註17〕，以德爲國，役人而非役於人者也。使一旦喪權爲國驅棄，而倉遑奔逃者，經文直以「出奔」書之，皆據事實載錄，但爲史法而已。然人君失權而出奔，恥莫大焉。故孔子之修春秋遂因仍而不改，猶藉史法而寓經義者也。杜預《春秋釋例》云：「奔者，迫窘而去，逃死四鄰，不以禮出也。」〔註18〕，所言迫窘失禮者〔註19〕，甚得其要，是以經文但書國君「出奔」，棄宗社而奔亡之罪著矣。

然經文書某君出奔，例稱其名者，實則國有二君也。蓋諸侯失位，必另有迫逐篡奪者繼之，則內有一君，外亦一君矣，不名失位者，則二君無以相辨矣，故當國

〔註15〕參考周師一田撰〈公羊摘例〉一文，收見《靜宜學報》，第五期。民國71年。

〔註16〕襄公十四年經衛侯出奔一事，左氏、穀梁二傳經文未見「衎」字，然陳師伯元所撰〈春秋異文考〉一書，嘗考定此條經文，以爲衛侯之稱當冠有「衎」字，以《公羊傳》所見之經文爲是。其云：「《禮記・曲禮》下：諸侯失地名。據曲禮此文，則衛侯衎出奔齊爲失地，自應書名，左氏穀梁無衎字者，蓋闕文也。」其書收入嘉新水泥公司文化基金會研究論文第廿六種。民國53年。

〔註17〕語見《春秋繁露・立元神第十九》。

〔註18〕見杜預《春秋釋義例》卷四、大夫奔例第三十三。

〔註19〕按杜預所言「不以禮出」之禮者，出入告廟之禮也。左氏襄公十四年傳「衛侯衎出奔齊，及竟，公使祝宗告亡，且告無罪。告者，告宗廟也。」是君行必告諸宗廟。此禮又見《禮記・王制篇》「諸侯將出，宜乎社，造乎禰。」〈曾子問篇〉亦云：「天子諸侯將出，必以幣帛皮圭告于祖禰，遂奉以出，載于齊車以行，每舍奠焉，而后就舍。反必告，設奠卒斂，幣玉藏諸兩階之間，乃出，蓋貴命也。」依循禮文所載，知出而失告禮者，迫窘奔之也。

赴以出奔，春秋以記舊君之名，史官之書法耳。然史法亦有足通經義者，此生而書名以示貶絕是矣，孔子不違舊章，因以示勸戒之遠旨也。

至若出奔者，他國之君奔至第三國也；而書以「來奔」一詞者，他國之君出而奔至魯也；魯史官因其所奔之國不同，各因事爲文爾，而錄其奔亡之非則一也。《公羊傳》且於出奔例中寓寄其旨，觀乎其文，意或得之矣。

桓公十五年經：「鄭伯突奔蔡。」《公羊傳》云：

> 突何以名？奪正也。

何休云：

> 復於此名，著其奪正，不以失眾錄也。

是謂鄭伯突之出奔錄名，不若其他諸侯出奔之屬，如桓公十六年經「衛侯朔出奔齊」，因爲失眾而錄其出奔、書其名也。然公羊特以爲「奪正」者，蓋鑑於《春秋》之際，王綱廢墜，權勢傾軋不已，臣弒君、子弒父者屢見，孔子修作《春秋》乃揭櫫「撥亂反正」之旨，公羊承述其意旨，冀以恢復君臣體制、申正倫常之教，故見鄭伯突以庶奪正、違倫逆理之行，莫不痛加貶責，藉書名以著其惡，重申居正之大義也。

居正者何？公羊隱公三年傳云「君子大居正。」大者，重視也，君子所以重視居正者，蓋居正之道，不外二端；一曰居天道之正，一曰居人理之正〔註20〕。治者若失其正，則雖處君位之尊，亦不得居正統焉。此義孔廣森《公羊通義》言之甚是：

> 立適以長，適子死則立適孫，所以正體於上，傳重於下，是故周人世、殷人及，春秋雖有變文從質，而此不從殷者，撥亂世，因時之宜。

由知嫡庶長幼之分，周始重之，其名分早定，非人之可改易者也。聖人遵此定分，以繩綱紀，使不致於變亂也。然至春秋，庶而奪嫡、幼者凌長，篡奪之禍，屢見史策，今由公羊譏鄭伯突奪正一事，斯得其意矣。按考其事本末：鄭忽者，鄭國世子，國之嗣者也；突者，媵妾庶出之子也〔註21〕。周禮既重嫡庶之序，唯嫡子得居正統，今忽嫡突庶，突竟不安守己分，謀起篡奪之心，雖終逞其掌權爲君之私欲，然非承於天子之命，亦無蒙幸前君之愛；既無天道之正，又未得居人理之正，《公羊傳》直陳其非而深斥之，故稱名以著奪正之惡也。

桓公十六年經：「衛侯朔出奔齊。」《公羊傳》以爲稱名示絕也，傳云：

> 衛侯朔何以名？絕。曷爲絕之？得罪于天子也。其得罪於天子奈何？見使守衛朔，而不能使衛小眾，越在岱陰齊，屬負茲舍，不即罪爾。

〔註20〕見張永儁撰〈春秋大一統述義〉一文，收見《哲學與文化》第三卷第七期。

〔註21〕見《史記．鄭世家》：「初，祭仲甚有寵於莊公，莊公使爲卿；公使娶鄧女，生太子忽，故祭仲立之，是爲昭公。莊公又娶宋雍氏女，生厲公突。」

《公羊傳》特言「得罪于天子」者，殆因諸侯尠存尊王之心，溥天之下，已莫知正統所繫矣。公羊發此傳義，以是爲振衰起弊、致天下於有道之筆法也。故強調君臣上下分際，使不得擅權僭位，凡不從王命，或得罪於天子者，無不深加痛斥。衛侯朔者，天子命其主持宗廟告朔，以爲衛國之君；然天子小有徵發，朔即不用王命，逃至泰山北之齊國，託疾止而不就罪。公羊乃因朔之不守衛土，得罪天子，不臣之罪，以此爲最，故書名以示絕。《春秋繁露・順命篇》亦申此意，曰：

公侯不能奉天子之命，則名絕而不得就位，衛侯朔是也。

不奉王命則絕權去位，厥義實宏。公羊於諸侯之目無天子，淩君臣上下之分，皆絕而惡之，此尊王之義嚴矣。

二、君奔不名

△僖公二十八年經：「（夏四月）衛侯出奔楚。」

△文公十二年經：「春王正月，郕伯來奔。」

《公羊傳》於文公十二年郕伯來奔之下特云「何以不名」以示質疑者，以君奔例書名也；若其不書名者，當有其故。僖公二十八年書衛侯出奔不名者，《公羊傳》未發文釋義，何休則云：

無絕衛之心，惡不如出奔重。

蓋衛侯奔而權位未絕，故不書名以見絕，孔廣森亦道：

不名者，起叔武內平其國，爲兄守之，與未失地者同。

其事《左傳》載之甚詳，「衛侯聞楚師敗，懼，出奔楚，遂適陳，使元晅奉叔武之受盟。」〔註22〕，是時四月出奔，使叔武守之，未失權位，且同年六月即自楚復歸（僖公二十八年經），去國三月，從容來去，未見迫促之象也，故孔氏言「與未失地者同」，使叔武攝位而暫去國，境內別無新君，自不必書名以辨之也，故陸淳《春秋纂例》云：「令叔武攝位而去，故不名也。」言簡意賅也。

衛侯既未絕於衛，仍以「出奔」記其事者，凡諸侯無故踰境者，罪之也。其出奔之故，殆因衛侯嘗請與晉盟于斂盂，晉人弗許；衛侯欲與楚，國人不欲，故出其

〔註22〕按同年五月踐土之盟，衛之蒞盟者稱「衛子」，僖公二十八年經書「五月癸丑，公會晉侯、齊侯、宋公、蔡侯、鄭伯、衛子、莒子盟于踐土」是也，知叔武代君與盟也。不直稱衛侯，知衛侯雖出奔而未失國也。至若盟會稱「衛子」一事，劉敞《春秋意林》卷上論之頗精，茲引其文以供參考：「諸侯去其社稷，或有代之者，或無代之者。有代之者，衛侯衎是也；無代之者，魯昭公是也。《春秋》書有代之者則名之，書無代之者則不名。今衛侯有代之者矣而不名，何哉？言叔武之代之也，實非代之也。所惡代其君者，爲其奪之也。今叔武代其君，乃將復之也，故正其號謂之衛子，衛子之不取爲君明矣，故衛侯不得名也。」

君以說于晉，衛侯不得已遂出居于襄牛〔註23〕。是以衛侯聞楚師大敗于城濮，失所依恃，而晉文公復發兵討衛侯無禮之惡，衛侯不得不畏罪奔逃也〔註24〕，經文以「出奔」爲記，固有罪其無故踰竟之義焉。

文山十二年經書「郕伯來奔」，《公羊傳》云：

郕伯者何？失地之君也。何以不名？兄弟辭也。

傳言「兄弟辭」者，郕爲姬姓國〔註25〕，與魯不惟同姓之親，且俱爲文王子也，左氏僖公二十四年傳「管、蔡、郕、霍、魯……，文之昭也。」血緣自較親密，以兄弟言之亦不爲過也。然魯之兄弟不惟郕一人，殊言兄弟以見親疏差等者，尙有其地緣因素。就其所處位置而言，郕在今山東兗州府汶上縣北二十里之郕城〔註26〕，而魯處今山東兗州府曲阜縣〔註27〕，二者相距甚近，彼此往來自較諸同姓兄弟繫密，所知史情亦較詳實。故今郕伯因失地出奔至魯，魯基於同姓邦國，緣於兄弟之情，乃不忍言其絕賤，諱而尊遇之也。其失地之故及以親諱之故，孔廣森《公羊通義》所言較爲持平，引錄以供參較：〔註28〕

〔註23〕事詳見左氏僖公二十八年傳。

〔註24〕參見《史記・衛世家》「(衛成公三年)，晉欲假道於衛救宋，成公不許。晉更從南河度，救宋。徵師於衛，衛大夫欲許，成公不肯。大夫元咺攻成公，成公出奔。晉文公重耳伐衛，分其地予宋，討前過無禮及不救宋患也，衛成公遂出奔陳。」

〔註25〕見陳槃撰《春秋大事表列國爵姓及存滅表譔異》，中央研究院歷史語言研究所專刊之五十二，民國77年。冊一。

〔註26〕同註25。

〔註27〕同註25。

〔註28〕文山十二年郕伯來奔一事，左氏傳及宋儒均有異說，試辨其異同。左氏傳言：「十二年春，郕伯卒，郕人立君。太子以夫鍾郕邽來奔。公以諸侯逆之，非禮也。故書曰郕伯來奔。」使其說果然，則郕國太子無君位之尊，奔至魯，魯君竟以諸侯逆之，以理揆之，斷無以尊迎卑之道，故趙匡《春秋集傳辨疑》于此論辨之矣，其言：「按諸侯嗣位，未踰年猶稱子，豈有君父病而視，死而不喪，身未即位以邑出奔而稱郕伯，一何乖謬。且鄭忽、曹羈、莒展輿皆已即位，及其出奔，猶但稱名，況於都未嗣位乎？且春秋正王綱之大節，乃云爲魯公以諸侯逆之之故，即書曰郕伯，乃春秋紊王綱也，一何厚誣哉。」趙匡之辨甚精，則郕伯之奔，當非因魯公以君禮逆太子故，而殊稱郕伯也。宋儒於此亦紛然眾說，未斷其是非，遂以己意立說，以郕伯無罪，憫其爲人所逼，或降齊，入爲附庸，故不書名也。如孫復《尊王發微》：「諸侯播越失地皆名，此不名者，非自失國也。案莊八年師及齊師圍郕，郕降于齊師，自是入齊爲附庸。此而來奔，齊所偪爾，故不名。」趙鵬飛《春秋經筌》云：「郕伯不名，無罪也，非鄭突、衛朔之伍也。」降齊無罪之說未聞何所據也。惠士奇《春秋說》知其未盡然，乃辨之曰：「說者謂郕降於齊者，郕爲附庸於齊也。郕無史，說者何所據而知郕爲附庸於齊哉？蓋以文十二年郕伯來奔，公羊謂失地之君。春秋亡國不復再見，郕降之後，七十三年而郕再見於經，則郕國猶存，未嘗失地，亦不知滅在何年。後人徒據公羊之說，遂謂降者郕爲附庸於齊，故經仍書郕伯。爲此說者，

時先盛（即郕）伯卒，嗣子立，踰年而被篡奪，以其邑夫大鐘郕邽來奔，故曰失地之君也。兄弟辭者，爲其來奔，當以恩禮接之，若其出奔他國，雖兄弟之君，亦名。

公羊成十五年傳云「內其國而外諸夏」者，辨內外以別親疏，雖有大惡與恥行，亦不忍言之，曲爲之諱，觀郕伯來奔不名例，其義蓋是矣。

三、君奔書名不書爵

△桓公十一年經：「（九月）鄭忽出奔衛。」

△莊公二十四年經：「冬，曹羈出奔陳。」〔註 29〕

△昭公元年經：「秋，莒展輿出奔吳。」

公羊桓公十一年傳云：

忽何以名？春秋伯子男一也，辭無所貶。

傳釋鄭忽直稱名故，因鄭忽正位於既葬先君之後，宜稱子也。按鄭莊公於桓公十一年夏五月卒，秋七月葬鄭莊公（經文），據「君存稱世子、君薨稱子某、既葬稱子、踰年稱公」例（公羊莊公三十二年傳），是鄭忽生稱世子，其君既葬，當例稱「子忽」矣。然忽出奔而不以「子」稱，公羊以爲「春秋伯子男一也，辭無所貶」者，何休云：

春秋改周之文，從殷之質，合伯子男爲一。……忽稱子，則與春秋改伯從子辭同，於成君無所貶損，故名也。名者，緣君薨有降既葬名義也，此非罪貶也，君子不奪人之親，故使不離子行也。

孔廣森《公羊通義》亦云：

蓋見莊三十年齊人降鄣，公穀二傳皆謂鄣乃紀之遺邑，杜預以爲附庸，由是遂謂降者降之爲附庸也。」惠氏駁以非附庸之故，有其深見也，蓋郕降師于齊，未必降而爲附庸也。《穀梁傳》云：「其曰降于齊師何？不使齊師加威于郕也。」是但謂郕降齊，不云齊滅郕或爲附庸也。且附庸者，喪其主權，不得朝會天子，其君不以名通也。《禮記・王制篇》：「不能五十里者，不合於天子，附於諸侯，曰附庸。」鄭玄注即云：「小城曰附庸，附庸者以國事附於大國，未能以其名通也。」是使郕已降爲附庸，此後不得以名爵見稱，然《左傳》成十三年有成肅公，定公八年尚有成桓公、成即郕也，是知郕不當爲齊之附庸。而郕伯不名，亦非因齊所偪也。綜而觀之，郕伯不名，其說仍以公羊爲是。

〔註 29〕曹羈之身份，或以爲羈乃曹之大夫，如公羊傳以「冬，戎侵曹，曹羈出奔陳。」自成段落，且云：「曹羈者何？曹大夫也。」，遂以羈爲曹大夫之奔例，而杜預則云：「羈，蓋曹世子也。」今且據方炫琛《左傳人物名號研究》一書所考，仍以杜說爲是，其云：「案桓十一年經云鄭忽出奔衛，忽是鄭太子，以彼例之，羈當是曹世子也，故其出奔列於諸侯例中。」今擇從其說，遂列入諸侯範疇加以討論。

本所以公侯在喪稱子者，緣孝子之心，不忍當君位，示自貶損從小國辭也。鄭，伯爵，乃與子男爲一等，若亦改稱子，未見貶損之義，且令滕、莒、邾婁等國，亦在喪稱子，反嫌是爵，故更降之，同於附庸君稱名，此爲伯子男未踰年之達號。

按伯子男爲一等者，語見公羊隱公五年傳：「王者之後稱公，其餘大國稱侯，小國稱伯子男。」是伯子男錯雜列之。鄭忽以既葬從喪稱名「子」，則於成君未見降損義也，故直錄其名，「緣君薨有降既葬名義也」（何休文）。

至若曹羈、莒展輿之名者，按曹伯射姑卒於在莊公二十三年冬十一月，踰年，莊公二十四年春王三月，書「葬曹莊公」，則曹羈出奔時已踰年矣，莒展輿者，莒君密州於襄公三十一年冬十一月見弒，未見書葬之文，展輿之出在踰年之後，即昭公元年秋，與曹羈出奔一例也。先君既葬，且已踰年，何以出奔仍不以爵稱焉？孔廣森云：

踰年之君，而不與成君之稱〔註30〕

曹羈所以不與成君之稱者，蓋羈之奔陳因戎侵曹之故（莊公二十四年經），戎得專廢置其君，羈微弱而不能自定，故雖先君既葬宜稱子，今仍名之，以其不成爲君故也。至於莒展輿不稱爵者，不許其有爵也，蓋因莒君密州見弒，莒去疾與太子展輿爭立，昭公經書「莒去疾自齊入于莒」，是去疾入國成君矣，展輿未得立，故出奔不稱爵，不成其爲君也。綜觀此三例未成君之稱，鄭忽因喪降稱，於辭無貶；曹羈微弱不能嗣先君，莒展輿不得其位，雖踰年出奔，猶不書爵者，不終爲君，則不舉爵以亂名實焉。

貳、君歸例

△僖公三十年經：「（秋）衛侯鄭歸于衛。」

△昭公十三年經：「（八月）蔡侯廬于蔡，陳侯吳歸于陳。」

△哀公八年經：「（夏）歸邾婁子益于邾婁。」

夫人君之行誼必致書史策者，尊之重之也。《春秋》所見書之「公如某」、「公至自某」者，史例之常也；至若他國之君，出而返國，事亦見書《春秋》者，從赴告之辭耳。君返國須告見宗廟，故經文直錄其君名者，父前子名也，此亦史官書法之常例也。若其記返國之辭曰歸者，公羊桓公十五年傳云：

曷爲或言歸，或言復歸，……歸者，出入無惡。

〔註30〕見孔廣森《公羊通義》，昭公元年「莒展輿出奔吳」下注。

孔廣森乃補言「出入無惡」者，義指「與有其國家也」〔註31〕，若其說無誤，則諸侯書歸錄名者，從「反必告」之禮耳，其位未絕，並無殊故。

經文之君歸書例，稱國冠爵書名者，例之正也。其有但書名者，例之變也，試言其故：

△桓公十一年經：「九月，宋人執鄭祭仲，突歸于鄭。」

鄭突於鄭莊公既葬後（桓公十一年秋七月）歸鄭奪正，自當國爲君，其稱謂不從既葬之稱「子突」，或例當國之稱，如「齊小白」（莊公九年經），書「鄭突」者，《公羊傳》云：

突何以名？挈乎祭仲也。

何休曰：

挈猶提挈也，突當國，本當言鄭突，欲明祭仲從宋人命提挈而納之〔註32〕，故上繫於祭仲，不繫國者，使與外納同也。

孔廣森直言以道其始末：

蒙上鄭祭仲文，不復繫鄭，以見突爲仲所挈引得歸也。

固知突之不加國名者，爲祭仲所挈故也，其不冠爵稱者，緣一年不二君之義。鄭莊公於桓公十一年薨葬，則突入而爲君，猶未踰年之君也。然不加稱「子」，言「子突」者，或貶斥突之以庶奪正，遂略此嗣子專稱也。

參、君復歸例

△僖公二十八年經：「六月，衛侯鄭自楚復歸于衛。」

△僖公二十八年經：「（冬）曹伯襄復歸于曹。」

△襄公二十六年經：「（春王二月）甲午，衛侯衎復歸于衛。」

君出而返國，書「歸」，出入無惡，其位未絕也；若書「復歸」者，「出惡歸無惡」（公羊桓公十五年傳）其意猶須疏理紬繹，方能得其是非。

僖公二十八年經「衛侯鄭復歸于衛」，衛侯因逆國人之志，欲與楚盟，乃出居衛地襄牛，其後楚歸敗於城濮，衛侯頓失所恃，遂懼而奔楚，其事左氏僖公二十八年傳載之「晉侯齊侯盟于斂盂，衛侯請盟，晉人弗許。衛侯欲與楚，國人不欲，故出

〔註31〕同註30，桓公十五年經「鄭世子忽歸于鄭」。

〔註32〕事詳見公羊桓公十一年傳：「（宋人執鄭祭仲）……莊公死，已葬，祭仲將往省于留塗出于宋，宋人執之，謂之曰『爲我出忽而立突。』祭仲不從其言，則君必死，國必亡，從其言，則君可以生易死，國可以存易亡，少遼緩之，則突可故出，而忽可故反，是不可得則病，然後有鄭國。」

其君，以說于晉，衛侯出居襄牛。……衛侯聞楚敗師，懼出奔楚。」則衛侯之出係違逆國人之志，果不善矣。

僖公二十八年經「曹伯襄復歸于曹」，曹伯之出，見二十八年三月經書「晉侯入曹，執曹伯畀宋人」一事，《公羊傳》云：

其言畀宋人何？與使聽之也。曹伯之罪何？甚也。其甚惡奈何？不可以一罪言之。

何休乃列數其惡：

曹伯數侵伐諸侯，以自廣大。傳曰晉侯執曹伯，班其所取侵地于諸侯是也。齊桓既沒，諸侯背叛無道者非一，晉與曹同姓，恩惠當先施，刑罰當後加，起而征之，嫌其失義，故著其甚惡者，可知也。

由知曹伯襄之出，因數伐諸侯以自廣大，且征伐同姓之晉國，甚惡矣。

襄公二十六年經「衛侯衎復歸于衛」，衛侯衎於襄公十四年出奔，適時，其母定姜嘗列數其罪狀，左氏襄公十四年傳云：

舍大臣而與小臣謀，一罪也。先君有冢卿以爲師保而蔑之，二罪也。余以巾櫛事先君，而暴妾使余，三罪也。告亡而已，無告無罪。

是衛侯衎之出，如其母定姜所列之三罪，果惡也。綜觀三例，皆有惡而出，其位於出奔之後已絕矣。今返國復位，歸而無惡，乃以「復歸」一詞爲記。若其與書「歸」之異，誠非本題所涉，暫略而不論。然二者俱錄君名，蓋從告廟例也。

肆、君入例

一、君入書名

△桓公十五年經：「秋九月，鄭伯突入于櫟。」

△莊公六年經：「夏六月，衛侯朔入于衛。」

夫君出而歸國，經文以「入」言之者，公羊莊公六年傳云：

其言入何？簒辭也。

何休云：

不直言簒者，事各有本也。殺而立者，不以當國之辭言之；非殺而立者，以當國之辭言之。國人立之曰立，他國立之曰納，從外曰入。

是知凡云「入」，而不言歸者，或簒之也。

然若君之簒位，經文書「入」則足惡矣，猶直錄其名者，以辨二君也。如桓公十五年書「鄭伯突入于櫟」，因經文先書「鄭世子忽復歸於鄭」，知世子忽已復正君位，則突之入，國有二君矣。故入者書名，示有別也。《公羊傳》於鄭伯突入櫟不釋稱名之故，蓋經文於桓公十五年五月，書「鄭伯突出奔蔡」，《公羊傳》即以「奪正」之辭貶之，則秋九月復見書「鄭伯突入于櫟」，並直以篡辭言之，比觀其事，鄭伯突之出奔、入國俱錄其名，攘篡之惡已著，故公羊於此不須發文以著義也。

至若莊公六年「衛侯朔入衛」書名者，《公羊傳》則云：

衛侯朔何以名？絕。曷爲絕之？犯命也。

按衛侯朔書名示絕亦見桓公十六年傳，今又逆犯天子之命，目無天子而私心自用者也，故書名以絕之，明其不當入而入，以著攘奪君位之惡〔註33〕。孔廣森《公羊通義》亦得此義，云：

犯天子之命，當絕賤之，不成爲諸侯，故生名之。

二、君入而不名

△襄公二十五年經：「(秋八月) 衛侯入于陳儀。」

衛侯者，衛侯衎也，襄公十四年經書「衛侯衎出奔齊」，至二十五年復入衛邑，其間經文所書見衛侯與會菹盟者，衛侯剽也，如襄公十六年經書「三月，公會晉侯、宋公、鄭伯、曹伯、莒子、邾婁子、薛伯、杞伯、小邾婁子于溴梁。」因知衛侯衎於襄公十四年出奔，君位已絕，然至襄公二十五年入于陳儀，仍書以「衛侯」，且不稱名以辨二君者，其故孔廣森得之：

衎在陳儀，蒯聵在戚（按定公十四年經書「衛世子蒯聵出奔宋」，哀公二年經書「晉趙鞅率師納衛世子蒯聵于戚。」）其未得衛甚明，而傳輒以不言入于衛爲難者，蓋以衎與蒯聵皆有君衛之道，雖偏安一邑，春秋皆得入于衛言之，何則？四境之內，尺土莫非衛也。昭公之在鄆，猶在魯也；敬王之居狄泉，敬王有周，子朝不得有周也。是故以戚與陳儀舉者，即不與使有衛之辭也。若衎者有國不能自保，去國不能自復，而謀爲諼於逐我者之子，甚足賤惡，故從出入有惡之例，使與叛臣入邑者同文也。何以不名？其奔名，其歸名，則此可省文，因別於罪輕于朔矣，義或然也。

衛侯衎失國出奔，不能自復，乃詐願居於衛邑，以爲剽臣，甚足賤惡，故其奔名，歸亦名也。然衎之入於陳儀不名，異於朔之入國書名者，或如孔氏所言省文因別見罪輕于朔也。然君入之例，衛侯朔書「入于衛」、鄭伯突書「入于櫟」、衛侯書「入

〔註33〕據《左傳》及《史記》所載，衛侯朔於魯桓公十三年殺太子伋，自立爲君。桓公十六年天子使其主持宗廟告朔，實即位爲國君矣。然朔不用天子之命，國內左右公子又欲立公子黔牟。是以朔於十六年出奔至齊，直至莊公六年，又假諸侯之力強返衛國。是時公子黔牟已在位八年，朔之入，誠篡奪黔牟之位也。

于陳儀」，或書入于某地，或書入國者，公羊乃釋其不書入于國之故，桓公十五年傳云：

> （鄭伯突入于櫟）櫟者何？鄭之邑，曷爲不言入于鄭？末言爾。曷爲末言爾？祭仲亡矣。然則曷爲不言忽之出奔？言忽爲君之微也，祭仲存，則存矣，祭仲亡，則亡矣。

傳言「末爾言」，《公羊通義》云：「末，無也，後突自櫟入鄭時，仲已死，故無用言爾。」蓋鄭莊公卒後，鄭政殆由鄭祭仲所攬，立突或立忽，應其經權之道而有黜嫡立庶，更反正道之變。今祭仲既亡，故何休云：「則鄭國易得，故明入邑，則忽危矣，不須乃入國也。」然據《史記‧鄭世家》所載，鄭伯突入居櫟邑，未篡君位也。鄭之君權，由忽立三年而見弒，其後亹篡立一年，其弟子儀繼其位，凡十四年，是突入鄭十七年後始繼位爲君也，不類衛侯朔之入國篡奪君位，故以入邑言之。

公羊襄公二十五年傳云：

> （衛侯入于陳儀）陳儀者何？衛之邑也。曷爲不言入于衛，諼君以弒也。

何休云：

> 以先言入，后言弒也，時衛侯爲剽所篡逐，不能以義自復，詐願居是邑爲剽臣，然後俟間伺便，使甯喜弒之，君子恥其所爲，故就爲臣以諼君惡之，未得國言入者，起詐篡從此始。

所以知衛侯入于陳儀，諼君以弒者，事見襄公二十六年經「二月辛卯，衛甯喜弒其君剽」、「甲午，衛侯衎復歸于衛」，先言辛卯衛甯喜弒其君，後言甲午衛侯衎復歸于衛，則衎之先入陳儀，實待弒君而復歸其位也。故經書入邑不書入國，誠入國者已爲君，而入邑者，未得君位也。經書三君之入，據實載錄耳，其中仍有入國邑之別，循觀《公羊傳》意，得知書入國者，篡國爲君；若以邑入者，迫逐時君而將自爲君也。

伍、滅國，以某君歸例

一、君歸書名

△莊公十年經：「秋九月，荊敗蔡師于莘，以蔡侯獻舞歸。」

△宣公十五年經：「（夏），六月癸卯，晉師滅赤狄氏，以潞子嬰兒歸。」

△定公四年經：「夏，四月庚辰，蔡公孫姓帥師滅沈，以沈子嘉歸，殺之。」

△定公六年經：「春，王正月癸亥，鄭游速帥師滅許，以許男斯歸。」

△定公十四年經：「（春）二月辛巳，楚公子結、陳公孫佗人帥師滅頓，以頓子牄歸。」

△定公十五年經：「(春) 二月辛丑，楚子滅胡，以胡子豹歸。」

△哀公八年經：「春王正月，宋公入曹，以曹伯陽歸。」

春秋時期王權衰頹，不遑自保；諸侯爭強鬥勝，亦無暇他顧。是以小國屢遭侵伐時，雖或奮力抗爭，或結附鄰國以圖苟存，終不免於亡國者眾矣。此乃世變之趨，非一朝一夕之故哉，雖聖人復起，亦無如之何也。是以春秋見書滅國者無數，而亡國之君淪爲階下囚，亦比比皆是。經書「滅某（國），以某君歸」之文例，且錄其君名，蓋直書「滅」，亡人國家之惡不待言矣；直書滅國之君名者，獻俘之名以告廟之史筆也，如顧棟高《讀春秋偶筆》所言：

以其君歸則須有獻俘之禮，不名，則不可以告宗廟，因而赴告列國，魯史書之，聖人因而弗削，初非名之以甚其罪，亦非不名之以減其罪也。……直書而義已見，何用名與不名以別其輕重乎？

顧氏所言告廟獻俘故名，或有其故，然聖人因仍弗削者，誠史法以寓經義者也。蓋公羊襄公六年傳云：「國滅君死之，正也。」，《禮記・禮運篇》亦云：「故國有患，君死社稷，謂之義。」俱以爲諸侯之國遭人侵討，君既爲社稷宗廟之王（公羊隱公三年傳），當以死守之。今國滅而君見執，故書名，亦以責其不死社稷、斥其淪爲囚俘之恥，而全然無興亡圖存之志焉。固啖助所云：

凡書滅又書以歸又書名者，罪重於奔者也，既責其不死位，又責其無興復之志也〔註34〕

是書滅國以君歸而錄君名者，責其不死位，且無興復之志也。使其中另有辭義待辨析者，《公羊傳》乃隨文發義焉。莊公十年經書「以蔡侯獻舞歸」，公羊發傳釋生名之故：

蔡侯獻舞何以名？絕。曷爲絕之？獲也。曷爲不言其獲？不與夷狄之獲中國也。

蓋諸侯間之兵戟相接，尤殘於滅人之國，甚恥於其君見獲也。莊公十年莘之戰，蔡侯獻舞以中原禮儀之邦，不脩守戰之備，而爲夷狄之荊所獲，辱莫大焉，故春秋內諸夏而外夷狄（公羊成公十五年傳），諱而不言「獲」者，「不與夷狄之獲中國也」。雖然，經文仍直書蔡侯獻舞之名者，殆生稱名以示貶絕之意也。所謂「貶絕」之義者，徐彥有說焉，僖公二十六年經「楚人滅夔，以夔子歸」，徐彥疏云：

蓋以絕亦有二種，一是絕去其身，一是絕滅其國。

又劉逢祿《公羊何氏釋例》卷四誅絕例，亦云：

〔註34〕啖氏之論，詳見《春秋啖趙集傳纂例》，卷六。

貶絕者，所以誅奸慝，除亂賊。……絕者輕則放流之，絕其身；重者諸侯則變置之，絕其子孫。

《公羊傳》雖有貶絕之名，然未見釋義之辭，綜觀徐、劉二氏之說，是謂輕者去其身，重者絕滅其國，且子孫不得嗣續其位，其義或與《公羊傳》意相合也。則蔡侯獻舞之見絕者，生而稱名，以辨二君，固知絕去其身，不復爲君矣。

哀公八年經書「宋公入曹，以曹伯陽歸」而不書滅者，《公羊傳》云：

曹陽何以名？絕。曷爲絕之？滅也。曷爲不言其滅？諱同姓之滅也。何諱乎同姓之滅？力能救之而不救也。

按滅同姓者，魯曹俱爲姬姓國，魯見曹難，傳言「力能救之而不救」者，蓋見其力能獲邾婁（哀公七年經）而不救曹，故責之。《春秋》爲魯諱惡，故經文略而不言宋滅曹，以「人」言之，視其國未滅然。宋執曹伯以歸，曹伯之書名者，示絕社稷也。

二、君歸不名

△僖公二十六年經：「秋，楚人滅夔，以夔子歸。」

《公羊傳》於以夔子歸不書名未發文見義，何休補曰：

書以歸者，惡不死位也。不名者，所傳聞世，見治始起，責小國略，但絕不誅之。

何氏所言「所傳聞世，見治始起」者，乃其「三科九旨」之創發〔註35〕，或有其理致，而未必當於此經義焉。又云：「責小國略」，蓋地偏遠之小國，疏於交通往來，是以其國見滅，魯史僅略而書之，此或得之。後儒輒援此意申述，由小國論至夷狄之邦，以爲夷狄蠻邦，皆不以中原禮義例之〔註36〕。然亦未必盡如斯言也，蓋楚以滅胡，以胡子豹歸（定公十五年經），胡乃夷狄之邦也，未可以中原禮義議之，則不當書名。然今胡子豹見以歸而書君名，知非略夷狄之故矣。由觀夔子之不書名者，亦當非略夷狄之故焉。

〔註35〕三科九旨見何休《文謚例》一文，簡述其要目云：「三科九旨者，新周、故宋，以春秋當新王，此一科三旨也；所見異辭，所聞異辭，所傳聞異辭，二科六旨也；又內其國而外諸夏，內諸夏而外夷狄，是三科九旨也。」其目的乃在「以矯枉撥亂，爲受命品道之端，正德之紀也。」徐彥疏嘗引宋氏之言，析道三科九旨之內容，茲引錄以爲參較：宋氏之注春秋，說三科者，一曰張三世，二曰存三統，三曰異內外，是三科也。九旨者，一曰時，二曰月，三曰日，四曰王，五曰天王，六曰天子，七曰譏，八曰貶，九曰絕。時與日月，詳略之旨也。王與天王、天子，是錄遠近親疏之旨也。譏與貶絕，則輕重之旨也。

〔註36〕申論此說者，如孫復《春秋尊王發微》：「夔、楚同姓國，不名者，略夷狄也。」又程頤《春秋經說》：「不名者，夷狄小國，魯史有所不能知，不可得而紀故也。」

楚之滅夔，事端肇於夔子不祀楚同姓先祖祝融與鬻熊也，《左傳》詳之：

（夔子對楚使言）我先王熊摯有疾，鬼神弗赦，而自竄于夔，吾是以失楚，又何祀焉。

因知楚未盡同姓扶助之倫在先，既而又帥師滅喪其國，失邦國相處之道在後，是以夔子不畏強勢，據理奮力抗爭，雖終不幸滅國喪權，然其不屈之志、由不錄君名，或亦可窺知一端矣。經文獨於此略而不書俘君之名者，一則貶斥楚人滅同姓邦國之惡，一則著夔子之志也。

陸、國滅，君奔書名例

△昭公三十年經：「冬十有二月，吳滅徐，徐子章禹奔楚。」

《春秋》經文致書國滅君奔者凡四〔註37〕，僅徐子章禹書名者，公羊未有傳文，孔廣森《公羊通義》於莊公十年經「齊師滅譚，譚子奔莒」下發其義：

諸侯卒名，失地名，所聞世以前，略小國，卒或不名，故其失地亦恆之名。譚子奔莒、弦子奔黃、溫子奔衛是也。至所見之世，章羽（又作禹）等乃名。

其意以爲《春秋》二百四十二年間，史官書法或因時代遠近而異，因觀國滅君奔四例中僅徐子章禹書名，即以所見之世說之。其說容或有之，亦未必盡然。倘就春秋筆削之旨觀之，其義當不若此質簡也。

公羊襄公六年傳云：「國滅，君死之，正也。」所謂「正」者，《春秋繁露・竹林篇》暢論其故：

正也，正於天之爲人性命也。天之爲人性命，使行仁義而羞可恥，非若鳥獸然，苟爲生、苟爲利而已。……今被大辱而弗能死，是無恥也，而獲重罪請俱死，無辱宗廟、無羞社稷。如此，雖陷其身，尚有廉名。當此之時，死賢於生，故君子生以辱，不如死以榮，正是之謂也。

又《禮記・曲禮篇》亦曰：「國君死社稷。」孔穎達疏曰：「蓋國君體國，國以社稷爲主，若爲寇難，則以死衛之。」俱以爲諸侯見侵伐，當竭力守衛社稷；使社稷喪滅，亦不得苟且偷生，當與之同死生也。比觀《春秋》經文所書滅國之君言「奔」

〔註37〕國滅君奔例凡四見：
△莊公十年經：「冬十月，齊師滅譚，譚子奔莒。」
△僖公五年經：「（秋八月）楚人滅弦，弦子奔黃。」
△僖公十年經：「（春王正月）狄滅溫，溫子奔衛。」
△昭公三十年經：「冬十月二月，吳滅徐，徐子章禹奔楚。」

者，蓋有此意焉。公羊莊公十年傳云：

何以不言出，國已滅矣，無所出也。

其國已滅、宗廟已毀，君不成其君矣，故奔不名者例之正也。若徐子獨書名者，徐國夾處吳、楚之間，吳、楚雖為夷狄之邦，然時至春秋末期，已具問鼎中原之勢，而徐國小勢弱，不圖自強以保社稷，乃結附楚、吳，終為吳國所滅〔註38〕。左氏昭公三十年傳詳載此事「冬十二月，吳子執鍾吾子遂伐徐，防山以水之。己卯，滅徐，徐子章羽斷其髮，攜其夫人以逆吳子。吳子唁而送子，使其邇臣從之，遂奔楚，楚沈尹戌師救徐，弗及，遂城夷，使徐子處之。」由知徐蓋兼吳、楚，卒以違吳人執亡公子之命，而見滅於吳，楚為出師以救之無及也，而徐子不悟君死社稷之義，猶出奔居夷之地，若有國也。故《春秋》探知其情，使如諸侯出奔生名之例，仍錄其名也。然君之大辱，莫甚於去南面之位而繫縛為虜也，今徐子雖得楚助，猶有其國，經文援諸侯出奔例而名之，實亦責其章禹之不死其位也〔註39〕。

柒、君見執書名例

△僖公十九年經：「春王三月，宋人執滕子嬰齊。」

△哀公四年經：「(夏) 晉人執戎曼子赤歸于楚。」

執者，治文也（公羊隱公七年傳，何休注），說文：「執，捕罪人也。」是《春秋》書「執」之例，取執捕治罪之義也。平治之世，苟方伯行不得中，可執以問罪，使賞罰分明者，唯周天子耳；衰亂之世，王權旁落，漸由霸者問罪，終至大夫陪臣執國命矣。是以《春秋》經文輒書諸侯相執，如成公十五年經書「晉侯執曹伯歸之於京師」；或書人以執者，如成公九年經「晉人執鄭伯」，合觀諸文，知亂世相凌暴之惡行，已非王室典法所得施矣。

綜觀《春秋》書諸侯見執者，十有二例，多不錄其君名〔註40〕，唯僖公十九年

〔註38〕左氏昭公三十年傳云：「吳子使徐人執掩餘，使鍾吾人執燭庸，二公子奔楚，楚子大封，而定其徒，使監馬尹大心逆吳公子使居養，莠尹然左司馬沈尹戌城之，取於城父與胡田以與之，將以害吳也。」

〔註39〕見孔廣森《公羊通義》昭公三十年。

〔註40〕國君見執凡十三例：

△僖公五年經：「冬，晉人執虞公。」

△僖公十九年經：「春王三月，宋人執滕子嬰齊。」

△僖公二十一年經：「秋，宋公、楚子、陳侯、蔡侯、鄭伯、許男、曹伯、會子霍、執宋公以伐宋。」

△僖公二十八年經：「(春) 三月丙午，晉侯入曹，執曹伯畀宋人。」

△僖公二十八年經：「(冬) 晉人執衛侯歸之于京師。」

之滕子嬰齊、哀公四年之戎曼子赤書名者；凡執而不名，內未有君也〔註41〕，執而名者，從告終之詞，以君卒書名例之也。

蓋君見執不名者，國仍其國，如成公九年經「晉人執鄭伯」例，鄭伯見執而未失政權，得承君位至魯襄公二年始錄卒文，方因卒而書名也。因此滕子嬰齊、戎曼子赤二例見執所以書名者，實已失國；且域中另有新君繼位，是國有二君矣，不書名無以辨焉，故史官乃從告終之詞，以君卒書名之例爲記也。方苞《春秋通論》卷二云：

諸侯見執不名，而滕子嬰、戎蠻子赤名者，自是而失國也。諸侯卒必名，自是而失國，則其事終矣。

孫復《春秋尊王發微》亦云：

執君不名，歸然後名之。……此執也，則其名何？遂失國也。

顧棟高《春秋大事表・刑賞表》則質言之：

執而名，不返之辭。滕子自此未嘗反國，如死而書名者，然則近之矣。

綜上所論，君既去國而不返，實即失國也。國君見執書名者，告終不返之辭是也。

捌、殺君例

△桓公六年經：「（秋八月）蔡人殺陳佗。」

△桓公十一年經：「夏，四月丁巳，楚子虔誘蔡侯般，殺之于申。」

△哀公四年經：「春，王二月庚戌，盜殺蔡侯申。」

君見殺而書名，從卒書名例，哀公四年經書「盜殺蔡侯申」是其例也；其中有絕去爵稱者，「陳佗」是也。公羊文公十六年傳「大夫弒君稱名氏，賤者窮諸人」，此殺君者有「蔡人」之稱，亦有「楚子虔」書爵冠名之稱，有稱「盜」之異，其中當各有殊故，試以《公羊傳》釋之：桓公六年經書「蔡人殺陳佗」，陳佗者，陳君也。弒君而稱「殺」，非國內臣民所弒故也。蔡國殺之，稱「蔡人」者，從討賊之辭也，何休云：

△成公九年經：「（秋九月）晉人執曹伯。」
△成公十五年經：「（三月）晉侯執曹伯歸于京師。」
△襄公十六年經：「（三月）晉人執莒子、邾婁子以歸。」
△襄公十九年經：「（春王正月）晉人執邾婁子。」
△昭公四年經：「（夏）楚子執徐子。」
△哀公四年經：「（春王正月）宋人執小邾婁子。」
△哀公四年經：「（夏）晉人執戎曼子赤歸于楚。」

〔註41〕參見葉夢得《春秋傳》，僖公十九年經。

蔡稱人者，與使得討之，故從討賊辭也。

然殺陳君而直書「陳佗」者，《公羊傳》云：

陳佗者何？陳君也。陳君則曷爲謂之陳佗？絕也。曷爲絕之？賤也。其賤奈何？外淫也。惡乎淫？淫于蔡，蔡人殺之。

桓公五年經書「葬陳桓公」未知陳佗爲其何人，《史記》、《左傳》所見互異，其身分亦不可知〔註42〕。使佗爲繼陳桓公者，則桓公六年見殺，踰年當稱「公」矣，今仍稱陳佗者，公羊以爲絕之也。陳佗淫于蔡，行賤當絕之，故絕奪其君位，使若匹夫，何休云：「賤而去其爵者，起其見卑賤。」蓋如是矣。

昭公十一年經書「楚子虔誘蔡侯般，殺之于申。」，楚子「誘」而「殺」蔡侯般，所以錄其殺者之名，《公羊傳》曰：

楚子虔何以名？絕。曷爲絕之？爲其誘討也。此討賊也，雖誘之則曷爲絕之？懷惡而討不義，君子不予也。

誘而殺者，詐僞之道，君子不予其詐譎之劣行也。楚子因誘殺而見絕其君，直書其名以惡之。又《公羊傳》云「懷惡而討不義」者，何休云：

內懷利國之心，而外託討賤，故不與其討賊，而責其誘詐也。

試徵諸史實以觀之，所謂「不義」者，係指蔡侯般弒父自立，不義之行也〔註43〕；所謂「懷惡」者，蓋楚子虔弒君篡位、逆倫悖理之惡也〔註44〕。是楚子虔與蔡侯般俱爲弒君之賊，楚子不自內省，輒興師問蔡侯之罪，焉得謂爲正義之師！《公羊傳》云「懷惡而討不義，君子不予也」，不予其動機之邪惡也，蓋知楚子所以使

〔註42〕《史記·陳杞世家》記其事：「桓公弟佗，其母蔡女，故蔡人爲佗殺五父及桓公太子免而立佗，是爲厲公。……厲公取蔡女，蔡女與蔡人亂，厲公數如蔡淫。七年，厲公所殺桓公太子免之三弟，長曰躍，中曰林，少曰杵臼，共令蔡人誘厲公以好女，與蔡人共殺厲公，而立躍，是爲利公。」左氏莊公二十二年傳：「陳厲公，蔡出也，故蔡人殺五父而立之。」襄公二十五年子產曰：「桓公之亂，蔡人欲立其出，我先君莊公奉五父而立之，蔡人殺之。」是《春秋左氏傳》以佗即五父，而躍爲厲公，《史記》則以佗爲厲公，五父爲他人。見《史記集解》：「引索隱詐周曰：『春秋傳謂佗即五父，與此違』者，此以佗爲厲公，太子免弟躍爲利公，而《左傳》以厲公名躍。佗立未踰年，無謚，故『蔡人殺陳佗』。又莊公二十二年傳云『陳厲公，蔡出也，故蔡人殺五父而立之』。則佗與五父俱爲蔡人所殺，其事不異，是一人明矣。《史記》既以佗爲厲公，遂以躍爲利公，尋厲利聲相近，遂誤以佗爲厲公，五父爲別人，是太史公錯耳。班固又以厲公躍爲桓公弟又誤。」集解所云蓋是，據方炫琛《左傳人物名號研究》所考，知佗即五父，一名一字之別而已。

〔註43〕其事襄公三十年經：「夏四月，蔡世子般弒其君固。」

〔註44〕楚子虔弒君一事，按虔本稱「公子圍」，爲楚共王審之子，康王昭之弟。康王於魯襄公二十八年卒，其子卷即位爲君，至魯昭公元年，公子圍聞王有疾，入問王疾，縊而弒之，自立爲王，亦改其名曰虔。事見左氏昭公元年傳。

詐謀之計誘殺蔡侯般者，實欲滅蔡以爲宰割天子之基，誠非有志於討弒君之賊也。然恐其心志不正，師出無名，遂不得不託假討賊之辭，以逞私欲焉。公羊探其動機之微，直窺本心，而不爲託借之行所蒙敝，可謂深察之見也。陸淳《春秋微旨》亦云：

> 楚子內制其國，外託討罪，故不許誘而責詐之。夫以大國之力而討小國之逆，當聲其罪而伐之，唱大義於天下，今乃敝重言甘誘而殺之，雖曰討賊，實取其國。蔡侯之罪，自不容誅；楚子之惡，亦已甚矣。故聖人名之，言其非人君也。

然觀乎春秋楚子誘殺之行有二，一則直書楚子虔之名，一則但稱「楚子」，是亦變也。公羊以爲夷狄之行，非中原禮義所能化，聖人外而不內，疏而不戚，乃不依中國諸侯之例貶責焉，試觀其例以得其義。

△昭公十六年經：「（春）楚子誘戎曼子殺之。」

《公羊傳》云：

> 楚子何以不名？夷狄相誘，君子不疾也。曷爲不疾？若不疾乃疾之也。

按楚子之誘殺戎曼子，與楚子虔之誘殺蔡侯般，誘殺之惡一也，此例二君俱不書名，公羊以爲「夷狄相誘，君子不疾」者，蓋夷狄能向慕中國之禮儀文化者，必許其漸近，厚以待之〔註45〕，不然，則外於諸夏之邦，而不以禮義是非範之矣。傳云「若不疾乃疾之也」，不屑疾之，固已深疾其非也，不待貶絕而自著其罪焉。故以夷狄之鄙行，但責其無知耳，雖俱不書名，《春秋》疾誘殺之義，亦未嘗晦而不彰也。

玖、君來例

△桓公七年經：「夏，穀伯綏來朝，鄧侯吾離來朝。」

△莊公五年經：「秋，倪黎來來朝。」

△僖公二十九年經：「春，介葛盧來。…冬，介葛盧來。」

△襄公十八年經：「春，白狄來。」

諸侯邦國有相互往來之禮曰朝〔註46〕，經文於諸侯來朝者多不書名，如桓公六年經書「冬，紀侯來朝」是矣。其有稱名、或無爵稱名，或但書「來」者，是諸侯來朝之變也，且依《公羊傳》文以釋之。

桓公七年經「穀伯綏來朝，鄧侯吾離來朝。」《公羊傳》云：

〔註45〕同註44。

〔註46〕《周禮・秋官・大行人》：「凡諸侯之邦交，歲相問也，殷相聘也，世相朝也。」穀梁桓公九年傳亦云：「諸侯相見曰朝。」

皆何以名？失地之君也。其稱侯來朝何？貴者無後，待之以初也。

莊公二十四年傳何休注云：「失地者，出奔也。」國君而言失地，知失國出奔也，然《春秋》經文所書諸侯出奔例，知其失地矣，曷爲又另以「來朝」書之，孔廣森《公羊通義》於桓公六年云：

曷爲或言奔、或言朝？來奔者，寓於我之辭，來朝者，非寓於我之辭。

由知穀伯綏、鄧侯吾離皆失地出奔之君，書名之故與出奔之君同，以辨國有二君也。至以「來朝」殊言者，則非寄寓於魯故耳。《公羊傳》又云：「其稱侯朝者何？貴者無後，待之以初也。」言鄧、穀二君無後者，蓋如服虔所云「穀鄧密通於楚，不親仁善鄰以自固，卒爲楚所滅」〔註47〕，今失國亡爵來奔於魯，待之如初，故仍尊稱以爵也，何休云：

穀鄧本與魯同，貴爲諸侯，今失爵亡土，來朝託寄也，義不可卑，故明當待之如初，所謂故舊不遺，則民不偷。

失地之君待之如初，明其冠爵稱之義；若其書名者，辨二君耳。殆此君「無權無位，寓寄於他國，自不得仍以本爵稱之，俾免與當國者混也。既不得以爵稱、則惟稱名，直指其人而已」〔註48〕

觀諸經傳之文，經書來朝之君，公羊釋以「失地之君」者，尚有「郜子來朝」一例，不援穀、鄧二侯例稱名者，蓋另有他故。

△僖公二十年經：「夏，郜子來朝。」

《公羊傳》云：

郜子者何？失地之君也。何以不名？兄弟辭也。

何休云：

郜，魯之同姓，故不忍言其絕賤，明當尊遇之，異於鄧、穀也。

郜子失地來朝於魯，因與魯爲同姓兄弟之國，遂內之而不名，以示親親之義也。所以知郜與魯爲兄弟者，左氏僖公二十四年傳所記「富辰諫曰：『管、蔡、郕、霍、魯、衛、毛、聃、郜、雍、曹、滕、畢、原、丰、郇，文之昭也。』」魯、郜同爲文王之子，今雖失地，猶當尊禮之，異於庶姓也，故郜子來朝，禮迥異穀、鄧也。

莊公五年經：「倪黎來來朝。」稱名不稱爵者，《公羊傳》云：

倪者何？小邾婁也。小邾婁則曷爲謂之倪？未能以其名通也。黎來者何？微國也。

〔註47〕見左氏桓公七年經，孔穎達疏引服虔之言。

〔註48〕見周師一田撰〈穀梁朝聘例釋〉一文，收入《中國學術年刊》，第十期，民國78年。

傳意倪者小邾婁微國也。據顧棟高《春秋大事表・列國爵姓及存滅表》所考，倪之封爵始於僖公七年，杜預《世族譜》亦云：

> 小邾國，邾挾之後也，夷父顏有功於周，其子友別封爲附庸，居郳（倪）。曾孫黎來始見春秋，附從齊桓以尊周室，命爲小邾（婁）子。

觀僖公七年經書「小邾婁子來朝」，何休注云：

> 至是所以進稱爵者，時附從霸者朝天子，……固因其得禮，著能以爵通。

是謂倪於僖公七年進爵稱爲「小邾婁」者，始受王命列爲諸侯，則莊公五年所書「倪黎來」者，未受爵命之附庸小國也，因國微而直以名通耳。經文書以「來朝」，許庶方小國以諸侯之禮進之也。

僖公二十九年經文二書「介葛盧來」，但稱「來」，又未冠爵稱者，《公羊傳》云：

> 介葛盧者何？夷狄之君也。何以不言朝，不能乎朝也。

介葛盧之稱謂同於倪黎來，同是未策封之君也，故以名通，然介葛盧不言來朝者，《公羊傳》釋以「不能乎朝」，何休申言之：

> 不能升降揖讓也。介者，國也，葛盧者，名也。進稱名者，能慕中國朝賢君，明當扶勉以禮義。

蓋蠻狄之邦，始向慕中原禮義文化，而朝聘之禮未備，故不以來朝言之，書「來」實已許進之矣，且據七等之例，不以州國之名謂其君，而以君名稱之者，實亦褒之矣。

襄公十八年經書「白狄來」，其義亦同，《公羊傳》云：

> 白狄者何？夷狄之君也，何以不言朝，不能朝也。

由知介葛盧與白狄俱爲夷狄之君，公羊以爲禮儀未備，故但書「來」耳。然介君稱名，而白狄以種族別之而不稱名者，此公羊華夷之辨，依其文化標準故也。蓋介君於僖公二十九年春來朝，魯君不在，是年冬復書來，魯君乃以禮相接待，且加燕好也〔註49〕，知其慕化中原禮義之心甚切，故以名稱許之。若白狄之來以種族爲稱者，因其地偏且遠〔註50〕，雖首書見春秋於宣公八年（經書「晉師白狄伐秦」），然其與魯交涉較晚，至襄公十八年始來，故略差於介君而不以名通也，於斯亦可見公羊於文化優劣，華夷等差之辨焉。

〔註49〕事詳見左氏僖公二十九年傳。

〔註50〕白狄之地理位置，據陳槃《春秋大事表列國爵姓及存滅表譔異》所考，知白狄在今陝西延安府境，與秦相近。見中央研究院歷史語言研究專刊之五十二，民國七十七年，三版，冊六。

第三節　薨葬稱謂

壹、君薨書名

公羊隱公三年傳：「天子曰崩，諸侯曰薨，大夫曰卒，士曰不祿。」史官記崩薨之筆，因其階級不同而各有專稱。蓋封建之制，旨在別親疏，異貴賤，則親親尊尊之義顯矣，是以天子諸侯壽終正寢者，稱謂不同，皆所以別尊卑也。其死於非命，若見弒者，則經文直錄其弒，如隱公四年經：「（春王正月）戊申，衛州吁弒其君完。」此外諸侯見弒文例也；若魯君見弒，如隱公、桓公，內大惡諱不書（公羊隱公十年傳文），則仍以「薨」詞爲文，亦所以見其親親之思，內魯故也。《春秋》別疏親、分內外之義，由經文記卒之辭，尤見其情矣。故《禮記・曲禮下》亦云：

> 天子死曰崩，諸侯曰薨，大夫曰卒，士曰不祿，庶人曰死。

孔穎達更申述此義：

> 此一節論死後稱謂尊卑不同之事，各隨文解之，但生時尊卑著見可識，而死蔭爲野土，嫌若可棄，而稱輕褻之，故爲制尊卑之名，則明其猶有貴賤之異也。

今考諸《春秋》經文，凡天子皆曰崩〔註51〕，諸侯之稱，惟魯君曰薨〔註52〕，外諸侯不論其勢強力弱，均以「卒」稱，降尊而同於大夫，如：

△隱公三年經：「（秋）八月庚辰，宋公和卒。」

△桓公十四年經：「冬，十有二月丁巳，齊侯祿父卒。」

△桓公十七年經：「六月丁丑，蔡侯封入卒。」

外諸侯書「卒」之文，誠類於大夫之例也，如：

△隱公元年經：「（冬十有二月）公子益師卒。」

△宣公五年經：「秋九月叔孫得臣卒。」

△定公四年經：「（秋七月）劉卷卒。」

或曰《春秋》本於魯史，記事文辭自有別於他國赴告之文，然文於魯君但稱公「薨」，且不書名；於外諸侯則皆曰「卒」，此或即尊魯貶外，詳內略外之意也。明乎此，則

〔註51〕見《春秋》穩公三年經「天王崩」凡九見，餘見桓公十五年，僖公八年，文公八年，宣公二年，成公五年，襄公元年，襄公二十八年，昭公二十二年。

〔註52〕魯君曰薨，見隱公十一年「公薨」，餘見桓公十八年，莊公三十二年，閔公二年，僖公三十三年，文公十八年，宣公十八年，成公十八年，襄公三十一年，昭公三十二年，定公十五年。

諸侯因親疏尊卑而書法互異，實即內外不同辭之義也〔註 53〕。

歷來治《春秋》之儒者亦循此說，如莊與存《春秋正辭》：

春秋之辭於我君曰公薨，於人之君爵之而皆曰卒，尊己卑人，本臣子之恩，自致於君親而不貳，其敬義之大者也〔註 54〕。

又毛奇齡《春秋傳》：

禮君薨來赴，則史必書之，第諸侯稱薨，大夫稱卒。若外君來赴而亦稱薨，嫌於內君，故我公稱薨，外君稱卒以別之〔註 55〕。

《春秋》於外諸侯之亡，且書其君名者，所以謹終辨實是矣。蓋外諸侯不生名，死則名之者，以別乎其嗣君也。若仍依生時之稱國冠爵，則莫知誰何矣。是卒而書名，禮之常耳。斯禮者，一以正君臣之分，一以別生死二君也，公羊隱公八年傳云：

卒何以名？而葬不名？卒從正，而葬從主人。

從正者，從君臣之義也，何休云：

卒當告天子，君前臣名，故從君臣之正義言也。

胡安國《春秋傳》亦申言之：

夫生則不名，死而名之，別於太上，示君臣尊卑之等，蓋禮之中也。〔註 56〕

從正亦有正其君統所繫，以辨識二君意也。孔廣森《公羊通義》所云得是矣：

名者，所以爲識別，正其世及之繫。

綜此諸說，可知外諸侯記卒、書名者，例之常也；則卒而不書名者，變例也。三傳因於其卒不稱名者，各以己意解之。左氏、穀梁二傳均以爲不書名者，未同盟故也〔註 57〕，所言實有可議。蓋與魯同盟者夥矣，盟國之君薨，未必皆書名，如隱公八年經：「宿男卒。」是與魯君盟而不書名〔註 58〕；而不同盟之君，亦未必不書名，如桓公五年經：「陳侯鮑卒。」是未同盟而書名者〔註 59〕。故清儒毛奇齡、萬斯大即嘗駁斥之。茲引錄以供較：

毛奇齡《春秋傳》，隱公八年經：「宋公和卒」云：

〔註 53〕意取公羊僖公二十六年傳「曷爲以外內同若辭」，知《春秋》內魯，故書法有別也。

〔註 54〕見《春秋正辭》，請夏辭第五，「諸侯卒葬」條：「八月庚辰，宋公和卒」下。

〔註 55〕見毛奇齡《春秋傳》隱公三年「八月庚辰，宋公和卒」下之文。

〔註 56〕見胡安國《春秋傳》，隱公八年「夏，六月己亥，蔡侯考父卒，辛亥，宿男卒」下。

〔註 57〕左氏隱公七年傳「（滕侯卒）不書名，未同盟也。」穀梁隱公八年傳「（宿男卒）宿，微國也，未能同盟，故男卒也。」

〔註 58〕隱公元年經「（公）及宋人盟于宿。」宿者，國也，魯君與宋公盟于宿國，則宿君亦當蒞盟矣。何休注云：「宿不出主名者，主國名與可知，故省文。」

〔註 59〕陳侯未與魯盟，於其薨卒前與魯之關係，會而無盟也，桓公二年經「三月，公會齊侯、陳侯、鄭伯于稷，以成宋亂。」前乎此並未見陳侯與魯有約盟之事也。

凡書外君卒，必書君名，以實之至會葬之時，彼國易名，然後書曰葬某公，此時無謚而但書國爵，則又與彼國之前後君無所分別，故必書名者，亦是史例。左氏謂同盟故書名，則隱公八年蔡侯考父卒，桓五年陳侯鮑卒，皆未同盟而皆書名，爲不通矣。

萬斯大《學春秋隨筆》，隱公八年「宋公和卒」云：

春秋書外諸侯之卒凡百二十有四，未同盟者五十二，而不書名者僅九（案當有十例），彼四十三人之不同盟而書名者，又何以稱焉。愚以爲國君卒而赴諸侯，固告舊君之終，兼亦稱嗣君之始。隱公七年左氏云告終稱嗣，是也。既云稱嗣，則嗣君之名即告于此時，列國遂已識之，故於其卒也，得書名于策，固非由死時赴名，亦非藉盟會乃知名也。

既然，外諸侯卒不書名，究爲何故，《公羊傳》乃特著其意，或謂微國、或因夷狄故，如：

△公羊隱公七年經：「（春王三月）滕侯卒。」

《公羊傳》云：

何以不名？微國也。微國則其稱侯何？不嫌也。春秋貴賤不嫌同號，美惡不嫌同辭。

△公羊昭公五年經：「（秋七月）秦伯卒。」

《公羊傳》云：

何以不名？秦者夷也。

按《春秋》經文記外諸侯卒而不名者，凡十見：

△隱公七年經：「（春王正月）滕侯卒。」

△隱公八年經：「（夏六月）辛亥，宿男卒。」

△莊公三十一年經：「夏四月，薛伯卒。」

△僖公二十三年經：「冬十有一月，杞子卒。」

△宣公九年經：「（秋）八月，滕子卒。」

△成十四年經：「（冬十月）秦伯卒。」

△成公十六年經：「夏四月辛未，滕子卒。」

△昭公五年經：「（秋七月）秦伯卒。」

△定公九年經：「（秋）秦伯卒。」

△哀公三年經：「冬，十月癸卯，秦伯卒。」

據前列公羊隱七傳文，以爲微國之君，卒而不書其名，比觀上引十例之中，滕、薛、宿、杞四國，皆境小力弱之國，是春秋之世，微國之君卒，例不書名是也。然昭公三年經書「滕子泉卒」，卒而書名，且其後滕君卒均書名。昭公三十一年經書「薛伯穀卒」，薛君之卒亦書名。襄公六年經書「杞伯姑容卒」，杞君卒亦書名〔註60〕，其間惟宿國之君一見於隱公八年，未察其他。若是，滕、薛、杞等國，於魯昭、襄之世皆書卒君之名者，自不得仍以微國之君例之。然此三國終春秋之世，未見有主盟、主會之事，每皆附於強國之下。依春秋之文例，主兵主盟者均列首位，其後各以勢力強弱爲次，如襄公十二年經書：「公會晉侯、齊侯、宋公、衛侯、鄭伯、莒子、邾子、滕子、薛伯、杞伯、小邾婁子于沙隨。」滕、薛、杞之順位，莫不殿乎其後，是則公羊微國之解似亦有所扞格矣。

蓋滕、薛、杞三國之君、自魯昭、襄年間書名者，或如公羊所謂「所見異辭」之世也。前乎昭、襄者，殆因時代湮遠，「所傳聞異辭」、「所聞異辭」（公羊隱公元年傳），故史官記事之筆遂有詳略之別焉。是以滕、薛、杞三君於昭襄之前，卒而不名者，或因「微國」而與魯國交往疏淺，然「異辭」之史筆亦或有之。

至於秦伯卒而不書名者，公羊釋以「夷狄」之義。按秦之始見春秋者甚晚，至魯僖公年間雖力足稱霸西戎，然《公羊傳》仍多貶刺之詞，使見其有向慕中原之行，始進之以諸夏記事之文。如書秦君卒之文凡六見，上文所列有四例不書名，蓋因其習俗制度異於華夏也，誠如公羊昭公五年傳云：

　　何以不名？秦者夷也。匿嫡之名也。其名何？嫡得之也。

殆據華夏習俗，君位由嫡子繼之，此周道然也。嫡長子生，即以其名告諸四境〔註61〕。若夷狄者，無嫡庶之別，或擇勇猛者立之，嫡名遂不得而知。若夷狄之君卒而記名者，如：

△文公十八年經：「（春王二月）秦伯罃卒。」

△宣公四年經：「（春王正月）秦伯稻卒。」

因其以嫡長得立矣〔註62〕，遂從諸夏之禮義文化進之。是公羊因其夷狄之行，

〔註60〕滕君卒君名者，又見於昭公二十八年「秋，七月癸巳，滕子甯卒」哀公四年「秋，八月甲寅，滕子結卒」，哀公十一年「秋七月辛酉，滕子虞毋卒。」薛君又見定公十二年「春，薛伯定卒」，哀公十年「（五月）薛伯寅卒」。杞君又見於襄公二十三年「（春）三月己巳，杞伯匄卒」，昭公六年「春王正月，杞伯益姑卒」，昭公二十四年「（秋八月）丁酉，杞伯郁釐卒」，定公四年「（五月），杞伯成卒于會」哀公八年「冬，十有二月癸亥，杞伯過卒」。

〔註61〕《禮記・內則》，「夫告宰名，宰辯告諸男名，書曰某年某月某日生而藏之。宰告閭史，閭史書爲二，其一藏諸閭府，其一獻諸州史，州史獻諸州伯，州伯命藏諸州府。」

〔註62〕何休注云：「嫡子生，不以名令于四竟，擇勇猛者而立之。」俞樾《公羊平議》不以爲然：「樾謹按，此傳之義甚不可曉。秦既匿嫡子之名矣，何以嫡子得立其名，又得

遂於君卒之文略其名；使其進以華夏習向，則君卒乃書名，由此亦可見公羊辨華夏之深義與用心焉。

貳、君葬稱諡配「公」

△隱公三年經：「(冬十有二月) 癸未，葬宋繆公。」

△文公元年經：「夏四月丁巳，葬我君僖公。」

△隱公三年經：「(冬十月) 葬鄭穆公。」

《春秋》記外諸侯之卒而書名，乃其常例；則葬而冠稱「公」者，亦《春秋》之通例也。孔廣森《公羊通義》桓公十七年云：

五等諸侯皆得以公配諡，本周之舊制。

諸侯生時各以五等爵之專稱謂之，公羊隱公五年傳云：

王者之後稱公，其餘大國稱侯，小國稱伯子男。

今葬時俱以「公」稱之，謂「葬某某公」者，蓋緣臣子之心，莫不欲尊其君〔註 63〕，舉上而稱焉。故知五等諸侯葬稱公者，從臣子之尊辭也。

既葬之後除稱「公」以尊之，猶且冠以諡稱者，「蓋而後舉諡，諡所以成德也，於卒事乎加之矣。」(穀梁桓公十八年傳)，殆「諡者，行之迹，所以表德。人之終卒，事畢於葬，故於葬定稱號也。」〔註 64〕觀諸《春秋》經文，稱諡之法不惟魯君如此，舉凡邾、許、杞等小國，齊、晉、宋、鄭等大國，無不稱諡言公者，殆各順臣子之辭也〔註 65〕，公羊隱公八年傳云：「葬從主人」蓋得是矣。

然遍檢《春秋》書君葬之文，唯桓公十七年書「葬蔡桓侯」一例，書諡稱「侯」

書於《春秋》乎？今按說文女部，嫡，孎也，孎謹也。是嫡本非嫡庶字。凡嫡庶字古作適，隱元年傳立適以長不以賢，其字作適不作嫡可証也。此傳嫡字疑古本皆作適，兩適字異義，匿適之名也，此適庶之適；言秦人於適子之名皆隱匿之，其所以隱匿之者，正以欲立爲君之故，不使人指斥之，非如何氏所謂擇勇猛而立之也。適，得之也，此適然之適，言秦人於適子之名皆隱匿之，故秦諸君並不箸，惟文十八年秦伯罃卒，宣四年秦伯稻卒，兩君獨名者，乃適得之也，猶云偶然得之也。襄八年傳侵而言獲者，適得之也，與此傳文正同，因字誤作嫡，遂不可解矣。」按：俞氏之說固是，然何氏擇勇猛之語必非臆撰，故列此二說以供參較。

〔註 63〕穀梁僖公五年傳范甯注：「五等諸侯，民皆稱曰公，存有五爵之限，沒則申其臣民之稱。」楊士勛疏：「存有五爵之限者，謂五等諸侯生存皆從本爵稱之也；沒則申臣民之稱者，謂五等臣子，尊其君父，舉諡稱公也。」

〔註 64〕文見穀梁桓公十八年傳，范甯注。

〔註 65〕小國之屬如定公三年「秋，葬邾婁莊公」，文公六年「春，葬許僖公」，昭公三年「(夏)五月，葬滕成公。」大國之屬如桓公十五手「夏，四月己巳，葬齊僖公」，僖公三十三年「(夏四月) 癸巳，葬晉文公。」

爲異，比觀春秋所見蔡君書葬之例，如：

△隱公八年經：「(秋) 八月，葬蔡宣公。」

△宣公十七年經：「(夏)，葬蔡文公。」

△襄公三十年經：「冬十月，葬蔡景公。」

△昭公十三年經：「冬十月，葬蔡靈公。」

△昭公二十一年經：「春王三月，葬蔡平公。」

△哀公四年經：「冬十有二月，葬蔡昭公。」

均以諡配公爲稱，則桓公十七年所書「葬蔡桓侯」，變例也。公羊傳於此無釋經之文，而歷來治春秋者，於此每以己見爲說，雖似鑿鑿之言，不無憑空之論，而致眾說紛雜矣：

（1）當為桓公之誤

△杜預《左傳集解》：「稱侯蓋謬誤也。」

△趙鵬飛《春秋經荃》：「今蔡桓侯葬而稱侯，修經之後傳寫謬耳。」

（2）奪臣子之辭

△何休《公羊解詁》云：「稱侯者，亦奪臣子辭也。有賢弟而不能任用，反疾害之而立獻舞，國幾幷於荊蠻，故賢季抑桓，稱侯所以起其事。」

△孔廣森《公羊通義》：「葬不稱公者，桓公生不能防正其姑姊妹，使淫於陳佗，外內亂有滅其道，故不與臣子辭也。」案二說雖異，奪臣子之辭一也。

（3）賢請諡之行

△陸淳《春秋微旨》引啖助云：「其稱侯蓋蔡季之賢，請諡于王，此言凡諸侯請諡于王，王之策書則云諡曰某侯，諸國史因而紀之。故西周記傳皆依本爵，春秋之時則皆稱公，夫子因而書之，以明其不請于王。」

△劉敞《春秋傳》：「葬者稱公，此其稱爵何？稱爵，禮也，稱公非禮也。稱爵何以禮，稱公何以非禮？稱爵者，誅之于天子者也；稱公者，非誅之于天子者也。」

（4）罪臣子失禮

△范甯《穀梁傳》注：「葬者臣之事，故書葬皆以配諡。此稱侯，蓋蔡臣子失禮，故即其所稱以示過。」

△賈逵《春秋左氏傳解詁》：「桓卒而季歸，無臣子之辭也。」

綜觀諸論，且較以《春秋》經文所見之蔡侯葬稱，例稱公配諡，惟蔡桓侯一例異之，使爲孔子有意筆削，以見諸侯越權自諡之非，《公羊傳》何以無識乎？此或以傳寫謬誤爲是，然今囿於獻資料與出土實物之不足，未能斷是非矣。清儒顧棟高嘗就眾說作一裁斷，或可解其糾葛矣：

> 蓋修經之後傳寫誤也。前乎此宣公，葬書公後乎此平公葬亦書公，何獨于桓侯葬獨書侯？啖氏又以蔡季之賢，能爲其兄請諡，穿鑿尤甚。魯之考公殤，齊之丁公乙公，俱成康之世，豈反不請諡乎？豈成康之世容其僭，而平王以後反得其正乎？案何氏休以桓有賢弟而不能任用，反疾害之，而立獻舞，國幾亡，故抑桓稱侯，啖氏不用而更創爲請諡之說，所謂能知他人之鑿，而不自知其鑿，不若杜氏預謂誤文之直捷也。〔註66〕

〔註66〕見顧棟高，《春秋大事表・闕文表》四十三。

第三章　女子稱謂例

公羊隱公二年傳：「婦人謂嫁曰歸。」歸者，往也〔註1〕。女子以夫家爲終，故嫁乃曰歸往，何休云：「婦人生以父母爲家，嫁以夫爲家，故謂嫁曰歸。」蓋男帥女，女從男，女子在家制於父，既嫁制於夫〔註2〕，是知女子於宗法社會中，其地位尊卑全繫乎男子；歸于天子，則尊爲天下母儀；嫁爲庶人之配，則貴賤與之同矣。《春秋》其事齊桓、晉文，主敘東周之霸業，列國之事蹟；至若女子之行誼，非有殊故，俱不列書，其見書於史策者，蓋惟昏喪大禮而已。

女子之致書於春秋者，凡有三類：一爲王后，一爲他國之女子入爲魯君夫人者，一爲魯君之女嫁於外者也，尋常女子不得書見〔註3〕。此三類之得見書者，尊王內魯所以致之也。女子之稱謂，稱姓爲主，蓋姓者，所以崇恩愛，厚親親；遠禽獸，別婚姻也〔註4〕。姓既以表血緣，考其所從出，故女子稱姓，亦以示同姓不婚之禮也。女子之既嫁或未嫁在室，其稱謂每有不同，茲依其身份之別，分節述其稱謂之例，並藉探《春秋》之義焉。

第一節　王室女子稱謂

壹、王　后

△桓公八年經：「（冬十月）祭公來，遂逆王后于紀。」

△襄公十五年經：「（春二月己亥）劉夏逆王后于齊。」

〔註1〕《爾雅・釋詁》曰：「嫁，往也。」《廣雅・釋詁》云：「歸，往也。」

〔註2〕見穀梁隱公二年傳文。

〔註3〕參見周師一田撰〈公羊摘例〉一文。

〔註4〕見《白虎通・姓名篇》卷八。

公羊桓公八年傳云：「使我爲媒，可則因用是往逆矣。」謂天子逆娶，使魯爲媒而往迎之，不自爲婚主也。《春秋》天子逆后，其事惟此二見，均無迎於其國之文，又其制今亦無禮文可徵，或如公羊莊公元年傳所云：「天子嫁女乎諸侯，必使同姓諸侯主之。」天子嫁女之禮如斯，則娶后亦當使同姓諸侯主之。王者昏娶必使同姓諸侯爲之主者，因王者至尊，無敵禮之義；四海之內，莫非王臣，設若尊卑不敵，其行婚姻之禮，則傷君臣之義；行君臣之禮，則廢婚姻之好。故必使同姓有血脈之屬，宜爲父道，與所適敵體者主之〔註 5〕，孔穎達左氏桓公八年疏，釋天子娶后必使諸侯爲主之義，最爲明暢：

> 凡昏婚皆賓主敵體相對行禮。天子嫁於諸侯，使諸侯爲主，令與夫家爲禮。天子聘后於諸侯，亦使諸侯爲主，令與后家爲禮。嫁女則送女於魯，令魯嫁女與人；迎后則令魯爲主，使魯遣使往逆，故祭公受魯命也。

是昏姻合二姓之好，求敵體相當也，天子至尊，娶后不親迎，必使同姓諸侯往逆，緣二姓敵體故也。

今《春秋》二書天子逆后，《公羊傳》分言見書之由，桓公八年傳云：

> 成使乎我也。其成使乎我奈何？使我爲媒，可則因用是往逆矣。

此周桓王后也，因使魯君爲主，故見錄於《春秋》。公羊襄公十五年傳又云：

> 外逆女不書，此何以書？過我也。

此周靈王后也，不知何國主婚，然見書《春秋》者，因過魯境，特志之也。循《公羊傳》之義，春秋周室由周桓王至敬王，凡十二王也，逆娶之事僅二見者，一則使魯爲媒，一則過魯，皆與魯相關，魯史乃志之也。他王容有逆后之事，而春秋未必箸錄之也。

天子逆娶外諸侯之女，既使同姓諸侯代爲婚主，則當如諸侯逆娶之稱謂例，「女在其國稱女，在塗稱婦，入國稱夫人」（公羊隱公二年傳），今乃殊稱「王后」者，公羊桓公八年傳云：

> 女在其國稱女，此其稱王后何？王者無外，其辭成矣。

王者無外，蓋「溥天之下，莫非王土，率土之濱，莫非王臣」〔註 6〕，王命諸侯之女爲后，則不待入國已成王后矣，遂不援諸侯之入國始稱「夫人」例也。「其辭成矣」，謂王以言語結成其昏事也〔註 7〕，是天子諸侯無敵之義，故王命其女爲后則已成后矣，故尊以「后」稱，以見天子與不后判合相敵也。蓋所謂后者，《釋名・釋親屬》

〔註 5〕見公羊莊公元年傳，何休注。

〔註 6〕語出《詩經・小雅・谷風之什・北山篇》。

〔註 7〕見周師一田撰〈春秋『親迎』禮辨〉一文。

云:「天子之妃曰后,后,後也,言在不後不敢以副言也。」稱后有繼後之意也,故《五禮通考》卷一五引呂大臨曰:「合二姓之好,以繼聖人之後,以爲天地社稷宗廟之主,則有繼者也。」釋命后之故,其理甚治。

周桓王既命紀女爲后,雖猶未至周室,斯稱王后矣,然經文於桓公九年春又書「紀季姜歸于京師」,復稱「季姜」而不稱王后者,《公羊傳》云:

紀季姜歸于京師,其辭成矣,則其稱紀季姜何?自我言紀,父母之於子,雖爲天王后,猶曰吾季姜。

按紀季姜既命成后,自逆者而言,尊與天子同,示天下之母儀也,故從天子所命而稱王后;自歸者而言,女雖嫁爲鄰國夫人或適爲王后,其尊無以加諸父母,是自母國歸于夫國,稱字不稱后,從父母之辭,化天下以婦道者,《春秋》之所謹也〔註8〕,故從紀女母國言之,若稱內女之辭,而以其字「季姜」見書也。其上冠稱「紀」者,明所從出之父母國爾。

貳、王　姬

△莊公元年經:「夏,單伯逆王姬。」

△莊公元年經:「(冬十月)王姬歸于齊。」

△莊公二年經:「秋七月,齊王姬卒。」

△莊公十一年經:「冬,王姬歸于齊。」

周室嫁王女,命同姓諸侯主之,若使魯爲昏主,或王姬至魯而後至夫家,始得見錄於春秋也。上列四例《公羊傳》皆各言其見書之由,莊公元年傳云:

逆之者何?使我主之也。曷爲使我主之?天子嫁女乎諸侯,必使諸侯同姓者主之。

時命魯主婚,故送王姬至魯,而聽齊就魯迎之也〔註9〕。王女下嫁于齊,先逆至魯,魯史尊其事而據實詳錄耳,故冬十月王姬歸于齊,傳亦云:

何以書?我主之也。

王姬歸于齊而見書魯史者,因由魯嫁也,故同於內女而無異辭。此女若卒,魯君猶服姊妹之服,故恩錄其卒文也,如公羊莊二年傳言齊王姬卒者:

蓋外夫人不卒,此何以卒?錄焉爾。曷爲錄焉爾?我主之也。

〔註 8〕胡安國《春秋傳》云:「自歸者而言,則當樛屈逮下,使夫人嬪婦皆得進御於君,而無嫉妒之心,故從父母所子而稱季姜,化天下以婦道也。也詞之抑揚上下,進退先後,各有所當而不相悖,皆正始之道,王化之基,春秋之所謹也。」

〔註 9〕見毛奇齡《春秋傳》,莊公元年「單伯逆王姬」下。

魯爲其昏主，遂比之內女，錄卒焉爾。《禮記・檀弓》云：「齊告王姬之喪，魯莊公爲之大功，或曰由魯嫁，故爲之服姊妹之服」〔註 10〕，因親親之義，魯史遂詳錄焉。至若魯不爲婚主，而王姬歸于夫家仍見書魯史者，但以過魯書而已，如公羊莊公十一年「王姬于齊」傳云：

何以書，過我也。

綜觀周室嫁女之文，或魯主之，或因過魯，皆有特故始見書也。然「婦人許嫁，字而笄之」（公羊僖公九年傳），以字爲稱，示成人之道也。上列四例之稱皆繫稱「王」者，明王室內女也；言「姬」姓者，蓋緣女子道姓以辨同姓不昏之禮也。四例之事，或書「逆」、或書「歸于」、或錄其「卒」，觀其致書之事，俱已許嫁矣，當援女子之許嫁笄字之例以「字」爲稱焉，則其不稱「字」者，容有殊故也。蓋天子至尊，嫁娶之昏事不自爲主，俱使同姓諸侯爲之。既使諸侯主其事，則王女視若諸侯之內女可矣，然觀乎經文魯國內女歸嫁諸文，例書「姓字」，如隱公二年經：「伯姬歸于紀」是也。今王女下嫁，雖或使魯爲媒主之，然其出於王室之尊，則非內女所及也，故不稱其字者，或因尊王室，以相資辨於魯室內女也〔註 11〕。且緣親親之義略疏，而尊尊之義存焉，故繫以「王」稱，而略書其字，尊周之義也。

公羊莊公四年傳云：「國君一體也，先君之恥，猶今君之恥也；今君之恥，先君之恥也。」意謂子孫與祖先血脈相屬，榮辱與共，使有百世之國讎，復讎乃子孫應盡之責任，理當義無反顧，其意乃基于「子不復讎，非子也」（公羊隱公十一年傳），旨在強調雪恥復讎爲臣子之義務。明乎公羊復讎要義，且觀乎魯莊公爲天子與齊主婚，並特於莊公年間詳載齊王姬卒一事，當有非常之故焉。

按魯桓公之死實爲齊侯所誘殺也，桓公夫人與齊襄公淫通，因譖桓公於齊侯，齊侯遂使公子彭生藉桓公酒醉，搚幹而殺之〔註 12〕。就莊公而言：「先君之恥猶今君之恥」，其喪父之讎，必雪之而後快矣。今輒於即位後與之通婚姻，豈已忘父讎乎！殆既受命爲天子親昏，誠非得已也，既不能辭之，而築王姬之館於外，以見知其不可而爲之也，莊公元年經書「築王姬之館于外」，《公羊傳》云：

何以書？譏。何譏爾？築之，禮也；于外，非禮也。于外何以非禮？築于外非禮也。其築之何以禮？主王姬者必爲之改築。主王姬者，則曷爲必爲之改築？於路寢則不可，寢則嫌群公子之舍，則以卑矣，其道必爲之

〔註 10〕見《禮記・檀弓下》。

〔註 11〕見杜預注，單伯逆王姬經文下。

〔註 12〕見公羊莊公元年傳：「夫人譖公於齊侯，公曰：『同，非吾子，齊侯之子也』。侯怒，與之飲酒，於其出焉，使公子彭生送之。於其乘焉，搚幹而殺之。」

改築也者。

何休云：

以言外，知有築內之道也。于外，非禮也。禮同姓本有主嫁女之道，必闕地於夫人之下，群公子之上也。時魯以將嫁女於讎國，故築于外。

意謂魯莊公既不能以父仇辭天子之命，故築王姬館于外，以示非常。孔廣森公羊通義嘗釋其義：

緣親親之義，則我不可受于京師；緣尊尊之義，天子可得召而使也。……春秋之義，以王事辭家事，不以家事辭王事。父之讎不敢不讎也，王命勿讎，則亦不敢讎也，孝子之心盡其得自盡者而已。〔註 13〕

論莊公不以親親之情而妨尊尊之義，洽合莊公主仇婚之旨矣，故《春秋》惟於莊公之篇，書主天子之昏事者，不以家事辭王事也；且惟書王姬而不字焉者，緣尊尊之義也。

綜上所論，《春秋》書王姬下嫁之稱謂，得其尊王貴周之義焉；觀乎改築王姬之館于外之變故，知其不以親親害尊尊也；觀其獨於莊公之編書主王姬之婚，而與仇齊交婚姻者，善其不以家事辭王事，亦重尊尊之義也。紬繹《公羊傳》，或可知其一二焉。

第二節　魯夫人稱謂

壹、夫人生稱

周代社會以父系爲主，女子既嫁從夫，夫尊則己尊，是以他國之女不論尊卑，適於魯君，將爲魯國夫人，則與君相匹敵，遂敬以「夫人」之稱，尊行于國中，以示義焉。其言「夫人」者，取扶佑相助之義，故《釋名釋親屬》曰：「諸侯之妃曰夫人，夫，扶也，扶助其君也。」

周文郁郁，遵行族外婚制，蓋知「男女同姓，其生不蕃」之理〔註 14〕，故周代婦女繫姓者，因以別婚姻也。外諸侯之女適於魯而稱姓，辨其血緣所自出也；既爲夫人則加冠「氏」字，故魯夫人之生稱，見諸經書者，以「夫人」配「母家姓」配「氏」，如「夫人姜氏」，稱謂之通例也。

夫人與君相敵而尊同，並爲一國之母儀，故凡其動靜行止，皆爲民所瞻顧，

〔註 13〕見孔廣森《公羊通義》，單伯逆王姬下。

〔註 14〕見左氏僖公二十三年傳。

不得不謹言愼行焉。且夫人之職，佐聽內治之教，無外交之事，亦無專行之實，非有殊故，如大去其國或出棄大歸，諸侯夫人均不得踰竟外出，故夫人生時出入皆稱「夫人某氏」，著其行誼也，如莊公二十年經：「夫人姜氏如莒」，文公九年經：「夫人姜氏自齊」，雖仍尊以「夫人某氏」之稱，而甚越矩踰閑之非，已自著矣。更有於夫人稱謂筆削者，或去其姓氏，或去「夫人」之稱，或加稱「婦」者，皆各有其故也。

一、略稱「夫人」

△桓公三年經：「(秋九月)，齊侯送姜氏于讙。」

姜氏者，公子翬如齊迎逆之女也（桓公三年七月經），將適爲魯君夫人，而齊侯送親至魯讙地。「入國稱夫人」（公羊隱公二年傳），則齊女姜氏既至魯境，所以不稱夫人者，《公羊傳》云：

> 何以書？譏。何譏爾？諸侯越竟送女，非禮也。此入國矣，何以不稱夫人？自我言齊，父母之於子，雖爲鄰國夫人，猶曰吾姜氏。

意謂從父母之辭言之，雖嫁爲他國夫人，猶視若內女也，故不稱夫人。然《公羊傳》以「諸侯越竟送女」非禮說之者，蓋如何休所言：「禮送女，父母不下堂，姑姊妹不出門。」《白虎通·嫁娶篇》亦云：「父誡於阼階，母誡於西階，庶母及門內施鞶祭，紬以母之命，命曰敬恭聽爾父母言，夙夜無愆，視衿鞶祭，去不辭，誡不諳者，蓋恥之重去也。」是父母誡女於階而不下堂，則國君更無踰竟送嫁女之禮也。齊侯屈一國之尊，送女至魯，事已非常，公羊以非禮譏貶，固得之矣。經文據事直錄齊侯送之，非禮之譏昭然矣。姜氏已去齊國，遂不從「在國稱女」之例，且不言姓字而言姜氏者，知已爲魯夫人，從魯之辭也，然猶不從魯國臣子尊稱「夫人」之辭者，不能防閑於禮，故不正其稱也。

二、去其姓氏

△莊公元年經：「春三月，夫人孫于齊。」

莊公元年書夫人姜氏出奔，不援夫人生稱之辭，如閔公二年經書「夫人姜氏孫于邾婁」，而略其姓氏者，《公羊傳》云：

> 夫人何以不稱姜氏？貶。曷爲貶？與弒公也。

魯桓公見弒，夫人姜氏與焉，《公羊傳》詳錄其本末：

> 其與弒公奈何？夫人譖公于齊侯，公曰：同，非吾子，齊侯之子也。齊侯怒，與之飲酒，於其出焉，使公子彭生送之，於其乘焉，搚幹而殺之。

桓公之死肇因於夫人與齊侯相通〔註15〕，使魯臣子不釋其罪，仍於夫人姜氏出奔至齊，因內諱而言「孫」，則其通齊侯、與弒夫，逆天道違人倫之罪，終隱晦不得見矣。是以縱使莊公有念母之心，公羊仍「不與念母」也（公羊莊公元年傳），且略去夫人姓氏，著罪以絕其屬焉。何休注云：

> 念母則忘父，背本之道也，故絕文姜不爲不孝，……蓋重本尊統，使尊行於卑，上行於下，貶者，見王法所當誅。

是言文姜弒夫之劣行，王法所不容，其子莊公自當以義斷恩而遠之。今特書文姜爲孫之辭，與負罪竄逐者同稱，而後夫人與弒之情，縱姦之惡，昭然於屬辭比事間矣〔註16〕。夫人孫至齊，雖暫逃王法之誅，然經文特削去姓氏，示絕族屬，則聖人筆削之誅不得倖免矣。

三、去　姓

△僖公元年經：「（冬）十月二月，丁已，夫人氏之喪至自齊。」

夫人氏者，莊公夫人哀姜也。其於閔公二年孫于邾婁（閔公二年經），至僖公元年七月薨于齊之夷地，齊人歸之（僖公元年七月經），《公羊傳》云：「夫人薨于夷，則齊人曷爲以歸？桓公召而縊殺之」，按姜氏見殺於齊桓公一事，左氏閔公二年傳詳記之：

> 閔公，哀姜之娣叔姜之子也，故齊人立之。共仲（公子慶父）通於哀姜，哀姜欲立之，閔公之死也，哀姜與知之，故孫于邾。齊人取而殺之于夷，以其尸歸，僖公請而葬之。

是夫人哀姜特言以喪歸者，一見其淫泆二叔、殺二嗣子之無行〔註17〕，一則以見僖公存母不絕之義焉〔註18〕。僖公既請歸而葬之，經不稱「夫人姜氏」，仍略去母姓者，《公羊傳》釋云：

> 夫人何以不稱姜氏？貶。曷爲貶？與弒公也。然則曷爲不於弒焉貶？貶必於重者，莫重乎其以喪至也。

夫人與弒公之罪大矣，故不得復入宗廟。僖公爲人之子，情有不忍，謂子無絕母之

〔註15〕事見左氏桓公十一年傳：「公會齊侯于濼，遂及文姜如齊，齊侯通焉，公謫之，以告。」

〔註16〕見萬斯大《學春秋隨筆》卷三、莊公元年經文下。

〔註17〕莊公夫人哀姜淫泆於二叔，事見左氏傳閔公二年傳「共仲（公子慶父）通於哀姜。」弒二嗣子事，亦見左氏閔公二年傳：「閔公之死也，哀姜與知之。」子般之卒，共仲爲主謀，夫人姜氏既與共仲通，則與知也。何休於閔公二年九月「夫人姜氏孫子邾婁」下，注曰：「爲淫二叔、殺二嗣子，出奔不如文姜于出奔貶之者，爲內臣子明其義不得以子絕母。」亦明言哀姜淫泆、與殺之惡也。

〔註18〕左氏閔公二傳：「哀姜孫于邾，齊人取而殺之于夷，以其尸歸，僖公請而葬之。」

義也，乃請以喪還。既許歸喪而仍去姓示貶者，此孔子貶之耳。必於喪至重貶之，蓋如何休所言：

刑人于市，與眾棄之，故必於臣子集近之時貶之，所以明誅得其罪，因正王法所加，臣子不得以夫人禮治其喪也。

使朝中大夫於迎喪知其惡而貶之；故不援夫人之禮治其喪，則凡爲母儀者亦可鑒矣。

然比觀魯夫人生稱去姓者，有文姜、哀姜二人，《公羊傳》皆謂因「與弒公」之罪而見貶，其行均不容於王法也。然文姜之孫則去其氏，哀姜之孫則不去氏；文姜殺其夫桓公，哀姜殺其子閔公，姦惡之迹同，殺君之罪等矣，則其氏之或去或不去，蓋聖人察見至微，斷以大義故也，何休於僖公元年傳注：

貶置氏者，殺子差輕於夫，別逆順也。

按哀姜與弒子之罪固輕於文姜之與弒夫，然哀姜預弒二君，幾至亡國，仍是背棄人倫之慘行，今削去母家姓，一使不明所從出，一見齊桓公召而縊殺之，不阿親親之義也，孔廣森《公羊通義》云：「貶去姓者，使絕屬於齊，明桓公之誅不爲滅親。」齊桓不阿親以害義，公羊予其殺內女之義焉，存錄哀姜之氏，以見桓公不爲滅親也。何休言殺子罪輕差於殺父，固得其一；若爲齊桓諱殺同姓，存夫人之氏不絕其屬，亦得一端矣。是文姜與齊侯通，去姓不存於魯；去氏，絕其族屬也。而哀姜去姓，絕享小君之禮；存氏者，則不絕其族屬也。

四、稱「婦」

△文公四年經：「夏，逆婦姜于齊。」

△宣公元年經：「（春）三月，遂以夫人婦姜至自齊。」

△成公十四年經：「（秋）九月，僑如以夫人婦姜氏至自齊。」

魯十二君書其夫人入至者，僅桓、莊、文、宣、成五位，餘不見書者，或早娶於即位前，爲太子時已行昏禮者，自不見錄於經文；或在位時短，未及昏娶而人已薨，如閔公者，是以經文俱不錄夫人入至之文。茲觀乎夫人入至之文獻，桓公三年經書「夫人姜氏至自齊」，莊公二十四年經書「夫人姜氏入」，稱夫人配姓氏者，蓋常例也。公羊隱公二年傳：

女在其國稱女，在塗稱婦，入國稱夫人。

其意以爲魯君使人往逆，以未成人婦，尙在父母之家，乃稱「女」也，如桓公三年經「公子翬如齊逆女」。若已去其父母之國而在逆娶途中，則當以「婦」爲稱，至其入於夫國，則以「夫人」爲稱也。公羊因論女子身分更易輒異其稱謂，似得其義矣。然上列文、宣、成三夫人有單稱「婦某」，亦有既稱「夫人」又冠稱「婦某」者。稱

「夫人」之名，知其已至嫁國矣，無須復從在塗稱「婦」之詞，是稱「婦」之義，公羊之說，猶待商也。

公羊宣公元年傳云：「其稱婦何？有姑之辭也。」何休云：「有姑當以婦禮至，無姑當以夫人禮至，故分別言之。」考其有姑之說，文公夫人書「婦姜」，則文公之母聲姜尚存，至十四年經書「夫人姜氏薨」，聲姜始卒，是文公夫人入而有姑，故稱婦也。宣公夫人人亦書「婦姜」者，宣公之母敬嬴於八年卒，經書「夫人熊氏薨」是也，是夫人至時宣公母尚在，故稱婦也。成公夫人至而稱「夫人婦姜氏」者，成公母穆姜於襄公九年始卒，是夫人入竟之時，其姑尚存也。三夫人入俱稱「婦」，誠有姑之辭也。至若桓、莊二夫人至，而不稱婦者，姑已歿矣。桓公三年夫人入，而桓公母早於隱公元年卒，經書「天王使宰咺來歸惠公仲子之賵」，《公羊傳》曰：「仲子者何？桓之母也。」隱公五年經「考仲子之宮」，足證桓公夫人入國時，其姑已歿矣。莊公夫人於二十四年入，亦不稱「婦」，蓋莊公母於二十一年卒，經書「夫人姜氏薨」是也。故桓、莊二夫人不稱「婦」者，其姑早歿也。則夫人初入境而冠以「婦」者，皆緣有姑之辭也。公羊宣公元年傳「有姑之辭」得之矣。至若公羊隱公二年傳所言「在塗稱婦」，係傳指之辭也，何休言之：「在塗見夫，服從之辭，公子結媵陳人之婦是也。」按莊公十九年經：「公子結媵陳人之婦于鄄」，「正解爲陳侯娶衛女爲嫡夫人，魯以己女爲媵，使公子結送之，行至於鄄，適値齊侯宋公將謀伐魯，遂與之盟，事後送女至衛都。」〔註19〕，則知魯女爲陳侯夫人媵，公子結送之，未入陳國，故從在塗稱婦之辭，何說或然也。

綜上所論，魯君娶他國之女以爲夫人，方其入國，事必載諸史策，貴貴之義也。其稱「夫人某氏」者，內無姑，待以夫人之禮也，桓公三年經「夫人姜氏至自齊」是也；其稱「夫人婦某氏」者，有姑之辭，猶以婦禮待之，成公十四年經「僑如以夫人婦妻氏至自齊」是也。揆諸夫人稱婦之例，「夫人婦某氏」者，例之正也，則文公四年「逆婦姜于齊」，宣公元年「夫人婦姜至自齊」，例之變也，《公羊傳》分言變故，文公四年傳：

> 其謂之逆婦姜于齊何？略之也。高子曰：娶乎大夫者，略之也。

何休云：

> 賤非所以奉宗廟，故略之。不書逆者主名，卑不爲錄使也。不言如齊者，大夫無國也。不稱女者，方以婦姜見，與至共文，重至也，不稱夫人，爲致文者，賤不可奉宗廟，不言氏者，本當稱女，女者父母辭，君子不奪

〔註19〕詳參周師一田〈春秋媵禮考辨〉一文。

人之親，故使從父母辭不言氏。

何休依國君逆娶夫人之事類文例，紬繹此變稱之故，言之甚詳。或諸侯下娶他國大夫之女，禮有異於娶他國國君之女，故卑而略其稱。然何氏屢言大夫之雖嫁爲夫人，因賤而不得奉宗廟者，未必盡然。女子在家制於父，既嫁制於夫，文公雖非逆娶敵體諸侯之女，然成其夫人則一也，焉有不得奉魯室宗廟之理。此時往逆，卿不行，其禮輕略〔註20〕，已見差等於諸侯之女矣。若孔廣森《公羊通義》所言，較爲公允：

> 謹案：不稱夫人，不稱氏，皆略之之辭。不言如齊者，明非齊侯女。得言于齊者，大夫繫國也。不言于齊某大夫氏者，言婦姜則氏已見。

是娶諸侯女與大夫女，禮有隆殺，事有繁簡也。登諸史冊不得不有詳略，因其詳略而義自見矣。故知文公夫人至魯不稱「夫人」與「氏」者，娶乎大夫故也，《公羊傳》之說爲是。

宣公元年夫人婦姜至自齊，略稱「氏」，《公羊傳》云：

> 夫人何以不稱姜氏？貶。曷爲貶？譏喪娶也。喪娶者公也，則曷爲貶夫人？內無貶于公之道也。內無貶于公之道，則曷爲貶夫人？夫人與公一體也。

所謂譏宣公喪娶者，父喪「三年之內不圖婚」也（公羊文公二年傳），而三年之喪，實以二十五月」爲限（公羊閔二年傳）。考宣公三年之內喪娶者，其父文公薨於十八年二月，至宣公即位改元，正月如齊逆女，三月夫人至魯計之，尚不及三年也，宣公不念父喪之哀，而急於逆娶，非禮甚也。若夫人穆姜不能以禮自固，從而至魯，亦非禮也，故何休云：「恥辱與君共之，夫人貶，則公惡明。」孔廣森《公羊通義》曰：

> 服子愼曰古者一禮不備，貞女不從。故詩云雖速我訟，亦不汝從。宣公既以喪娶，夫人從亦非禮，故不稱氏，見略賤之也。

二說得矣。是知夫婦牉合，共爲一體，魯因「內無貶于公之道」，故不著宣公喪娶之譏，而寓貶於夫人者，緣公與夫人敵體，略去夫人氏稱，貶其一而知二者俱非矣。又文公、宣公二君俱喪娶也，宣公夫人不若文公夫人略稱「夫人」者，知其非娶乎大夫女也。然二女者俱略稱氏，則喪娶者一也。

貳、夫人薨稱

△隱公二年經：「（冬）十有二月乙卯，夫人子氏薨。」

〔註20〕見竹添光鴻《左傳會箋》，文公四年經文下箋。

△莊公二十一年經：「秋七月，戊戌，夫人姜氏薨。」
△僖公元年經：「秋七月，戊辰，夫人姜氏薨于夷。」
△文公四年經：「冬十有一月，壬寅，夫人風氏薨。」
△文公十六年經：「秋八月，辛未，夫人姜氏薨。」
△宣公八年經：「（夏六月）戊子，夫人熊氏（左氏傳作嬴氏）薨。」
△襄公二年經：「夏五月，庚寅，夫人姜氏薨。」
△襄公四年經：「秋七月，戊子，夫人弋氏（左穀二傳作姒氏）薨。」
△襄公九年經：「（夏）五月辛酉，夫人姜氏薨。」
△昭公十一年經：「（夏），五月甲申，夫人歸氏薨。」
△定公十五年經：「秋七月，壬申，姒氏卒。」
△哀公十二年經：「夏五月，甲辰，孟子卒。」

公羊宣公元年傳「夫人與公一體也」，故魯夫人薨而書錄者，尊與君同也。其稱謂之常例，以「夫人」尊稱配「母家姓」配「氏」，以「薨」言之。如莊公二十一年經「夫人姜氏薨」是也。「其身份或時君之母，或時君夫人，多無異說，是魯君夫人例書薨，且稱謂有定制也。至若定公十五年「姒氏卒」、哀公十二年「孟子卒」，實屬變例焉。公羊定公十五年傳云：

姒氏者何？哀公之母也。何以不稱夫人？哀未居也。

尋常魯君之嫡妻與其敵體，得事宗廟之禮，奉宗朝以祔祖姑也〔註21〕。經書「夫人某氏」薨，實尊之貴之也。今定姒書卒不書薨，且略稱夫人者，公羊以爲因其子哀公未立也，然定姒若爲定公嫡妻，不當因有無嗣子爲君，而損其夫人之尊，更易稱謂也。定姒竟因子未立而不稱夫人，迥異於嫡妻者，或可推知定姒當非嫡夫人也，徵諸經傳，公羊於定公十五年葬定姒傳曰：

定姒何以書葬？未踰年之君也，有子則廟，廟則書葬。

有子者，有子承君位也。子既爲君，當奉宗廟，則母雖庶出亦得祔廟，其名亦得以登錄典策焉。孔廣森《公羊通義》釋云：

雖未踰年，其義成爲君，當得爲其妾母別築宮廟。

可知定姒本無宮廟，因子而有廟也。然魯室女子得奉廟祀者，惟嫡夫人而已，定姒既本無廟，明其爲定公妾矣。覈之於《春秋》經文，魯君之妾得以尊稱夫人，幷書薨葬者，非僅一例，則定姒不例稱夫人者，當另有他故。試將魯夫人書薨諸例，列一表格，以明其嫡妾關係，察乎與魯君之親疏差等，以辨定姒異稱之由。

〔註21〕參見《禮記・喪服小記》：「婦祔於祖姑，祖姑有三人，則祔於親者。」

記薨時間	夫　　人	夫妻關係	母子關係	諡　　稱
隱公二年	夫人子氏	惠公妾	隱公母	〔註22〕
莊公二十一年	夫人姜氏	桓公嫡妻	莊公母	文　姜
僖公元年	夫人姜氏	莊公嫡妻		哀　姜
文公四年	夫人風氏	莊公妾	僖公母	成　風
文公十六年	夫人姜氏	僖公嫡妻	文公母	聖　姜
宣公八年	夫人熊氏	文公妾	宣公母	頃　熊
襄公九年	夫人姜氏	宣公嫡妻	成公母	穆　姜
襄公二年	夫人姜氏	成公嫡		齊　姜
襄公四年	夫人弋氏	成公妾	襄公母	定　弋
昭公十一年	夫人歸氏	襄公妾	昭公母	齊　歸
定公十五年	姒　氏	定公妾	哀公母	定　姒
哀公十二年	孟　子	昭公嫡妻		孟　子

〔註22〕隱公二年經「夫人子氏薨」一文，究指何人，三傳不同，按《左傳》於此無文，杜預注：「桓未爲君，仲子不應稱夫人。」是以爲「夫人子氏」乃桓公之母一宋仲子也。《公羊傳》則云：「夫子氏者何？隱公之母也。」《穀梁傳》謂：「夫人者，隱之妻也。」若此「夫人子氏」有隱公母、桓公母、隱公妻三說，誠眩人眼目也。據夫人薨稱文例觀之，「子氏」之「子」係此夫人之母姓也。《穀梁傳》以爲隱公之妻，按隱公昏娶之事，未見錄於《春秋》，史傳亦付之闕如，《史記．魯周公世家》略言一、二，是否合乎史實，則暫存其說。《史記》曰：「（惠公）四十六年，惠公卒，長庶子息（隱公）攝當國，行君事，是爲隱公。初，惠公適夫人無子，公賤聲子生子息。息長，爲娶於宋，宋女至而好，惠公奪而自妻之，生子允（桓公）。」是以爲宋仲子爲隱公之妻，爲惠公所奪娶。《史記》雖有此說，其事卻不見於《春秋》、《左傳》，是以仲子爲隱公妻之說，暫不論其是非。《公羊傳》以爲隱公之母，據《左傳》所載，其母爲聲子，杜預注：「蓋孟子之姪娣。」按孟子爲魯惠公嫡妻，宋國子姓之女，聲以娣從之，係同子姓之女，公羊之說似可成立。至於杜預以爲桓公母，《左傳》隱公元年「宋武公生仲子，子生而有文在其手，曰爲魯夫人，故仲子歸于我，生桓公。」是桓公母亦子姓之女，則桓母、隱母同爲子姓，此記薨之「夫人子氏」究以誰爲是，亦待考定。使子氏爲桓公夫人，薨於隱公年間，時桓公未立爲君，庶母不得待以夫人之禮，當如定姒書卒之例，書「子氏卒」是也，然經文仍冠以「夫人」尊名，且書「薨」者，或子氏不當爲桓公母也。使子氏爲隱公母，薨於隱公爲君之後，母以子貴，得尊爲夫人矣，故書薨稱夫人，是《公羊傳》之說得之。然或有以爲隱公不自爲君，代桓公攝政而已，其母不得書也，《公羊傳》亦察知其故，見夫人子氏書薨不書葬，釋其不終爲夫人之由，其云：「何以不書葬？成公意也。何成乎公之意？子將不終爲君，故母亦不終爲夫人。」是疑隱公不自爲君，其母不得書薨者，於此可解其惑矣，而「夫人子氏」之身份當洽公羊之說，以隱公之母爲是也。

此表十二位夫人中，其爲魯君嫡妻者有六人，其中隱、閔、文、襄、定、哀等君不錄嫡妻薨葬者，另有他故〔註23〕。嫡妻之中書薨葬者，如莊公二十一年經「夫人姜氏薨」，桓公嫡妻，有子爲君，莊公是也。若僖公元年經「夫人姜氏薨」，莊公嫡妻，無嗣子承君位，而仍其薨辭，是凡魯君嫡配，禮皆尊稱曰「夫人」，且錄其薨辭也。

表中亦見有魯君之妾而書薨稱以夫人者，如文公四年經「夫人風氏薨」，風氏爲莊公妾，薨稱夫人，與嫡夫人哀姜同矣，則莊公嫡庶二妻皆得尊稱「夫人」，是嫡妾之別混矣。考妾之得其配稱夫人者：仲子非惠公元配，因生其子桓公；成風乃莊公之妾，生子爲僖公；頃熊爲文公庶妾，生子爲宣公；定戈爲成公庶妾，生子爲襄公；齊歸爲襄公庶妾，生子爲昭公；凡此五人皆因其子即位成君，得入宗廟，母因子貴，雖出自庶妾，亦許用夫人禮也。許愼《五經異義》：

> 妾母之子爲君，子得尊其母爲夫人。按春秋公羊說，妾子立爲君，母得稱夫人，故上堂稱妾，屈於嫡，下堂稱夫人，尊行國家，則士庶起爲人君，母亦不得稱夫人。父母者，子之天也，子不得爵命父母，子不得爵命父母，至於妾子爲君，爵其母者，以妾接事尊者，有所因也。〔註24〕

〔註23〕魯君嫡妻不見書於《春秋》者，有隱、閔、文、襄、定、哀六公，今試各言其故：

隱公：隱公昏娶之文不見書，且隱公因桓幼而貴，終不爲君，故其夫人亦無書錄於史策也。

閔公：年幼未娶而薨。

文公：文公嫡妻屢見書於經，如文公二年書公子遂如齊納幣，於四年逆于齊，是知嫡妻爲齊姜之女也。然生既見書，而不錄其薨葬者，蓋文公夫人於文公十八年時，爲文公之臣所出，經書「夫人姜氏歸于齊」歸者，出棄大歸也。既出之後，其卒夫家不得祔於祖廟，「爲父後者，爲出母無服」(《禮記·喪服小記》)，既無服其喪，魯氏自不錄其薨葬之事。

襄公：襄公之妻見諸經傳者有二人，一爲敬歸，一爲齊歸，其身份《左傳》詳載之，襄公三十一年傳：「立胡女敬歸之子子野」，又云：「立敬歸之娣，齊歸之公子裯。」則敬歸、齊歸同是胡女，齊歸爲敬歸之娣，敬歸當是襄公嫡配矣。然三傳注家卻有異說：何休於昭公十一年葬齊歸下云：「歸氏，胡女。襄公嫡夫人。」杜預於敬歸下注：「敬歸，襄公妾。」使敬歸爲襄公妾，又左傳云「立敬歸之娣齊歸……」，齊歸既爲娣，則二人並爲媵娣也；使如何休所言，齊歸爲嫡夫人，則與《左傳》之說不符，不知何氏據何言之。今姑從《左傳》之文，以敬歸爲嫡夫人，齊歸爲襄公庶妻，至於何以不見書敬歸之薨葬者，尚待考焉。

定公：定公嫡妻亦不見於經典，杜預遂以爲定姒當是定公夫人，然公穀二傳均以妾辭稱定姒，是杜說未必確然。若定姒爲夫人，其子雖未即位，亦無奪夫人之禮，且莊公嫡妻哀姜、成公嫡妻齊姜，見書於春秋，且仍待以夫人禮者，不因其子未即位爲君而廢其也，是知定姒當非定公夫人。至於定公嫡妻爲誰，則經傳闕如，今亦無由查驗焉。

〔註24〕許愼《五經異義》之說，見《通典》卷七十二，嘉禮十七「諸侯崇所生母議」條下。

循許君之義，以《公羊傳》「母以子貴」說爲是。然誠如此說，妾母上堂稱妾，下堂稱夫人，尊行國中，則是一國有二人爲夫人，尊卑無別而亂其嫡庶倫序矣，故鄭玄執以駁辨曰：「女君卒，貴妾繼室，攝其事耳，不得復立夫人。」又云：「妾子立者，得尊其母，禮之未有也。」〔註25〕，鄭意雖許貴妾繼之，然只得代攝也，仍不得私爵庶母爲夫人，以正國無二嫡之名也，辨之甚是。然細觀《春秋》所見庶母僭用夫人禮者，惟見於薨葬之時，生時未見有尊稱也，且經文有書「春人來歸成風之禭」〔註26〕，外諸侯來弔亦不稱「夫人」，明其庶母薨稱夫人者，徒緣乎人子不忍之情，止稱行於國中，猶不通於鄰國近邦也。由此可知，妾母因子爲君，貴而於薨葬稱「夫人」，待以夫人之禮，誠非僭越無禮也。周師春秋吉禮考辨一書亦嘗詳釋原委：

> 蓋庶子爲君，母以子貴者，生則宮室衣物，奉養有加，下堂固尊行國中，上堂猶屈於嫡前，名分既定，不容輕易，使爲立典改制，則有篡嫡之嫌。至於薨卒，愼終追遠，禮或視同夫人，不須以子爵母，嘗備立嫡之典，行於太廟，昭之國人而後可，是爲母以子貴之確義。故成風、敬嬴（頃熊）、定姒、齊歸四人，皆魯君之妾，而春秋悉書夫人者，惟見於薨葬之時，始得有此稱也。此四人終其一生，固未嘗有嫡妻之名者，明無二嫡也。而卒葬乃以夫人之禮，使得配食於廟者，父母者，子之天也，不可使爲人君而終有父無母，故卒葬祔廟俾備合祀也。然則妾母雖以子貴，重在卒葬喪祭，而生時實不有夫人之稱也。原乎人子之親情，國家之制典，驗諸《春秋》之所書，禮義之精詣，皆無不洽。〔註27〕

綜上所論，是庶母因子而貴，得援夫人尊禮者，止乎薨葬大典而已，蓋緣人子之情，使其母得配食以祔廟焉。至於妾母生時例不稱夫人，以杜倫序之亂也。驗諸《春秋》所載，妾母因子爲君而葬稱夫人，固亦可得其梗概焉。察乎定姒既非定公嫡配，其卒見書者，因子爲哀公故也。然不稱夫人且略書「卒」者，似又較一般庶母之例略遜一籌。《公羊傳》「哀未君也」者，按定公薨於定公十五年，其子雖已得繼立，然猶未即位改元，一年不可有二君，視若未踰年之君也，而定姒亦薨於定公十五年，其子猶未成君，自不得遽尊其母，待以夫人禮也。故同是庶子爲君，得尊其母而書薨稱夫人，定姒猶異之者，其子哀未君所致也。於斯亦可證知，非庶子爲君之妾母，禮不得僭稱夫人也。

魯夫人薨稱尚有一變例，即哀公十二年經「孟子卒」。孟子爲昭公嫡妻，自無不

〔註25〕鄭氏駁許君之說，出同見註24。

〔註26〕見文公九年經文。

〔註27〕詳見周師一田〈春秋吉禮考辨〉，頁181。

言夫人之理，今不稱夫人且不冠以母姓者，公羊釋其故：

　　孟子者何？昭公夫人也。其稱孟子何？諱取同姓，蓋吳女也。

按昭公逆娶、夫人之始至，均不書于策，所以知其爲同姓吳國之女者，除《公羊傳》外，如左氏哀公十二年傳「昭公娶于吳，故不書姓。」《論語・述而篇》「陳司敗問昭公知禮乎？……曰『君取於吳爲同姓，謂之吳孟子，君而知禮，孰不知禮。』……」《禮記・坊記》亦云「魯春秋猶去夫人之姓曰吳，其死曰孟子卒。」徵諸史料足明孟子乃國之女，魯、吳皆姬姓也，故諱取同姓，而自史策刪去逆娶、入國之文。蓋昏禮之義，合二姓之好也，周道同姓者百世昏姻不通，甚且買妾一事，使不知其姓，猶待卜之而後定〔註 28〕，是謹於同姓不昏也，故何休云：

　　禮不娶同姓，買妾不知其姓則卜之，爲同宗共祖，亂人倫，與禽獸無別。

《白虎通・嫁娶篇》亦有相同之論，曰：「不娶同姓者，重人倫、防淫泆、恥與禽獸同也。」是《公羊傳》言諱娶同姓而略書夫人、略稱母家姓之說，固洽其義矣。

　　公羊傳「蓋吳女」者，意謂昭公夫人，因諱娶同姓，故生時削去母家姓。然經文不繫國稱「吳孟子」者，何休云：

　　昭公既娶諱，而謂之吳孟子。春秋不繫吳者，禮婦人繫姓不繫國，雖不諱，猶不繫國也。

婦人稱謂例繫姓稱字，今吳孟子因故而不得稱姓，不著明所從出之意也，然使吳孟子但稱「字」，則又非辭矣。今昭公夫人以「孟子」爲稱，孟者行次也；子著美稱也。竹添光鴻《左傳會箋》云：「婦女美稱亦有稱子者，如詩齊風齊子豈弟是也，處子、西子之類亦然。」考之史傳，左傳哀公三年有「南孺子」，杜預注：「南孺子，季桓子之妻。」又《詩經・衛風・碩人》篇：「齊侯之子，衛侯之妻，東宮之妹，邢侯之姨。」齊侯之子即東宮之妹也。史策典籍中確有女子以「子」爲美稱之實，則昭公夫人因諱取同姓而去姓，故以美稱之「子」代之，以順文辭也。

　　定姒、孟子二夫人薨時不以夫人禮待之，各有其故，則以「卒」文書之而不言「薨」者，或因取同姓，或因子未爲君，既不尊以夫人禮，使仍錄書「薨」辭，則前後牴觸，莫由辨矣，仍以「卒」爲文也。

參、夫人葬稱

　　△莊公二十二年經：「（春王正月）癸丑，葬我小君文姜。」

　　△僖公二年經：「夏五月辛巳，葬我小君哀姜。」

　　△文公五年經：「（春）三月辛亥，葬我小君成風。」

〔註 28〕《禮記・檀弓》：「取妻不取同姓，故買妾不知其姓則卜之。」

△文公十七年經：「夏四月癸亥，葬我小君聖姜（左氏傳作聲姜）。」

△宣公八年經：「冬十月己丑，葬我小君頃熊（左氏傳作敬嬴）。」

△襄公二年經：「（秋）七月己丑，葬我小君齊姜。」

△襄公四年經：「（秋）八月辛亥，葬我小君定弋（左氏傳作定姒）。」

△襄公九年經：「秋八月癸未，葬我小君穆姜。」

△昭公十一年經：「（秋）九月己亥，葬我小君齊歸。」

△定公十五年經：「（秋）九月辛已，葬定姒。」

魯夫人書葬之辭，例稱「我」言「小君」稱「諡」配「母家姓」。稱「我」，指魯室而言，係承襲春秋魯史記述之舊文，尚無特殊意義；小君者，夫人與公一體，助君佐內治，比於君爲小（何休莊公二十二年注），故尊稱「小君」也；稱姓稱諡者，記血緣之統欲使終不忘本也（何休莊公二十二年注）。

《公羊傳》於葬小君經文屢發傳以釋其身分，如莊公二十二年傳「文姜者何？莊公之母也。」僖公二年傳「哀姜者何？莊公之夫人也。」文公五年傳「成風何？僖公之母也。」、文公十七年傳「聖姜者何？文公之母也。」、宣公八年傳「頃熊者何？宣公之母也。」、襄公四年傳「定弋者，襄公之母也。」、昭公十一年傳「齊歸者何？昭公之母也。」其稱謂或繫於夫，如「言莊公夫人」；或繫乎子，如言「僖公之母」，蓋因夫人各自爲諡，分別辨之也。如襄公之世，《春秋》書齊姜薨于二年，穆姜薨于九年，其生時俱稱「夫人姜氏」，則莫辨乎齊姜爲何君夫人，穆姜又爲何君嫡妻矣。公羊襄公二年傳「齊姜者何？齊姜與穆姜，則未知其爲宣夫人與？成夫人與？」疑竇於焉生矣，故藉由《公羊傳》繫子繫夫之解，其與時君關係昭然可辨矣。

紬繹《公羊傳》繫夫繫子之故，殆因「春秋之初，下成康未遠，諸侯夫人猶從君之諡，衛有莊宣姜、鄭有武姜皆是也，非正嫡則無諡，仲子是也，魯自文姜以後，不別適庶，皆各自爲諡」〔註 29〕。借使魯侯嫡妻葬而冠稱夫諡，如文姜爲桓公嫡妻，經書「葬我小君桓姜」；凡妾母因子爲君而貴者，於葬不稱夫諡，則嫡庶之別憭然矣。《公羊傳》揆諸春秋經文所錄夫人葬辭，皆冠己諡，察文以知變，遂發傳釋其與時君關係，亦由稱己諡之文，彰其善惡矣。

綜觀上文夫人葬稱諡之例，唯定公十五年書「葬定姒」，從夫諡且不言「我小君」者，蓋因子哀公未立，妾母不得尊爲夫人，故薨時不書「薨」，葬時自不應書「我小君」矣。若其從夫諡，禮遜於一般庶母稱己諡者，未致之爲夫人，不當有諡，故從夫諡爲稱焉。

〔註 29〕參見孔廣森《公羊通義》莊公二十二年經「葬我小君文姜」下。

第三節　魯室內女稱謂

《春秋》內女稱謂有三，祇稱姓字，姓字之上繫以國名，姓字之上冠以「子」稱者，女子非有大故不得專行，是以記內女稱謂之事類，或志其「歸」，或書「來」，或書「來歸」，或書「來逆」，或直記「卒」、「葬」，事類雖繁，泰半以昏喪禮爲主。蓋夫婦之道，人倫之本，女子之所終也。觀其文例，則井然有別，茲依稱謂之異，以事爲類，分述其稱謂之要。

壹、祇稱姓字

一、書「某姬歸于某」

△隱公二年經：「冬十月，伯姬歸于紀。」

△隱公七年經：「春王正月，叔姬歸于紀。」

△莊公二十五年經：「（夏六月）伯姬歸于杞。」

△僖公十五年經：「（秋九月）季姬歸于鄫。」

△成公九年經：「（春）二月，伯姬歸于宋。」

公羊隱公二年傳：「姬者何？內女也。其言歸何？婦人謂嫁曰歸。」上引五例云「歸」于某者，內女外嫁之事也。「某」者歸嫁之國名，由知內女外嫁於某國而爲某國之夫人也。既嫁爲諸侯夫人則尊與君同，故其外嫁之事仍見書於史策焉。

內女稱字冠姓者，公羊僖公九年傳：「婦人許嫁，字而笄之。」蓋女子十有五年而笄之，禮也；又許嫁亦得笄而字〔註30〕，是女子年屆十五，許嫁笄而稱字，以示成人之禮也，至書見史策者，皆稱其姓、字，例無稱其名者也。觀此五例內女之稱謂，冠以伯、仲、叔、季行次字者，蓋以行次爲字也〔註31〕，至於內女稱「姬」姓者，因以別婚姻也。是經書以姓冠字謂未嫁之內女，其例至明，《公羊傳》於此亦無異說。

〔註30〕參見《禮記．曲禮》及〈內則篇〉。

〔註31〕女子稱字雖有其制，然稱字之法，則有異說，由春秋女子稱謂觀之，當是以行次爲其字。然王國維「女字說」一文以爲女子稱字之例爲「某母」。其說曰：「女子之字曰某母，猶男子之字曰某父。……蓋男子之美稱，莫過於父，女子之美稱，莫過於母。男女既冠笄，有爲父母之道，故以某父母字之也。」按王氏之說所據者，金文中所見女子稱某母之例也。而郭沫若亦據相同資料，于《兩周金文辭大系》一書中提出：「古人女子無論已嫁未嫁，均稱某母，今案某母當女名，或省去母字，『伯』，『仲』加上本姓，才構成女子的字。」是周代女子稱謂所可憑證之資料：春秋經文及銅器銘文，所見各有不同之稱謂法，女子之字究應以何種文詞構成，誠待進一步研究，於此但提出異說，以待後考。

此五例書內女「歸于」某國，且不繫他國國名於姓字之上，是初嫁之文也。使女子既嫁，從於夫家，自當冠以夫國國名，示已有所繫，以別於未嫁之稱。然經文同記以「歸于」之辭，莊公十二年經獨書「紀叔姬歸于酅」者，叔姬冠稱紀國名，已嫁女也；經又書「歸于」，似初嫁之文，是紀叔姬書歸于之例迴異於內女稱姓字例也，例之變當有其故：

△莊公十二年經：「春王二月，紀叔姬歸于酅。」

按歸于酅，酅者，齊國邑名，非國名也，亦即莊公三年經「秋，紀季以酅入于齊」之酅，紀季爲存紀國宗祀所附庸於齊之地也。而叔姬已於公七年歸嫁于紀，經書「春王三月，叔姬歸子紀」是也，此經「叔姬」之上又繫以「紀」字，皆可證知是已嫁於紀君爲夫人矣。則莊公十二年經書紀叔姬歸于酅者，不得以內女初嫁爲夫人之比矣。紀叔姬歸于酅既非初嫁之義，「故知此云『歸』者，歸向、歸依之義耳。」〔註32〕，考其事，《公羊傳》言之矣：

其言歸于酅何？隱之爾。何隱爾？其國亡矣，徒歸于叔爾。

蓋紀國於魯莊公四年爲齊所滅，春秋爲齊襄公諱滅國，而以「紀侯大去其國」爲文，使若其國未見滅；而紀侯之弟紀季，於國滅前以酅地入事齊國，得以暫存宗廟社稷也〔註33〕。而魯女叔姬見國雖滅，仍全節守義，以終婦道焉〔註34〕，故魯史特志其歸向於紀季，喜其女得申己志也。是此經文書「紀叔姬歸于酅」，乃記叔姬歸依夫國社稷之所，實不同於內女初嫁文例也。是同以「歸于」爲文，內女祇書姓字，明初嫁也；叔姬特繫以紀，明其歸依於酅，以終婦道，而非初嫁也。

二、書「來逆某姬」

△莊公二十七年經：「（冬）莒慶來逆叔姬。」

魯女去父母之國而外適，史策書之，親親之義也。然魯女歸嫁有直書「來逆女」者，如隱公二年經「紀履緰來逆女」；亦有書「來逆某姬」者，如莊公二十七年經「莒慶來逆叔姬」是也。一稱逆女，一書逆女之姓字，《公羊傳》分別言之。隱公二年傳謂「外逆女不書，此何以書？譏。何譏爾？譏始不親迎也。」以爲紀大夫履緰爲君逆娶，非常之義，故書見於經〔註35〕。而莊公二十七年傳則曰：「此何以書？譏。

〔註32〕詳見周師一田所撰〈左傳『鄫季姬來寧』質疑〉一文。

〔註33〕此事詳見左氏莊公四年傳「紀侯不能齊，以國與紀季。」而《公羊傳》亦略言其事：「（紀季以酅入于齊）何賢乎紀季？服罪也。其服罪奈何？魯子曰：請後五廟，以存姑姊妹。」是知紀季以酅入事齊侯，實存社稷宗廟之祀焉。

〔註34〕見左氏莊公十二年經杜預注文。

〔註35〕君不親迎，說見周師一田所撰〈春秋『親迎』禮辨〉一文。

何譏爾？大夫越竟逆女，非禮也。」是外大夫親來逆娶魯女也。故雖同是大夫來逆魯女，爲君逆娶者，但書「逆女」，尊於君也；大夫自娶，則直書魯女姓字，稍差於諸侯之逆娶也。孔廣森《公羊通義》云：「逆叔姬不言逆女，又不月，叔姬不書歸，皆略其文，爲內女行于大夫之通例，所以下其適國君者。」所言甚洽焉。

觀《公羊傳》所言譏「大夫越竟逆女」之說，蓋士之昏娶必至女家親迎，禮文有徵〔註 36〕。至若卿大夫逆娶之制，雖無明文可察，然周師一田嘗撰〈春秋親迎禮辨〉一文，詳考春秋之際，卿大夫之昏娶禮亦當親迎〔註 37〕，由是可知大夫親逆，禮制之常也。《春秋》常事不煩書之，是今見錄大夫逆娶一文者，實屬非常，故見書之。莒慶來逆叔姬一事，《公羊傳》以大夫越境逆娶非禮而譏之，蓋如何休所言：

禮大夫任重，爲越竟逆女，於政事有所損曠，故竟內乃得親迎，所以屈私赴公也。

公羊、何休皆以爲大夫越竟逆女，於禮不合。「所謂大夫任重，嫌有損曠，屈私赴公」，故不許越竟逆女者，是本情理之中，足可取信。然而春秋之世，卿大夫士有外聘之道，倘因外聘而出境，既至其國，而兼行親迎，及返國而偕與歸，本屬權宜之變，自在無可不可之間，固亦未可一以非禮視之矣。」〔註38〕。因知經書莒慶來逆，權宜之道也；魯史記之，亦以見時變之道也。而魯女稱以「叔姬」者，猶在室待嫁之女，將歸嫁于外大夫也；其不稱「逆女」者，因別於大夫爲天子逆娶，而辨尊卑之階也。

三、書「某姬卒」

△僖公九年經：「秋七月乙酉，伯姬卒。」

內女稱姓字而書卒者，惟此一例，實屬非常，其故《公羊傳》言之：

此未適人，何以卒？許嫁矣。婦人許嫁，字而笄之，死則以成人之喪治之。

蓋伯姬既許嫁笄字之矣，雖未適於夫家，魯宜以成人之禮待之，不得列爲殤禮之屬也。女子既嫁，必有所歸之宗，使女子子適爲國君大夫，則諸侯爲之服大功，尊同

〔註 36〕士親迎，見《儀禮・士昏禮》：「主人爵弁纁裳緇袘，從者畢玄端，乘墨車，從車二乘，執燭前馬。」又云：「婿御婦車，授綏，姆辭不受。婦乘以几，姆加景，乃驅。御者代，婿乘其車，先俟於門外。」又《禮記・昏義》：「父親醮子而命迎之，男先於女也，子承命以迎。」

〔註 37〕周師嘗就《春秋》經傳所見卿大夫之昏娶例凡十三事，考知卿大夫之昏娶，禮當迎於女家。若越竟迎於異邦，本非禮制所許，借使因聘出入，就便迎歸，亦屬權宜之通變，是其結論爲「卿大夫迎於境內，越境則因聘而逆」說見〈春秋親迎禮辨〉一文。

〔註 38〕同註 35。

故也〔註39〕。今叔姬許嫁而未行，有即貴之漸矣，故卒於國內，諸侯仍從內女有服者而錄其卒，誠如何休所言：

不以殤禮降也，許嫁卒者，當爲諸侯夫人，有即貴之漸，……故從諸侯夫人例。

今經文錄書「伯姬卒」，爲有別於既嫁之外夫人，遂不繫夫國國名。獨書姓字之文例，而不繫以夫國名，猶未嫁在室之女也。

四、書「某姬遇」

△僖公十四年經：「夏六月，季姬及鄫子遇于防，使鄫子來朝。」

此經未繫鄫國名，未嫁之辭也；僖公十五年經，見季姬之歸于鄫，始嫁之辭也。夫女子之未嫁，男女不雜坐，不同椸枷，不同巾櫛，不親授〔註40〕，不通衣裳〔註41〕，且女子不得專行，出門必擁蔽其面〔註42〕，使女子許嫁纓，非有大故不入其門也〔註43〕，是皆重男女之別以杜淫亂，謹防於禮也。比觀季姬及鄫子之遇于防，其踰節亂禮明矣，《公羊傳》云：

鄫子曷爲使乎季姬來朝？內辭也。非使來朝，使來請己也。

何休亦詳述《公羊傳》「使來請己」之故：

使來請娶己以爲夫人，下書歸是也。禮男不親求，女不親許，魯不防正其女，乃使要遮鄫子淫泆，使來請己，與禽獸無異，故卑鄫子使乎季姬，以絕賤之也。

經書「季姬」，未繫諸侯國名之稱謂，其故《公羊傳》無說，《左傳》輒以爲此季姬已嫁，來寧於魯，公怒鄫子之不朝，季姬乃謀遇於防，使其來朝也〔註44〕，其說若是，則使質簡之經文疑竇滋生矣。周師一田嘗撰〈左傳『鄫季姬來寧』質疑〉一文，具論此事，誠非本文所涉，是以略之。劉師培《春秋左氏傳古例詮微》，名例篇云：

〔註39〕《儀禮・喪服篇・大功章》：「君爲姑姊妹女子嫁於國君者。傳曰何以大功也？尊同也，尊同則得服其親服。」

〔註40〕見《禮記・曲禮篇》。

〔註41〕見《禮記・內則篇》，「男不言內，女不言外，非祭非喪，不相授器，其相授則女受以篚，其無篚，則皆坐奠之而后取之。外內不共井，不共湢浴，不通寢席，不通乞假。男女不通衣裳，內不言出，外不言出。」

〔註42〕《禮記・內則篇》：「男子入內，不嘯不指，夜行以燭，無燭則止。女子出門必擁蔽其面，夜行以燭，無燭則止。道路男子由右，女子由左。」

〔註43〕見《禮記・曲禮篇》。

〔註44〕詳見左氏僖公十四年傳文。

「內女姓冢綴字，從在室詞。」〔註 45〕由上文所見，或書歸嫁爲諸侯夫人，或記外大夫來逆妻，或書其卒事，事類雖別，衹稱姓字，從在室未嫁之詞則一也。

貳、姓字之上繫以國名

一、書「某某姬來」

△莊公二十七年經：「冬，杞伯姬來。」

△僖公五年經：「（春）杞伯姬來，朝其子。」

△僖公二十五年經：「（夏）宋蕩伯姬來逆婦。」

△僖公二十八年經：「秋，杞伯姬來。」

△僖公三十一年經：「冬，杞伯姬來求婦。」

此五例皆內女既嫁而復來魯者也，然諸侯夫人佐君內治，以身份尊貴，非有大故不得隨意出入，其父母雖在，歲時俱無歸寧之義〔註 46〕。故《春秋》凡內女嫁於諸侯，父母雖在，直書「來」者皆非禮也。《公羊傳》未言夫人歸寧非禮之文，然於莊公二十七年杞伯姬來曰「直來曰來」者，不與歸寧之名，以其無事直來而已，是已譏在其中矣〔註 47〕。蓋夫人歸寧於魯若是常事，不當書見於《春秋》也，今經書魯女之「來」者，不過數事耳，是殊故而書之可知矣。此五事《公羊傳》嘗分別言之：

△莊公二十七年傳：「其言來何？直來曰來。大歸曰來歸。」

案：此傳釋來、來歸之別，明杞伯姬之來魯，非出歸之來也。何休云：「直來，無事而

〔註 45〕周師嘗考辨鄫季姬來寧事之原委，茲引錄結論之文如下：

「綜前所論，凡春秋衹書內女姓字，其上不繫國名，而云歸于某國者，皆魯之內女初嫁爲諸侯夫人之例也。是則僖公十五年經書「季姬歸于鄫」者，當是季姬初嫁之文。既知季姬此時始嫁，則此於十四年時，以「來寧」說之者，未知左氏何所據而云也。又知諸侯夫人雖父母俱在，禮無歸寧之制，使卿攝行，猶屬權宜之變；父母既沒，親恩已斷，不須歸寧。嫁爲大夫之妻者，亦不得越竟而歸寧。則凡春秋所見內女既嫁，而復「來」魯，身自歸寧者，無論其爲諸侯夫人，抑爲大夫之妻，皆以事非經見，非禮而書者也。經既有書「來」以見非禮之例，使季姬果已嫁鄫，十四年嘗來歸寧，春秋無由不書其「來」；經既不見其「來」，則「鄫季姬來寧」之文，亦不知左氏何所據而云也。又據春秋於諸侯女之稱謂言，凡衹稱其姓字者，皆在室未嫁之女，既嫁之後，則皆於姓字之上繫以國名，殆無例外。經書「季姬」，顯係未嫁之女，傳於十四年時即於季姬之上繫以「鄫」字，是又不知左氏何所據而云也。」據此，左傳之說既未可信，今經書「季姬」而未繫諸國名，則季姬爲未嫁女非已適人之婦明矣。

〔註 46〕參見周師一田所撰〈春秋『歸寧』禮辨〉一文。

〔註 47〕同註 46。

來也。諸侯夫人尊重，既嫁，非有大故，不得反。唯自大夫妻，雖無事，歲一歸宗。」諸侯夫人既嫁，非有大故，不得反，則杞伯姬無事踰境來魯，已見譏矣。

△僖公五年傳：「其言來朝其子何？內辭也。與其子俱來朝也。」

案：婦人無故不踰竟，伯姬與子俱來，尤非禮也，故爲內諱辭曰來朝其子，使若子幼而母率之來見者然〔註48〕。何休云：「使若來朝其子，以殺恥直來之恥，所以辟教戒之不明也。」辟內女之失教，此文直書來，已示譏矣。

△僖公二十五年傳：「宋蕩伯姬者何？蕩氏之母也。其言來逆婦何？兄弟辭也。其稱婦何？有姑之辭也。」

案：蕩伯姬者，內女而嫁於宋大夫蕩氏也，特於姓字之上冠稱夫家「蕩氏」之名，以見別於諸侯夫人也。今蕩伯姬爲其子來魯逆婦，錄諸史策者，昏禮合二姓之好，求敵體也；禮父母送女不下堂，則舅姑豈須自親逆乎，書「逆婦」則其非禮可知也。何休云：「以逆實文，知不殺直來也，主書者，無出道也。」而僖公三十一年經「杞伯姬來求婦」，《公羊傳》亦謂「其言來求婦何？兄弟辭也。其稱婦何？有姑之辭。」俱與此同，是譏其無出道之非明矣。

循觀此五例書內女來之文，公羊依其事類，釋其非禮之譏，而不與歸寧之名，實女子既嫁，歲時得歸寧父母者，惟境內卿大夫士之妻而已，餘者例無歸寧之禮也，此禮制之原委，說者多紛異，其中惠士奇《春秋說》卷一之論，於理甚洽，茲引錄於下，以爲論說之憑：

> 穀梁子曰婦人既嫁不踰竟，踰竟非禮也。然則夫人歸寧禮歟？抑非歟？子惠子曰非禮也（見硯谿先生詩說）歸寧非禮，曷爲詩有歸寧父母之辭，曰諸侯夫人父母在，使卿歸寧，沒則否。左傳襄公十有二年秦嬴歸于楚，楚司馬子庚聘于秦，爲夫人歸寧禮也。是時秦嬴母在，身不自歸，而使卿寧，左氏以爲禮，言惟此爲得禮。凡內女嫁於諸侯，雖父母在，直書來者，皆非禮也。然則夫人歸寧，使卿攝行明矣。

是謂諸侯夫人無歸寧之事，則大夫之妻雖可歸寧，仍以不得踰竟爲限，惠氏又云：

> 何氏曰大夫之妻雖無事，歲一歸宗，謂同國也。如大夫娶乎鄰國，則不可。……故知大夫之妻不得越國而歸宗，若此者，所謂家之閑也。家有閑而自踰之，亡國敗家之道，故《春秋》備書之，以爲鑒矣。

周師〈歸寧釋例〉一文亦詳考此禮制之原委，以爲：

> 女子既嫁，歲時歸寧父母，惟適於卿大夫士之妻而已，且以不得越竟

〔註48〕見孔廣森《公羊通義》僖公五年傳之注。

爲限。諸侯夫人無歸寧之制，惟得使卿攝行，通於權宜之變耳。父母既沒，則恩情已絕，不須歸寧。卿大夫士之妻，惟一歸宗而已，人君絕宗，故諸侯夫人亦不得奔喪歸唁也。

由此二說可知，諸侯夫人不論其父母存歿與否，俱無歸寧、奔唁之禮，經文所書杞伯姬來，即不與歸寧之禮而書之也。若其書來又書「朝其子」、「來逆婦」，雖似有事而來，可托以來寧無禮之實，然其冠以夫國國名，即明爲已嫁之女，而其踰竟非正亦不待言矣。明乎已嫁之女「直來曰來」，不與歸寧之義，則經文殊錄內女之「來」者，皆譏可知矣。

二、書「某姬來歸」

△宣公十六年經：「秋，郯伯姬來歸。」

△成公五年經：「春王正月，杞叔姬來歸。」

公羊莊公二十七年傳：「大歸曰來歸。」何休注：「大歸者，廢棄來歸也。」是經書內女來歸，內女見棄於夫家，出而還歸母家者也。女子若非觸七出之律〔註49〕，夫家不得任意出棄之，何休莊公二十七年傳注細言女子見棄不得歸夫家宗廟之由：

婦人有七棄、五不娶、三不去，嘗更三年喪不去，不忘恩也。賤取貴不去，不背德也。有所受無所歸不去，不窮窮也。喪婦長女不娶，無教戒也。世有惡疾不娶，棄於天也。世有刑人不娶，棄於人也。亂家女不娶，類不正也。逆家女不娶，廢人倫也。無子棄，絕世也。淫泆棄，亂類也。不事舅姑棄，悖德也。口舌棄，離親也。盜竊棄，反義也。嫉妒去，亂家也。惡疾棄，不可奉宗廟也。

是知聖人以愼戒女教、嚴律婦德者，全其家道而不至於窮乖也。今魯女既嫁爲外諸侯夫人，見棄出歸返至母家，雖傳文未見出棄之由，其與夫家則已情斷恩絕而失其貴，自不得與君同尊矣。然經文書其來歸，仍繫以夫國國名，視若外夫人者，待之以初也（公羊桓公七年傳）。《禮記・雜記下》：

諸侯出夫人，夫人比至于其國，以夫人之禮行。至，以夫人入。

鄭玄注：「行道以夫人之禮者，棄妻致命其家乃義絕，不用此爲始。」意謂諸侯出夫人未致命於母家以前，仍以夫人之禮行，乃至其家，方與夫家恩斷義絕，故經文書「郯伯姬」、「杞叔姬」仍冠以國名者，未致命，仍待以夫人尊禮也，遂不絕去夫國之名焉。

〔註49〕女子七出之律，見《大戴禮記・本命篇》第八十：「婦有七去，不順父母，去。無子，去。妒，去。有惡疾，去。多言，去。竊盜，去。不順父母爲其逆德也。無子爲其絕世也。淫爲其亂族也。妒爲其亂家也。有惡疾爲其不可與共粢盛也。口多言爲離親也。盜竊爲其反義也。」

三、書「某某姬卒」

△莊公四年經：「(春) 三月，紀伯姬卒。」

△莊公二十九年經：「冬，十有二月，紀叔姬卒。」

△僖公十六年經：「夏四月丙申，鄫季姬卒。」

△成公八年經：「冬十月癸卯，杞叔姬卒。」

△襄公三十年經：「(夏) 五月甲午，宋災，宋伯姬卒。」〔註50〕

內女既嫁，歸屬於夫家，《春秋》經文仍錄其外嫁女之卒文者，蓋既爲諸侯夫人，尊而恩成于敵體也。如莊公四年「杞伯姬卒」，此伯姬即隱公二年經書「伯姬歸于紀」之女也，經文書例繫以國名，不加「氏」稱，明其爲諸侯夫人也。

使內女嫁爲外諸侯之卿士大夫，則冠稱「氏」名，且不錄其卒文也，如宋蕩伯姬之殊稱「蕩」伯姬，并未見書卒是也。其義孔廣森《公羊通義》得之：

春秋之義內女嫁于諸侯者錄卒，嫁于大夫者不錄卒也。

又如《儀禮．喪服篇．大功章》「君爲姑姊妹女子嫁於國君者」下曰：

何以大功也？尊同也。尊同則得服其親服。

經書嫁女之卒事，即因嫁爲外諸侯夫人，尊同故也。然成公八年經書杞叔姬卒，又於九年經書「春王正月，杞柏來逆叔姬之喪以歸」者，迥異於一般內女卒例。按杞叔姬者，內女歸嫁至杞，爲杞國夫人者也。經文雖不見其始嫁之文，而於成公五年有「杞叔姬來歸」之事，蓋如何休所云「始歸不書，與郯伯姬同。」宣公十六年郯伯姬來歸，何休注云：「嫁不書者，爲媵也。來歸書者，後爲嫡也。」由知杞叔姬初爲杞夫人之媵，後雖爲嫡，終爲杞伯出棄，故《春秋》始歸不書而錄其來歸也。杞叔姬既爲杞伯所出，與之恩絕義斷，而夫人之尊不復存矣，故魯君亦無服喪之理，然春秋仍依外夫人之例而書其卒者，何休云：

爲下脅杞歸其喪張本，使若尚爲杞夫人。

是即成公九年經書杞伯來逆叔姬之喪以歸是也，《公羊傳》云：

杞伯曷爲逆叔姬之喪以歸？內辭也，脅而歸之也。

魯君脅迫杞伯歸喪，其事或如公羊所言。然綜觀杞叔姬稱謂之變，當另有其故也：

〔註50〕按此經文於「伯姬」之上冠以「宋」者，公羊穀梁二傳併無之，是三傳有異文也。據陳師伯元〈春秋異文考〉之考證，以爲當有宋字，其說：「謹案：左氏本年傳云：甲午，宋大災，宋伯姬卒，待姆也。而下經叔弓如宋，葬宋共姬有宋字，則此亦當有宋字，以別魯女之嫁于宋者也。趙坦云：有宋字爲是。而陸氏釋文不著異同，或陸氏所見公穀本經亦與左氏同。」

△成公五年經：「春王正月，杞叔姬來歸。」

△成公八年經：「冬十月癸卯，杞叔姬卒。」

△成公九年經：「春王正月，杞伯來逆叔姬之喪以歸。」

叔姬出棄歸返至魯，繫以夫國，未致命也；既至魯，待若內女然，是叔姬卒於母家及杞伯來逆喪，均不得冠稱夫國名也。若成公八年之經文反見稱「杞叔姬卒」者，誠有意之爲也。「倘叔姬之上不繫國名，與僖公九年卒之伯姬、文公十二年卒之子叔姬同，是誠已嫁之女與未嫁之女混然無別矣。蓋魯內女之卒者，必當時實以成人禮治之，始得書見於《春秋》，伯姬、子叔姬之卒是也；若女年未及笄，容以殤禮治之者，則不得載之史記。若既嫁爲諸侯夫人，大歸于魯，又未更適而卒，既以恩錄，復於卒時以示尊榮，又見其爲已嫁之女而反在室者，與未嫁者別，則經書之必於姓字之上繫以原嫁國名，則杞叔姬是也。」〔註 51〕，是知杞叔姬出歸而卒于魯，《春秋》記之而繫以原嫁國名者，辨異於既笄未嫁而卒之內女故也；至若杞伯來逆叔姬之喪以歸，不冠嫁國名者，從魯之內辭也。

四、書「某某姬葬」

△莊公四年經：「（夏）六月乙丑，齊侯葬紀伯姬。」

△莊公三十年經：「（秋）八月癸亥，葬紀叔姬。」

△襄公三十年經：「秋七月，叔弓如宋，葬宋共姬。」

《春秋》內夫人例書卒書葬，以同尊於魯君也，說已見前；若內女嫁爲外諸侯夫人，則書卒而略其葬，以降于內夫人也。公羊莊公四年傳云：「外夫人不書葬。」此春秋別親疏、正名分之義也，由知外諸侯夫人書葬者，亦非常故而書之春秋也。

莊公四年經書齊侯葬紀伯姬，《公羊傳》云：

> 外夫人不書葬，此何以書？隱之也。何隱爾？其國亡矣，徒葬於齊爾。此復讎也，曷爲葬之？滅其可滅，葬其可葬。此其爲可葬奈何？復讎者，非將殺之，逐之也。以爲雖遇紀侯之殯，亦將葬之也。

意謂特錄紀伯姬葬事者，憫其失國亡家之痛也。然葬者臣子之事也，紀國已亡，無臣子事之矣，而紀伯姬者，魯女也，經文書「齊侯」葬之，父母之於子，豈有見其失國身死而不恤喪之理哉，是以公羊許齊國以「滅其可滅，葬其可葬」者，良有故也。清儒顧棟高嘗釋之：

> 案聖人書此，罪齊亦責魯也，魯爲伯姬父母之國，既不能救其國，恤其喪，反使齊侯假以爲名，居然告魯，魯又靦然使大夫會葬，此雖庶民之

〔註 51〕同註 32。

家，猶爲可恥，況堂堂有國之君乎！〔註 52〕

顧氏此意實斥責魯之不救國、不恤喪也，經文不直錄「葬紀伯姬」，而特書「齊侯」葬「紀」伯姬，恥魯之不恤喪義亦明矣。

莊公三十年經「葬紀叔姬」，《公羊傳》云：

外夫人不書葬，此何以書？隱之也。何隱爾？其國亡矣，徒葬乎叔爾。

按此亦閔其國亡也。然紀叔姬不書「齊侯」葬之者，葬之者其叔紀季也。叔姬以媵女身份得書葬者，蓋伯姬嫁于紀時，叔姬爲媵，其於隱公七年及長始歸于紀，其後紀亡，伯姬又於莊公四年卒，叔姬乃秉節守義，終身以奉其祭祀，至莊公十二年歸于紀季所在之「酅」，經書「紀叔姬歸于酅」是也，今又詳錄其卒葬，若諸侯夫人然，是媵女得屢書見於史策，必當有殊故焉，何休於隱公七年叔姬歸于紀注云：

媵賤，書者，後爲嫡，終有賢行。紀侯爲齊所滅，紀季以酅入于齊，叔姬歸之，能處隱約，全竟婦道，故重錄之。

蓋紀季賢之而以夫人之禮葬之，是知經書「葬紀叔姬」，仍繫以亡國國名者，一以閔紀之雖亡猶存，一則賢叔姬之全竟婦道，尊以夫人也。

襄公三十年葬宋共姬，《公羊傳》云：

外夫人不書葬，此何以書？隱之也。何隱爾？宋災，伯姬卒焉。

按宋共姬書葬者，憫其卒於災也，公羊詳載其事：

宋災，伯姬存焉，有司復曰：火至矣，請出。伯姬曰：不可，吾聞之也，婦人夜出，不見傅母不下堂。傅至矣，母未至也，逮乎火而死。

蓋女子之德，婦人之行，以貞爲大，宋伯姬貞守婦道，雖遭患難仍不失其度，觀其行，知貞婦之道矣〔註 53〕，伯姬誓死守節，寧待傅姆至而出，不敢擅自專行也，以之律乎魯夫人文姜等之無事外行，則《公羊傳》許伯姬以「賢」，洵爲卓見也。

以上三例見書葬者，是皆各有其故也。惟宋伯姬以「宋共姬」之謚稱見書，紀伯姬、紀叔姬則未見有謚也。考《春秋》女子稱謚者，魯夫人書葬必稱謚也，《白虎通・謚命篇》云：「夫人有謚，夫人一國之母，修閨門之內，群下亦化之，故設謚以彰其善惡。」蓋夫人與君敵體，稱謚以示尊尊義也。觀乎魯夫人謚稱之例，除定姒外均從己謚，其非禮之説詳前節。今宋共姬之謚，「共」者，從夫謚也。按宋共姬即魯公九年歸嫁至宋之內女「伯姬」也，其時宋國爲共公掌理國政，是知伯姬乃宋共公之配也。宋共公卒於魯成公十五年，伯姬卒於後，自當從夫謚稱之，猶存古禮之

〔註 52〕詳參顧棟高《春秋大事表》，三傳異同表四十二之二。

〔註 53〕語出《春秋繁露・王道篇》一文。

正也。故公羊傳云：「其稱謚何？賢也。」善其得正也。至若紀伯姬、紀叔姬葬而不稱謚者，蓋因紀國已滅，臣子俱亡，既無國矣，何有母儀，以為臣民表率焉！經文書其卒葬，已屬非常，故不依夫人稱謚之常例。

五、書「會某某姬」

△莊公二十七年經：「春，公會杞伯姬于洮。」

公會外夫人僅此一例，何休云：「書者，惡公教內女以非禮也。」杞伯姬者，魯女也，於莊公二十五年始嫁至杞，經書「伯姬歸于杞」。洮者，魯地，伯姬既冠以杞國名，示為已嫁之女，無故返國會魯君，無禮之行自著矣。使不冠「杞」則與內女無別，而公之非禮相會，亦不得彰明矣。

參、姓字之上加「子」字

△文公十二年經：「（春）二月庚子，子叔姬卒。」

△文公十四年經：「冬，單伯如齊，齊人執單伯，齊人執子叔姬。」

△文公十五年經：「（冬）十有二月，齊人來歸子叔姬。」

△宣公五年經：「秋九月，齊高固來逆子叔姬。」

△宣公五年經：「冬，齊高固及子叔姬來。」

經書「子叔姬」者五見，實為三人而已，一書其卒，一書執而來歸，一書外大夫來逆、來魯，其事不煩贅言。考此三人皆於姓字之上加稱「子」字，與內女之僅稱姓字、外嫁為諸侯夫人之加稱夫國名者有別；且僅此三人，是為內女稱謂之特例也。其稱「子」之故，公羊文公十二年傳云：

其稱子何？貴也。其貴奈何？母弟也。

母弟者，公之母姊妹也，故何休云：「不稱母妹，而繫先君言子者，遠別也。」然文公年間兩見文公之母姊妹，俱稱「子叔姬」且同以「叔」為字者，蓋殷人字積于仲，周人字積于叔，故文公之篇有子叔姬者二，而皆為同母姊妹也〔註 54〕。

然公羊又於文公十五年之「子叔姬」下云：

其言來何？閔之也。此有罪，何閔爾？父母之於子，雖有罪，猶若其不欲服罪然。

似言稱「子」者，乃指時君之子女。則女子於姓字之加稱「子」者，似有公之母姊妹、與時君之子女二說矣。後世所釋稱子之故，多以為時君之女說之，如陸淳《春秋集傳纂例》卷三引趙匡之說：

〔註 54〕見孔廣森《公羊通義》文公十二年「子叔姬卒」傳之注。

> 時君之女故曰子，以別於先君之女也。

而啖助亦云：

> 公穀云稱子者，公之母姊妹。按經文稱子，明是時君之子也，乃云姊妹，有何理乎？

明石光霽《春秋書法鉤沈》卷一亦云：

> 古者之婦人字居上而姓居下，別於男子也。加子者，以別於先君之女也。

稱子以別於先君之女，意指稱子乃爲時君之女也。至清儒宗此說者亦有之，如俞正燮《癸巳存稿》卷三：

> 文十四子叔姬者，父文公錄收之。

顧炎武《日知錄》卷四，子叔姬卒條下云：

> 以其爲時君之女，故曰子，以別其非先君之女也。

諸說皆主稱「子」乃爲時君之女。今考文公十二年經書「子叔姬」者，使爲文公之女，則必生於文公娶妻之後，然文公即位之後方娶齊女爲夫人，事見文公四年經：「夏，逆婦姜於齊」，使文公五年時生叔姬，至十四年而書其卒，叔姬不過十歲耳，既未及加笄之年，亦未許嫁，自無待以成人禮之故。至若文公十四、十五年之子叔姬，若爲文公之女，則年歲亦未達及笄字許嫁之限，齊人何能執而來歸，若已嫁之女乎？是文公年間所見之「子叔姬」，非文公之女明矣。

而宣公五年所見之「子叔姬」，按宣公之娶亦在即位之後，宣公元年經書「（正月）公子遂如齊逆女」，「三月，遂以夫人婦姜至自齊。」是也。使翌年生女，其女至宣公五年亦不過四歲，何能爲齊大夫高固所逆？是高固所逆之子叔姬，亦非宣公之女也。循是以觀，主論稱子爲時君之女者，其說誠可疑矣。

至若《公羊傳》所謂：「父母之於子」者，亦非指父母稱子之辭，何休云：「叔姬於文公爲姊妹，言父母者，時文公母在，明孝子當申母恩也。」是文公之母薨於文公十六年，是時稱子叔姬，文公母誠健在，是傳云父母者，固有孝子緣父母之心而閔之之意。然何氏之言「是誠曲爲之護，不足以深服人心者也……。蓋以父母之國言，非直以父母當之也」〔註55〕，據此則《公羊傳》所云殊稱「子」字之義，當以時君之「母弟」爲是矣。

內女於姓字之上加「子」者，爲公之母姊妹，然魯君有十二公，其姊妹之數必較此爲多，然經文僅書見於文、宣二公者，其餘內女雖見書於經文，亦多不稱「子」，是其與時君之關係又付之闕如也。且女子資料向來見諸史策典籍者甚少，

〔註55〕同註32。

究爲時君之女或姊妹者，迄今尚無法自史籍中得悉。然就春秋內女稱謂觀之，似可知得：凡姓字之上繫以國名者，已嫁女也，其初嫁之時，若未見書於經文，則其身份已無可考，其與時君之關係亦無從考辨，此亦略而不論。內女祇稱姓字者，皆未嫁在室之女也，其與時君關係，可由時君昏娶之年及內女出嫁之年計得之。然隱公因昏娶之年無可考知，是隱公年間歸于紀之伯姬、叔姬，亦無法查知究係何公之女，餘者如莊公二十五年之伯姬歸于杞、莊公二十七年莒慶來逆之叔姬，僖公九年之伯姬卒，僖公十五年之季姬歸于鄫，成公九年伯姬歸于宋，皆可推論其與時君關係：

（一）莊公二十四年經：「夏，公如齊逆女。秋，公至自齊。八月丁丑，夫人姜氏入。」是莊公之娶在二十四年。然而二十五年經書伯姬歸于杞，二十七年經書莒慶來逆叔姬，此二女者，顯非莊公之女也。若以爲莊公之姑，遲至莊公即位二十餘年始行婚嫁，亦無是理，故知此二姬者必係莊公之姊妹無疑。

（二）僖公爲閔公之弟，皆哀姜之娣叔姜所生。哀姜於莊公二十四年入魯，使叔姜明年生閔公，後年生僖公計之，僖公即位時至多不過八歲，至九年時不過十七歲，而經書伯姬卒，則伯姬絕非其女亦屬顯見。至十五年時，僖公不過二十三歲，而經書季姬歸于鄫，二十三歲已有可嫁之女，實無是理。是此二姬並非時君之女是也。若以爲僖公之姑，以年齡計之，歸鄫之季姬亦無可能。而伯姬卒者，公穀以爲許嫁而卒，乃以成人之喪治之；左氏以爲杞桓絕之，俱見前說，則此非老死者，以爲僖公之姑，無乃太過矣。是此二姬者，非女非姑，其並爲僖公姊妹是也。

（三）成公十四年經：「九月，僑如以夫人婦姜氏至自齊。」是成公之娶在十四年。然而九年已見伯姬歸于宋之文，則此伯姬亦自非成公之女也。若以爲成公之姑，是亦過於遲暮矣。是此伯姬，當亦成公之姊妹可知。

以上三條考辨，詳見周師〈左傳『鄫季姬來寧』質疑〉一文。據此可知莊、僖、成三公所書之內女，皆爲時君之母姊妹矣。既是時君之母弟，則其稱謂亦當與文宣二公之母姊妹書「子」者同，以示貴義焉。然經文有稱子、不稱子之別者，《穀梁傳》范甯注於「公之母姊妹」傳文下注云：「同母姊妹。」所言得之矣，「蓋時君姊妹之中有同母者，有異母者，自是親疏有間，隆差有等。同母姊妹爲親爲隆，故特著『子』字以示，二傳所云『貴也』是矣。異母姊妹爲疏爲差，故祇稱姓字，不著『子』字，不以爲殊貴也〔註 56〕按女子與時君同母與否之證，因經傳記載不足，未能徵引詳實之據以爲辨說也。然由《春秋》經文所見眾女子之稱謂觀之，此一論點或可供參較，備爲一說矣。

〔註 56〕同註 32。

第四章　君室公族及大夫稱謂例

周代封建之制，重階級之等、立尊卑之分，就貴族系統言之，其義尤然。如卿大夫者，其位卑於諸侯而權貴於士人，嚴明其階級之分也。就諸侯公室血親而言，凡稱爲「公子」者，命爲卿大夫之職〔註 1〕，其位次於儲君之「世子」，立尊卑之分也。禮文有云：「刑不上大夫」者〔註 2〕，即殊別其身份也。此尊卑等差之階級觀，由其稱謂之異，亦可略知一二。如凡大夫見書於史策者，多書名氏，公室之親則稱「公子」，而庶人之名，例不見諸典籍，封建立制之義蓋即在此。

春秋於貴族之大夫，以名氏見稱者，蓋如杜預《春秋釋例‧爵命例》云：「春秋之義，諸侯之卿當以名氏備書於經。」若公室之子則冠以「公子」、「公孫」配名專稱之，繫乎公室言之，尊尊也。其後子孫成一宗族，亦援卿大夫名氏之例。「氏」者，貴族階層辨政權之徽幟也。蓋就宗法組織而言，卿大夫列諸侯之下，爲一小宗；就采邑而言，卿大夫於其邑內自爲一大宗，其氏室餘支（士）乃爲小宗。故卿大夫之自爲大宗或附爲小宗，凡得祀其宗廟之主者〔註 3〕，皆有其宗族，得「氏」名以稱焉。因是，卿大夫及其子孫爲與國內其他卿大夫其子孫相區辨，明其尊卑之分、階級之等，遂以家名冠一己私名爲稱，此家名或即卿大夫階級氏之起源也〔註 4〕。固知「氏」乃大夫政權表徵。大夫既受封有土矣，有土斯有氏，有氏斯有權，因以名氏書見者，義得乎此也。

夫周初公室之大夫輔君佐政，恪盡職守，誠諸侯君室之肱股耳目也。然時至春

〔註 1〕說見陸淳《春秋纂例》卷八、諸侯之卿士大夫條：「凡諸侯子弟稱公子以氏者有二種，曾受王命爲卿，以公子爲氏，公子慶父之類是也。」

〔註 2〕《禮記曲禮篇》：「刑不上大夫，禮不下庶人。」

〔註 3〕《禮記王制篇》云：「大夫三廟，一昭一穆與大祖之廟而三。」

〔註 4〕詳參方炫琛撰《周代姓氏二分及其起源試探》一書，第一章〈論氏之義及西周春秋時代國君之氏。〉

秋，大夫世掌國政，食采邑而世世不絕，小則淫侈越法，隕世喪宗；甚者則族大寵多，權逼主上，厚施竊國〔註 5〕，尾大不去之弊由是生焉。故公羊昭公二十五年傳云：「諸侯僭於天子，大夫僭於諸侯久矣。」屢世赫奕之氏族，於春秋時期形成，致有世卿之譏〔註 6〕。而諸侯公室政權下逮於大夫，終亦使公室見毀、封建崩潰也。其遞變之迹，清儒顧棟高嘗詳道之：

> 春秋二百四十二年，時勢凡三大變，隱、桓、莊、閔之世，伯事未興，諸侯無統，會盟不信，征伐屢興，戎狄荊楚交熾，賴齊桓出而後定，此世道之一變也。僖、文、宣、成之世，齊伯息而宋不競，荊楚復熾，賴晉文出而復定。襄、靈、成、景，嗣其成業，與楚迭勝迭負，此世道之又一變也。襄、昭、定、哀之世，晉悼再伯，幾軼桓文，然責開大夫執政之漸，嗣後晉六卿，齊陳氏、魯三家、宋華向、衛孫甯交政，中國政出大夫，而春秋遂夷爲戰國矣。孔子謂自諸侯出、自大夫出，陪臣執國命，實一部《春秋》之發凡起例。

《公羊傳》鑒乎政權下逮之危，爲闡明春秋君臣之義，特於傳文中屢言大夫之所當爲，以爲後世人臣之戒。如「大夫之義不得世」（公羊昭公二十一年傳），言大夫不得世襲；「大夫之義，不得專廢置君也」（公羊文公十四年傳），言不得專擅君權也；「大夫之義，不得專執也」（公羊定公三年傳），言大夫不得獨斷專行；「大夫不敵君」（公羊宣公十二年傳），言大夫不得獨斷專行；「大夫不敵君」（公羊宣公十二年傳），言君臣禮分，臣不得序於君主之上；「大夫以君命出」（公羊襄公十九年傳），言大夫不得專君命而私行也。諸如此類，偏刺天下之稱謂，或可窺知一二，本章擬以公室諸子及大夫稱謂爲例，以論公羊之義。

第一節　王室諸子及大夫稱謂

周自平王東遷，王權不張久矣，一則王畿領土歸散於諸侯，二則權位漸失而諸侯侵凌日甚；其後天子失德，諸侯爭霸愈熾，凌弱暴寡，已然陵越天子之上，不啻爲一方之長，而自以正統所繫居之也。是以君臣上下體制丕壞，而親親之情、尊尊之義亦漸次淪喪，王室權位終一落千丈。揆諸《春秋》王室大事亦可得知一二，如周鄭之交質交惡（左氏隱公三年傳）、鄭莊公之射王中肩（左氏桓公五年傳）、楚莊王之觀兵問鼎（左氏宣公三年傳）、晉平公與周爭閻田（左氏昭公五年傳）等皆是矣。

〔註 5〕見顧棟高《春秋大事表》，卿大夫世系表之敍文。
〔註 6〕世卿之譏屢見於《公羊傳》，如隱公三年傳、宣公十年傳文。

孔子既感時傷亂，欲撥亂反正，歸王室於一統，乃以「尊王」爲先務之急，強調正名之論，於天子諸侯之君臣關係，應有尊卑等差之分際；而於王室諸子及公卿大夫之須致書《春秋》者，亦併禮遇之、殊貴之，以見上下之分。觀其稱謂之異，其義蓋然。公羊文公七年傳「（宋殺其大夫）何以不名？」義即謂大夫見書者，例以名氏錄之。然杜預《春秋釋例》卷一則云：「王之公卿皆書爵，祭伯、凡伯是也。……大夫稱字，……王之世子不名，諸侯之世子則名。是謂天子大夫不以名通者，尊王之義也；又陸淳《春秋纂例》亦云：「天子大夫皆稱氏稱字，……諸侯不敢名也。」是知天子大夫例書名，稱字以貴之，尊王統而示萬民以歸之義也。

壹、王室諸子

△僖公五年經：「（夏）公及齊侯、宋公、陳侯、衛侯、鄭侯、許男、曹伯會王世子于首戴。」

△文公三年經：「夏五月，王子虎卒。」

△宣公十年經：「秋，天王使于季子來聘。」

△宣公十五年經：「（六月癸卯）王札子殺召伯、毛伯。」

△襄公三十年經：「（五月）天王殺其弟年夫。」〔註7〕

△襄公三十年經：「（五月）王子瑕奔晉。」

△昭公二十二年經：「（六月）劉子、單子以王猛居于皇。」

△昭公二十二年經：「秋，劉子、單子以王猛入于王城。」

△昭公二十二年經：「冬十月，王子猛卒。」

△昭公二十三年經：「（秋七月）尹氏立王子朝。」

△昭公二十六年經：「（冬十月）尹氏、召伯、毛伯以王子朝奔楚。」

自天子號令不行於諸侯，天下已莫知正統之所繫矣，故凡周室諸子見書於《春秋》者，必冠以「王」字，一則示尊周以正一統，一則見別於諸侯之子，猶如其冠以國名也。固知春秋之際，雖權柄下逮於諸侯，不於王室諸子冠以「周」國之名，而仍稱「王」者，尊王存周之義也。

周室以宗法之親統其政權之合，廣繼嗣以封土守國，或分封於外，爲一方之長；或命爲公卿大夫，以統其世族，權份雖有輕重，其身份之尊則一也，故周室諸子之稱謂，「王子某」爲其常例也，「某」者，名也；因爲王室血親之屬，誠別於周室之公卿大夫，遂尊以「王子」之名，如「王子虎」等是也。

〔註7〕此條經文《左傳》、《穀梁傳》均作「天王殺其弟佞夫」，據陳師伯元《春秋異文考》一書之考辨，佞夫、年夫相通也。

然觀《春秋》王室諸子稱謂，有以「世子」爲名者，亦有謂「王某子」者，亦有略去「子」而直稱「王某」者，是皆例之變也。變例當有其故，試以《公羊傳》之論觀之。

僖公五年經書「王世子」會諸侯于首戴，其不稱「王子」而殊言「世子」，且略其名者，《公羊傳》云：

> 曷爲殊會王世子？世子，貴也。世子猶世世子也。

按公室諸子中，殊稱世子者，儲君副主之尊也。是爲君之嫡長，生而貴之，將繼世而有天下焉，殊貴於王室諸位公子。由知別稱「世子」之名，以見貴義也。《穀梁傳》嘗析言世子見貴之義，尤爲詳盡，可與《公羊傳》所謂「貴也，猶世世子也」之義相合，穀梁僖公五年傳：

> 王世子云者，唯王之貳也。云可以重之存焉，尊之也。何重焉？天子世子，世天下也。

蓋世子既爲王子之副貳，將世有下天，其尊與君同，生而不直呼名諱，義亦同焉。今齊桓會之，乃闡其尊王大義，殊貴之而不稱世子私名，是知世子受諸侯之尊己，猶若天王之受尊也〔註8〕。公羊宣揚尊王之義，尊嗣君則貴貴之義自得矣。

宣公十年經書「天王使王季子來聘」，特言「王季子」者，《公羊傳》云：

> 王季子者何？天子之大夫也。其稱王季子何？貴也。其貴奈何？母弟也。

按王季子者，以王室之親而職任天子之公卿大夫。今奉命至魯爲聘，冠稱「王」者，繫諸王室以尊焉。然其不言「子某」，而稱以「季子」者，《公羊傳》以爲貴爲天子母弟，母弟者，時君之同母弟也。親尤殊之，禮亦殊貴之，遂改稱行次字也。考王季子之身份，據陳厚耀《世族譜》所載，知季子乃周頃王之子，時君定王之弟也。「母弟稱弟」（公羊隱公七年傳）季子既時君母弟，至魯爲聘，經文不援襄公三十年經文書「天王殺其弟」之例，直稱「弟某」者，《公羊傳》謂「王季子者何？天子之大夫也。」是季子已受爲大夫，自有食采之封邑矣，不再依附王室，以奉王室宗祀，故以行次第稱謂之，因別於時君母弟之無食采之邑者也。試與襄公三十年稱王弟佞夫之例相較其義尤然：佞夫直稱弟者，見於公羊隱公七年傳「其稱弟何？母弟稱弟」，據杜預《世族譜》得知佞夫乃靈王之子，時君景王之弟也，且未見佞夫受命爲大夫外聘會盟諸事，是以經文直書景王殺之，稱弟而不書行次，知其與王季子俱爲時君

〔註8〕此義出於穀梁僖公五年傳：「天子微，諸侯不享覲，桓控大國扶小國，統諸侯，不能以朝天子，亦不敢致天王。尊王世子于首戴，乃所以尊天王之命也。世子含王命會齊桓，亦所以尊天子之命也。世子受之可乎？是亦變之正也。天子微，諸侯不享覲，世子受諸侯之尊己而天王尊矣，世子受之可也。」

同母弟，未受策命猶有承宗社之重，遂貴之而言「弟」也。若夫王季子以時君母弟之親貴，不以弟稱謂之者，知其已命任大夫之職，無承重之任也。然季子身份較尋常天子之公卿大夫爲貴，固以行次字配男子美稱之「子」字，示母弟之尊義也。

又宣公十五年經書「王札子殺召伯毛伯」事，經文特錄王子殺公卿大夫一事，責其專任君命之矯殺大夫也，何休注云：

主書者，惡天子不以禮尊之，而任以權，至令殺尊卿二人。

孔廣森《公羊通義》亦申言之：

春秋文不空設，皆爲後世法，觀於王札子，知貴戚之禍。

王札子貴戚任權之禍，由其稱謂之殊異，亦可得焉。札者，名也〔註9〕，「王札子」之稱類於「王季子」，俱冠「王」爲稱，知稱諸王室血親也，然札子不言子某，或依季子稱行次字者，《公羊傳》以爲：

王札子者何？長庶之號也。

意札子爲王室庶出之子，稱謂遂異焉。何休申言之曰：

天子之庶兄。札者，冠且字也。禮天子庶兄冠而不名，所以尊之。子者，王子也。

且據程公說《春秋分記世譜》，知王札子乃周頃王之子，時君定王之兄也。公羊隱公七年傳「母兄稱兄」，札子既爲時君之兄而不稱「兄」者，非時君同母兄也，故《公羊傳》云「長庶之號」蓋得是矣。藉使王札子亦如王季子之同母弟稱行次，或如佞夫之稱「弟」，則嫌嫡庶不分矣，故何休又云：

天子不言子弟，故變文王札，繫先王以明之。不稱伯仲者，辟同母兄弟，起其爲庶兄也。

固知王季子與王札子、佞夫三人，俱爲王室之裔，時君兄弟也，見書於經文，爲明嫡庶之辨、承重之任，故同母所出承重者以「弟」尊；已命爲大夫者，以行次稱之；至於庶母所出之兄長，則稱名配男子美稱「子」字爲稱。觀知稱謂之異，其微顯闡幽之筆，義自寓矣。

王室諸子例稱「王子某」，其中有略稱「子」字，復直稱其名書「王某」者，如王猛是也。按昭公二十二年經文二書王猛居皇、入王城事，《公羊傳》云：

〔註9〕方炫琛《左傳人物名號研究》書西嘗就王札子之名稱作詳盡之分析，玆引其結論以爲證焉：「然則王札子即子捷，捷、札蓋假借字，皆其名也。經稱王札子，杜注以爲王子札之誤例，然公穀經皆作王札子，《漢書古今人表》亦同，則杜蓋亦以意推之耳。左傳人物名號中有以名配子之例，……是札子爲以名配「子」字之稱也。……據上所述，王札子蓋即王子捷，捷、札二字聲近假借，皆其名也。以名配男子美稱「子」字曰札子，因其爲王子，故冠以王字，稱王札子也。」

其稱王猛何？當國也。

當國者，自當一國之君，敵體於時君也。考王猛當國一事，實就尹氏等公卿大夫之擁立王子朝爲君而言也（事見昭公二十三年經），蓋周景王於魯昭公二十二年夏崩殂，其時有王子猛、王子朝二人爭政，所以相爭者，蓋景王生有四子，太子壽、王子猛、王子丐（後之敬王）及王子朝〔註10〕，太子壽不幸早夭，景王乃屬權王子猛，後因佞愛庶子朝而欲更立以爲後〔註11〕，事未果而王崩，終使諸子擁臣恃兵而自重〔註12〕。有嫡立嫡，無嫡則立長，今太子壽既卒，子猛以長立之是矣，景王欲廢長立幼，固無是理也。然觀《春秋》經文兩書「王猛」者，猶當國爲君之冠國稱名例也，如經文書「齊小白入于齊」（莊公九年經）、「齊陽生入于齊」（哀公六年經），知《春秋》許其入國爲君也。然王猛入不稱「子」，而稱王繫猛者，君薨未葬，嗣子在喪之稱例也，亦辟王子朝之不當立也。至若王子猛卒，復稱「子猛」者，《公羊傳》云：

> 以未踰年之君也，其稱王子猛卒何？不與當也。不與當者，不與當父死子繼、兄死弟及之辭也。

《公羊傳》謂不與子猛當者，蓋君薨未葬，猛未悉得京師、且未踰年也。是不當卒之，以降於成君也。若其言「王」，所以明當嗣之人也；言「子」，所以見未踰年之君也；言「猛」，所以別群王之子也〔註13〕。顧楝高且謂未踰年不宜稱王，子猛殊稱者，爲變文以起王子朝事也，其云：

> 太子立未踰年，不宜稱王，《春秋》書王猛卒者，爲王子朝而起變例耳。故于其居王城也，書王，而于其卒也，仍書王子，從其本也。〔註14〕

蓋凡《春秋》以尊王而見卑者，以不正而見正者也。今猛與朝更爲出入，自猛居皇至于卒，見猛不見朝，則猛亦尊也〔註15〕，公羊「不與當父死子繼、兄死弟及之辭」，乃從未踰年君卒之稱例，而復言「子猛」，若魯之「子般」者也，皆從其本也。

貳、王室大夫

周以封建治國，普天之下莫非王臣王土矣，然天下其大，誠非天子一人之所能掌馭，咸賴公卿大夫以爲佐焉。是以上至周室王畿，下至附庸小國，莫不分官設職，

〔註10〕周代之世系可詳見陳厚耀《春秋世族譜》。

〔註11〕其事詳載於左氏昭公十五年傳：「王太子壽卒，立王子猛爲後矣，既而景王愛子朝，後欲立之。」

〔註12〕詳見《史記周本紀》：「景王愛子朝，欲立之，會崩。子丐之黨與爭立，國人立長子猛爲王，子朝攻殺猛。」

〔註13〕見孫復《春秋尊王發微》昭公二十二年王子猛卒下。

〔註14〕參見顧楝高《春秋大事表・三傳異同表》四十二之四。

〔註15〕見葉夢得《春秋傳》。

命任大夫以理邦政。《禮記．王制篇》：

　　天子三公九卿二十七大夫八十一元士；大國三卿皆命於天子，下大夫五人，上士二十七人；次國三卿，二卿命於天子，一卿命於其君，下大夫五人，上士二十七人；小國二卿，皆命於其君，下大夫五人，上士二十七人。

據此命制與官數皆有定制，不得躐等也，而此命官之制，誠太平治世卿大夫擢階升級之憑也。然自周室王綱解紐，諸侯已不聽命於天子，亦不復請命於天子，此所以任官常制失序，典籍不復書錄策文之故也。迄今欲辨察大夫命制，固莫知所從，觀乎《春秋》經文於諸侯各國之公卿大夫皆以「大夫」名之，渾言無別亦可證知矣。是孔子修《春秋》，爲存周禮職官之遺緒，殊筆於周室公卿大夫之稱謂，冀由王法以繩衰世之弊也。

今觀周室大夫，其職官不等，稱謂亦別。有以爵稱者，公卿命大夫是也。如桓公五年經「州公如曹」、僖公三十年經「天王使宰周公來聘」，《公羊傳》云：「天子之三公也」。有稱伯、子者，如文公元年經「天王使毛伯賜公命」，成公十六年經「公會尹子、晉侯、齊國佐、邾人伐鄭」，《公羊傳》咸曰：「天子之大夫也」。亦有以行次爲字稱之者，如隱公九年經「天王使南季來聘」，文公五年經「天王使榮叔歸含且賵」是也。亦有稱氏配名者，如定公十四年經「天王使石尙來歸脤」，《公羊傳》云「天子之士也」。據上所列，其稱謂方式不同，實關乎職官階級之等也。如《公羊傳》所言之等第：「三公稱爵、大夫稱字，士稱名」，雖未得命官史料以爲輔證，試徵覈《春秋》經傳，當可釐清一二焉。

一、公卿稱爵

王室公卿大夫中直稱「某公」、「某伯」、「某子」者，「某」爲采邑之名，其後子孫以邑爲氏焉。「公、伯、子」者，爵稱之名也，其例多見，茲舉一二爲例：

1. 稱「某公」

△桓公八年經：「(冬十月) 祭公來，遂逆王后于紀。」

△僖公九年經：「夏，公會宰周公、齊侯、宋子、衛侯、鄭伯、許男、曹伯于葵丘。」

大夫以「公」之爵名爲稱者，《公羊傳》釋其身份：

　　祭公者何？天子之三公也。

按天子之三公，天子之相 (公羊隱公五年傳)，相王之事者也，何休云：「天子三公，氏采，稱爵。」固天子設三公以爲百官之首，掌理機政，既爲天子之肱股耳目，當尊為眾官之上，且命制亦無有過之者矣。《禮記・王制篇》謂：「制三公，一命卷，若有加則賜也，不過九命。」是言三公俱為八命之官，再加一命則至命官之極，是其位尊權重如斯，見書於史策而以爵名尊稱之，尊尊之義也。至若三公所言「某公」之「某」者，乃三公受天子策封之采邑，依附於周室封建體制之下，自為一小宗而得奉其宗祀，故以邑名為氏名，此宗之子亦以氏名稱之，是三公之稱，稱氏配爵者，例之正也。

然三公之稱另有於氏名之上冠以「宰」名者，宰周公是也，公羊僖公九年傳：

宰周公者何？天子之為政者也。

按宰者，主也，司也，揔御百官，為群官之首，太宰之職是也，今周公以「三公」分位，而兼以冢宰之職，遂繫以太宰之名，尊之重之。何休云：

宰猶治也，三公之職號尊名也。以加宰，知其職大尊重，當為天子參聽萬機。

2. 稱「某伯」、「某子」

△隱公七年經：「冬，天王使凡伯來聘。」

△成公十七年經：「夏，公會尹子、單子、晉侯、齊侯、宋公、衛侯、曹伯、邾婁人伐鄭。」

公羊隱公元年傳云：

（祭伯來）祭伯者何？天子之大夫也。

又於隱公七年傳云：

凡伯者何？天子之大夫也。

是凡伯、尹子、單子等，以「伯、子」爵名為稱者，天子之大夫也。然天子大夫例書字，尊於外大夫也。凡伯等人既為天子大夫，又尊以爵名之稱者，其位當尊於稱字之大夫，或為「卿」之階是也。公羊莊公十年傳「字不若子」，或得此義焉。《周禮》職官之等有公、卿、中大夫、下大夫、上士、中士、下士之別〔註16〕。士之等有上中下之分，而大夫但有中下而無上大夫之階，是《周禮》中言卿亦涉指上大夫也。且據《禮記王制篇》「次國之卿位當大國之中，中當其下，下當其上大夫，小國之卿位當大國之下卿。」是上大夫與下卿相當，每合言而無別也。準此而論，凡伯為「天子之大夫」之身份，觀其尊稱爵名而知其貴為「卿」之階也。故知凡天子大夫不稱名、字，而書

〔註16〕天子屬官之階據《周禮》職官言之，如天官序官冢宰之下曰：「治官之屬，大宰卿一人，小宰中大夫二人，宰夫下大夫四人，上士八人，中士者六人，旅下士三十有二人。」是有卿、中大夫、下大夫、上士、中士、下士六等之分也。

以「伯、子」爵號者，俱為九卿之貴矣。呂大圭《春秋或問》卷七：

諸侯大夫無稱伯者，如毛伯召伯凡伯，皆王朝之卿士，則單伯，天子之卿也。

由知王室之三公九卿因位高權重，配享食采之邑，自為一宗族，遂以爵名配氏稱之。《春秋五禮例宗》云：「爵，君所命也；故稱爵則不稱字，明爵尊於字也。」杜預《春秋釋例》亦曰：「王之公卿皆書爵，祭伯、凡伯是也。」故知稱爵配氏者位尊於一般大夫也。

二、公卿稱氏

周室公卿或因命數不等而有「公、伯、子」之異，然其尊稱爵名則一也，其中有公卿見書而改稱「氏」者，《公羊傳》以為「譏世卿」：

△隱公四年經：「夏四月辛卯，尹氏卒。」

△隱公四年經：「秋，武氏子來求賻。」

△昭公二十三年經：「（秋七月）尹氏立王子朝。」

公羊隱公四年傳首發譏世卿之義：

尹氏者何？天子之大夫也。其稱尹氏何？貶。曷為貶？譏世卿，世卿非禮也。

又於同年經文「武氏子」下云：

武氏子者何？天子之大夫也。其稱武氏子何？譏。何譏爾？父卒子未命也。

昭公二十三年所書之「尹氏」，《公羊傳》未見釋文，何休乃補述：

貶言尹氏者，著世卿之權也。

按《公羊傳》所謂世卿非禮之論，以為公卿之義不得世，蓋「周之命官，或曰人，或曰師，或以掌司典職冠所事，唯世其職者乃曰氏。然三百六十屬以氏名者，才四十有四，而其位貴者不過中大夫，則知卿之義不得世也。」〔註17〕。今考此三人身份，如昭公二十二年之「尹氏」本稱「尹子」，原係王室公卿之尊，其改稱「氏」者，因世卿非禮見譏而筆削也。觀「武氏子」一例尤明，按武氏子者，武氏之子也，《公羊傳》云：「父卒子未命」，知武氏代父從政，聘問列國，儼然以公卿之官自居，公羊雖不見譏世卿之貶文，而其稱謂繫以父詞者，固已著其未受命而自襲卿位之非矣。

世卿之非禮者，蓋「天子諸侯者，有土之君也，有土之君不傳子不立嫡，則無以弭天下之爭；卿大夫者，圖事之臣也，不任賢無以治天下之事。」〔註18〕，周初

〔註17〕說見孔廣森《公羊通義》卷一，隱公四年尹氏卒之經文下。

〔註18〕見王國維〈殷周制度論〉一文。

命官無父子相傳之道，皆選賢者任之，故《周禮・大司徒》曰：「以賢制爵，則民慎德，……以庸制祿，則民興功。」且「大夫不世爵」〔註19〕。由知春秋之前，有世祿無世卿，世祿故舊不遺，不世卿故選不失賢矣〔註20〕。則貴族世卿之興，誠後世之亂制也。周衰後，選官任士之廢久矣，而世襲愈熾，公羊有鑒春秋大夫之專，已然奪喪君權，遂於世卿者名氏稱謂以見筆誅之義焉。凡公卿本稱爵名而削以「氏」稱者，即譏貶之筆也。公羊隱公四年言「其稱尹氏何？貶。曷爲貶？譏世卿。世卿，非禮也。」義甚明切，張應昌《春秋屬辭辨例編》綜此三事申言其理：

> 大夫稱氏者，皆譏世卿也。時世卿既多，不可勝譏，因尹氏私赴不以名，武氏以子代父，尹氏立王子朝奔楚，皆以世卿亂王室，故從而書之。

世卿之專政，妨賢病國，固所當譏也，《公羊傳》特於稱謂文例中申寓此意，不可不察焉。

三、大夫稱字

△隱公九年經：「春，天王使南季來聘。」

△桓公五年經：「(夏) 天王使仍叔之子來聘。」

△莊公二十三年經：「(春) 祭叔來聘。」

△文公五年經：「春王正月，王使榮叔歸含其賵。」

△桓公八年經：「天王使家父來聘。」

△文公元年經：「(二月) 天王使叔服來會葬。」〔註21〕

上列六例之大夫稱謂，稱字之法不一，如南季、仍叔、祭叔、榮叔等以氏冠行次字爲稱，以行次爲字也〔註22〕；而家父以「父」爲字，如何休注：「家，采地；父，字。天子中大夫，氏采故稱字不稱伯仲也。」叔服，叔，氏也，服，字也，而其俱爲周室大夫之階則一焉。《公羊傳》未見大夫稱字之義，何休於桓公八年家父條云：「天子中大夫稱字而不專伯仲字」，毛奇齡《春秋傳》亦有相同之說：

> 王國使上中大夫下聘諸侯，則例稱字，此與隱九年天王使南季來聘、

〔註19〕語出《禮記王制篇》。

〔註20〕見孔廣森《公羊通義》卷一。

〔註21〕叔服之身分，何休於文公三年王子虎卒注云：「王子虎即叔服也。」非也，楊伯峻《春秋左傳注》辨之：「叔服，文元年傳稱爲內史叔服，則其官爲內史。且文十四年傳及成元年傳俱又引叔服之語，叔服非王子虎明矣。」叔服身分之考辨，亦可參見方炫琛《左傳人物號研究》第一二九四條。

〔註22〕男子之字有以行次爲之者，《儀禮士冠禮篇》：「字辭曰：禮儀既備，令月吉日，昭告爾字，爰字孔嘉，髦士攸宜，宜之于假，永受保之，曰『伯某甫仲叔季』唯其所當。」因知以伯仲叔季之行次可爲男字也。

莊元年王使榮叔來賜桓公命例同。

尋繹二家之意，是家父以中大夫之職出使外聘，以己字稱者，因尊卑差於南季等以行次爲稱之大夫也。鍾文烝《穀梁補注》嘗於文公五年榮叔條下曰：「榮叔，天子之上大夫也。」或者天子大夫以行次爲稱者，上大夫之第也；稱以己字者，中大夫耳。準此以觀公羊莊公十年傳「名不若字，字不若子」等差之論，公卿最尊，故以爵稱子，上中大夫略次，遂以字行，上中又有差等，上大夫以行次字稱，中大夫以私字行；由稱謂之微異，見其尊卑之明義，知公羊七等稱例之文誠非妄論矣。

前論公羊世卿之譏已得知中大夫以不上得世，今於仍叔之子條復見《公羊傳》申以世卿之譏，斯驗以仍叔中大夫之身份，則前論之旨未必無據矣。公羊桓五年傳云：

仍叔之子者何？天子之大夫也。其稱仍叔之子者何？譏。何譏爾？父老子代從政也。

周初之任公卿大夫，必由學漸進，俟成德達材而後選用之，不得世世相因，蓋「卿大夫重職大，不當世，爲其秉政久，恩德廣大，小人居之，必奪君之威權」〔註23〕。公卿既爲君之輔弼大臣，爲嫌專權而傾覆家國、妨塞賢路，遂有世祿而無世位焉。至周室政教廢失，公卿大夫老不堪政矣，而使其子弟干預國事，儼若承爵世位之君，仍叔之子是其例也。若仍叔受命爲大夫，自當直冠氏稱名，而其子書錄史第之文辭仍冠於父氏之下者，公羊雖未明言譏世卿，「父老子代從政」一語亦足矣。

四、大夫稱名

△桓公四年經：「夏，天王使宰渠伯糾來聘。」

△襄公十五年經：「（春）劉夏逆王后于齊。」

△定公四年經：「（秋七月）劉卷卒。」

天子大夫例以氏字通，然其中有以名行之者，上列三例是也。其不類上中大夫以字行者，《公羊傳》嘗分別述之，公羊桓公四年傳謂：

宰渠伯糾者何？天子之大夫也。其稱宰渠伯糾何？下大夫也。

按宰渠伯糾之稱，宰者，兼官之名，此大夫策封於渠邑，遂以「渠」爲氏也。伯糾者，行次冠名之稱也〔註24〕，何休析言之：

天子下大夫繫官氏名且字，繫官者，卑不得專官事也；稱伯者，上敬

〔註23〕見公羊隱公三年傳「尹氏」下之何休注。

〔註24〕毛奇齡《春秋傳》：「《周禮天官》有大宰小宰宰夫，皆稱宰，此宰夫之職，本下大夫，與上士相通，例當稱名。宰者官，渠者氏，伯糾者名也。」楊伯峻《春秋左傳注》亦考之曰：「伯，蓋其行次，糾是其名，伯糾以行次冠名，猶論語伯達、伯適之類。」是知宰渠伯糾以行次冠名爲稱也。

老也，上敬老則民益孝，上尊齒則民益弟。

宰渠伯糾之世系不甚詳知，未聞何休云「稱伯者上敬老」之說何所據也。使其敬老尊齒之見，果為渠伯糾冠稱「伯」字之故，則於禮壞樂崩之春秋一世，或有其深意矣。而《公羊傳》質言「其稱宰伯糾何？下大夫也。」是知伯糾稱名者，位降於上中大夫，而以名氏行是也。蓋亦如孔廣森《公羊通義》所「不直言渠伯者，降於中大夫也。」

劉夏者，夏，名也，公羊襄公十五年傳：

劉夏者何？天子之大夫也。劉者何？邑也。其稱劉何？以邑為氏也。

據傳意可知劉夏乃受命於劉邑之天子大夫也，以劉邑為氏，配以「夏」名稱之〔註25〕。今劉夏以天子大夫之職，為王逆后于齊，所司之職重矣，例當如桓公八年經祭公逆后之「祭公」，不稱名以尊之也。今則不然，而《公羊傳》似未道及。故何休補述之，以為：

傳曰天子大夫是也，不稱劉子而名者，禮逆王后當使三公，故貶去大夫，明非禮也。

天子逆后之禮，無明文可徵，然周師一田〈春秋『迎親』禮辨〉一文，考其原委，以為天子娶于諸侯之女，由同姓諸侯主之，且命公卿親迎，以示敬慎重正也〔註26〕，而杜預亦於此經文注曰：「天子不親昏，使上卿逆而公監之。」俱言逆后大事當由公卿為之，而劉夏以大夫之微職，司此逆后之大事，位卑而事尊，是不重人倫之本而輕天下之母矣，故大夫而書名者，見譏之筆也。

劉卷者，公羊定公四年傳：

劉卷者何？天子之大夫也。外大夫不卒，此何以卒？我主之也。

按劉卷者，即定公四年經書「三月，公會劉子、晉侯、宋公、蔡侯、衛侯、陳子、鄭伯、許男、曹男、曹伯、莒子、邾子、頓子、胡子、滕子、薛伯、杞子、子邾子、齊國夏于召陵侵楚」一事之「劉子」也。《公羊傳》云「天子之大夫」者，觀其以「子」爵名為稱，知當為公卿之尊也。其稱爵以示尊義，而直道劉子之名者，錄卒之文，從主人之詞也。《公羊傳》又云「外大夫不卒」，劉子卒見書《春秋》者，因魯主之之故。其後且書「葬劉文公」者，《公羊傳》云：

外大夫不書葬，此何以書？錄我主也。

再言魯主而書葬，內魯之義也。蓋魯主召陵之會，劉子以王室之尊與此會，未料劉子反自召陵，遘疾道卒焉〔註27〕，故魯以恩而殊錄葬卒二事。劉子書卒之文以名錄

〔註25〕見方炫琛《左傳人物名號研究》一書第一九九六劉夏條。

〔註26〕周師此文收入《春秋昏考辨》一書。

〔註27〕見孔廣森《公羊通義》。

者，蓋生而尊稱爵，卒而書名，從主人之詞而不以爵稱終身也。劉逢祿《何休公羊解箋》曰：「著劉者，明天子大夫得世祿；去子者，明爵不得世也。」於斯亦得天子大夫世祿不世爵之義焉。

五、士稱名

△隱公元年經：「秋七月，天王使宰咺來歸惠公仲子之賵。」

△定公十四年經：「（秋）天王使尚來歸脤。」

天子大夫例不書名，以名稱者必有原故，使無原故而仍書名者，則以「名不若字」之等例之，位下於公卿大夫之階者也，公羊隱公元年傳云：
宰者何？「石尚」下發傳：

石尚者何？天子之士也。

是天子之士致書於《春秋》，以名、氏謂之。按宰咺者，咺，名也，以宰官之名爲氏，此《公羊傳》詳析矣；石尚者，石，氏也，尚爲其名〔註29〕。二者之異，何休言之矣：「天子上士以名氏通，中士以官錄。」由知天子之士，因職卑位低，以名氏見書者，乃例之正也。於名號稱謂諸異文，以觀周代尊卑等差之義，蓋亦得之矣。

六、微者稱「王人」

△莊公六年經：「春王三月，王人子突救衛。」

△僖公八年經：「春王正月，公會王人、齊侯、宋公、衛侯、許男、曹伯、陳世子款、鄭世子華盟于洮。」

△僖公二十九年經：「夏六月，公會王人、晉人、宋人、齊人、陳人、蔡人、秦人盟于狄泉。」

綜觀王室公卿士大夫之書例，或稱爵、或書字、或冠名，因其階級等差之異，各有適行之稱謂例也。今周室使者猶有單言「王人」者，公羊莊公六年傳、僖公八年傳並云：

王人者何？微者也。

據公羊莊公十年傳「人不若名」，以觀「微者」稱人之例，知位卑於稱名之士者也。微者不以名見書於史策，而以「人」統稱是也。毛奇齡《春秋傳》嘗論「人」者之等第，其莊公六年經「王人子突」下云：

王人，王官之微者也。……周禮王之上士三命，中士再命，下士一命。而昭公十二年傳注謂三命皆書名（案左氏傳文），惟一命書人。今書人，

〔註29〕見方炫琛《左傳人物名號研究》第六六二條。

則下士一命者也。

固王人以下士之微而銜命出會，位實卑微，自不當從士大夫之稱謂書例也。然王人之會諸侯而序於諸侯之上，並繫王室爲稱者，實王尊王義而殊貴之也。

王室微人致書稱「王人」，然莊公六年經文殊言「王人子突」，加上「子突」之名者（〔註30〕），《公羊傳》曰：

子突者何？貴也。貴則其稱人何？繫諸人也。曷爲繫諸人？王人耳。

子突之所以貴者，《穀梁傳》范甯注引徐乾曰：「王人者，卑者之稱也，當直稱王人而已。今以其能奉天子之命救衛而拒諸侯，故加名以貴之。」蓋莊公五年冬，衛侯朔陷逆其兄，使至於死〔註31〕，諸侯蔽其罪，輒爲納衛公子朔而會師伐衛。天子任衛朔，屢犯天子之命於先〔註32〕，後又不能正諸侯之非，不得以乃命子突帥師救焉。然終不敵諸侯強勢之兵，故諱天子失救之恥，使若遣微者救之，因其無威重，遂失救助之功也，因是以爲天子諱恥耳。然子突帥師救衛，實負以重任，爲有別於下士之微，乃著稱「子突」之名也。

第二節　魯室諸子及大夫稱謂

春秋之世，諸侯越分躐等而不知上有天子，爭相併奪，遂有五霸之出；境內大夫亦襲位世祿，專擅自重而不以爲忤，致有世卿非禮之譏焉。政權治柄遞迻，由天子而下諸侯，由諸侯而至大夫，終致禮樂征伐自大夫陪臣出，而君室日微矣。爰以魯室政權更替之迹，試爲闡述：由魯昭公自二十八年首書「次于乾侯」〔註33〕，二十九年又書「公至自乾侯，居于運」〔註34〕，「公如晉，次于乾侯」，三十年經、三十一年經、三十二年經三書「春王正月，公在乾侯」，直至三十二年冬十二月書見「公薨于乾侯」，昭公權失於大夫，僻居晉邑，明政在季氏，國非其國，至於見逐矣〔註35〕。是魯居室

〔註30〕子突爲名或字，眾說雜陳，詳見方炫琛《左傳人物名號研究》一文，然亦未嘗斷其爲字或是名，姑存焉。

〔註31〕衛侯朔陷害兄長之事，詳見《史記・衛世家》：「太子伋母死，宣公正夫人與朔共讒太子伋。宣公自以其奪太子妻也，心惡太子，欲廢之，及聞其惡，大怒，乃使太子伋於齊而令盜距界上殺之。……盜并殺太伋以報宣公，宣公乃以子朔爲太子。」

〔註32〕朔得罪天子之事，見公羊桓公十年傳：「衛侯何以名？絕。曷爲絕之？得罪于天子也。其得罪于天子奈何？使守衛朔，而不能使衛小眾，越在岱陰齊，屬負茲舍不即罪爾。」

〔註33〕乾侯者，杜預注：「乾侯在魏郡斥丘縣，晉境內邑。」是魯君至晉也。

〔註34〕運者，魯地名，左傳作鄆。

〔註35〕左氏昭公三十二年傳：「書曰公薨于乾侯，言失其所也。趙簡子問於史墨曰『季氏出其君而民服焉，諸侯與之，君死於外而莫之或罪，何也？』對曰：『……天生季氏，以貳魯侯，爲日久矣，民之服焉，不亦宜乎。魯君世從其失，季氏世脩其勤，民忘

名器假乎三桓，而民不知其君，足見三桓專擅之惡也。〔註 36〕

孔子雖歎大夫之僭禮越權，然修作春秋時猶因仍不改者，固知大夫雖權傾朝野於一時，輒相爭軋而其勢必不久〔註 37〕。是以於魯室公侯及大夫之稱謂，多存本貌而是非自明矣。藉使察觀其稱謂前後不一者，固有要義蘊焉。

壹、魯室公族

一、嗣君稱謂

△桓公六年經：「(秋) 九月丁卯，子同生。」

△莊公三十二年經：「冬十月乙未，子般卒。」

△文公十八年經：「冬十月，子卒。」

△襄公三十一年經：「冬九月癸巳，子野卒。」

嫡長繼承乃周代宗法之制，「立適以長不以賢」以長幼有別；「立子以貴不以長」之嫡庶有辨〔註 38〕，誠周代立嗣之標準。魯雖存周禮之備，兄終弟及之制仍並行不廢，魯公子牙所謂「魯一生一及」是也〔註 39〕。春秋之前魯世系確然一世一及〔註 40〕，至入春秋後，觀其君位傳承之迹，除隱公不自爲君外，凡魯室十一君，閔公傳僖公，昭公傳定公，爲兄終弟及也；餘者例遵周禮之法，以父傳子也。

君矣，雖死於外，其雖矜之。』」

〔註 36〕三桓者，魯室公族之代稱也，指魯桓公三子：公子慶父（後孟孫之始祖，亦稱仲孫氏），公子牙（叔孫氏），公子友（季孫氏），皆爲莊公之大夫，因立公室後嗣之事而權勢相軋，如公羊莊公三十二年傳，季友和藥使叔牙飲，公子慶父出奔齊；季友之後襄仲（公子遂）於公文十八年又弒未踰年之君而擁立宣公，終致君權旁落，而季叔仲三家更迭爲政，世乃稱之三桓也。

〔註 37〕《論語季氏篇》，子曰：「祿之去公室，五世矣；政逮於大夫，四世矣；故夫三桓之子孫微矣。」

〔註 38〕語出公羊隱公元年傳。

〔註 39〕文見公羊莊公三十二年傳，何休注云：「父死子繼曰生，兄死弟繼曰及，……是魯國之常。」

〔註 40〕據《史記魯世家》及陳厚耀《世族譜》，可知魯莊公之前魯君世系相承之脈，一世一及制也，茲表列以觀其大要：

魯公伯禽
- 考公酋
- 煬公熙
  - 幽公宰
  - 魏公濆
    - 厲公擢
    - 獻公具
      - 眞公濞
      - 武公敖
        - 括－伯御
        - 懿公戲
        - 孝公稱－惠公弗湟
          - 隱公息
          - 桓公允

由知魯室宗法之統，以父死子繼爲體，兄終弟及乃救其不備之輔也。爲尊宗廟、重正統，凡嫡長之生，必載之史策，昭乎國人也。若子同既爲桓公嫡長，桓公六年經書「子同生」者，誠史官循例記事之舊法。

然子般爲莊公嫡子，文公爲僖公嫡子，成公爲宣公嫡子，襄公爲成公嫡子，子野爲襄公嫡子，哀公爲定公嫡子〔註41〕，是六人俱同於子同之爲桓公嫡長，經文卻未見著錄其生時之文，或常事繁瑣，省略不書。準此以論，則莊公子同生而特錄者，乃於史筆中寄以經義，而屬非常之例也，故《公羊傳》云：

> 子同生者孰謂？謂莊公也。何言乎子同生？喜有正也。未有言喜有正者，此其言喜有正何？久無正也。子公羊子曰：「其諸以病桓與？」。

意謂魯之儲君久未有正嗣繼位，時入春秋，嫡長之別不辨，世子之位不正，或因寵庶以陵嫡；或因私幼而先長，遂有隱桓之禍焉。今莊公得嫡之正，喜而書之，以爲後嗣律也。然《禮記曾子問篇》「世子生，太宰命祝史以名徧告於五祀山川」，嫡長生而定其世子之位，是以史祝以「世子某」之名告諸五祀山川也。又公羊莊公三十二年傳云「君存稱世子」，明嫡長將世父位爲君，生而以世子名焉。經文書「子同生」，不以世子正稱名之者，則所以言子同不得繼世享國，以疾其非也，蓋如何休所言：

> 明欲以正見無正，疾惡桓公。

所以惡桓公者，公羊隱公元年傳「桓幼而貴，隱長而卑。」傳又曰：「隱長又賢，何以不宜立之？立嫡以長不以賢，立子以貴不以長。」是桓貴而當立，隱之讓桓不自爲君，固得其正矣，而桓之與弒隱，嫌恃貴弒君之非正也。然《春秋》內無貶于公之道（公羊宣公元年傳），遂因其嫡子生之事貶，奪稱「世子」之名，以見桓公與弒篡之非也。故《公羊傳》引子公羊子謂「其諸以病桓」，蓋推測經意，不質言之耳〔註42〕。

經文致書世子始生之文稱「子某」，知非常例也。若世子已嗣位，旋即而卒者，亦登錄史策，待之以初也（公羊桓公七年傳），如莊公嫡子子般卒，襄公嫡子子野卒，以子配名，從喪稱而若未踰年之君也。然文公嫡子子赤卒（左穀二傳作子惡），而書以「子卒」，不稱其名者，殆繫於先君已葬之辭也。公羊莊公三十二年傳：

> 君存稱世子，君薨稱子某，既葬稱子，踰年稱公。

謂先君既薨，未葬，嗣子稱「子某」，言「子」，明嗣父位爲君，稱「某」名，明尸柩尚存，猶君前臣名也。考子般、子野稱名者，先君未葬從柩前稱名例也。子般，

〔註41〕據杜預《世族譜》、程公說《春秋分記世譜》、陳厚耀《春秋世族譜》所見之世系圖次，知以上六人俱爲前君之嫡子也。

〔註42〕見孔廣森《公羊通義》卷三。

莊公嗣子，莊公於三十二年八月癸亥之日薨，子般承位未久，旋於是年十月卒，先君書薨而未及葬，故稱嗣子名。子野，襄公後嗣，襄公薨於三十一年夏六月，而子野亦卒於同年秋九月，亦未見葬先君文，遂直呼嗣子名者，蓋如何休注：

> 緣民之心，不可一日無君，故稱子某，明繼父也。名者，尸柩尚存，猶以君前臣名也。

先君既葬稱子，文公十八年「子卒」例是也，按子赤爲文公嫡子，文公於十八年春三月薨，六月書葬，而子赤見卒於十八年十月，是先君薨且葬矣，嗣君稱子可也。殆臣民緣終始之義，一年之中不可有二君號，故嗣君未踰年仍不得稱「公」，直稱「子」而不名，明尊已漸矣，何休云：「不名者，無所屈也。」無所屈者，蓋已非尸柩之前，子道已畢而君道將始，無所屈就於君前臣名，遂不書名焉。觀此三例嗣君記卒稱謂之文，子赤之單稱「子」，不若子野、子般之稱子配名，可得其義矣。

二、魯室諸子

1. 公　弟

△宣公十七年經：「（冬）十有一月壬午，公弟叔肸卒。」

2. 公　子

公子益師：見隱公元年經。

△隱公元年經：「（冬，十有二月）公子益師卒。」

公子彄：見隱公五年經。

△隱公五年經：「冬十有二月辛巳，公子彄卒。」

公子翬：見隱公三年、十年經、桓公三年經。

△桓公三年經：「（秋七月，壬辰）公子翬如齊逆女。」

公子結：見莊公十九年經。

△莊公十九年經：「秋，公子結媵陳人之婦于鄄。」

公子友：見莊公二十五年、二十七年經，閔公元年經，僖公元年、三年、七年、十三年、十六年經。

△莊公二十五年經：「冬，公子友如陳。」

公子慶父：見莊公三十二年經、閔公二年經。

△莊公三十二年經：「（冬）公子慶父如齊。」

公子牙：見莊公三十二年經。

△莊公三十二年經：「秋七月癸巳，公子牙卒。」

公子遂：見僖公二十六年、二十七年、二十八年、三十年、三十一年、三十三年經、文公二年、六年、八年、九年、十一年、十二年、十六年、十七年經，宣公元年、八年經。

△僖公二十六年經：「（夏）公子遂如楚乞師。」

公子偃：見成公十六年經。

△成公十六年經：「（十有二月）乙酉，刺公子偃。」

公子慭（左穀二傳作整）：見昭公十二年經。

△昭公十二年經：「冬十月，公子慭出奔齊。」

魯室諸子中，嫡長將承社稷之重，世父位以爲君，特以「世子」尊稱之，餘者依周禮宗法之家族組織體系，各因身份血緣遠近之異，而有不同之稱謂。此依宗法血親之統所建立之親疏遠邇、貴賤尊卑之秩序，由其不同之稱謂名號，實可證知一二焉。

《公羊傳》嘗於經文「某侯之弟」釋殊稱「弟」之由，如隱公七年傳：「其稱弟何？母弟稱弟。」以爲母弟之身份殊貴，專以「弟」名稱之。所以殊貴「母弟」者，殆貴爲承君位者之長母弟也〔註43〕，亦即宗法組織中所謂之「別子」也。按《禮記・喪服大傳》云：「別子爲祖，繼別爲宗，繼禰者爲小宗。」「別子」者，宗族百代之始祖是也。蓋因嗣君位者無宗族之名而有君統之實，故其同母弟則分支以爲此宗之祖，使有宗統之名實也，其後嗣亦嫡長相承，而爲「百世不遷」之大宗也。別子既爲大宗之始，族內兄弟皆將宗之，是以身份特貴也，《春秋》經文之殊稱「弟」者，

〔註43〕別子之說，向來研究宗法制度者多有所論及，如宋方慤定別子爲庶子，所謂庶子者，諸侯適長世子外之子，無論其嫡庶，統稱庶子。衛湜《禮記集說》引方慤云：「別子即庶子也，然庶子有二例：別而言之，妻之子無長幼皆爲適子，妾之子無長幼皆爲庶子；合而言之，自繼世子之子爲適子，其餘雖妻之子，亦庶子而已。……此之所言別子是也。」是別子者，諸侯適子外諸子皆得謂之也。又使君而無適子，或以庶子爲嗣君，毛奇齡《大小宗通繹》云：「無適以庶代，見徐肇說，然義固有之。……庶子可爲君，則庶子何不可爲宗？況儀禮後大宗者，亦必以支庶爲之，以支庶作適，不猶愈于竟以庶子爲別子也乎？」固知別子者，公子也，一世諸侯，惟公子中一人爲別子，且立嫡立長爲之則。舉例言之，諸侯適長世子之母弟曰別子，若母弟不止一人，以適長弟爲別子，此謂「有大宗而無小宗者」；若無嫡公子，則然後以庶公子爲宗，即以長庶公子爲先，此謂「有小宗而爲大宗者」，以是之故，所謂別子，世子之母弟，唯長母弟爲之，就先君而言，世子爲適，世子之弟雖適，先君猶視之庶，故別子亦言諸侯之庶子也，先君之次適子也。以上之論可詳參沈恆春所撰《宗法制度研究》一書。

義當如斯焉。

至若稱「公子」者，《儀禮・喪服傳》云：「諸侯之子稱公子，公子不得禰先君。」孔穎達疏：「諸侯之子適適相承象賢，而旁支庶已下，並爲諸侯所絕，不得稱諸侯，變名公子。」尋思其意，是謂「公子」不得祖先君之宗，猶如「小宗」之不得奉祀「大宗」也。故《禮記・喪服大傳》云：「繼禰者爲小宗」，知禰者別子之弟，當即《春秋》經文所稱之「公子」者也。固知公子即宗法組織之小宗，其不得禰先君，自成一宗氏，嫡嫡相傳至五世而遷也。然據世族譜可知，魯室諸子其數甚夥，得配以「公子」稱者，亦數人而已，蓋諸侯之立卿大夫乃擇人而立，非諸侯子孫人人皆得立也。被立之人，其歷代子孫之繼立者，得爲該家之宗子，而未被立之諸侯子孫，則依附公室生存焉〔註44〕。綜觀《春秋》魯室諸子稱謂之名，有百世不遷之宗者，諸侯之同母弟是也；有五世而遷者，諸侯之公子是矣。細較其稱謂之異，得知《春秋》所尚之親親、尊尊秩序，猶未破壞殆盡也。

魯室諸子之稱謂既爲親親尊尊宗法精神之展現，則經文所見之「公子」、「某弟」之別亦昭然矣。固知凡書「公子」者，皆立爲公卿大夫而得傳其宗氏也。公之子稱公子，公之孫爲公孫，若公孫之子則以王父字爲氏〔註45〕，其後以「氏」行，已然另立門戶、自成一族矣。左氏隱公八年傳：「天子建德，因生以賜姓，胙之土而命之氏。」因知稱公子者受命爲大夫，使非公卿大夫之階，不得享有采邑，亦無立氏成族之理。是凡書「公子」者，皆嘗受命爲卿大夫，如公子益師、公子遂等是矣。

凡經文書稱「弟」者，貴爲時君同母弟，尊其將承宗室血統之重，誠具貴血親、尊宗廟之義也，如經書魯宣公母弟卒言「公弟叔肸卒」，母弟不而稱公子，因無采邑之賜，無大夫之命，惟貴其存血脈之宗耳。使時君母弟數人，均受策命爲公卿大夫，則經文不以「弟」名尊之，而仍稱以「公子」，如公羊莊公二十七年傳：「公子慶父、公子牙、公子友，皆莊公之母弟也。」三人俱爲莊公母弟而稱「公子」者，知命爲大夫故也，方苞《春秋直解》嘗細辨此中異同：

> 凡內稱公子皆卿也，卿卒禮也，凡公族不爲大夫者不卒。公弟，未命之稱也，何以知其未命爲大夫也，使爲大夫，則當書公子肸卒，而不稱弟矣，觀公子牙卒於莊公之世，書公子不書公弟其證也。

其說或得其是矣。今覈諸魯君稱弟之例，以明方苞所言非妄論也。宣公十七年經書「公弟叔肸卒。」，按叔肸者，據陳厚耀《世族譜》所列，知爲魯文公之子，宣公弟也。竹添光鴻《左傳會箋》云：「春秋所謂弟者，非庶弟也。定公十一年經宋公之

〔註44〕詳見方炫琛撰《周代姓氏二分及其起源試探》一書第二章。
〔註45〕參見杜預《春秋釋例》卷一。

弟辰及仲佗、石彄、公子地，地是辰之庶兄，此非同母不稱弟者。」以宋公之弟辰與公子地關係爲證，明稱弟者必公之同母弟，則叔肸卒而稱「公弟」，當爲宣公母弟無疑。然天下無生而貴者，是以命爲大夫則名、氏兩通，未命爲大夫，使有血親之貴，則但呼其名，亦不得稱公子。今公弟叔肸但以名通，是貴母弟而未策命爲大夫故耳。若公子牙爲莊公母弟，本當稱弟稱名，其卒時經書「公子牙卒」，是母弟而命爲大夫稱以公子之例矣。明乎此，知稱弟之義有二：一以尊時君同母，重血統之親也；一則弟未命任爲公卿大夫，無食采之邑，不得自冠以氏，而以弟配名爲稱也。

既辨魯室諸子策命立爲公卿大夫者，例稱「公子」，則有公子而略書此專稱者，是爲例之變焉，變例當有其故，試依《公羊傳》文析言如下：

△隱公四年經：「秋，翬帥師會宋公、陳侯、蔡人、衛人伐鄭。」

△隱公十年經：「夏，翬帥師會齊人、鄭人伐宋。」

按經文二書「翬」者，公子翬也。其世系之譜所載甚略，不知其爲何公之子。然所以知爲魯室公子者，蓋春秋經文「翬」名三見，隱公篇二見，但書名，於桓公三年又見，則書「公子翬如齊逆女」，因以推知其爲魯室公族之裔矣。翬既爲魯室公子，其帥師會諸侯而不冠稱「公子」專名者，《公羊傳》蓋以爲翬與弒隱公之罪，遂貶去此專稱，且終隱之篇以見貶，明爲隱公罪人也，《公羊傳》云：

翬者何？公子翬也。何以不稱公子？貶。曷爲貶？與弒公也。

又隱公十年傳云：

此公子翬也，何不稱公子？貶。曷爲貶？隱之罪人也，故終隱之篇貶也。

按公子翬之爲隱公罪人者，因與弒君之罪也，《公羊傳》詳道其本末，四年傳云：

其與弒公奈何？公子翬諂乎隱公，謂隱公曰：『百姓安子，諸侯説子，盍終君矣？』隱曰：『吾否，吾使脩塗裘，吾將老焉。』公子翬恐若其言聞乎桓，於是謂桓曰：『吾爲子口日隱矣，隱曰吾不反也。』桓曰：『然，則奈何』曰：『請作難，弒隱公。』於鍾巫之祭焉弒隱公也。

蓋知翬使賊弒隱公乃十一年事，《春秋》經文不於翬弒君時貶，而書貶於隱公未薨之前，此預設討弒君賊之貶辭也。向來治《春秋》者論辯多矣，或以爲公子翬之不稱「公子」，乃舊史原有書名之例，非譏貶之筆也〔註 46〕，然徵之經文公子翬之稱謂文例，或直呼「翬」，或稱「公子翬」，使書「翬」乃舊史之例，則桓公之篇加稱「公

〔註 46〕如毛奇齡《春秋傳》：「此亦據事直書者，翬者，公子翬也，其不稱公子者，史原有徒名之例。」又王夫之《春秋稗疏》亦云：「翬不稱公子……公穀謂以弒君故貶，則會師之日尚未成弒，及其逆女，大惡已成，不貶之於罪已彰著之後，而逆臆之於弒械未成之先，何説邪？」

子」之故，無由辯知矣。是公子翬於隱公之篇俱不稱公子，仍以公羊貶責之說爲當。所以爲預貶之微筆者，《易經・坤卦・文言》有云：「臣弒其君、子弒其父，非一朝一夕之故，其所由來者漸矣。」專兵擅權者，乃弒君之漸也，經文二書翬率師征伐之事，固見權勢已成而威行境中矣。隱公徒能疾翬言之非，而不能早去之。今雖欲制之，終不得去之矣，致身罹喪命之禍，因以爲後世諸君之戒矣。至若桓公之篇詳錄「公子翬」之稱者，實互文以見桓公之與聞乎弒，而寵任翬之過焉。故《公羊傳》由此二處論桓與翬之過，一則略公子之稱，示斥貶弒君之惡；一則終隱之篇貶之，於桓公篇復其原稱，以見桓公與弒之非，是公子翬兩見於隱公年間，不加稱公子者，其預貶弒君賊之辭或然也。

△閔公元年經：「（秋八月）季子來歸。」

季子，公子季友也，季乃其行次字，子者，男子之美稱也〔註47〕。經文書「季子來歸」，按公子友於莊公二十七年如陳葬原仲（莊公二十七年經），至三十二年歸魯，莊公因以問嗣國人選〔註48〕，其間俱不見書公子友歸魯之詞，竟於閔公元年年特書「季子來歸」事，且殊稱「季子」、記以「來歸」者，誠屬非常焉。《公羊傳》云：

其稱季子何？賢也。其言來歸何？喜之也。

傳言賢季子者，謂能靖內難、輔幼君也。按其時莊公已薨，公子慶父勢傾公室，而與公子牙爭立，季友遏惡以袪除爭立之亂，遂藥殺公子友〔註49〕，《公羊傳》於莊公三十二年公子牙卒文，詳道本末，以善季友大義滅親之行，傳云：

> 俄而牙弒械成，季子和藥而飲之曰『公子從吾言而飲此，則必可以無爲天下戮笑，必有後乎魯國……』於是從其言而飲之。……季子殺母兄，何善爾？誅不得辟兄，君臣之義也。然則曷不直誅而酖之？行誅乎兄，隱而逃之，使託若以疾死然，親親之道也。

意謂季友爲不使篡亂之惡名加諸公子友，而使其若疾死然，以有後於魯，誠出於親親之義也。其後公子慶父連弒二君而歸於鄧扈樂一事〔註50〕，季子不究元凶而緩追

〔註47〕參方炫琛《左傳人物名號研究》，第一八〇條。

〔註48〕事見公羊莊公三十三年傳。

〔註49〕事見左氏莊公三十二年傳之記載。

〔註50〕公羊閔公元年傳「公何以不言即位？繼弒君不言即位。孰繼？繼子般也。孰弒子般？慶父也。殺公子牙本將爾，季子不免慶父弒君，何以不誅將而不免，遏惡也。既而不可及，因獄有所歸，不探其情而誅焉，親親之道也。惡乎歸獄？歸獄僕人鄧扈樂。曷爲歸獄僕人鄧扈樂？莊公存之時，樂曾淫于宮中，子般執而鞭之，莊公死，慶父謂樂曰般之辱爾，國人莫不知，盍弒之矣，使弒子般，然後誅鄧扈樂而歸獄焉，季子至而不變也。」

逸賊，誠亦本諸親親倫理之情也，故公羊閔公元年傳云：

> 慶父弒君，何以不誅？將而不免，遏惡也。既而不可及，因獄有所歸，不探其情而誅焉，親親也道也。

知魯室兄弟鬩牆之爭，端賴公子友之賢而得靖矣。今公子友賢而在外，國人思得之，故閔公與齊侯盟於洛姑，乃請復季子〔註51〕，以安社稷、輔幼君，季子歸而國人皆有慰望之意，誠如何休所言：

> 季子來歸則國安，故喜之而變至加錄云爾。

若公子季友不稱公子而殊稱「季子」者，見季友自以賢德爲國人所與，不緣宗親之故也〔註52〕，而親親之殺、尊賢之等亦於其稱謂著義矣。

公子季友輔君安邦之賢，經文屢善之，卒時亦然，如：

△僖公十六年經：「（春）三月壬申，公子季友卒。」

魯室公子書卒之文例，如隱公元年經「公子益師卒」，徒錄名耳，隱公五年「公子彄卒」，亦僅書名，皆例之正也，然公子友卒而書「季友」者，《公羊傳》云：

> 其稱季友何？賢也。

何休注：

> 明季子當蒙討慶父之功，遏牙存國，終當錄也。

陸淳《春秋微旨》更道其詳：

> 季友之殺叔牙慶父，義也。立閔公僖公，權也。夫以義滅親，以權正國中眾人之所惑，故于其卒褒之，明其得反經合道之義也。

陸淳所言公子友之賢蓋得是矣，至如卒而稱行次配名者，孔廣森《公羊通義》嘗質言之：「賢故稱季也。繫名者，卒從正。」是繫「友」名，卒稱名之常例也，稱「季」字者，賢也。季友稱字褒之，其書卒之詞迥異諸公子之故，亦昭朗可知矣。

△宣公八經：「（夏六月辛巳）仲遂卒于垂。」

仲遂，公子遂也，仲爲其行次字，遂，名也〔註53〕。春秋魯室公子書卒，多稱其名，除公子季友殊賢而加稱行次字外，俱冠以「公子」專稱，繫乎公室以貴之也。然公子遂生時稱公子，卒而略稱；且援季友稱行次之例，而以「仲遂」書見，文例甚怪，《公羊傳》：

> 仲遂者何？公子遂也。何以不稱公子？貶。曷爲貶？爲弒子赤貶（案

〔註51〕復請季子事，詳見左氏閔公元年傳文。

〔註52〕語出胡安國《春秋傳》，季子來歸條。

〔註53〕見方炫琛《左傳人物名號研究》第二六五條。

子赤即子惡)。然則曷爲不於其弒焉貶?於文則無罪,於子則無年。

考公子遂弒君一事,據《左傳》記載:「冬十月,仲(仲遂)殺惡及視而立宣公」,知遂乃弒君之賊,其惡與公子翬同矣。翬見貶於未弒君前,遂則貶於弒君之後,皆不於弒君之際書貶。翬之故已見前述,公子遂之故,《公羊傳》輒以爲「於文則無罪,於子則有年」蓋言使公子遂於文公之篇書貶,則嫌有罪於文公,而無罪於子赤也;且因子赤未即位改元旋而見卒,無紀年之編以書貶公子遂也,故遂弒君之惡,因有殊故,不於弒時斥貶之,特於錄卒之文見貶者,殆終不得脫免於聖人筆削之誅也。何休亦申言其故:

　　此解十八年秋如齊不貶意也。十八年編於文公貶之,則嫌有罪於文公,無罪於子赤也。卒乃貶者,元年逆女,嫌爲喪娶貶也;公會平州下如齊,嫌公遂。八年如齊,嫌坐,乃復貶也。

公子遂誠助宣公篡奪君位之大臣,本應於宣公即位改元之初見貶,則二人之罪無所遁逃矣。然觀宣公年間所可書貶處,悉有嫌故;如可於宣公元年經書「公子遂如齊逆女」一文貶之,然嫌貶喪娶而非貶弒君賊也,且後文「遂以夫人婦姜至自齊」不書公子,亦承上省略之筆,俱非可貶之處。又如同年夏,經文「公會齊侯于平州」與「公子遂如齊」二文連書,使貶去「公子」一稱,則文若魯君會齊侯于平州,「遂」(作於是解)如齊矣,而非「公子遂」如齊。因知宣公元年公子遂著書之處,皆不宜筆削公子之稱以見貶焉。故惟於其卒時削去宗親尊稱,蓋棺以論其是非,終得貶弒之惡矣。若其書行次字於名之上者,殆使書「遂卒於垂」,則類於魯國未命大夫徒具名之例,無以見人臣弒君之罪,亦莫辨遂之血緣統系矣。故特錄其行次字,異文殊筆以見義焉。

△閔公元年經:「冬,齊仲孫來。」

《公羊傳》云:

　　仲孫者何?公子慶父也。公子慶父則曷爲謂之齊仲孫?繫之齊也。曷爲繫之齊?外之也。曷爲外之?春秋爲尊者諱,爲親者諱,爲賢者諱。子女子曰:『以春秋爲春秋,齊無仲孫,其諸吾仲孫與?』

公羊之意以爲仲孫即公子慶父,冠稱齊者,魯外之而繫以齊也。按慶父不稱公子,反繫乎齊,文意甚怪,就魯室眾公子稱謂言之,誠未有生而賜謚之例〔註54〕,且稱

〔註54〕顧棟高《春秋大事表・列國姓氏表》卷十一「春秋大夫無生而賜氏論」云:「案春秋公之子稱公子,公子之子稱公孫,公孫之子以王父字爲氏,此定制也。而胡文定於僖十六年季友卒,發傳云魯之大夫有生而賜氏者,若季友仲遂是也。……大抵宋儒好橫發議論,而讀書不精,考究欠實……殊不知季友卒時尚不氏曰季。至其孫行父,

「公子」雖享有采邑，自成一宗族，然其氏稱之得，惟公孫之始以王父之字爲氏焉（公羊成公十五年傳）。今公子慶父既未見卒，自不當有「仲孫」之賜稱，縱公子慶父一宗已有兒孫後嗣，亦無以私字爲氏而父自稱之理。

又魯室諸公子中固有以行次字書稱者，如公子友稱季友，公子遂稱仲遂是也，然公子友生稱「季友」可也，生而稱「季孫」則亦未見也，查季友一宗殆至季孫行父方以「季孫」爲稱焉。今公子慶父雖爲魯室「仲孫氏」之祖，生而以孫輩宗子之號「仲孫」爲己稱，則是祖稱孫名而倫序大亂矣，此乃齊仲孫非公子慶父之一見也。

且觀閔公之篇，於二年又書「公子慶父出奔莒」，是慶父自齊歸魯，諱而繫之齊，曰齊仲孫，已外公子慶父於魯室矣；則其出奔至莒，不復諱言「仲孫」，或仍繫乎齊言「齊仲孫」以外之者，是前後經義不一也。循是以知，公子慶父出奔莒不言仲孫，則元年之齊仲孫來，非公子慶父之二見也。

綜此二見，或可明閔公元年所書之齊仲孫當非公子慶父也。至如《公羊傳》引子女子所言「齊無仲孫，其諸吾仲孫與？」亦猶疑惑之詞也。據查左傳人物，齊國誠有仲孫氏之族，如僖公十三年傳「齊侯使仲孫湫聘於周」，事雖不見於經文，然知「齊仲孫」或當是齊國仲孫湫之族屬焉。

3. 公　孫

公羊成公十五年傳「孫以王父字爲氏」，並觀魯室公族之子，不書氏名而稱「公子」、「公孫」，則知公孫之後始有氏名焉。而稱以「公子」、「公孫」者，氏名未備，族室未成，仍爲依附魯室之宗親也。公子之稱說已見前，公子之後稱公孫，如公子牙之後爲「公孫茲」，公子慶父之後爲「公孫敖」〔註 55〕，今覈經文，凡魯室公子之子見書史策者，皆以「公孫某」文例稱之，某者，名也，如：

公孫敖－公子慶父之子，慶父爲桓公之子，敖乃桓公之孫；見僖公十五年經，文公元年、二年、五年、七年、八年、十四年、十五年經。

△僖公十五年經：「（三月）公孫敖率師及諸侯之大夫救徐。」

公孫茲－公子牙之子，牙爲桓公之子，茲乃桓公孫：見僖公四年、五年、十六年經。

△僖公五年經：「夏，公孫茲如牟。」

公孫歸父－公子遂之子，遂乃莊公之子，歸父則爲莊公之孫。見宣公十年、十一

始以王父字氏曰季孫，不可以孫而彊巫其祖。……夫因其子孫而罪其祖父，并罪祖父當日之君，以莫須有之事，遂爲一成不變之獄，此則宋儒刻論之過也。」

〔註 55〕據陳厚耀《春秋世族譜》所列之世系圖。

年、十五年、十八年經。

△宣公十年經：「（秋）公孫歸父帥伐邾婁，取蘱。」

公孫嬰齊－叔肸之子。叔肸者，宣公母弟、文公之子，則嬰齊爲文公之孫。見成公二年、六年、八年、十七年經。

△成公六年經：「（夏六月）公孫嬰齊如晉。」

魯室諸子凡稱「公子」者，俱策命之大夫也，各有職掌之權，或帥師征伐，或出會蒞盟。使其宗子亦受命爲大夫，出會與盟、統軍率將，輒承其父志，續其父業，掌其事，食其邑而世世不絕。其冠以「公孫」之名者，尊親之義也。若其宗子未命爲大夫，則不以公孫爲稱，如公子彄之子達，未見書「公孫達」是也〔註 56〕。至若宣公弟叔肸者，因生時貴爲君之同母弟，不稱公子，而其嗣子並稱「公孫」者，蓋此子繼父別之宗，宗室漸備矣，且受命爲大夫之職，封有食采之邑，遂得援公室之尊稱，以「公孫」名之也。是知公子之後稱公孫者，該族氏之宗子也，其下冠稱私名，「公孫某」爲其稱謂常例。知爲公孫而不稱以公孫者，凡二見於經，試各言其故：

△宣公十八年經：「（冬十月）歸父還自晉，至檉，遂奔齊。」

歸父，公孫歸父也，公子遂之子、莊公之孫〔註 57〕。經文略稱「公孫」者，承上省略之筆而已，按是年公孫歸父數事並見，「（秋七月）公孫歸父如晉」、「冬十月壬戌，公薨於路寢」、「歸父還自晉」，歸父不稱公孫，觀上文自可知矣，故省略不書，當無殊故也。

△成公十五年經：「三月乙巳，仲嬰齊卒。」

仲嬰齊者，公孫嬰齊也，公子遂之子，莊公之孫〔註 58〕。魯室公孫見書卒之文，例稱公孫配名，如僖公十六年經書「公孫茲卒」是矣，然公孫嬰齊卒而徒呼「仲嬰齊」者，《公羊傳》以爲：

> 仲嬰齊者何？公孫嬰齊也。公孫嬰齊則曷爲謂之仲嬰齊，爲兄後也。爲兄後則曷爲謂之仲嬰齊？爲人後者爲之子也。爲人後者爲其子，則其稱仲何？孫以王父字爲氏也。

傳意言公孫嬰齊因魯人傷歸父無後，遂出繼於其兄歸父，以爲歸父之子。「爲人後者爲之子」，如其言則公孫嬰齊於其父公子遂降而爲孫，援公孫以王父爲氏例，故嬰齊卒而得稱「仲嬰齊」也。若《公羊傳》「爲人後者爲之子」說無誤，則嬰齊所附之宗

〔註 56〕同註 55。
〔註 57〕同註 55。
〔註 58〕同註 55。

親，將以兄爲父，以父爲祖，亂昭穆之序而失父子之親矣，故毛奇齡嘗駁辯之：

> 以兄爲父，以父爲祖，喪生倫，亂昭穆，滅理傷教，由春秋始矣。夫歸父奔齊，並未絕嗣，原不必爲後。即欲爲後，而大夫繼爵不繼統，亦並無有弟爲兄子，子爲父孫之理。〔註59〕

毛氏所論未必無理，且據魯國世系圖、及驗諸《左傳》之史實，可以略知公孫嬰齊卒而殊稱「仲嬰齊」之故焉。按《左傳》人物之「子家羈」即爲其後嗣〔註60〕，則《公羊傳》言公孫歸父無後，未必然也。今公孫嬰齊雖紹父兄之爵，卻無奪喪歸父親嗣而自降爲子之理，則嬰齊之稱「仲」者，當非「孫以王父字爲氏」，誠另有其故矣。

察較魯室公族之世系譜表，得知魯公孫輩中，有二人同名「嬰齊」也〔註61〕，一爲公子遂之後，一爲叔肸之後。一見書卒於成公十五年，一見書卒於成公十七年，知其非一人矣。《公羊傳》似未察其實，未考其系，而臆造「爲人後者爲之子」一說，終致糾混不清焉。蓋成公十五年所書之「仲嬰齊」者，係公子遂之子、莊公之孫；而十七年書「公孫嬰齊卒于貍軫」者，爲宣公母弟叔肸之子，文公之孫也。二人同稱「公孫嬰齊」，使不詳辨世系，則成公十五年已書卒、十七年又見卒，益滋疑竇而無以達其旨要矣。是魯史爲相區辨，乃以公子遂之行次「仲」字，加稱於其子嬰齊書卒文例之上，而叔肸之子仍其故稱，書「公孫嬰齊」二人遂得區分焉，萬斯大《春秋隨筆》嘗詳究其故，茲引錄以供參較：

> 春秋有同時二人皆公孫皆名嬰齊，皆爲卿者，一爲仲遂子，一爲叔肸子。一卒於成十五年，一卒於成十七年。法當皆書公孫嬰齊卒，然則不知何者爲仲氏嬰齊，何者爲叔氏嬰齊。於是取仲氏嬰齊冠之以氏，而曰仲嬰齊。叔氏嬰齊從其恆稱，而曰公孫嬰齊，然後兩公孫嬰齊不至於無別。或曰仲遂叔肸皆生而賜氏者也，此曰仲嬰齊，彼何不曰叔嬰齊？曰無叔嬰齊，則仲嬰齊亦書公孫矣。書仲嬰齊，則叔嬰齊不必書叔矣。義取恆別，不謂稱仲氏者之非公孫也，不謂稱公孫者之非叔氏也。

4. 公孫之後

「孫以王父字爲氏」（公羊成公十五年傳）就魯室公族觀之，公孫之後誠多以王父之字爲氏，而以「某」氏稱行，如叔老，公孫嬰齊之子，叔肸之後，文公之孫嗣也，是以叔肸宗族以其「叔」字爲氏。然歷來儒者論魯室公族之氏稱，皆以爲經文

〔註59〕見毛奇齡《春秋傳》，成公十五年仲嬰齊卒條。

〔註60〕子家羈首見於左氏昭公五年傳「禮者所以守其國，行其政令，無失其民者也。今政令在家，不能取也，有子家羈弗能用也。」羈是歸父之孫，未必無後也。

〔註61〕見程公說《世譜》及陳厚耀《春秋世族譜》。

所見之仲孫、叔孫、季孫、臧孫，幷稱而爲氏名，非徒以王父之「仲、叔、季、臧」字爲氏名。主此說如何休公羊閔公元年傳注：「魯有仲孫氏。」、杜預《春秋釋例》卷八世族譜，於魯國世系即標示「仲孫氏」、「季孫氏」，至宋程公說《春秋分記》之世譜，陳厚耀《春秋世族譜》，皆從而不疑〔註62〕，至清儒顧棟高亦謂「三家稱仲孫、叔孫、季孫氏、未嘗單舉仲、叔、季也」〔註63〕。

今且證諸《春秋》經傳，魯室以氏稱「某孫」者，凡四族：

（一）公子慶父之後－慶父爲三桓之長，行次爲仲，故後嗣皆以「仲」孫某爲稱〔註64〕，凡五人：

仲孫蔑：見宣公九年、十五年經，成公五年、六年、十八年經，襄公元年、二年、五年、十九年經。

△宣公九年經：「夏，仲孫蔑如京師。」

仲孫遫：見襄公二十年、二十三年經。

△襄公二十年經：「春王正月辛亥，仲孫遫會莒人盟于向。」

仲孫羯：見襄公二十四年、二十八年、二十九年、三十一年經

△襄公二十四年經：「（春）仲孫羯帥師侵齊。」

仲孫貜：見昭公四年、九年、十年、十一年、二十四年經。

△昭公四年經：「秋，仲孫貜如齊。」

仲孫何忌：見昭公三十二年經，定公三年、六年、八年、十年、十二年經，哀公元年、二年、三年、六年、十四年經。

△定公三年經：「冬，仲孫何忌及邾婁子盟于拔。」

按以上五人皆冠稱「孫」者，乃仲氏之宗子，若非宗子之尊，則但以名氏爲稱，如《左傳》所見之「孟公綽」（襄公二十五年）、孟之側（哀公十一年），皆仲氏之後而不冠稱「孫」例也。

（二）公子牙之後－牙之行次爲叔，其後嗣以「叔」孫爲稱，凡五人：

叔孫得臣：見文公元年、三年、九年、十一年、十八年經、宣公五年經。

△文公元年經：「（夏四月）叔孫得臣如京師。」

〔註62〕程公說《春秋分記》卷十内魯公子公族諸氏世譜，列孟孫氏，叔孫氏、季孫氏，臧孫氏。孟孫氏下云：「亦曰仲孫氏。」陳厚耀《春秋世族譜》並列孟孫氏、叔孫氏、季孫氏、臧孫氏。孟孫氏下並注云：「即仲孫氏。」

〔註63〕同註54。

〔註64〕仲孫之稱，左傳亦作「孟孫」。

叔孫僑如：見成公二年、三年、五年、六年、八年、十一年、十四年、十五年、十六年經。

△成公三年經：「秋，叔孫僑如率師圍棘。」

叔孫豹：見襄公二年、三年、四年、五年、六年、十四年、十五年、十六年、十九年、二十三年、二十四年、二十七年經、昭公元年、四年經。

△襄公五年經：「(夏) 叔孫豹鄫世子巫如晉。」

叔孫舍：見昭公七年、十年、二十三年、二十四年、二十五年經。

△昭公七年經：「(三月) 叔孫舍如齊涖盟。」

叔孫不敢：見定公五年經。

△定公五年經：「秋七月壬子，叔孫不敢卒。」

叔孫州仇：見定公十年、十二年經、哀公二年、三年經。

△定公十年經：「秋，叔孫州仇、仲孫何忌帥師圍費。」

(三) 公子友之後－友之行次爲「季」，後嗣以「季」孫某爲稱者，凡四人：

季孫行父：見文公六年、十二年、十五年、十六年、十八年經，宣公十年經，成公二年、六年、九年、十一年、十五年、十六年，襄公五年經。

△文公六年經：「秋，季孫行父如晉。」

季孫宿：見襄公六年、七年、八年、九年、十二年、十四年、十五年、十九年、二十年經，昭公二年、六年、七年經。

△襄公六年經：「(冬) 季孫宿如晉。」

季孫意如 (公羊作隱如)：見昭公十年、十一年、十三年、十六年、三十一年經，定公五年經。

△昭公十三年經：「(八月) 晉人執季孫意如以歸。」

季孫斯：見定公六年、八年、十二年經，哀公二年、三年經。

△哀公三年經：「(五月) 季孫斯、叔孫州仇帥師城開陽。」

以上四人皆季氏宗子，使非宗子之尊，則但稱名、氏，如季公亥 (左氏昭公二十五年傳)、季寤 (左氏定公八年傳)。

(四) 公子彄之後－彄乃孝公之子，字「子臧」(〔註65〕)，其後嗣乃以「臧」

〔註65〕見杜預於公子彄之注：「公子彄、字子臧、孝公子。」

字爲氏名，經文稱「臧」孫某者，凡三人：

臧孫辰：見莊二十八年經，文十年經。

△莊公二十八年經：「(冬) 臧孫辰告糴于齊。」

臧孫許：見成元年、二年、四年經。

△成公元年經：「夏，臧孫許及晉侯盟于赤棘。」

臧孫紇：見襄二十三年經。

△襄公二十三年經：「冬十月乙亥，臧孫紇出奔邾婁。」

按以上三人乃臧氏宗子，使非宗子，則但稱氏名，如見諸《左傳》者有臧質（襄公十七年傳）、臧爲（襄公二十三年傳）。

上列四公子後嗣稱氏名而冠「孫」字，由其出現於經文之次第觀之，可判知其爲各氏族之宗子也。姑「以孟氏爲例，左氏宣九經載『仲孫蔑如京師』，至襄十九經書『仲孫蔑卒』止，凡書仲孫蔑十一次。次年，即襄二十經所載蔑之子『仲孫速帥師伐邾』，至襄二十三經書『仲孫速卒』止，凡書仲孫速三次。次年，即襄二十四經又載速之子『仲孫羯帥師侵齊』，至襄三十一經書『仲孫羯卒』止，凡書仲孫羯四次。昭九經載『仲孫貜如齊』，至昭二十四經書『仲孫貜卒』止，凡書仲孫貜四次。昭三十二經載貜之子『仲孫何忌……城成周』，至哀十四經書『仲孫何忌卒』止，凡書仲孫何忌十三次。《春秋經》自宣九至哀十四，一百二十年間連續書孟氏人物五人，凡三十五次。《春秋經》所書皆重要之人，左氏隱二經孔疏所謂『春秋之例，卿乃見經』。考察《春秋經》所書孟氏人物，同一時間止一人，死而另書他人，且多父子相承。由此穩定之記載，知所書五人皆孟氏之代表人物－宗子也。」〔註66〕。是各宗室之主由先君之孫代代血脈相承，上以繼祖禰，下之族內兄弟皆宗之，以尊承祀之重，以示血親之統，故繫先君而敬稱「某孫」。其非宗子則以氏名爲稱，如前文所舉臧賈、孟之側等。考諸《春秋經》傳，蓋未見魯有非宗子而稱某孫者也〔註67〕。循是可知仲孫、季孫、臧孫實以仲、季、臧爲氏，宗子則敬稱「仲孫、季孫、臧孫」誠非連二字以爲氏名，而前儒之說可破矣。因知凡配以「孫」字爲稱之，皆其宗之主也，孫乃指本國先君之孫，而非指公子之孫也〔註68〕。

〔註66〕參考方炫琛撰〈論春秋魯仲孫、孟孫、季孫、臧孫等稱非氏名，及春秋時代人物繫『孫』爲稱之義〉，大陸雜誌，七十五卷第六期。

〔註67〕詳見方炫琛《左傳人物名號研究》。

〔註68〕方炫琛撰〈論春秋魯仲孫、孟孫、臧孫等稱非氏名及春秋時代人物繫『孫』爲稱之義〉一文，以爲「『孫』字係指某先君之孫，其證有三：一、左氏昭四傳『齊有仲孫之難，而獲桓公』，杜注謂仲孫即齊公孫無知。左氏莊八傳『僖公之母弟曰夷仲年，

魯室公族中稱「某孫」者，係指某公之後嗣，然其中有單稱「叔某」者，如：

叔彭生：見文十一年、十四年經。

△文公十一年經：「夏，叔彭生會晉郤缺于承匡。」

叔　老：襄十四年、十六年、二十年、二十二年經。

△襄公十六年經：「（五月）叔老會鄭伯、晉荀偃、衛寧殖、宋人伐許。」

叔　弓：見襄三十年經、昭元年、二年、三年、五年、六年、八年、九年、十年、十一年、十三年、十五年經。

△襄公三十年經：「秋七月，叔弓如宋，葬宋共姬。」

叔　痤：（左穀作叔輒）見昭二十一年經。

△昭公二十一年經：「（秋）八月乙亥，叔痤卒。」

叔　鞅：見昭二十二年、二十三年經。

△昭公二十三年經：「（春王正月）癸丑，叔鞅卒。」

叔　還：見定公十一年經、哀五年、六年、十四年經。

△定公十一年經：「（冬）叔還如鄭蒞盟。」

叔　倪：見昭二十五年、二十九年經。

△昭公二十九年經：「夏四月庚子，叔倪卒。」

比觀上列稱「叔」爲氏者，除叔彭生爲公孫茲之子、公子牙後嗣外，叔倪世系不詳，餘者俱宣公母弟叔肸之後〔註69〕，其世系以簡表列之：

文公－叔肸－公孫嬰齊－叔老、叔弓 ┌ 叔輒（痤）－叔還
└ 叔鞅

按叔肸貴爲母弟之不稱公子，亦未受命爲公卿，然母弟爲百世不遷大宗之始，有承

生公孫無知』，則公孫無知爲夷仲年之子，夷仲年名年，仲爲其行次，則公孫無知之稱仲孫者，仲爲其父之行次，孫者則指爲夷仲年父齊莊公孫也，而非謂夷仲年之孫。二、左氏桓二傳載周內史臧哀伯曰『臧孫達』，臧孫達爲公子彄之子，其稱孫者，亦指爲公子父魯孝公之孫，而非謂公子彄之孫。三、左氏僖四年傳『叔孫戴伯帥師會諸侯之師侵陳』，同年經稱叔戴伯爲公孫茲，據杜注即公子牙之子也。則叔孫戴伯稱叔孫者，叔爲其父之行次，孫者則謂公子牙父魯桓公之孫，而非謂公子牙之孫。由此三位公孫稱『某孫』、『某孫某』觀之，其孫字指本國某先君之孫也，而非謂公子之孫也。」

〔註69〕經文魯室中稱「叔」爲氏者，其血親統系參考世譜及春秋經傳注疏可得之，亦可參較方炫琛《左傳人物名號研究》一書。

血脈親統之責，其後嗣受命為大夫，亦得繫先君而尊稱「公孫」，其後公孫之子乃以王父「叔」字為氏，備其宗室矣，是魯室公族又增「叔」氏之宗也。至如文公十一年書「叔彭生」，彭生乃公子叔牙之後，稱「叔」氏者，以王父「叔」字為氏，彭生冠稱「叔」氏，理亦甚洽焉。然至宣公母弟叔肸之後嗣「叔老」出，亦以王父「叔」字為氏，則魯有二叔氏矣！使不相區分，則莫辨其宗族血親而亂其宗祀矣。或為相區辨，乃以公子叔牙之後從其宗子之敬稱，此宗諸子不論宗子與否，俱以「叔孫」為氏名；而叔肸之後亦然，不論宗子與否，諸子例稱「叔」氏配名，故《春秋》經傳二叔氏世系涇渭分明。由此亦可輔證公子叔牙一宗，初實以「叔」字為氏名，凡稱「叔孫」者俱宗子之敬稱也，而魯室宗族氏名當為單文，以仲、臧、季為氏，不亦然乎。

魯室稱氏名之諸子，例以名氏通，然其中有直書其名，但不冠氏稱及敬稱之「孫」字者，凡二見：

△成公十四年經：「（秋）九月，僑如以夫人婦姜氏至自齊。」

△昭公十四年經：「春，意如至自齊。」

公羊宣公元年傳云：

一事而再見者，卒名也。

按叔孫僑如於同年秋經書「叔孫僑如如齊逆女」，下文又書「至自晉」，蓋從上略之。若季孫意如者，其書見於昭公十三年經：「秋，公會劉子、晉侯、齊侯、宋公、衛侯、鄭伯、曹伯、莒子、邾婁子、薛伯、杞伯、小邾婁子于平丘。八月甲戌，同盟于平丘。公不與盟，晉人執季孫意如以歸。」至入昭公十四年，《春秋》書「意如至自晉」，文雖不相承，事則相連。故知一人數見者，得從上省略而僅錄名耳。此二文例雖似變例，實無殊旨，史筆之法而已。若夫仲孫何忌之殊稱「仲孫忌」者，《公羊傳》以為譏二名之非禮。

△定公六年經：「（冬）季孫斯、仲孫忌帥師圍運。」

《公羊傳》云：

此仲孫何忌也，曷為謂之仲孫忌？譏二名，二名非禮也。

何休申言其故：

為其難諱也。一字為名，令難言而易諱，以長臣子之敬，不逼下也。《春秋》定哀之間，文致太平，欲見王者治定，無所復為譏，唯有二名故譏之，此春秋之制也。

究公羊二名非禮之說，魯室諸子於以二名為稱者，不惟仲孫何忌，前此者尚有公子益師、公子慶父、公孫嬰齊、公孫歸父，均未見《公羊傳》有譏貶非禮之文。何休似知其異，乃以三世異稱之說釋其矛盾。以爲定哀年間，文致太平，無所復譏矣，特於二名貶之。然定哀年間叔孫不敢、叔孫州仇亦俱二名，輒不復書譏；且公羊二名非禮之故，禮文亦無可徵，知公羊、何氏二說不盡是也。今且以經爲證，檢視仲孫何忌致書之文，其始見於昭公三十二年，次見於定公三年，後又陸續見於公八年、十年、十一年，哀公元年、二年、三年、六年，均二名并書，即便是譏二名之同年經文，仲孫何忌兩事見書，一文仍書「夏，仲孫何忌如晉」，則何忌既非因帥師圍運之事見筆削稱謂之法，則同年二見之文，一書譏，一則否，是二名見譏之說猶待商也。蓋聖人筆削春秋之法，有絕去族氏者，有貶而徒書名者，亦有尊而變書字者，然無削去一名之文例。知此經文不書「仲孫何忌」者，或史闕文故。若公羊所言二名之譏，或是爲求彰顯孔子筆削春秋之大義，不免字斟句酌，瑣碎而失之穿鑿者也。

貳、魯國大夫

△隱公二年經：「（夏五月）無駭帥師入極。」

△隱公八年經：「冬十有二月，無駭卒。」

△隱公九年經：「（春三月），俠卒。」

△桓公十一年經：「（秋七月）柔會宋公、陳侯、蔡叔盟于折。」

△莊公三年經：「春王正月，溺會齊師伐衛。」

魯國非公室血親之大夫見書於春秋者如右所列。使其已爲大夫，則不論尊卑高低，均得享有采食之田邑，有私土遂有氏稱，以爲政治權力組織之徽號也。且大夫就其采邑之內言之，自爲一大宗；其氏室餘支爲小宗，自儼若一小侯國也。然揆見魯國大夫之稱謂書法，俱直書私名而未冠「氏」稱，《公羊傳》或以爲去氏貶之也，如「無駭」條；或以爲「吾大夫之未命者也」，如「俠」條等。試分別舉之以爲說明。隱公二年傳：

> 無駭者何？展無駭也。何以不氏？貶。曷爲貶？疾始滅也。

又隱公八年傳並云：

> 此展無駭也，何以不氏？疾始滅也，故終其身不氏。

未命之說則分見於隱公九年傳：

> 俠者何？吾大夫之未命者也。

及桓公十一年傳：

> 柔者何？吾大夫之未命者也。

又莊公三年傳：

溺者何？吾大夫之未命者也。

比觀《公羊傳》於魯大夫不氏直書名有二說，或疾貶之，或未命之。若公羊隱公二年、八年二傳均言「無駭者何？展無駭也。」以「展」爲無駭之氏稱，然據後儒所治世譜表，如程公說《春秋分記世譜》，所列之世系圖，實不詳何位公子有孫曰無駭，且自無駭以下，亦不詳其世〔註70〕。使無駭爲展氏之嗣，察較魯世系中未有公子以「展」爲字者也，則無駭之展氏非王父之字氏矣；使無駭爲展氏始祖，大夫生不稱賜氏，卒乃冠之，此周道也，且據《左傳》記載之史實，隱公八年：「無駭卒，羽父請謚，公問族於眾仲，眾仲對曰：『……諸侯以字爲謚，因以爲族。』……公命以字爲展氏」，則無駭生時未嘗以己字「展」爲氏稱，不辨自明矣。是公羊所言貶氏之說猶有可商之處。然則「展」字之解，以無駭之字爲洽〔註71〕，蓋如鄭玄《儀禮・少牢饋食禮》注有云：「大夫或因字爲氏，《春秋傳》曰魯無駭卒，請謚與族，公命之以字爲展氏是也。」循意可知無駭卒後以展字爲氏，生而未有氏也。

雖然，魯國大夫致書不氏之故，或以《公羊傳》另一解「吾大夫之未命者」爲是。大夫未受策命，無采邑之賜，亦無宗祀可奉，僅依附於公室，不得自立一氏族，故見錄史策而僅書名，陸淳嘗辨其故：〔註72〕

禮，諸侯之卿皆命於天子……所以重王命、尊周室也。魯卿雖未命者，書其名，詳內事也，無駭、柔、溺是也。

知春秋初年經文特錄魯國未命大夫諸事，一則善隱公不擅專策命大夫之權，喜存周禮之備焉；一則欲見其後諸侯大夫之自相任命，越權專政之非，而知諸侯之政權下逮，君室見毀，實皆自取之咎也。若此以觀魯大夫未命不氏者，洵據實詳錄之文，非有貶責之筆焉。而公羊所言去氏「疾始滅」者，誠其重「春秋之始」之思想端緒，雖言之有理，卻未必洽於無駭無氏之由也。

第三節　外諸侯公室及大夫稱謂

觀夫春秋二百四十二年間，先則諸侯權僭天子，政柄旁落諸侯之手；繼而卿大夫專權擅政，權掌僭竊於大夫陪臣，終致陪臣家宰得執國柄、掌政權，「高岸爲谷、深谷爲陵」〔註73〕，階級遽變，終導致封建政治之全面崩潰，所謂「君不君、臣不臣」，分際大亂、倫序不倡！此一現象可由《春秋》不書朝覲王室卻屢見諸侯帥師征

〔註70〕詳見程公說《春秋分記世譜》。
〔註71〕見方炫琛《左傳人物名號研究》。
〔註72〕《春秋纂例》卷八、諸侯之卿大夫條。
〔註73〕詳見《經詩、小雅、十月之交》章。

伐、大夫代君蒞會、私相與盟之文，考知其情也。

魯之三桓擅政、晉之六卿分權、而齊有陳田之裂，是君權益喪而政在大夫，君若贅旒矣〔註 74〕。孔子嘗言：「天下無道，則禮樂征伐自諸侯出，自諸侯出，蓋十世希不失矣。自大夫出，五世希不失矣。陪臣執國命，三世希不失矣。」〔註 75〕固已徧刺天下之大夫矣（公羊襄公十六年傳）。於是春秋公室見滅之禍迭出，誠皆緣於公室大夫之爭權較勢也。本節擬自春秋記載外諸侯公室及其大夫稱謂，以明政權遞嬗之跡，並略窺《公羊傳》闡述大義之要。

壹、外諸侯公族稱謂

一、世　子

△宣公十八年經：「春，晉侯、衛世子臧伐齊。」

△襄公三年經：「六月，公會單子、晉侯、宋公、衛侯、鄭伯、莒子、邾婁子、齊世子光。」

宗法制度者，基因血緣之親，以嫡長爲繼統之家族組織法也，而承其家族血脈之祀者，名曰宗子。由此家族組織法推而衍之，即國族之封建組織法規，而掌其國政大要、任社稷之重者，則謂之「世子」，猶世世子也（公羊僖公五年傳）。固知「世子云者，唯君之貳也」〔註 76〕，將承君統之位，其與宗子之繼嗣血統之親，義無二致，然政治地位則遠較公室諸兄弟尊且貴矣。

世子既貴爲儲君，自幼必有專學以教，以備人君之德焉。《禮記・文王世子篇》即詳述世子受教之方。曉以詩書，教之禮樂，使涵泳情性而動靜中矩焉。立大傅少傅以養之，使知臣父子之道；入有保、出有師，以輔德翼道焉〔註 77〕。其所以敬慎重正者，殆惟道脩德成，方能臨國人以正治國之大事焉。故公羊僖公五年傳云「世子貴也」。茲舉《公羊傳》所釋世子之例以明之：

△桓公十五年經：「（五月）鄭世子忽復歸於鄭。」

《公羊傳》云：

〔註 74〕詳見公羊襄公十六年傳文。

〔註 75〕詳見《論語・季氏篇》。

〔註 76〕詳見穀梁昭公八年傳文。

〔註 77〕《禮記文王世子》載：「三王教世子，必以禮樂，樂所以脩內也，禮所以脩外也，禮樂交錯於中，發形於外，是故其成也，懌恭敬而溫文。立大傅少傅以養之，欲其知父子君臣之道也。大傅審父子君臣之道以示之；少傅奉世子以觀大傅之德行而審喻之。大傅在前，少傅在後內。入則有保，出則有師，是以教喻而德成也。師也者，教之以事而諭諸德者也；保也者，慎其身以輔翼之，而歸諸道者也。」

其稱世子何？復正也。

案鄭莊公薨，鄭突與鄭忽爭位〔註78〕，經文特於鄭忽復歸于鄭，書其名並冠以「世子」稱謂者，明示忽以嫡當居位爲正也。由是而突之以庶篡位，其非正亦明矣。使經文不錄忽「世子」之專稱，則忽、突二人之是非亦莫由辯知也。

△僖公五年經：「晉侯殺其世子申生。」

《春秋》經書世子見殺者二：僖公五年、襄公二十六年經書「宋公殺其世子痤」〔註79〕，書殺「世子」，並直稱君殺之，惡其殺親親之甚也。是於晉侯、宋公直書殺世子，其滅親喪倫之罪不待言而著矣。至於直書殺「世子」者，正世子之名位，見亂嫡庶之非也。如公羊僖公五年傳云：

曷爲直稱晉侯以殺？殺世子母弟直稱君者，甚之也。

所謂甚之者，甚其滅親親之恩也。《春秋繁露・王道篇》曰：「殺世子母弟直稱君，明失親親也。」蓋諸侯之於世子，有君之尊，有父之親〔註80〕，見殺而正以「世子」之名，則是非自辨，而義亦著矣！

二、時君兄弟

1. 稱兄、弟

〔註78〕此爭位事件本末，詳見《左傳》，然經文桓公十五年書：「五月，鄭伯突出奔蔡。」《公羊傳》即明言「奪正也」，於忽之「復歸」，復言忽之爲「復正」，是亦可證知二人爭位之實矣。

〔註79〕按莊公二十二年經：「(春王正月)，陳人殺其公子禦寇。」《公羊傳》於此並無傳文釋義，然據《史記・陳世家》云：「(二十一年) 宣公後有嬖姬生子款，欲立之，乃殺太子禦寇。」《左傳》同年傳文亦記曰：「陳人殺其太子禦寇。」二傳均謂禦寇爲太子，至如陳厚耀《春秋世族譜》、程公說世譜所見世系表，知禦寇乃陳宣公嫡妻所生，貴而宜爲太子以嗣父位者也。然經文徒錄以「公子」之稱，反而是陳宣公嬖姬所生之子款，得稱「世子」之名，如僖公七年經：「公會……陳世子款……盟于甯母。」是禦寇見殺之文，不例書「陳君殺其世子禦寇」，改書「『陳人』殺其『公子』禦寇」其故眾家之說，可供參較：劉敞《春秋傳》云：「公子嫡子也，公之嫡子則世子也，其謂之公子何？嫡子既誓稱世子，未誓稱公子。」又毛奇齡《春秋傳》亦云：「《左傳》稱太子，經但稱公子者，以未誓王朝故也。」孔廣森《公羊通義》曰：「經不言世子者，蓋雖貴宜爲太子，……又未誓也。」以上各家均以爲禦寇未誓於天子，故但稱「公子」耳。蓋諸侯世子往朝天子，經天子策命，始以「世子」專名稱之，於禮有徵，《周禮春官典命》曰：「凡諸侯之適子，誓於天子，攝其君，則下其君之禮一等，未誓則以皮帛繼子男。」鄭玄注云：「誓猶命也，言誓者，明天子既命以爲之嗣，樹子不易也。」則禦寇爲宣公嫡子，而不以「世子」見稱之故，知其未誓於王朝也。

〔註80〕《禮記文王世子篇》云：「君子於世子也，親則父也，尊則君也，有父之親，有君之尊，然後兼天下而有之，是故養世子不可不愼也。」

諸侯裔親，除將承嗣君位者尊以「世子」之稱外，尚有特言「弟」、「兄」之名者：

△隱公七年經：「（夏）齊侯使其弟年來聘。」

△桓公十四年經：「夏五月，鄭伯使其弟語來盟。」

△昭公三十年經：「秋，盜殺衛侯之兄輒（《左傳》作縶）。」

公羊隱公七年傳云：

其稱弟何？母弟稱弟，母兄稱兄。

按其言「母弟」、「母兄」者，時君之同母兄弟，貴血親之統也；非同母則止言「公子某」而已，別親疏遠近也。定公十一年經：「宋公之弟辰及仲陀、石彄、公子地自陳入于蕭以叛。」辰與地均係宋公室諸子，辰稱「弟」而地書以「公子」，因知辰爲宋景公之同母弟〔註81〕而得尊稱焉。

觀《春秋》殊錄同母兄弟之文辭，所以重宗法也。蓋時君之母弟，所謂別子是也。時君爲君統之主，別子則爲血統之始（詳參前節），禮有云：「別子爲祖。」蓋不論時君之嫡庶關係，既得入主昭穆宗廟，則嗣君統之位，而時君之同母弟，自然爲宗法所謂百世不遷之大宗。借使時君母弟不止一人，仍以長弟爲先，蓋立子以長不以賢也（公羊隱公元年傳）。母弟貴爲一宗之始，故有事須致書《春秋》者，遂尊稱「弟」焉。由知《公羊傳》所言同母兄弟稱「兄」、「弟」貴之者，親親之義也。

公羊隱公元年傳「立適以長不以賢」，時君之同母弟而特稱之爲弟者，誠貴宗族之始，繫血緣之親也；然時君之兄，既長於時君，其不得即位爲君，似與「立適以長」之理不合。如衛靈公與輒俱襄公之子，且輒年長也，今不立輒而立靈公，稱以「兄」者，當有其故，《公羊傳》云：

母兄稱兄，兄何以不立？有疾也。曷疾爾？惡疾也。

何休又云：

惡疾謂瘖、聾、癘、禿、跛、傴，不逮人倫之屬也。書者，惡衛侯兄有疾，不憐傷厚遇，營衛不固，至今見殺，失親親也。

衛侯之兄輒因有惡疾，不逮人倫之屬，故不得立爲嗣君，經傳言此義者甚多，如穀梁昭公二十年傳：

然則何爲不爲君也？曰有天疾者，不得入乎宗廟。

《禮記．喪服小記》「王者禘其祖之所自出，以其祖配之，而立四廟，庶子王亦如之」

〔註81〕公子地是辰之庶兄，昭公二十年《左傳》云「取太子欒（景公）與母弟辰、公子地以爲質。」其爲庶兄可知矣。

下鄭玄注：

世子有廢疾不可立，而庶子立，其祭天立廟，亦如世子立之也。春秋時衛侯元有兄縶（輒）。

《白虎通・考黜篇》亦云：

諸侯喑、聾、躄、惡疾不免黜者何？尊人君也。…世子有惡疾廢者何？以其不可承先祖也，故《春秋傳》曰兄弟何以不立？疾也。何疾？惡疾也。

孔廣森《公羊通義》亦云：

有惡疾不之者，爲其不可奉宗廟也。《春秋》記事，皆爲後王示法常辭，立嫡以長，而有衛侯之兄者，所以起其問、發其義，即知適長子有惡疾亦有廢道，苟非惡疾，亦必無廢道，經變之制，靡不包舉矣。

綜觀以上諸說，衛侯兄輒雖長而不立者，蓋必有故也。然尊長之心未可因不承先祖而稍減，故仍以母兄稱之。

母兄、母弟既爲尊詞，其中猶有貴爲母弟而經文不稱弟者，如鄭伯寤生之母弟段是也，亦有稱弟復書「公子」者，陳侯之弟招是也，《公羊傳》嘗析言其故：

△隱公元年經：「夏五月，鄭伯克段于鄢。」

《公羊傳》云：

段者何？鄭伯之弟也。何以不稱弟？當國也。

按《春秋》同爲書殺母弟之事，如襄公三十年經「天王殺其弟佞夫」，直稱弟名，則鄭伯之殺母弟而不稱弟名者，《公羊傳》以爲因段「當國也」。以共叔段強禦，與國爲敵，欲自爲國君，並失爲子弟之道矣〔註82〕。蓋殊尊時君母弟者，貴其承血親宗族之統，族內兄弟莫不尊焉，以收尊祖敬宗之效。今叔段未盡強族統宗之力，反自擁恃強兵，謀奪篡宗室，以臣伐君，壞尊尊之制而紊三綱之常矣；以弟篡兄，，滅親親之情而亂人倫之序焉。使鄭伯寤生不誅討逆叛之弟，將無以爲天下家國計矣，固經文不書殺弟，以深責段當國爲敵之罪也。然鄭伯實殺弟也，唯經文殊言「克」者，《公羊傳》云：

克之者何？殺之也。殺之則曷爲謂之克？大鄭伯之惡也。曷爲大鄭伯之惡？母欲立之，已殺之，如勿與而已矣。

何休注：

嫌鄭伯殺之無惡，故變殺言克，明鄭伯爲人君，當如傳辭，不當自行誅殺。

是公羊以鄭伯與其弟骨肉相殘，亦有惡也。考此事原委，「鄭武公夫人愛其少子段，

〔註82〕其事詳見左氏隱公元年傳。

欲立之，武公弗許。及莊公即位，曲從母意，與以京都之地，有徒邑徒眾，濟成其逆謀，然後從而討之。」〔註 83〕是段當國逆謀宜誅，不稱弟，親親之仁絕矣；然嫌鄭伯無貶道，乃變殺言克，以專責鄭伯忽陷弟於罪以戾其母〔註 84〕，二人交貶矣。

△昭公元年經：「（春王正月）叔孫豹會晉趙武、楚公子圍、齊國酌、宋向戌、衛石惡、陳公子招、蔡公孫歸生、鄭軒虎、許人、曹人于漷。」

△昭公八年經：「春，陳侯之弟招殺陳世子偃師。」

陳招者，昭公八年經書陳哀公之母弟，當尊稱其爲「弟」也。然據陳厚耀《世族譜》所列之世系，哀公有三母弟，曰黃（公羊作光）、曰招、曰過。惟長母弟始得傳血脈之宗，例尊之以「弟」，餘弟但書以「公子」而已。比觀陳哀公諸弟之見書於《春秋》者，亦可窺知其義矣，如襄公二十年經書：「陳侯之弟光出奔楚。」長母弟稱弟是也，至於昭公八年經書「陳人殺其大夫公子過」，哀子之弟過，不書弟而稱公子，因別於長母弟光之尊稱是也。循是以推，陳侯弟招之稱謂，其長幼倫序既次於光，則當以「公子招」之稱爲然；且公子招書於《春秋》者凡三見，除前例二者外，昭公八年經又書「楚師滅陳，執陳公子招。」亦不稱「弟」，固知昭公八年經書「『陳侯之弟招』殺陳世子偃師」者，筆削之辭也。其義公羊昭公元年傳得之矣：

> 此陳侯之弟招也，何不稱弟？貶。曷爲貶？爲殺世子偃師貶。曰陳侯之弟招殺陳世子偃師，大夫相殺稱人，此其稱名氏以殺何？言將自是弒君也。今將爾，詞曷爲與親殺者同？君親無將，將而必誅焉。

意謂公子招爲殺世子偃師（陳哀公子）之賊，復擁立公子留，終致哀公自縊〔註 85〕，弒君之惡甚矣。殊稱「陳侯之弟」，所以著其賊殺兄子，不顧宗社之重而殞其冢嗣，致楚得以輕易滅陳，是以《公羊傳》云：

> 今招之罪已重矣，曷爲復貶乎此？著招之有罪也。何著乎招之有罪？言楚之託乎討招以滅陳也。

是孔子殊筆稱「弟」，言殺「世子偃師」，由知招以親則介弟，尊則叔父之殊貴，不能援立嫡冢，安靖國家，竟戕殺世子，以致宗社覆沒，罪固深矣〔註 86〕，公羊闡釋之義蓋洽其旨矣。

2. 稱行次

△桓公十一年經：「（九月）柔會宋公、陳侯、蔡叔盟于折。」

〔註 83〕語出孔廣森《公羊通義》卷一。

〔註 84〕同註 83。

〔註 85〕其事詳見左氏昭公八年傳。

〔註 86〕語見胡安國《春秋傳》卷二十五。

△桓公十五年經：「(五月) 許叔入于許。」

△桓公十七年經：「秋八月，蔡季自陳歸于蔡。」

△莊公三年經：「秋，紀季以酅入于齊。」

按此四人世系，蔡叔、蔡季二人，據程公說《春秋分記世譜》所列，知爲蔡宣公之子，時君蔡桓公弟也，蔡季即獻舞〔註87〕。許叔者，據陳厚耀《春秋世族譜》所載，爲許莊公之弟。紀季者，公羊莊公三年傳云「紀侯之弟也」，杜預《世族譜》所記亦如斯。四人俱爲時君弟，不以「弟」名謂而稱以行次字者，或疑非時君同母弟故。然於文獻闕如，未能考竟原委，姑暫存此說。方望溪《春秋直解》乃試解其稱行次字故：

> 諸侯之兄弟不稱名，而以行次書者四，許叔也，紀季也，蔡叔、蔡季也。許叔則復國也，紀季則君將去而使後五廟也，兩人皆以兄弟承國者，皆書行次，則蔡叔、蔡季亦相同。

方氏之意以爲諸侯之弟殊以行次字稱之者，承國之故也。諸侯公室之子，其不以公子兄弟見者，惟許叔、紀季、蔡叔、蔡季四人爾，其承國之事亦不見於《春秋》經文，然以紀季一事推之，則知非賢者不得以字稱，且觀紀季得稱字之故，或可以例其餘。公羊莊公三年傳：

> 紀季者何？紀侯之弟也。何以不名？賢也。何賢乎紀季？服罪也。其服罪奈何？魯子曰請後五廟以存姑姊妹。

紀季承國之社稷，賢之而稱行次也。何休亦云：

> 紀與齊爲讎，不直齊大紀小，季知必亡，故以酅首服先祖有罪於齊，請爲五廟後，以酅共祭祀，存姑姊妹，稱字賢之者，以存先祖之功。

是知紀季之爲賢者，以紀季爲行權得義，公羊乃賢而字之，許其承宗社之祀也。援是以律蔡叔、蔡季、許叔，試論如下。

許叔者，據左氏隱公十一年傳：「秋七月，公會齊侯、鄭伯伐許，…鄭伯使許大夫百里奉叔以居許東偏。」是鄭伯使許叔暫守居許國東境，直至鄭莊公卒，許叔終得入許，復其國而居君位，故經文之殊言行次字者，亦許其承國之賢也。

至若蔡叔、蔡季者，二人俱爲蔡侯封人之弟，且據世譜得知封人並無後嗣以承君位，而蔡季爲國人逆之，自陳而歸，將以承社稷奉祀也，故不稱公子不言弟，知將承國而非封人之嗣也。蔡叔之稱字，或亦當許其承國。以前三事觀之，其稱字之故，亦必有取於類者也。或如竹添光鴻《會箋》所言：「蓋叔季皆蔡侯封人之弟，封

〔註87〕詳見方炫琛《左傳人物名號研究》第二〇八七條。

人無子，將以叔承國，故使之會盟，其後叔又死，乃召季于陳而立之，以次承國焉。」是蔡叔、蔡季稱字者，皆賢其承國也。

綜觀此四人之稱謂，知公室之子而不冠稱「公子」者，蓋將承國爲君，非徒公卿大夫之尊而已；皆爲時君之弟，而不稱「弟」，蓋知書「某侯之弟」者，有血親之宗而無君統之位〔註 88〕，不得承國焉，是以時君之弟而稱行次者，方苞承國之論蓋得是矣。固知殊以行次稱者，示兄終弟及之義〔註 89〕，亦明其非簒也。得乎此，則諸侯之弟稱以行次字，其惑疑處豁然通曉矣。

三、公子、公孫

△成公二年經：「（冬）十有一月，公會楚子嬰齊于蜀。」

△襄公十年經：「冬，盜殺鄭公子騑、公子發、公孫輒。」

△昭公二十年經：「夏，曹公孫會自鄸出奔宋。」

諸侯之子稱公子，公子之子稱公孫，孫者義指本國某先君之孫，而非直指此公子之孫，說已見前節，茲不贅引。凡外諸侯之子稱「公子」某、「公孫」某，某者，一己之私名也，其上或冠有國名，如書「楚公子嬰齊」，別其國族而已矣。是凡書「某公子（公孫）某」者，乃外諸侯之公子孫稱謂常例也，其中有殊故而絕去「公子（孫）」之稱者，茲依其類別以觀其義：

1. 弒君者，不稱公子

△隱公四年經：「（春王二月）戊申，衛州吁弒其君完。」

△桓公二年經：「春王正月戊申，宋督弒其君與夷及其大夫孔父。」

△莊公八年經：「冬，十有一月癸未，齊無知弒其君諸兒。」

據陳厚耀《世族譜》載：衛州吁者，衛莊公之子，桓公完之弟也；宋督者，宋戴公之孫，華父說之子，亦宋公室之裔也；齊無知者，齊莊公之孫，夷仲年之子也〔註 90〕，《左傳》稱以「公孫無知」，幷知其爲齊公室之孫也。

綜觀《春秋》經文書公室諸子逆弒君諸例，隱、桓、莊公之篇，弒君者直稱國配名，前列之例是也；自入僖公之後，或直書「世子」弒之，或直稱「公子」，或以大夫氏名見稱，如：

〔註 88〕詳見方苞《春秋通論》卷三，諸侯兄弟章：「蓋蔡季書名，則與公子之入而爭國者無以別矣。紀季書名，則疑于以邑叛矣；許叔書名則疑于公子爭國，且無以見其中幷于鄭，而至是始復矣，故皆以行次書，所以示兄終弟及之義而明其非逆也。」

〔註 89〕同註 88。

〔註 90〕世系之說明可參陳厚耀《世族譜》、杜預、程公說之《世族譜》。

△僖公十年經：「（春王正月）晉里克弒其君卓子及其大夫荀息。」

△文公元年經：「冬，十月丁未，楚世子商臣弒其君髡。」

△宣公四年經：「夏，六月乙酉，鄭公子歸生弒其君夷。」

是與前列三例弒君之事同，而衛州吁、宋督、齊無知三人俱不見稱公子公孫，弒君者之稱謂前後異辭，當有殊故也，公羊隱公四年傳：

曷爲以國氏？當國也。

謂其私相僭權，敵體於君，並見弒君之惡，乃舍稱公子公孫而以國氏之，自絕於先君，亦絕繫於公室也。孔廣森、程頤皆主此說，程頤經說（見《二程全書》）：

聖人削之也，蓋以爲其身爲大惡，自絕于先君，故削之不得爲先君子孫。

孔廣森《公羊通義》：

蓋弒君之賊，王法所誅，大人去氏者，絕其位也；去公子公孫者，絕其屬也。

使以上諸說無誤，則齊公子商人、鄭公子歸生之弒君而不見筆削，又當作何解耶？孔廣森隱公四年傳注：

謹案：隱、桓、莊之篇外弒君者四，州吁、無知皆不言公子，督不言公孫，……，蓋弒君之賊，王法所誅，大夫去氏者，絕其位也；去公子公孫者，絕其屬也。入所聞之世，亂臣賊子比踵而立，已從託始見法，罪同可知，故里克以後不復枚貶。

公羊隱公二年傳謂「所見異辭，所聞異辭，所傳聞異辭。」觀《春秋》弒君書例，誠有記事異辭之筆。且《公羊傳》於隱、桓、莊之篇確然屢發託始之義，如：

△公羊隱公二年傳：「（無駭率師入極）……疾始滅也。始滅昉於此乎，前此則曷爲始乎此？託始焉爾。曷爲託始焉爾？春秋之始也。」

△公羊隱公二年傳：「（紀履繻來逆女）……譏始不親迎也。」

△公羊隱公五年傳：「（考仲子之宮，初獻六羽）……譏始僭諸公也。」

△公羊閔公二年傳：「（吉禘于莊公）……譏始不三年也。」

固知隱、桓、莊之篇所以異辭者，或託始見貶之筆法也。其後亂臣賊子比踵而立，已不勝筆削見貶也，遂依文詳錄，文辭雖異，書以「弒君」之例，亦可知其罪矣。

2. 入國為君，不稱公子

△莊公九年經：「（夏）齊小白入于齊。」

△昭公元年經：「秋，莒去疾自齊入莒。」

△哀公六年經：「（秋七月）齊陽生入于齊。」

公羊莊公九年傳：

曷爲以國氏？當國也。其言入何？簒辭也。

何休於昭公元年注亦云：

不氏者，當國也。

是俱以爲三例因入國簒位爲君，已絕公卿之職，遂絕稱公子之名也。按此三事：小白者，齊僖公之子，與兄公子糾爭位，小白終得入齊爲桓公；莒去疾者，莒君州密之子，莒君本已立太子展輿爲嗣君，復廢立，致去疾與之爭位，而去疾終得自齊入莒爲君；齊陽生者，景公之子，景公初立太子舍爲君，景公薨，陽生入國謀弒之，終簒奪君位而立爲齊悼公〔註91〕。經文於此三人之入俱不稱公子，並直稱國名者，簒國自爲君也。

3. 其　他

△莊公九年經：「夏，公伐齊，納糾。」〔註92〕

△莊公九年經：「(秋) 九月，齊人取子糾殺之。」

子糾者，齊公子糾也。《史記・齊太公世家》載子糾母係魯女，小白母則衛女也，二人俱爲齊襄公之異母弟，襄公諸兒爲齊無知所弒（莊公八年經），因無嫡嗣以承國，則宜嗣而爲君者，貴莫如公子糾。糾，魯出也，魯之伐齊，乃欲納糾爲君也。故經書「公伐齊、納糾」，書納，見莊公納之也。其稱糾者，若糾爲魯臣，得魯之助而爲君，故從君前臣之例也。公羊莊公九年傳：

納者何？入辭也。其言伐之何？伐而言納者，猶不能納也。糾者何？公子糾也。何以不稱公子？君前臣名也。

孔廣森《公羊通義》亦言：

去公子者，著糾之已臣於魯也。禮公子無去國道，仕於他國，則不得

〔註91〕齊小白與公子糾爭位一事，詳見左氏莊公八年、九年傳；莒去疾則詳見左氏昭公元年傳；齊陽生詳見《史記・齊太公世家》。

〔註92〕按此條經文左氏傳作「納子糾」，「子」字當衍文也。陳師伯元撰《春秋異文考》嘗詳考其故，茲引以爲參考：「《臧琳經義雜記》：春秋莊九年，夏，公伐齊納糾。左氏公穀經並同，今左氏經作納子糾，子衍文，沿唐定本之誤也。正義於此引賈逵云：不言公子，次正也。又於後九月齊人取子糾之下，引賈逵云，稱子者愍之。可證賈景伯本於此無子字，正義本作納糾，故引《公羊傳》云：糾者何？公子糾也。及何休賈逵說又云：公羊之說，不可通於左氏，次正不稱公子，其事又無所出。案今定本文糾之上，且有子字，自外入內，不稱公子者多，唯有楚公子比稱公子，蓋告辭有詳略，故爲文不同，則正義雖不從公羊及賈氏之說，亦以自外入內，不稱公子者多，聞有稱公子者，以告辭有詳略故耳。則此無子字甚明，至引定本有子爲證，以難舊義，則孔氏之疏也。」

> 更稱公子。公子云者，吾公之子也，非可相假，假令齊侯之子，而稱公子於魯，則且嫌爲魯公子，故糾爲魯臣，即無稱公子之道也。糾既來臣，雖四方納之，猶當爲臣禮，下經取子糾，文承齊人，乃無君前之義，是以得舉貴稱矣。

是糾爲魯臣，藉魯之助，將立爲君。然糾立之事未果，而小白與之爭立，終先糾入國爲君（莊公九年經「齊小白入于齊」）。小白懼糾相爭不已，遂脅魯使殺子糾，魯恐，遂殺子糾，經書「齊人取子糾殺之」，使若齊自取而殺之，故《公羊傳》曰：

> 其取之何？內辭也。脅我使我殺之也。

殺子糾之稱，若子般、子野之例，從嗣君在喪稱「子某」者，《公羊傳》云：

> 其稱子糾何？貴也。其貴奈可？宜爲君者也。

何休注：

> 故以君薨稱子某言之者，著其宜爲君。

由知糾之稱謂，因事而異，《公羊傳》特於此著義，用心不可不謂深切矣。

貳、外大夫稱謂

△僖公三十三年經：「（春王二月）齊侯使國歸父來聘。」

△文公四年經：「（秋）齊侯使甯俞來聘。」

△襄公二十七年經：「夏，叔孫豹會晉趙武、楚屈建、蔡公孫歸生、衛石惡、陳孔奐、鄭良霄、許人、曹人于宋。」

△昭公十一年經：「秋，季孫意如會晉韓起、齊國弱、宋華亥、衛北宮佗、鄭軒虎、曹人、杞人于屈銀（厥憖）。」

外諸侯大夫見書《春秋》，例稱「氏」配「名」，如僖公三十三年經書「國歸父」，齊國國氏之大夫，名歸父是也。亦有名氏之上冠以國名者，如襄公二十七年經書「晉趙武」，晉，國名：趙氏大夫名武也。稱國名，因別於不同之政治組織體系而已。凡此二類，係外大夫稱謂之通例，使外大夫見書史策稱謂異乎此者，例之變也。

一、冠稱「行人」

△襄公十一年經：「楚人執鄭行人良霄。」

△襄公十八年經：「夏，晉人執衛行人石買。」

△昭公八年經：「（夏四月）楚人執陳行人干徵師，殺之。」

△昭公二十三年經：「（春王正月）晉人執我行人叔孫婼。」

△定公六年經：「秋，晉人執宋行人樂祈犁。」

△定公七年經：「(秋) 齊人執衛行人北宮結以侵衛。」

外大夫殊稱「行人」凡六例。鄭良霄、衛石買、衛北宮結、陳干徵師、宋樂祈犁、及魯大夫叔孫婼，此六人之見於經者，冠國稱氏呼名，今見執而加稱「行人」者，公羊文公十四年傳云：

> 執者曷爲或稱行人？或不稱行人？稱行人而執者，以其事執也。不稱行人而執者，以己執也。

何休云：

> 以其所銜奉國事執之，晉人執行人叔孫舍是也。

行人者，官名也，其職掌爲朝覲聘問之事，時聘以結諸侯之好，使通四方以親諸侯焉〔註93〕。然自周室東遷後，諸侯列國不修朝聘之禮久矣，使間有相聘朝問之事，或令母弟兼之：如隱公七年經書「齊侯使其弟年來聘」；或遣大夫爲專使兼之：如文公四年經書「衛侯使甯俞來聘」，固知「行人」之職至春秋一世，乃一時奉使之官，而非專官所司也〔註94〕。今執大夫而殊稱「行人」者，俱因其爲聘問專使，因事而見執，遂加冠「行人」官名，以見非大夫以己罪見執也。由是推知，使大夫非因行人之職而被執，則經文直書大夫名氏而已，如衛甯喜弒其君剽(襄公二十六年經)，其後見執直稱名氏，執己罪也，如襄公二十六年書「晉公執衛甯喜。」循觀公羊所言「稱行人而執者，以其事執也。不稱行人而執者，以己執也。」蓋是矣。

二、冠稱「大夫」

1. 殺大夫某某

△僖公七年經：「(夏) 鄭殺其大夫申侯。」

△宣公十三年經：「冬，晉殺其大夫先穀。」

△昭公十二年經：「(五月) 楚殺其大夫成然。」

外大夫於名氏稱謂之上，冠以「大夫」專稱者，實不多見，惟見殺之文始冠稱之，所以著「君殺大夫之辭也」(公羊僖公七年傳)。如齊大夫國佐，生時但書名氏，宣公十年經「齊侯使國佐來聘」是也；至成公十八年見殺，經書「齊殺其大夫國佐」，加稱「大夫」之名是也。

昔者諸侯大夫皆由天子策命，故唯天子得專殺之權，諸侯不得專有。然時至《春秋》，天子式微，諸侯皆得自命公卿大夫，請命於天子者寡矣，而專殺大夫之權亦每有所見矣。《孟子・告子篇》曾引述齊桓公葵丘之會與諸侯誓命之辭，其中有「無專

〔註93〕詳見《周禮秋官》大行人、小行人二官所載之職掌。

〔註94〕詳見顧棟高《春秋大事表・列國官制表十》。

殺大夫」一條，足見當時諸侯確有越權之事也。故《春秋》經文於諸侯專殺其命大夫者，皆誌以「大夫」專稱，藉明不予諸侯專殺之辭也。

《春秋》不予諸侯專殺，乃理想所謹守之義也，然就當時現實政治觀之，若大夫構造逆亂、為國巨蠹，罪有當殺者〔註95〕，因王室見微，實不得不予其專殺之權也。此「經、權」之變，由其書法之異，仍可窺得端，使與其專殺有罪之大夫，則經文不冠稱「大夫」之名：

△襄公二十三年經：「（冬十月）晉人殺欒盈。」

△襄公三十經：「（秋七月）鄭人殺良霄。」

公羊襄公二十三年傳道其不稱殺大夫之故：

曷為不言殺其大夫？非其大夫也。

所謂「非其大夫」者，按經書欒盈於襄公二十一年「出奔楚」，知大夫之位已絕。後雖復書入晉，如襄公二十三年經「晉欒盈復入于晉，入于曲沃」，然已非晉之大夫，故晉人殺之，而不援專殺之辭冠稱「大夫」也，何休云：

明非君所置，不得為大夫，無大夫文。

孔廣森《公羊通義》亦言之：

前得罪出奔，位已絕，惟以道去國者，雖不在位，猶從大夫之秩。今盈入晉作亂，罪重不得復稱故大夫也。

是知欒盈作亂罪重，人人得而誅討之，遂以討賊之辭見書，終不以為晉大夫也。鄭良霄之例亦如是，襄公三十年經書「出奔許，自許入于鄭」，知其得罪出奔，已絕大夫之位，後復入國作亂，殺之不稱大夫者是洽其義矣。明乎此，凡大夫位已絕而復見殺者，因構造叛謀，罪當殺之，故不從專殺大夫之辭，不稱「大夫」也。

2. 殺大夫

△莊公二十六年經：「（夏）曹殺其大夫。」

△僖公二十五年經：「（夏四月）宋殺其大夫。」

△文公七年經：「（夏四月）宋人殺其大夫。」

△文公八年經：「（冬四月）宋人殺其大夫司馬。」

△成公十五年經：「（秋八月）宋殺其大夫山。」

《春秋》專殺大夫之辭，使書名氏冠稱「大夫」，明專殺也；使徒錄見大夫之名氏，則大夫構逆作亂，非責專殺也，說已見前。然經文有但書「殺大夫」而不言名氏者，亦有冠稱官之名者，亦有僅錄大夫名者，稱例不一，試以《公羊傳》文觀之：

〔註95〕詳見宋蕭楚《春秋辨疑》卷一「辨弒殺」條下。

曹殺其大夫而不名者，公羊莊公二十六年傳云：

何以不名？眾也。曷為眾殺之？不死於曹君者也。

公羊以為曹眾大夫不死於曹君，故錄曹殺諸大夫而不書其名氏也。考其說有二疑焉；曹之殺大夫而不名者，因「眾也」，然成公十七年經書「晉殺其大夫郤錡、郤州、郤至」，三郤亦眾也，曷以皆書其名氏？此蓋一疑也。且據《春秋》經文所載，莊公二十三年曹伯射姑卒，至次年戎侵曹，此時未嘗見有殺君者也。且射姑卒後，其子赤即為曹僖公，凡在位九年〔註 96〕，是曹之世系乃射姑父子相繼為君，未考曹眾大夫之不死於君者，究何所指也，此二疑焉。且觀公羊莊公二十四年傳云「曹無大夫」，既無大夫，當稱人而不得錄其名氏也〔註 97〕，是經文殊錄「曹殺其大夫」者，其事《春秋》之載，湮晦不明，而《公羊傳》亦未得明之，孔廣森《公羊通義》以為小國無大夫，不足以名氏見，而殊記殺大夫者，疾殺大夫之始也，或可補其說之不備：

殺其大夫者，駢誅徧戮之辭。晉殺三郤猶名，此以眾不名者，小國大夫未得以名氏見，今又眾，故略，不足列數之也。

小國大夫不足書見名氏，而經文仍書「殺大夫」者，孔氏又云：

《春秋》之義，諸侯不得專殺大夫，雖有罪猶以專殺書。曹無大夫而記敘者，專殺大夫之始，故疾錄之。

若夫宋殺其大夫而不名者，公羊僖公二十五年傳、文公七年傳、八年傳並云：

何以不名？宋三世無大夫，三世內娶也。

按經文三書宋殺大夫而不書名氏，文例甚異，前賢治者《春秋》者，乃各憑己說，欲以斷其究竟，如：以為殺大夫不名，因無罪者也，此杜預主之〔註 98〕，然觀經文書例，知書「殺大夫某某」，專殺之詞，其大夫未必有罪也。書「殺某某」（大夫名氏）者，大夫位絕之詞，說已見前，則此書「殺大夫」，未必無罪也。又以為三書殺大夫不名者，乃傳抄之闕文也，顧棟高主是說〔註 99〕。然比觀《春秋》經文，豈自

〔註 96〕 據《史記．十二諸侯年表》、及程公說《春秋分記世譜》、陳厚耀《春秋世族譜》所見曹國之世系，曹莊公射姑之後，其子赤繼位為僖公，《史記》年表作「夷」，疑《史記》譌作也，方炫琛《左傳人物名號研究》第九四一條「赤－曹」云：「赤，小篆作[illegible]，夷，小篆作[illegible]，字形相似，疑《史記》作夷，故與《春秋》不同，實例一人也。」

〔註 97〕 語見孔廣森《公羊通義》莊公二十四年經「曹羈出奔陳」條。

〔註 98〕 詳見春僖公二十五年經，杜預注：「於例為大夫無罪，故不稱名也。」

〔註 99〕 見顧棟高《春秋大事表．刑賞表》十三云：「愚案宋之大夫不名，此孔子修春秋以後闕文，非魯史本闕，而遂筆之于書也。…若謂魯史本無名氏，則斷爛之文，聖人宜併闕之，何為留不白之疑于後世，使人謂損軀死難者，而名氏不可得見，又何以為天下勸乎？故知修成以後闕也。」

僖公迄文公之篇獨宋大夫三見而三闕也〔註100〕。凡此諸說，皆似言之有物，亦仍不免有其偏執之處，故仍以《公羊傳》所釋爲是。

宋三世內娶者，此誠《公羊傳》獨到之識，然三世何所指，傳文闕如，何休以爲「謂茲文、王臣、處臼也。」據《史記宋世家集》解引服虔曰：「襄公（茲父）夫人，周襄王之姊王姬也。」知襄公當非內娶也，其後之宋成公、宋昭公、宋文公俱未見娶文，或以此三世內娶爲然。且觀公羊於魯僖公二十五首發三世內娶之文，世當宋成公（王臣）二年，其時宋襄公已卒，於其即位年間未見三世內娶之文，是三世不當有宋襄公也。

至若內娶而無大夫之故，公羊未揭示其旨，何休云：

> 禮不臣妻之父母，國內皆臣，無娶道。

此禮文無所徵於經典，陳奐《公羊逸禮攷徵》申言之：

> 奐案：《爾雅》妻之父爲外舅，妻之母爲外姑，故天子諸侯皆不取諸內境臣之家，嫌正名也。

又淩曙《公羊禮疏》云：

> 疏《白虎通》不臣妻父母何？妻者與己爲一體，恭承宗廟，欲得歡心，上承先祖，下繼萬世，傳於無窮，故不臣也。又譏宋三世內娶於國中，謂無臣也。諸侯所以不得自娶國中何？諸侯不得專封，義不可臣其父母。《春秋傳》曰宋三世無大夫，惡其內娶也。

是諸侯夫人與君敵體，倘娶境內諸臣之女，則嫌名不正而君臣之義壞矣。故奪其君臣之辭，使宋若無大夫然，示防辭于微，以爲後世戒焉。孔廣森《通義》於僖公二十五年經書論其故：

> 禮諸侯不娶女於恥國者，杜漁色之漸也。下漁色則不君，妃族交政則不臣，三世失禮，君臣道喪，故奪其君臣之辭，示防亂于微，以爲後戒。《春秋》有非常之文，必有非常之義，蓋唯公羊得之，俗儒未有非常之識，其妄生訾辨宜矣。

固《春秋》有非常之文，必有非常之譏，綜觀《公羊傳》不憚三釋無大夫之煩瑣者，知非虛論也。使宋公、昭公、文公三世內娶之說無誤，則三公之篇大夫致書，當不例稱名氏也。比觀春秋不書宋大夫之名，至錄大夫名之時間，或可證之：宋成公元年即魯僖公二十四年，至宋文即位二十二年而薨，當魯成公二年，其間凡書宋大夫者均不稱名。除上列三例外，又如文公八年經書「宋人殺其大夫司馬」，亦徒加書官

〔註100〕見孔廣森《公羊通義》僖公二十五年經。

名而已。直至魯成公十四年經書「宋人殺其大夫山」，書大夫之名，已是宋共公之篇，知其非三世內娶之限矣，則宋三世無大夫，不書名氏，公羊所謂譏貶之意存焉！

3. 殺大夫公子、公孫

△成公十六年經：「（六月）楚殺其大夫公子側。」

△襄公二十年經：「（秋）蔡殺其大夫公子燮。」

△昭公二年經：「秋，鄭殺其大夫公孫黑。」

諸侯專殺大夫之辭，例書「殺其大夫」，說已見前。今既書殺大夫，復冠稱「公子」、「公孫」者，公羊無傳，殆其義不在於專殺大夫，而在於殺君之親也。固知其爲諸侯公室之親，受命爲大夫而見殺，直書「公子（孫）」，所以重其滅宗親之罪也，今殊錄之，因別於尋常所見殺之大夫也。

三、大夫名而不氏

1. 無大夫、故不氏

△僖公二十一年經：「（冬）楚人使宜申來獻捷。」

△文公九年經：「（冬）楚子使椒來聘。」

△文公十二年經：「（秋）秦伯使遂來聘。」

△襄公二十九年經：「（夏）吳子使札來聘。」

經書外大夫來聘，多書其氏名，如文公四年經「衛侯使甯俞來聘」，其中唯楚、秦、吳三國遣使來聘，僅書其名而不稱大夫者，《公羊傳》以爲因其無大夫故也，公羊文公九年傳：

> 椒者何？楚大夫也。楚無大夫，此何以書？始有大夫也。始有大夫，則何以不氏？許夷狄者不一而足也。

又文公十二年傳：

> 遂者何？秦大夫也。秦無大夫，此何以書？賢繆公也。

又襄公二十九年傳：

> 吳無君無大夫，此何以有君有大夫？賢季子也？……賢季子則吳何以有君有大夫？以季子爲臣，則宜有君者也。札者何？吳季子之名也。《春秋》賢者不名？此何以名？許夷狄者不一而足。

按楚、秦、吳三國於春秋之世，每每視爲文物禮教略低之邦國，而劃歸於華夏民族之外，今雖來聘，仍衹記名而不冠氏，次遜於諸夏，蓋因文化道德非躐等可至也。其後《春秋》依其向慕之心，許漸進之。如楚慕中原禮儀甚早，已漸具華夏禮儀，則大夫來聘亦冠以氏，若諸夏大夫然矣。如襄公三十年經書「楚子使薳罷來聘」，薳氏之大夫名罷，書氏書名是也。而吳則因入春秋甚晚，不若楚之已有大夫，遂仍直書使者之名，未進吳故也。由是以觀秦、楚、吳三大夫名而不氏，誠《春秋》漸進夷狄之道也。

2. 大夫不書「氏」

△隱公二年經：「（秋）九月，紀履緰來逆女。」

△莊公十二年經：「秋，八月甲午，宋萬弒其君接及其大夫仇牧。」

△莊公十七年經：「春，齊人執鄭瞻。」

△文公二年經：「（春）三月乙巳，及晉處父盟。」

紀履緰者，《公羊傳》云「紀大夫也」，其氏系不詳，經書「來逆女」者，爲紀君逆娶也。蓋諸侯無越竟親迎之事，既不得親迎，則必使人將命迎之，求其敬愼重正，必使公卿俱行也〔註 101〕。履緰者《公羊傳》以爲紀之大夫，非公卿之屬，是大夫而爲君逆，非常之事也，故書見於經而去其氏稱，使若未命之大夫，以戒失之輕焉。萬斯大《學春秋隨筆》：

諸侯之逆，必上卿乃可。裂繻（公羊作履緰）不氏，則未命，未命大夫而逆夫人，失之輕矣，故書也。

莊公十二年書「宋萬」，南宮萬也。觀其文辭與桓公二年之書「宋督弒其君與夷」者類之，《春秋》貴賤不嫌同號（公羊隱公七年傳），遂以爲「萬」係宋公室之親，因弒君而以國爲氏焉。然據《世族譜》及方炫琛《左傳人物名號研究》所考，知萬乃以「南宮」爲氏之大夫，實不當例同宋督，以爲絕其「公子」稱號也。然宋督、宋萬、一爲公子，一爲大夫，俱絕去專稱，而以私名冠國名者，賊其弒君之罪也。又南宮萬以大夫身份而弒其君，亦不類晉里克之弒君而直書氏者，蓋因南宮萬弒君之罪未見討，即出奔至陳，莊公十二年經書「冬十月，宋萬出奔陳」是也。雖然，亂臣賊子無所逃於天地之間，其誰可受乎，故經文特削去族屬，使若當國之惡賊矣。

莊公十七年兩書「鄭瞻」，《公羊傳》云：「鄭瞻者何？鄭之微者也。」其氏不詳，或瞻以微者無命而見書，故不書氏稱也。微者而致書史策，必有殊故，《公羊傳》兩言之，以爲甚佞之也，或如其說：

（齊人執鄭瞻）……此鄭之微者，何言乎齊人執之？書甚佞也。

又於「秋，鄭瞻自齊逃來」經下云：

何以書？書甚佞也，曰佞人來矣，佞人來矣。

〔註 101〕詳見周師一田撰〈春秋親迎禮辨〉，收入《春秋昏禮考辨》。

晉處父者，陽處父也，按處父於文公三年經書「晉陽處父帥師伐楚以救江」，是知處父乃陽氏大夫也，其與魯盟而不書氏者，《公羊傳》釋其故：

此晉陽處父也，何以不氏？諱與大夫盟也。

按「會盟之事，當由諸侯國君與會，勢位相敵，始得共商事務。若魯君不得已而與他國大夫會盟，經輒改書『公及某人』，似若舉其國人而與我君會盟，略而不書大夫之名，則與我君之尊嚴無損。」〔註102〕，是陽處父與魯君盟，不書氏者，因與魯君勢位不敵也。而經文略書「公」，似若魯之微者與晉大夫盟，是亦爲魯君諱，而無損於國家之尊嚴也。知乎此，則陽處父不氏者，魯爲尊者諱與大夫盟故也。

四、大夫不名

△桓公十一年經：「(秋) 九月，宋人執鄭祭仲。」

△莊公二十七年經：「秋，公子友如陳，葬原仲。」

△閔公二年經：「冬，齊高子來盟。」

△宣公十年經：「(夏四月) 齊崔氏出奔衛。」

△文公十四年經：「(九月) 宋子哀來奔。」

桓公十一年書「鄭祭仲」，《公羊傳》云：

祭仲者何？鄭相也。何以不名？賢也。何賢乎祭仲？以爲知權也。

按祭仲知權之論，爭議甚多，《公羊傳》所以「賢之」者，李新霖《春秋公羊傳要義》一書，於祭仲經權之道論述頗詳備，茲引錄於下，以供參較：

宋人因與鄭莊公夫人雍姞有故，遂執祭仲，脅以逐太子忽 (即繼位之鄭昭公)，而立雍姞子突 (後之厲公)。是時祭仲如不從宋，個人生死事小，鄭將於新故君交替，政權未固之際，爲宋所滅。然而從宋，非惟廢嫡立庶，違反君位繼承之制；且專廢置君，更有違君臣之義。故祭仲所應權衡者：一方爲個人之生死榮辱，一方爲君國之安危。因此，祭仲之處置乃：與其君死國亡，不如暫從宋言，先保社稷，再伺機出突返忽。公羊傳以其能超脫個人利害，權衡輕重，於非常時期採行非常手段，許其爲知「權」之賢者。

《公羊傳》許祭仲知權之道爲「自貶損以行權，不害人以行權」，知祭仲行權之機，係基於君國存亡之念，而不以個人榮辱爲計，故許之賢而不書名者，喜其善念也。

莊公二十七年書「原仲」者，《公羊傳》云「陳大夫也」，原者氏，仲行次也，陳大夫而不書名者，書葬故也。蓋葬從主人之詞 (公羊隱公八年傳)，臣死君不忍稱

〔註102〕周師一田撰〈穀梁諱例釋義〉一文，論述甚詳，收在《教學與研究》第十一期。

其名，故從陳君臣之詞而不名也。然外大夫經例不書葬，今特書「葬原仲」者，公羊謂「通乎季子之私行也」。

閔公二年書「齊高子」者，齊大夫高傒也，其不稱名而書「子」，《公羊傳》以爲喜其存魯，而得繼絕世之道焉，魯人引以爲美談，遂嘉之而稱「高子」也，傳文嘗道其故：

> 高子者何？齊大夫也。何以不稱使？我無君也。然則何以不名？喜之也。何喜爾？正我也。其正我奈何？莊公死，子般弒，閔公弒，此三君死，曠年無君，設以齊取魯，曾不興師徒以言而已矣。桓公使高子將南陽之甲，立僖公，而城魯。或曰自鹿門至于爭門者是也；或曰自爭門至于吏門者是也。魯人至以爲美談，曰猶望高子也。

按齊桓公時爲諸侯伯主，當魯人危疑之際，使高傒來盟，定僖公之位，喜其有功於魯，尊其存亡之德，故乃進之而稱「子」，美善之辭也。

宣公十年書「崔氏」，齊大夫崔杼也，不書名而以「氏」稱者，世卿之譏也，《公羊傳》云：

> 崔氏者何？齊大夫也。其稱崔氏何？貶。曷爲貶？譏世卿，世卿非禮也。

春秋之時世卿之禍亟矣，公羊桓公五年傳「父老，子代從政」即譏卿大夫之世襲，權並一姓也，且使卿大夫位尊權重，則恐其日久勢強，掣肘君王也。今崔杼以世卿專權，齊人惡之，令出奔，誠不欲立其宗後矣，此由襄公二十五年經書「齊崔出弒其君光」，固知崔氏世卿之禍矣。故公羊傳不憚其煩申言世卿非禮之譏，更明言「大夫之義不得世」（昭公三十一年傳），凡此即在破除世襲之制，杜絕禍亂之階也。是崔杼之稱氏略名者，乃公羊譏世卿之旨，杜漸防微之見也。

文公十四年書「宋子哀」者，《公羊傳》云：

> 宋子哀者何？無聞焉爾。

子哀之事不詳，公羊遂不釋其故。方炫琛《左傳人物名號研究》，亦謂史文記載有限，疑竇滋生，僅就稱「子哀」言之，以爲「蓋未嘗見名某，以子配名曰子某，爲其字者也」，是以宋子哀一例，今暫存而不論。

五、大夫稱人、稱盜

△文公十六年經：「冬，十有一月，宋人弒其君處臼。」

△文公九年經：「（二月）晉人殺其大夫先都。」

△昭公二十年經：「秋，盜殺衛侯之兄輒。」

△哀公十三年經：「（冬十有一月），盜殺陳夏彄夫。」

公羊文公十六年傳釋稱人、稱盜之由：

大夫弒君稱名氏，賤者窮諸人。大夫相殺稱人，賤者窮諸盜。

謂弒君之賊因身份尊卑有異，稱謂亦別，使弒君者爲大夫，因其位尊，則書其名氏，以見罪責之深焉。如宣公二年經書「晉趙盾弒其君夷獔」是也；若弒君者位低於大夫，其名氏不足致書史策者，則直書「某人」弒君，如前列文公十六年經是也。

至若大夫相殺稱人者，孔廣森《公羊通義》於文公九年經釋之：

時先都、士穀等作亂，晉討殺之而不稱國者，蓋以靈公沖稚，趙盾當國。大夫專殺，《春秋》疾之，故從大夫相殺稱人例也。

謂疾之而稱人，不使見大夫專殺也，其稱人係貶惡之詞也。若其稱盜者，義同弒君例，因卑位故略降也，何休文公十六年注云：

降大夫使稱人，降士使稱盜者，所以別死刑有輕重，故重者錄，輕者略也。

大夫相殺例稱人，亦有不稱人者，如昭公八年經書「陳侯之弟招殺其陳世子偃師」，公羊昭公元年傳曰：

陳侯之弟招殺陳世子偃師（見昭公八年經），大夫相殺稱人，此其稱名氏以殺何？言將自是弒君也。

按陳公子招於魯昭公八年殺世子偃師，所殺者國之儲君也，傳謂「將自是弒君也」，何休云：

明其欲弒君，故令與弒君而立者同文。故稱其名氏，不從大夫相殺之辭也。

又如昭公十三年經「楚公子棄疾弒公子比」，《公羊傳》云：

大夫相殺稱人，此其稱名氏以弒何？言將自是爲君也。

而經書楚公子棄疾之「弒」公子比者，《公羊傳》云：

比已立矣，其稱公子何？其意不當也。其意不當，則曷爲加弒焉爾？比之義宜乎效死不立。

是比不宜立爲君，然實已立之矣，故公子棄疾所弒者，國君也。雖經文猶書若大夫公子之相殺，然所殺者皆有國君之義，故仍從「大夫弒君稱名氏」之例。

第五章　結　論

《莊子・天下篇》云：「《春秋》以道名分。」蓋孔子見當時王綱解紐，魯道陵遲，致君不君、臣不臣、父不父、子不子，尊卑倫序泯亂，而是非曲直不明焉，乃以正名定份之義，別嫌疑，明是非，以爲撥亂反正之法，冀能上達三王之道，下辨人事之紀，補弊起廢，有所濟於世也。

《春秋》之道名分，尤重於辨名理物，惟限於文字質約，義理隱微，如隱公四年經書「衛人殺州吁于衛」，州吁弒君自立，是爲亂臣賊子，雖嘗自立爲君，然實非君君之道，故經書衛人殺之於衛，且直稱「州吁」之名，是必有貶斥之義例寓焉。

然前賢董理《春秋》經例者，於稱謂例著義甚略，或隨文發義，或因事著義，皆言猶未盡也，如晉杜預《春秋釋例》有〈氏族例〉、〈書謚例〉、〈喪稱例〉，皆言之甚略。至如唐陸淳《春秋纂例》，有〈姓氏名字爵謚義例〉，分言諸侯、未踰年君、太子、夷狄、后夫人、王姬、內女、天子之公卿大夫、諸侯之卿大夫士、兄弟、人、氏等名位例，類目甚詳，義則未備也。其後尚有清劉逢祿之《何休公羊釋例・名例》、劉師培之《春秋左傳古例詮微・名例篇》，雖已窺知名位稱例之寓義，然猶未能暢達也。

《公羊傳》所釋諸侯稱謂之義，如更爵名而稱州、稱國、稱人者，實有恢復君臣體制，昭示上下份際，以尊王室之義存焉！故諸侯能有尊王匡周之心，謹守己份者，《公羊傳》無不稱揚褒善也；至有犯王命、專權自是，失權奔亡者，則必生稱其名以示貶焉。《春秋》於女子之稱謂實不多見，蓋尋常女子非有大故，不得見書史策，因以謹守婦道，不使專任自爲也。是以《春秋》所見女子之事類，以昏喪大禮爲正，使非此二事而致書者，公羊或於稱謂名號特著其義也。如女子例稱母姓，以別血緣之屬；使有削去「姓」稱者，絕其族屬，甚惡之也。又如魯室內女之特稱「子」字者，貴爲時君之同母姊妹也。凡此稱謂異辭，皆以暢《春秋》謹名正份之義焉。

終論君室公族及大夫之稱。《春秋》政權遞移，終至禮樂征伐自大夫陪臣出，故《公羊傳》屢申「大夫之義」，以塞簒亂之源，而正君臣之倫序也。觀乎公室諸子之稱，可以見宗法之家族組織制度，及《春秋》親親、尊尊之義也。凡稱「世子」者，國之諸君也，於諸子中，其位最尊，如「鄭世子忽復歸于鄭」(桓公十五年經)，特稱世子，明即位之正也。或有特稱「弟」者，貴時君之同母兄弟也；若稱以「公子(孫)，乃諸子中策命爲大夫者也。循此定稱，比觀諸例，使一人而前後異稱，必有義例存焉。如公子翬爲弒隱公之賊，故終隱之篇，削去「公子」之稱以見貶也。至若大夫之稱，例以名配氏稱之。若有大夫見書而不錄其宗氏者，或因小國本無策命之大夫；或因惡行而削氏貶絕之。至如大夫有稱「某氏」者，乃公》譏刺世卿越權之非禮也。凡此釋大夫、公室諸子稱謂異辭之例，皆《公羊傳》立足於宗法封建體制之上，所暢論撥亂反正之義也。

《春秋》一書雖未必字字褒貶，然書成而亂臣賊子所以「懼」者，實緣賞善罰惡、明辨是非，決嫌疑、謹名份有以致之也。比觀《春秋》所載名氏稱謂，自有其常則，亦有其變例存焉，而《公羊傳》確能發幽探賾，直探要義，深得孔子藉事明義之法。故胡安國《春秋傳》序譽爲「辭辨而義精」是也。

引用及參考書目

甲、經部之屬

一、《春秋》類

1. 《春秋公羊傳注疏》，(漢) 何休解詁，(唐) 徐彥疏，藝文印書館，民國 74 年十版。
2. 《春秋公羊傳何氏釋例》，(清) 劉逢祿撰，漢京文化事業公司，重編皇清經解本，民國 69 年。
3. 《公羊春秋何氏解詁箋》，(清) 劉逢祿撰，同上。
4. 《公羊通義》，(清) 孔廣森撰，同上。
5. 《公羊禮說》，(清) 凌曙撰，同上。
6. 《公羊禮疏》，(清) 凌曙撰，漢京文化事業公司，重編皇清經解續編，民國 69 年。
7. 《公羊問答》，(清) 凌曙撰，同上。
8. 《公羊逸禮考徵》，(清) 陳奐撰，同上。
9. 《公羊義疏》，(清) 陳立撰，台灣商務印書館，民國 71 年初版。
10. 《公羊家哲學》，(民) 陳柱撰，中華書局，民國 69 年二版。
11. 《春秋繁露義証》，(清) 蘇輿撰，河洛圖書出版社，民國 63 年初版。
12. 《春秋繁露今註今譯》，(民) 賴炎元撰，商務印書館，民國 73 年初版。
13. 《春秋穀梁傳注疏》，(晉) 范甯集解，(唐) 楊士勛疏，藝文印書館，民國 74 年十版。
14. 《春秋穀梁傳補注》，(民) 柯邵忞撰，進學書局，民國 58 年初版。
15. 《春秋左氏傳正義》，(晉) 杜預注，(唐) 孔穎達疏，藝文印書館，民國 74 年十版。
16. 《春秋釋例》，(晉) 杜預撰，中華書局，民國 69 年二版。

17. 《春秋啖趙集傳纂例》，（唐）陸淳撰，中新書局，古經解彙函，民國 62 年初版。
18. 《春秋微旨》，（唐）陸淳撰，同上。
19. 《春秋集傳辨疑》，（唐）陸淳撰，同上。
20. 《春秋摘微》，（唐）盧仝撰，南菁書院叢書，第一集第十冊，影印自中研院傅斯年圖書館。
21. 《春秋尊王發微》，（宋）孫復撰，漢京文化事業公司，通志堂經解本，民國 69 年。
22. 《春秋皇綱論》，（宋）王晳撰，同上。
23. 《春秋權衡》，（宋）劉敞撰，漢京文化事業公司，通志堂經解本，民國 69 年。
24. 《春秋意林》，（宋）劉敞撰，同上。
25. 《春秋傳》，（宋）蘇轍撰，經苑，大通書局，民國 59 年初版。
26. 《春秋辨疑》，（宋）蕭楚撰，台灣商務印書館，景印文淵閣四庫全書本，民國 72 年。
27. 《春秋本例》，（宋）崔子方撰，漢京文化事業公司，通志堂經解本，民國 69 年。
28. 《春秋五禮例宗》，（宋）張大亨撰，台灣商務印書館，景印文淵閣四庫全書本，民國 72 年。
29. 《春秋傳》，（宋）葉夢得撰，漢京文化事業公司，通志堂經解本，民國 69 年。
30. 《春秋傳》，（宋）胡安國撰，台灣商務印書館，景印文淵閣四庫全書本，民國 72 年。
31. 《春秋通說》，（宋）黃仲炎撰，漢京文化事業公司，通志堂經解本，民國 69 年。
32. 《春秋經荃》，（宋）趙鵬飛撰，同上。
33. 《春秋或問》，（宋）呂大圭撰，同上。
34. 《春秋五論》，（宋）呂大圭撰，同上。
35. 《春秋纂言》，（元）吳澄撰，台灣商務印書館，景印文淵閣四庫全書本，民國 72 年。
36. 《春秋本義》，（元）程端學撰，漢京文化事業公司，通志堂經解本，民國 69 年。
37. 《春秋集傳》，（元）趙汸撰，同上。
38. 《春秋師說》，（元）趙汸撰，同上。
39. 《春秋屬辭》，（元）趙汸撰，同上。
40. 《春秋書法鈎元》，（明）石光霽撰，藝文印書館，民國 65 年初版。
41. 《春秋經傳辨疑》，（明）童品撰，台灣商務印書館，景印文淵閣四庫全書本，民國 72 年。
42. 《春秋稗疏》，（清）王夫之撰，同上。
43. 《春秋傳》，（清）毛奇齡撰，漢京文化事業公司，皇清經解本，民國 69 年。

44. 《春秋宗朱辨義》，（清）張自超撰，台灣商務印書館，景印文淵閣四庫全書本，民國72年。
45. 《春秋通論》，（清）方苞撰，同上。
46. 《春秋世族譜》，（清）陳厚耀撰，同上。
47. 《春秋正辭》，（清）莊存與撰，漢京文化事業公司，皇清經解本，民國69年。
48. 《春秋說》，（清）惠士奇撰，同上。
49. 《學春秋隨筆》，（清）萬斯大撰，同上。
50. 《春秋大事表》，（清）顧棟高撰，同上。
51. 《清儒春秋彙解》，（民）楊家駱編，鼎文書局，民國61年初版。
52. 《左傳會箋》，日竹添光鴻撰，明達出版社，民國71年初版。
53. 《春秋左傳注》，（民）楊伯峻撰，漢京文化事業公司，民國76年初版。
54. 《左氏春秋義例辨》，（民）陳槃撰，中研院出版，民國36年。
55. 《春秋大事表列國爵姓名及存滅表譔異》，民陳槃撰，中研院出版，民國77年三版。
56. 《春秋要領》，（民）程發軔撰，東大圖書公司，民國78年初版。
57. 《春秋辨例》，（民）戴君仁撰，中華叢書編審委員會，民國53年初版。
58. 《春秋講義》，（民）程兆熊撰，鵝湖出版社，民國53年初版。
59. 《春秋三傳研究論集》，（民）戴君仁等撰，黎明文化公司，民國70年初版。
60. 《春秋三傳比義》，（民）傅隸樸撰，台灣商務印書館，民國72年初版。
61. 《春秋三傳及國語之綜合研究》，（民）顧頡剛講授、劉起釪筆記，中華書局香港分局，民國77年初版。

二、一般類

1. 《毛詩正義》，（漢）鄭玄注，（唐）孔穎達疏，藝文印書館，民國74年十版。
2. 《周禮注疏》，（漢）鄭玄注，（唐）賈公彥疏，同上。
3. 《儀禮注疏》，（漢）鄭玄注，（唐）賈公彥疏，同上。
4. 《禮記正義》，（漢）鄭玄注，（唐）孔穎達疏，同上。
5. 《大戴禮記》，（漢）戴德撰，四部叢書刊正本。
6. 《論語正義》，（魏）何晏集解，（宋）邢昺疏，藝文印書館，民國74年十版。
7. 《孟子正義》，（漢）趙岐注，（宋）孫奭疏，同上。
8. 《五禮通考》，（清）秦蕙田撰，台灣商務印書館，景印文淵閣四庫全書本，民國72年。

三、諸經總義類

1. 《東塾讀書記》，（清）陳澧撰，廣文書局，民國59年初版。

2. 《兩漢經學今古文平議》，（民）錢穆撰，東大圖書公司，民國 72 年三版。
3. 《經學歷史》，（清）皮錫瑞撰，藝文印書館，民國 55 初版。
4. 《經學通論》，（清）皮錫瑞撰，商務印書館，民國 57 年初版。
5. 《經學通論》，（民）王師靜芝撰，環球書局，民國 71 年再版。
6. 《中國經學史》，（民）馬宗霍撰，商務印書館，民國 75 年七版。
7. 《中國經學史的基礎》，（民）徐復觀撰，學生書局，民國 71 年初版。
8. 《群經述要》，（民）高師仲華主編，黎明文化事業公司，民國 68 年初版。
9. 《讀經示要》，（民）熊十力撰，洪氏出版社，民國 72 年五版。
10. 《群經平議》，（清）俞樾撰，世界書局，民國 73 年二版。
11. 《宋代經學之研究》，（民）汪師惠敏撰，師大書苑，民國 78 年初版。

乙、史部之屬

1. 《新校本史記幷附編二種》，（漢）司馬遷撰，楊家駱主編，鼎文書局，民國 67 年初版。
2. 《新校本漢書幷編二種》，（漢）班固撰，同上。
3. 《中國上古史綱》，（民）張蔭麟撰，中華文化出版事業委員會，民國 44 年再版。
4. 《中國上古史新探》，（民）潘英撰，明文書局，民 74 年初版。
5. 《中國上古史論文選集》，（民）杜正勝編，華世出版社，民國 68 年初版。
6. 《古史新探》，（民）楊寬撰。
7. 《求古編》，（民）許倬雲撰，聯經出版社，民國 73 年二版。
8. 《西周史》，（民）許倬雲撰，聯經出版社，民國 73 年二版。
9. 《春秋史》，（民）童書業撰，開明書局，民國 58 年初版。
10. 《周代城邦》，（民）杜正勝撰，聯經出版公司，民國 74 年三版。
11. 《國語》，吳韋昭注，九思出版公司，民國 67 年一版。
12. 《春秋會要》，（清）姚彥渠撰，楊家駱主編，世界書局，民國 62 年三版。
13. 《兩漢思想史》，（民）徐復觀撰，學生書局，民國 74 年。
14. 《中國封建社會》，（民）瞿同祖撰，里仁書局，民國 73 年一版。
15. 《周代姓氏二分及其起源試探》，（民）方炫琛撰，學海出版社，民國 77 年初版。

丙、子部之屬

1. 《論衡》，（漢）王充撰，世界書局，民國 61 年再版。
2. 《白虎通義》，（漢）班固撰，台灣商務印書館，四部叢刊本。
3. 《朱子語類》，（宋）黎靖德編，正中書局，民國 51 年初版。
4. 《許廎學林》，（清）胡玉縉撰，世界書局，民國 52 年初版。

丁、集部之屬

1. 《潛夫論箋》，（漢）王符撰，（清）汪繼培箋，大立出版社，民國73年初版。
2. 《顧亭林遺書—亭林文集》，（清）顧炎武撰。
3. 《日知錄集釋》，（清）顧亭林撰，黃汝成集釋，中文出版社，民國67年版。
4. 《劉申叔先生遺書》，（民）劉師培撰，大新書局。
5. 《癸巳類稿》，（清）俞正燮撰，台灣商務印書館。
6. 《觀堂集林》，（民）王國維撰，河洛圖書公司。

戊、論文期刊之屬

一、論文之屬

1. 《春秋吉禮考辨》，周師一田撰，臺灣師範大學國文研究所博士論文，56年，嘉新水泥文化斯金會研究論文第一〇一種，民國59年。
2. 《左傳人物名號研究》，方炫琛撰，國立政治大學中文研究所博士論文，民國73年。
3. 《春秋公羊傳要義》，李新霖撰，臺灣師範大學國文研究所博士論文，民國73年。
4. 《春秋魯三桓世族譜系研究》，陳韻撰，臺灣師範大學國文研究所博士論文，民國74年。
5. 《太史公左氏春秋述義》，劉正浩撰，臺灣師範大學國文研究所碩士論文，民國51年。
6. 《春秋異文考》，陳師伯元撰，臺灣師範大學國文研究所碩士論文，53年，嘉新水泥文化基金會研究論文第二十六種
7. 《春秋三傳傳禮異同考要》，李崇遠撰，國立政治大學中文研究所碩士論文，56年。
8. 《從公羊論春秋的性質》，阮芝生撰，臺灣大學歷史研究所碩士論文，民國57年。
9. 《春秋左氏傳地名圖考》，程發軔撰，國科會研究獎助論文，民國58年。
10. 《春秋昏禮考辨》，周師一田撰，同上，民國59年。
11. 《公羊傳的政治思想》，簡松興撰，臺灣師範大學國文研究所碩士論文，民國68年。
12. 《五等爵説研究》，邱信義撰，臺灣大學中文研究所碩士論文，民國59年。
13. 《宗法制度研究》，沈恆桓春撰，臺灣師範大學國文研究所碩士論文，民國71年。
14. 《宋儒春秋尊王思想研究》，倪天蕙撰，國立政治大學研究所碩士論文，民國71年。

15. 《兩漢公羊學及其對當時政治的影響》，何照清撰，私立輔仁大學中文研究所碩士論文，民國 74 年。
16. 《何休春秋公羊解詁研究》，張廣慶撰，臺灣師範大學國文研究所碩士論文，民國 78 年。

二、期刊之屬

1. 〈春秋研究〉，高師仲華、周師一田撰，孔孟月刊十九卷十一期，民國 70 年。
2. 〈春秋「用致夫人」解〉，周師一田撰，中華學苑二期，民國 57 年。
3. 〈春秋昏禮餘論〉，周師一田撰，師大國文學報二期，民國 62 年。
4. 〈左傳「鄫季姬來寧」質疑〉，周師一田撰，師大國文學報六期，民國 66 年。
5. 〈公羊摘例〉，周師一田撰，靜宜學報第五期，民國 71 年。
6. 〈穀梁會盟例釋〉，周師一田撰，高仲華先生八秩榮慶論文集，民國 77 年。
7. 〈穀梁朝聘例釋〉，周師一田撰，中國學術年刊十期，民國 78 年。
8. 〈穀梁諱例釋義〉，周師一田撰，教學與研究第十一期，民國 78 年。
9. 〈公羊探故〉，朱東潤撰，學原一卷十期，民國 37 年。
10. 〈春秋公羊傳辨義〉，陳槃撰，學術季刊五卷二期，民國 45 年。
11. 〈公羊新周故宋說〉，李新霖撰，復興崗學報第三十四期，民 75 年。
12. 〈宋儒春秋攘夷說〉，宋鼎宗撰，成功大學學報十九卷，民國 73 年。
13. 〈春秋「大一統」述義〉，張永儁撰，哲學與文化三卷七期，民國 75 年。
14. 〈春秋時代之母系遺俗公羊證義〉，牟潤孫撰，新亞學報一卷一期，民國 44 年。
15. 〈封建製度與儒家思想〉，齊思和撰，燕京學報二十二期。
16. 〈周代封建的建立：封建與宗法上篇〉，杜正勝撰，中國上古史待定稿。
17. 〈周代封建制度的社會結構：封建與宗法下篇〉，杜正勝撰，同上。
18. 〈春秋王不稱天探微〉，羅清能撰，中華文化復興月刊二十卷七期，民國 76 年。
19. 〈春秋稱人釋義〉，趙光賢，文史一九八四年四輯，民國 73 年。
20. 〈論春秋魯仲孫、孟孫、孫、臧孫等稱非氏名及春秋時代人物繫「孫」爲稱之義〉，方炫琛撰，大陸雜誌七十五卷第六期，民國 76 年。
21. 〈西周春秋金文中的諸侯爵稱〉，王世民撰，歷史研究，1983 年三期，民國 72 年。
22. 〈五等爵在殷商〉，董作賓撰，中央研究院歷史語言研究所集刊第六本。
23. 〈春秋人伯子男同位說〉，施之勉撰，東方雜誌四一卷第十三號，民國 34 年。